同情者

The Sympathizer

阮越清 Viet Thanh Nguyen —— 著　顏湘如 —— 譯

媒體書評盛讚

充滿機智、毫不留情的步調與野蠻的趣味。

——《華爾街日報》（年度最佳圖書）

令人矚目的處女作……集驚悚小說與社會嘲諷小說之大成。

——《紐約時報》書評，菲利浦·卡普托

一項說故事的驚人壯舉。一部兼具文學、歷史與政治重要性的小說。

——湯婷婷

令人驚嘆之作……〔阮越清〕以驚悚小說的理性外衣包裹一個絕望流亡者的故事，正視了這個時代的存在難題。

——《華盛頓郵報》，羅恩·查爾斯

讓人欲罷不能……從一個少見的角度來探討美國文化。

——Oprah.com

關於越南與美國在當地所作所為的視角極為深入，不遜於雷夫・艾里森的《隱形人》與童妮・摩里森的《寵兒》針對種族主義與奴隸制度對後代影響的探討。

——文學網站 Literary Hub，約翰・弗里曼

才華洋溢而大膽……是美國文壇一個令人振奮的新聲音。

——《西雅圖時報》，大衛・高見

既是文學歷史小說，也是間諜驚悚小說與諷刺小說。

——《洛杉磯時報》，潔西卡・蓋特

書中有著《第二十二條軍規》式的荒謬脈動。

——《紐約時報》，莎拉・萊爾

情節敘述可媲美杜斯妥也夫斯基……充滿了明智的怒氣。

——《經濟時報》，勞倫斯・奧斯伯恩

驚人之作……〔無名的敘述者〕可比擬約瑟夫・康拉德、格雷安・葛林與約翰・勒卡雷筆下

那些道德消磨殆盡的間諜、情報人員與雙面間諜。

——《多倫多星報》，詹姆斯・葛仁傑

以黑色、滑稽——及越南人——的角度看待越戰。

——美國公共廣播節目「深思熟慮」

一部非常特別、重要而傑出的小說……令人驚嘆……讓我認為傑出的書並不多，但這本就是……好得不可思議……每個人都該看一看。

——媒體網站 KUOW.org，南希・珀爾

強有力的敘述喚醒讀者的記憶……〔這個故事〕一開頭的詳述便已引人入勝。

——《舊金山紀事報》

這部小說披露了白人缺乏同理心，讓人看了既感到痛苦又忍俊不住，是全書最精采的部分……諷刺的手法令人玩味。

——《紐約客》

這部處女作讓人欲罷不能（讀吧，每個人都會把它看完），看過後你會重新思考越戰（讀

吧，每個人都會有一點想法）……作者阮越清這本黑色喜劇小說從一個少見的角度來探討美國文化。

——Oprah.com（歐普拉讀書俱樂部推薦）

一本勢不可擋的新小說……書名代表了主人翁所承受的重擔……在於他體認到了自己所接觸的世界觀雖然互相矛盾，卻各有其感染力。他是現代的哈姆雷特，因為能看見所有面向而左右為難。

——《週刊》

一本受歡迎又必要的書……〔作者〕以虛構的故事提出新的視角，這不但是一部歷史間諜驚悚小說，也是一部以黑色幽默方式表達思想的小說。

——《溫尼伯自由報》

有人一直在等待越裔美國人寫出一本精采的越戰小說，這就是了。說得更中肯一點：這是一部精采的美國越戰小說……當初懷抱期望苦等著我們的盟友，被判進入越南再教育營服刑，關於這些慘事，（但願）這是最後定論。

——美國越南退伍軍人部落格

〔一部〕刺激的黑色小說處女作……黑色幽默從書頁間流瀉而出。

——《華爾街日報》，山姆・薩克斯

筆法完美，發人深省……的確令人讚嘆不已。我有一種像孩子一樣進入書中的感覺。

——《波士頓環球報》，克萊兒・梅蘇德

瞠目結舌、不敢置信、銘刻於心。筆法高超卓絕，真不敢相信這是作者的處女作。（我除了感動，應該還有一絲忌妒。）顛覆了我們對越南小說的觀點。

——《芝加哥論壇報》，約翰・華納

閱讀此書心中充滿強烈、奇特又奔放的喜悅，每翻過一頁便覺得一個破碎的世界正重新接合起來，再度變得完好如初。就我個人而言，阮越清這本《同情者》將使越戰文學臻於完備。

——《失去靈魂的女人》作者包柏・夏科奇斯

讀這本小說要小心；此書易讀，筆調辛辣、諷刺、睿智又令人著迷，但它可能改變的不只是你對越戰的想法，還有你對政治與理想的整體信念。它達到了文學的極致效果：將你的意識往外擴展，超越軀體與個人環境的限制。

——《馬特洪峰》與《參戰的感覺》作者卡爾・馬藍提斯

阮越清不只為由越戰所衍生的美國文學圈帶來罕見而真實的聲音，他也創造了一本凌駕於歷史、政治與國籍之上的書，探討那永恆不朽的文學主題：自我與身分認同的普遍探索。《同情者》是一部一流的小說處女作，作者極具深度與技巧。

——普立茲獎得主、《奇山異香》作者羅伯特．奧倫．巴特勒

懷疑與熱情兼備……具有催眠魔力。

——《環球郵報》

《同情者》是一本了不起的傑作。時而揪心，時而劃過意想不到又清晰可見的幽默片段，這部小說以一種極度真實也至關重要的方式，向我們呈現在越南發生的衝突與其後續影響。

——《醫師這件事》作者林浩聰

我想我上一次被書中敘事者徹底打醒，並為之深深著迷，恐怕得回溯到納博科夫的杭伯特．杭伯特了。阮越清與他的無名主人翁確實以此書出了名，這是你今年所會看到最出色、最黑暗、最滑稽的書之一。

——《弗比特》作者大衛．艾勃朗斯

充滿大膽而生動的想像力。一本扣人心弦的書。

——《鯰魚與曼陀羅》作者安德魯・范

一部必要的、難忘的、驚人的小說處女作……出色的成就。

——《後果雜誌》

一篇戰爭紀錄以間諜驚悚小說包裝，塞進一份自白當中……阮越清耍弄各種文類就像飛拋著無數AK-47步槍，效果炫目，又不時令人捧腹……《同情者》針對這場戰爭與其對越南人民造成的慘痛影響，提出了不同觀點，自然受到讀者青睞。

——書評網「民眾書庫」

引人注目……不只是傑出的間諜小說，也是二十一世紀美國小說界的潛力之作……深入洞察戰爭遺留下的影響，以及一九七〇年代充滿政治味與種族主義的氛圍。

——Bookreporter 網站

一部關於越戰與其餘毒的精采悲喜劇。無名的主角……擁有格雷安・葛林筆下那種模糊道德觀，在編織出一張精密複雜的分裂背叛網之際，也能看清問題的每一面……阮越清這部傑作涵蓋的範圍太廣、語氣的轉換太跨越類型且迂迴複雜（包含了間諜驚悚類與黑色鬧劇類、跨文化諷刺類與令人焦慮的荒唐小說類等等），短短幾句評語難以窺其堂奧，但他確實是才華洋溢的作家。

——《雪梨先鋒早報》（一週選書）

錯綜複雜又扣人心弦……節奏明確，靈巧自如……阮越清是個諷刺專家……〔他〕並未對一名共產間諜的行動做正式辯護，而是反過來矯正其餘世人的反動藝術與觀念。阮越清的小說一點也不反動，而是在細微處展現出革命精神。

——藝術文學月刊《ZYZZYVA》

文采卓越……不同凡響，具啟發性……筆法精湛得難以置信，從第一頁到最後一頁，語氣聽起來都是真真切切……細節的真實性完美呈現……史實的想像堪稱驚人壯舉。

——《西塞羅雜誌》

〔《同情者》〕以一種引發全球緊張的曖昧調性來處理戰後創傷……阮越清的虛無主義觀點，透過黑色幽默精心製作，再藉由獨特的聲音表達出來，這是一趟值得一試的旅程。

——《連字號雜誌》

充滿迷人魅力……刻畫細膩的文筆，充滿氣氛濃厚的細節……注定是一部現代經典，也讓美國最關鍵的一場戰爭又增添一篇寶貴的文學作品。

——書籍瀏覽網 BookBrowse

《同情者》讀起來像一場非正規的戰爭。這個奇特、有趣的間諜故事，有如一場文章暴動，在修正主義歷史學家麥克斯．布特所謂的「關於越戰的戰爭」中開啟了一道新戰線……這書寫得好極了，無可避免地提升了整個間諜文學界……〔《同情者》〕是頂尖的美國間諜小說，想當然也是國家之光。

——新探網 New Inquiry

文筆炫目……敘述者的聲音本身構成了整個小說的世界，隨時展現一種跳躍而危險的聰明才智，讓讀者幾乎欲罷不能……《同情者》超越了在觀念與形式上最為相近的兩本書：李昌來的《說母語的人》與哈瑞伊．昆祖魯的《印象主義者》。

——書籍論壇 Bookforum.com

關於越戰一個重要的新視角……《同情者》將令你感到既震驚又深受吸引。

——網路媒體 Buzzfeed

阮越清寫出了關於西貢淪陷與其後續影響的正宗小說，並將越南置於越戰中心，書中的曲折離奇與背叛情節可媲美丹尼士·詹森的《煙樹》。既有間諜活動、又有存在的危機，加上幾分好萊塢式的鬧劇特色，《同情者》讓我們對於史上記憶最鮮明的衝突之一的理解，變得更有人性也更複雜。

——文學媒體網站 Fiction Advocate

阮越清撼動了一般人對越戰的刻板觀念……文筆靈巧，不時滑稽逗趣，有時又令人毛骨悚然……讓他躋身於描述赤裸裸且極具爭議的雙重性格的偉大小說傳統，而這類小說多半出於十九世紀，包括有杜思妥也夫斯基的《雙重人格》、左拉的《人面獸心》與史蒂文生的《化身博士》。

——線上藝術雜誌《Arts Fuse》

阮越清這部處女作引發了一片熱烈評論。我自己閱讀時，不斷想到亞當·強森的《沒有名字的人》。此書也同樣令人印象深刻。

——文學網站 Novel Enthusiasts

許多讀者只認同那種長期不受質疑或沒有爭議的宏大敘事，而阮越清這本小說便試圖讓他們迷失方向，亦可說是為他們重新導向。

——耶魯大學雙月報《喧囂》

〔一部〕耀眼迷人的小說處女作……充滿奔放熱情的每一頁，屢屢變成一個獨特且縈繞不去的熟悉聲音，就是不讓我們忘記人類能對彼此做出什麼樣的事。

——亞裔美國作家工作坊

超絕之作……以巧妙有趣的手法剖析越南歷史，同時也不忘目前的大失敗，對美國歷史核心的政治革命人士與革命無罪論都表達了同情與批評。

——「憤怒之樹」網站

〔作者〕的確是個有才華又大膽的諷刺作家……在讓我們如此喜愛他的敘述者之餘，也讓我們想起自己也是美國戰爭罪行的共犯。當他努力地想忘記，或是拐彎抹角地不提自己做了什麼的時候，我們若還不能起共鳴就是不誠實了。

——邦諾書評

《同情者》在年度最佳小說處女作的競賽中早早便領先群雄，書中透過主角上尉的看法來探討一九七五年的西貢淪陷。這既是充滿政治謀略的間諜小說，同時也檢視了共產主義、中情局與酷刑手段。

——線上文化雜誌《Flavorwire》（四月十大必讀選書）

《同情者》兼具教育小說、間諜驚悚小說，以及文化與政治改造的特色，是一部關於身分認同、道德觀與忠誠無價，極具吸引力的小說處女作。

——專門介紹四十歲以上新人作家的 Bloom 網站

〔《同情者》〕對人性的不信任令人心驚，但也有令人捧腹的片段……是一部強有力、發人深省的作品。這是近年來以亞洲人角度探討越戰最成功的小說之一，如此成就竟是作者的處女作，令人難以置信。此書堪與丹尼士・詹森的《煙樹》並駕齊驅。

——《圖書館期刊》（星號書評）

阮越清追根究柢的文學藝術說明了美國人想在政治與軍事方面改造越南的嘗試有多麼失敗，然而利用好萊塢式的扭曲手法來掩蓋自己的失敗，卻又是何等成功。扣人心弦，卻又令人深感不安。

——《書單》雜誌（星號書評）

此書及時提醒我們戰爭的殘酷與詭詐……書中除了豐富的描述，偶爾還有令人心跳停止的張力……這部引人入勝的處女作捕捉到一段多半被忽略的越戰時期。

——《南華早報》

格雷安・葛林與羅伯特・史東告訴過我們，在西貢街頭，一切都不似表面所見……想想艾倫・佛斯特遇上艾爾默・李納德，你便能掌握到最超現實的阮越清……他為有關越戰的一流小說注入了寶貴的新血。

——《柯克斯書評》（星號書評）

〔一部〕驚人的新人小說……使得有關歷史與人性的討論更加熱烈，而他筆下的敘述者擁有一個尖刻且時時警惕的聲音。

——《出版人周刊》（星號、專欄書評）

文采出眾，不同凡響的一本書，深入洞悉越南，與其歷史與人民，書中充滿了與格雷安・葛林、約瑟夫・康拉德及卡夫卡相呼應的文學回音。

——查坦智庫

如同越南，台灣在近代史上也曾因戰爭、分裂與占據，對人造成巨大傷害。人民與文學如何去面對這樣的過去呢？這是我在這本小說中試圖探討的問題。

《同情者》是一部關於越戰的小說，但更廣泛地來說，書中談論的是關於戰爭與回憶、人性與不人道，以及人民藉偉大理想之名對彼此、對自己的殘害。

這些主題是共通的，因為戰爭是共通的，試圖去記住與遺忘的努力也是共通的。但願對台灣讀者而言，本書至少具有部分特殊意義，因為這些主題是二十與二十一世紀的台灣與越南所共有的。

阮越清

獻給Lan與Ellison

「且莫一聽到『折磨』一詞便悲觀沮喪，在此特例中，這個詞有許多可以彌補與緩解之處，甚至有些值得嘲笑之處。」

——尼采《道德系譜學》

1

我是間諜，是臥底，是特務，是雙面人。我也是雙心人，這或許並不令人意外。雖然有人把我當成漫畫書或恐怖片中某種受誤解的突變人，但其實不然，我只是能夠看到任何一個問題的兩面。偶爾我會沾沾自喜地視之為一種天分，儘管無可否認地，這種天分微不足道，卻可能也是我的僅有。但又有些時候當我細細思索，發現自己不得不以這種方式觀察世界，便不禁納悶我所擁有的真能稱為天分嗎？畢竟天分應該為你所用，而不是被它所用。你無法不使用的天分，主宰著你的天分——我必須承認，那是一種風險。不過開始這番自白的那個月裡，我看世界的方式似乎仍是利多於弊，有些危險一開始總是這樣。

我要談的是四月，最殘酷的一個月。在這個月裡，已經持續許久的一場戰爭終將結束，戰爭的方式亦然。這一個月，對於只占世界一小部分的我國人民至關重要，對世界上其餘的大多數人卻毫無意義。這一個月，結束了一場戰爭也展開了……怎麼說呢？說「和平」不太對，不是嗎，親愛的司令？這一個月，我關在已經住了五年的別墅裡等待尾聲，別墅的牆頭嵌著褐色玻璃碎片閃閃爍爍，上頭纏著生鏽的蛇籠網。司令，我在別墅裡有自己的房間，就像我在您的營區也有自己的房間。當然，我那房間有個正式名稱叫「隔離牢房」，而您提供給我的不是每天來打掃的清潔工，而是一個完全不打掃衛生的娃娃臉警衛。但我不是抱怨。寫這份自白唯一的必要條件是隱密，不是整潔。

雖然晚上在將軍的別墅享有足夠的隱私，白天裡卻幾乎談不上。我是將軍手下唯一住在他家的軍官、唯一單身的幹部，也是他最信賴的助手。早上，在我開車送他到距離不遠的辦公室以前，我們會共進早餐，在柚木餐桌的一頭分析戰報，他妻子則在另一頭照看四個教養良好的小孩，年紀分別為十八、十六、十四和十二歲，還有一個空位是為了在美國讀書的女兒留下。或許不是每個人都害怕死亡，將軍卻是明顯害怕。精瘦英挺的他是個沙場老將，曾經獲頒許多勳章，都是實至名歸。雖然被子彈與榴霰彈奪走三根指頭，如今只剩九隻手指與八隻腳趾，但只有家人與親信知道他左腳的狀況。他野心勃勃，幾乎什麼都阻擋不了他，只是很喜歡弄一瓶上等的勃艮地紅酒，找幾個不至於笨到在酒裡加冰塊的同伴一起享用。他依序是個美食主義者與基督徒，是個相信美食與上帝、相信妻子與兒女、相信法國人與美國人的信徒。在他看來，法美人士為我們提供的指導協助，遠多於其他那些以妖言魅惑我們北方友邦與幾個南方友邦的邪惡外國人士，諸如馬克思、列寧與毛主席等。其實他從未拜讀過這些哲人的著作！身為副官兼低階情報官的我，職責就是為他準備關於《共產黨宣言》或《毛語錄》之類的小抄，他自己會找機會炫耀他對敵人思想的了解，而他最愛引用列寧提出的問題，一有需要便加以剽竊。他會用金剛石般堅硬的指節敲打著剛好在面前的桌子，說道：各位，該怎麼辦？即便告訴將軍其實車爾尼雪夫斯基也提出過同樣的問題，還以此為名寫了一本小說，似乎也無關緊要。現在還有多少人記得車爾尼雪夫斯基？重要的是列寧，是將這個問題納為己有的那位行動派人物。

在這有史以來最陰鬱的四月，面對這個「該怎麼辦」的問題，向來總能找到解決之道的將軍也無計可施了。一個相信「文明使命」與美國作風的人，內心終於受到懷疑啃噬。突然間夜不成眠的他開始在別墅裡四下遊蕩，臉色慘白泛青，宛如瘧疾病患。自從數星期前的三月裡，我們的北方防線失守後，他便會冷不防地出現在我辦公室或是我別墅房間門口，傳達一些零星消息，而且總是令人鬱悶的消息。你相信嗎？他會如此問道，而我只會有兩種回答，一是「不相信，長官！」，一是「不敢置信！」。我們無法相信那個氣候宜人、風景如畫的「咖啡城」邦美蜀，我的高地家鄉，竟在三月初遭到劫掠。無法相信總統阮文紹（這名字的發音彷彿巴不得說得人咬牙切齒）不明所以地下令防守高地的部隊撤退。無法相信峴港與芽莊失陷，也不敢相信當老百姓拚命瘋狂地逃上駁船與船隻時，我方士兵竟然從背後開槍射擊，死亡人數成千上萬。我獨自在辦公室時，盡責地偷偷拍下這些報告的照片，與我接頭的阿敏應該會滿意。這些情況象徵著無可避免的政權腐敗，我看了也高興，但仍難免為這些窮苦民眾的困境感到不忍。就政治而言，我同情他們或許是不對的，但倘若母親還活著，她也會是他們其中之一。她是個窮苦人，我是她窮苦的孩子，沒有人會問窮人想不想打仗，也從來沒有人問過這些窮人是想渴死後暴屍近海，還是想讓自己國家的軍人打劫強暴。假如那數千人還活著，他們不會相信自己是怎麼死的，就像我們也不敢相信美國人（我們的盟友、恩人、保護者）拒絕了我們的要求，不再送錢過來。要是真有了那筆錢，我們會用來做什麼？就用來買當初美國人免費贈送的那些彈藥、汽油、武器零件、飛機與坦克。給了我們針頭之後，如今他們故意不再供藥。（將軍喃喃地說，這世上最貴的莫過於免費的東西了。）

每當談話用餐過後，我會為將軍點上一支菸，而他往往凝視著前方忘了抽他的「鴻運」菸，任由香菸在指間慢慢燃盡。到了四月中，他被菸灰的刺痛驚醒過來，說了一句不該說的話，夫人立刻制止孩子們的吃吃竊笑，說道：你要是再等下去，我們就出不去了。你現在就該吩咐克勞德準備飛機。將軍假裝沒聽見。夫人的心思精明得像裝了算盤，脊梁骨硬得像個教育班長，即使生了五個孩子，身材依然宛如處子。而包覆著這一切的外表，在我們受過美術專業訓練的畫家筆下，總會以最柔和的水彩與最模糊的筆觸來呈現。簡言之，她就是個典型的越南女子。將軍對於這樣的好運氣，始終是既感激又惶恐。他揉著被燙傷的指尖，看著我說：我想也該吩咐克勞德準備飛機了。直到他重新端詳受傷的手指，我才覷了夫人一眼，她只挑起一邊眉毛。我於是說道：好主意，長官。

克勞德是我們最信任的美國友人，關係親密到他曾偷偷向我透露他有十六分之一的黑人血統。當時同樣喝了田納西威士忌而酒醉的我說，啊，所以你的頭髮是黑色的，也容易晒黑，還能像我們一樣跳恰恰。他說，貝多芬也同樣有十六分之一的血統。我說，難怪你可以把〈生日快樂歌〉唱得神乎其技。自從一九五四年他在難民船上見到我並注意到我的才華，至今我們已相識二十多年。當時我才九歲，卻很早熟，已經向一位早期的美國傳教士學會不少英語。克勞德的工作應該是救助難民，現在他在美國大使館上班，表面上負責為我們這個慘遭戰爭蹂躪的國家推廣觀光事業。不難想像，做這份工作必須擰乾他秉持著充滿幹勁的美國精神所流下的每一滴汗水。事實上，克勞德是中情局幹員，早在法國人仍統治帝國的時期便來到這個國家。當年的中情局還稱為戰略情報處，胡志明指望他們能幫忙打法國人，甚至在我國的獨立宣言中引述美國開國元老的話。胡伯伯的敵人說他見人說人話、見鬼說鬼話，但克勞德認為他是同時看到一體兩面。我從辦公室（位在將軍書房走廊的另一頭）打電話給克勞德，用英語告訴他將軍已經絕望了。克勞德的越南話說得很差，法語更差，但英語程度絕佳。我之所以特別指出這點是因為他的同胞不見得每個人的英語程度都好。

都結束了，我對克勞德說這句話時，似乎終於有了真實感。本以為克勞德會反駁說我們的天空可能還會滿布美軍的轟炸機，或是美國空騎部隊很快就會架著砲艇機前來救援，但克勞德沒有令人失望。他說，我會盡量安排，他背後可以聽到細碎的人聲。我想像大使館一片亂糟糟，緊急電報往返於西貢與華盛頓，讓電傳打字機熱過了頭。使館人員毫不歇息地工作，打敗仗的恐懼氣息太過濃烈，連空調也失去作用。在一片火爆氣氛中，克勞德仍能保持冷靜，他在這裡生活太久了，即使置身於熱帶的悶熱氣候也鮮少流汗。他能在黑暗中悄悄潛伏欺近，但在我們的國家絕不可能隱形。他雖是知識分子，卻有獨特的美國人本色，是肌肉結實的划船隊員那一型，還能屈出壯碩的二頭肌。儘管我們這種學者型的人多半都是蒼白、近視、矮小，克勞德卻有一米八八，視力絕佳，每天早上還會讓男僕阿農跨坐在背上，做兩百個伏地挺身來維持身材。閒暇時候他會看書，每次到訪別墅，腋下也總會夾著一本書。幾天後他到來時，帶的是理查·賀德的《亞洲共產主義與東方破壞模式》的平裝本。

這本是送我的，將軍則收到一瓶傑克丹尼威士忌——讓我選的話，我寧可收到威士忌當禮物。不過我還是仔細閱讀封面上密密麻麻的字，那些誇張到令人屏息的推薦與簡介可能是從某個迷妹俱樂部的會議紀錄中摘錄而來，除此之外還有兩位國防部長、一位曾經為了找尋真相造訪我國兩星期的參議員，和一位播報新聞時總愛仿效卻爾登．希斯頓所扮演的摩西的知名電視主播，也興奮地嘰嘰咕咕了幾句。從意義重大的副標「了解進而打敗馬克思主義對亞洲的威脅」，便可得知他們興奮的原因。聽克勞德說每個人都在讀這本指導手冊，我便說我也會讀。已經開了酒的將軍卻無心討論書本或八卦，現在首都已經被敵軍十八個師給包圍了呢。他想討論飛機，克勞德一面用手搓著威士忌酒杯，一面說他頂多只能安排一架C-130運輸機暗中偷渡。機上可以容納九十二名傘兵與其跳傘配備，這點將軍應該十分清楚，因為受總統欽點負責領導國家警察之前，他正是服務於空降部隊。但問題是——他這麼向克勞德解釋——光是他的龐大家族就有五十八人，雖然有些人他不喜歡，甚至於鄙視，但倘若沒有將夫人的親戚全數救出，她永遠不會原諒他。

我的屬下呢，克勞德？他們怎麼辦？將軍以精確正式的英語問道。接著將軍和克勞德不約而同地覷著我。我盡可能顯得勇敢。我並非高階軍官，只不過身為副官又是最熟悉美國文化的軍官，因此每當將軍與美國人開會，我都會參與。我的同胞說英語多半略帶口音，即使有些人英語說得和我一樣好，卻幾乎沒有人能像我一樣談論棒球排名、珍芳達為何討人厭，或是滾石合唱團相較於披頭四的優缺點。如果美國人閉上眼聽我說話，會以為我是他的同鄉。的確，我講電話時很容易被誤認為美國人。見到面之後，對方無不對我的外表驚訝萬分，而且幾乎一定會問我怎麼能把英語學得這麼好。在我們這個受美國管轄的菠蘿蜜共和國，美國人自然預期我也像其他數百萬人一樣不諳英語，或者只會說洋涇浜英語或帶有口音的英語。我痛恨他們這種預期心態，因此總是迫不及待想證明自己對他們的語言無論說寫都同樣精通。比起一般受過教育的美國人，我辭彙懂得更多，文法也更精確。我是雅俗皆通，所以輕輕鬆鬆就能聽懂克勞德形容大使是個「putz」（白痴），是個「jerkoff with his head up his ass」（搞不清楚狀況的笨蛋），死都不肯承認這座城市馬上就要被攻陷。克勞德說，這不是正式撤退，因為我們暫時還不會退守。

幾乎從未拉高嗓門的將軍，此時破例了。他大吼道，私底下你們卻捨棄了我們。日日夜夜都有飛機從機場起飛，所有為美國人工作的人都想辦出境簽證，他們都上你們大使館去申請了。你們撤退了自己的婦女同胞，也撤退了幼兒和孤兒。怎麼反而是美國人自己不知道美國人正在退守？克勞德還算懂世故，一臉尷尬地解釋假如宣布撤退，整個城市會暴動，說不定還會對留下來的美國人不利。峴港和芽莊就是這樣的情形，當地的美國人自顧自地逃命去了，留下居民互相攻擊。但儘管有此先例，西貢的氣氛卻異常平靜，大多數西貢市民表現得就像婚姻觸礁的夫妻，只要沒有人明說外遇的事實，就寧可頑強地抱著對方，一直浸在水裡。而這裡的事實是，至少有上百萬人正在或曾經以某種能力為美國人工作，無論是擦鞋或是指揮一支由美國人設計、猶如美軍翻版的軍隊，又或是以（在伊利諾州皮奧里亞或紐約州波基普西）一份漢堡的代價為他們口交。他們當中有不少人認為一旦共產黨獲勝（只是他們都不肯相信會發生這種事），等著他們的不是牢獄之災就是被勒殺的命運，至於處女則會被迫嫁給野蠻人。怎麼不會呢？這些都是中情局人員散布的謠言。

所以……將軍話聲未畢，就被克勞德打斷。將軍，你有一架飛機，就應該覺得幸運了。

將軍不善於求人。他乾了威士忌，克勞德也是，然後兩人握手道別，從頭到尾他的目光始終沒有離開過克勞德的雙眼。將軍對我說過，美國人喜歡和人四目相對，尤其是從後面捅你一刀的時候。克勞德卻不這麼看待當前局勢。他臨行前對我們說，其他將軍都只設法替近親找機位，即便是上帝和諾亞也救不了所有的人。或者也可以說是不救，反正就是這樣。

他們真的救不了嗎？父親會怎麼說呢？他以前是天主教教士，我卻不記得這個可憐的神職人員曾經在講道時提過諾亞，不過坦白說，我去做彌撒時都只顧著作白日夢。然而不管上帝或諾亞能做什麼，但凡是將軍手下的人，只要一有機會，都會拯救自己的上百名血親，外加任何一個付得起錢賄賂的紙上親戚。越南家族的事處理起來複雜又棘手，雖然我偶爾也渴望有個家，可是母親被逐出家門，而我又是獨子，現在還不是時候。

當天稍晚，總統辭職下臺。早在數星期前，我就料到總統會以獨裁者該有的姿態拋棄這個國家，因此在擬定撤離名單時，我幾乎想都沒有想到他。將軍向來挑剔又注重細節，也很習慣迅速做出艱難的決定，但他卻將這項任務交給了我，自己則忙著處理辦公室事務：閱讀上午的審訊報告、到基地參加將領聯席會議、打電話給心腹討論如何在守住城市的同時做好拋棄它的準備，這狡猾的計謀就好像聽著自己最喜愛的歌曲玩搶座位遊戲。音樂讓我掛心，因為夜裡處理名單時，我都會用別墅房間裡的 Sony 收音機聽美國廣播電臺。通常，誘惑合唱團、珍妮絲．賈普林和馬文．蓋伊的歌總能讓壞事變得可堪忍受、好事變得更美好，然而在這樣的時刻卻不然。我的筆每劃過一個名字，便有如宣判死刑。我們的名字，從最低階軍官到將軍，都列在一張名單上，三年前當我們破門而入，名單擁有者剛剛把紙塞進嘴裡。我向阿敏提出的警告沒能及時轉達給她。當警察將她扭壓在地，我也只得將手伸進這名共產黨特務嘴裡，掏出那張被口水浸溼的名單。這張「口水紙」的存在，證明了習慣監視人的政治保安處人員本身也受到監視。儘管曾有一刻與她獨處，我也不能冒著身分曝光的危險告訴她我們是同一邊的。我知道她將面臨什麼樣的命運。凡是進到政治保安處審訊室的人都會吐實，她也會不由自主地說出我的祕密。她比我年輕，但已經夠聰明，同樣知道自己即將面臨的命運。在短短的一剎那，我在她眼中看見事實，而事實就是她痛恨她所認為的我——一個壓迫體制的幹員。緊接著，她和我一樣，想起自己應該扮演的角色，於是呼喊道：求求你們了，長官！我是清白的！我發誓！

至今三年了，這個共產黨特務還關在牢裡。我把她的檔案放在桌上，提醒自己當初沒能救她。阿敏曾說：那也是我的錯，等到解放那天到來，我會親手打開她的牢門。她被逮捕時二十二歲，檔案資料中有一張她被捕時的照片，和另一張幾個月前的照片，眼神已失去光彩，頭髮也變得稀疏。我們的牢房有如時光機器，關在裡頭的人會比平常老得快。看著她今昔對比的容貌，讓我更能下定決心選出幾個可以得救的人，並讓更多人陷於不幸，其中包括一些我喜歡的人。幾天下來，我將名單一擬再擬，而同一時間裡，春祿的守衛軍被消滅了，國界另一邊的金邊也落入赤棉手中。幾夜過後，我們的前總統便悄悄飛往臺灣。載他前往機場的克勞德注意到總統的行李格外沉重，還發出類似金屬碰撞的匡噹聲，可能是大量的國庫黃金。這是他第二天來電告知我們的飛機將在兩天後起飛時，順便告訴我的。當天傍晚我終於完成了名單，告訴將軍說我決定一視同仁，以具有代表性為考量，選擇最高階的軍官、人人都認為最正直的軍官，還有我最喜歡與之為伍的軍官等等。他接受了我的說詞與其無可避免的後果，於是有不少知道最多政治保安處工作內情、罪行也最重大的資深軍官會被留下。我最後選出一名上校、一名少校、另一名上尉和兩名中尉。至於我自己，我保留了一個位子，還替阿邦、他老婆和他兒子（我的乾兒子）留了三個位子。

那天晚上，將軍拎著已經半空的威士忌酒瓶來找我表達慰問，我趁機請求他答應讓阿邦同行。阿邦雖不是我的親兄弟，卻是我學生時代兩個歃血為盟的兄弟之一，另一個是阿敏，我們三人劃開自己青春的手掌，以握手儀式混合彼此的血，發誓忠誠不渝。我的皮夾裡放了一張阿邦與他家人的黑白照片。阿邦看起來像個長得不錯卻被狠狠揍了一頓的人，其實他天生就長這樣。即使戴上傘兵貝雷帽、穿上虎紋迷彩服，都無法讓人不注意到他那對招風耳、那副始終藏在脖子皺褶中的下巴，和那個明顯歪向右邊（與他的政治傾向相同）的塌鼻子。至於他的妻子阿鈴，詩人可能會將她的臉比擬為滿月，不只暗喻她臉蛋的豐滿渾圓，也影射她臉上那些斑斑點點、坑坑洞洞的痘疤。這兩個人怎麼能生出阿德這麼可愛的孩子？這是個謎，但也或許就像負負得正一樣合乎邏輯。將軍把照片還給我說道：我最起碼還能幫上這個忙，他是空降部隊的，如果我們的軍隊全是空降兵，早就打贏這場仗了。

如果……只可惜沒有如果，只有一個不爭的事實，就是將軍正貼著我的椅子邊緣坐，我則站在窗邊小口小口喝著威士忌。院子裡，將軍命人將一批批機密文件丟進一只五十五加侖的汽油桶燒毀，熊熊大火讓炙熱的夜晚更加炙熱。將軍起身在我的小房間裡踱起步來，手裡端著酒杯，身上只穿著四角短褲和內衣背心，下巴隱隱可見午夜冒出的鬍碴。只有他的管家、家人還有我，看過他這副模樣。白天無論何時有客到訪，他都是頭髮抹得油亮，穿著上漿的卡其制服，別在胸前的勳章飾帶比選美皇后的髮飾還要多。但今晚，別墅裡一片靜悄，只偶爾傳來一記槍砲響聲，他忍不住抱怨起美國人當初承諾過，只要我們聽命行事，就會救我們脫離共產主義。這場仗是他們開始的，如今他們打累了，就出賣我們，他說著又給我倒了一杯酒。可是我們除了怪自己還能怪誰？是我們自己太笨，竟以為他們會信守承諾。現在除了美國，已無處可去。我說，還有更糟的地方呢。他說，也許吧，至少可以活下來東山再起。可是眼下我們是徹底完蛋了。這種時候乾杯該說些什麼呢？

不一會兒我便想到一句。

為你眼中的血乾杯，我說道。

說得好。

這句乾杯時說的話，我忘了是從哪學來的，甚至忘了是什麼意思，只記得是在美國那幾年學會的。將軍也去過美國，不過只待了幾個月，那是一九五八年的事，他還是個低階軍官，連同一個排的弟兄被派到本寧堡受訓，當時他受「綠扁帽」特種部隊洗腦後，便終生對共產主義免疫。至於我，這樣的洗腦並未奏效。我已經是臥底人員，半靠著獎學金念書，半接受諜報訓練，是我方同志中唯一就讀於一所林木茂密、名為「西方」，並以「*Occidens Proximus Orienti*」（西方最接近東方）為校訓的小學院。我在那裡，在六〇年代如夢似幻、陽光燦爛的南加州度過美好的六年。但不是鑽研高速公路、下水道系統或類似的實用事業，我的臥底夥伴阿敏分派給我的任務是學習美國人的思考模式。我負責的是心理戰。因此，我閱讀美國歷史與文學，加強文法也吸收俚語，吸食大麻並獻出我的處男貞操。總之，我不僅讀完大學還取得碩士學位，成了各種美國文化研究的專家。直到今天，我還能清楚看見自己坐在一片光輝燦爛的藍花楹樹叢旁的草地上，第一次讀到美國最偉大哲學家愛默生寫的句子。當時我的心思一分為二，一半留意著充滿熱帶風情的古銅膚色女同學，穿著袒肩露背的上衣和熱褲，躺在六月草的草地上做日光浴，一半放在那句印在赤裸白紙上顯得格外墨黑而顯眼的話語：「一貫的堅持是心胸狹窄者的心魔」。用愛默生的話來形容美國再真實不過，但我會在這句話底下畫上一條、兩條、三條線，不單只是為了這個原因。當時令我深受打擊，現在依然震撼我的是，同一句話也適用於我們祖國，我們可是善變到了極點。

最後一天早上，我開車送將軍到他位於國家警察廳館區的辦公室。我的辦公室就在同一條走廊上，我在那裡一一私下召喚那五名被選中的軍官。今晚要離開？神色緊張的上校問道，大大的雙眼有些溼潤。是的。而經常在堤岸區中國餐館出沒、縱情美食的少校則問道，我爸媽呢？我妻子的爸媽呢？不行。兄弟姐妹、姪子姪女呢？不行。管家和保姆呢？不行。行李、衣物、瓷器收藏呢？不行。由於感染性病走起路來有些蹣跚的上尉，威脅我說若不多找幾個位子，他就要自殺。我遞上我的手槍，他隨即退縮。反觀那兩名年輕中尉倒是滿懷感激。他們的寶貴位階是靠長輩的關係得來，因此舉手投足都緊張得像傀儡一樣忽動忽停。

送走最後一人之後我關上門。遠方的轟炸聲晃得窗戶空隆作響，我看見東邊竄出濃濃的火與煙。敵軍的砲火點燃了隆平彈藥庫。我覺得既需要哀悼也需要慶祝，便走到抽屜前，那裡頭有一瓶五分之一加侖裝的金賓威士忌，還剩下幾盎司。我可憐的母親要是還活著，會對我說：兒子，少喝點，那對你沒好處。真的沒好處嗎，媽媽？當一個人像我這樣置身艱難處境，在將軍底下當間諜，只要一找到機會就會尋求慰藉。我把威士忌喝完後，載著將軍穿過暴風雨回家，如羊水般潑灑全市的大雨暗示著下個季節即將到來。有人期望雨季能讓北方部隊前進的速度放慢，但我認為不太可能。我沒吃晚餐，開始打包，往背包裡放入盥洗用具、在洛杉磯捷司平尼百貨買的一件斜紋褲和一件格紋襯衫、樂福鞋、三套替換的內衣褲、在賊市買的一支電動牙刷、一張裱框的母親照片、裝在幾個信封裡的這裡和美國的照片、我的柯達相機，還有《亞洲共產主義與東方破壞模式》。

這只背包是克勞德送我的禮物，祝賀我大學畢業。這是我所擁有最帥氣的東西，可以背在背上，也可以把這裡和那裡的帶子一拉，變成手提行李袋。背包是由新英格蘭一家老牌製造商以柔軟的棕色皮革製成，散發出一種濃烈神祕的氣味，彷彿揉合了秋葉、烤龍蝦，以及男子寄宿學校裡的汗水與精液等等味道。袋子側面印有我姓名縮寫的花押字，但最特別的是它底部有個夾層。克勞德說過，每個男人的行李箱都應該有活動夾層，誰也不知道什麼時候會用上。我瞞著他，用這夾層來藏我的米諾克斯迷你相機。這部相機是阿敏送我的，價錢是我一年薪水的好幾倍。以前我就是用它來拍攝我能取得的一些機密文件，心想也許將來還能派上用場。最後，我把剩餘的書本和唱片整理了一下，多數都是在美國買的，而且全都留有記憶的指紋。無論是貓王或巴布·狄倫、福克納或馬克·吐溫，都放不下了，雖然還可以再買新的，但在裝書與唱片的箱子外面寫上阿敏的名字時，我內心仍十分沉重。它們超出了我的負荷，一如我的吉他，我離開時，它那對充滿怨氣的豐臀就攤在我床上。

打包完畢，我借了雪鐵龍去接阿邦出來。查哨的憲兵看見車身上有將軍的星級標誌，手一揮便讓我通過。我的目的地在河對岸，這是一條髒兮兮的水道，兩旁林立著鄉下難民居住的簡陋棚屋，他們的家和農場都被毀了，下手的除了有縱火癖的士兵，還有將丟擲炸彈視為天職、事實上根本就是縱火犯的投彈手。經過這一大片亂糟糟的破屋，深入第四郡，阿邦和阿敏正在一間啤酒園等我，我們三人在這裡度過的酒醉時刻比我記憶中要多得多。每張桌旁擠滿了陸海軍士兵，步槍就放在凳子底下，頭髮短得緊貼頭皮，只因那些有虐待狂的軍中理髮師為了某種邪惡的骨相學目的，故意讓他們頭顱的輪廓一覽無遺。我一坐下阿邦就替我倒了一杯啤酒，但在他說乾杯之前不許我喝。他舉起自己的杯子說，祝早日重聚，我們下次菲律賓見！我說其實會在關島，因為獨裁者馬可仕受夠了難民，不願意再接收了。阿邦哀嘆一聲，拿杯子磨蹭著額頭說，沒想到情況還能更糟，現在連菲律賓人都瞧不起我們了？阿敏說，別想菲律賓人了，還是為關島乾杯吧，聽說那裡是美國一天開始的地方。阿邦嘟噥道，也是我們日子結束的地方。

阿邦和我還有阿敏不一樣，他是個道地的愛國分子，自從地方上的共產黨幹部鼓動他當村長的父親跪在村中廣場上認罪，然後狠狠地朝他耳後開了一槍，阿邦就恨死共產黨了，不但支持南越還自願上戰場。要是由著他，阿邦肯定會效法日本人戰到最後一刻，甚至往自己的腦袋開槍，於是我和阿敏說服他要為妻兒著想。我們說，前往美國不是拋棄祖國，而是策略性的撤退。我們告訴阿邦說阿敏明天也要帶家人逃亡，但事實上阿敏會留下來見證阿邦厭恨無比的北方共產黨解放南方。此刻，阿敏用修長纖細的手指捏著他的肩膀說，我們三個是血盟兄弟，就算戰敗，就算失去國家，我們也還是血盟兄弟。他看著我，眼眶微溼。我們的情誼永無終點。

你說得對，阿邦一面說一面猛搖頭，以掩飾眼中的淚水。那就別再悲傷愁悶了，讓我們為希望乾杯，我們會回來收復祖國的，對吧？他也看著我。我卻不以自己眼中的淚為恥。就算親兄弟也比不上他們倆，因為我們選擇了彼此。我舉起啤酒杯說，祝早日歸來，也為永無終點的兄弟情乾杯。我們乾了杯裡的酒，嚷嚷著再來一杯，張開雙臂互相勾肩搭背，一整個小時都沉浸在兄弟之愛與歌曲中，音樂由花園另一頭的雙人樂團提供。吉他手是個逃避兵役的長髮男子，過去十年來，白天都待在酒吧老闆的屋內，晚上才出來活動，因此膚色慘白。與他合作的女歌手也留長髮，嗓音甜美，如嬌羞處子般的粉紅絲質奧黛讓她的苗條身材展露無遺。她正在唱鄭公山的抒情歌，這位民謠歌手連空降部隊的傘兵都喜愛不已。「親愛的，明天我將離去……」她的歌聲壓過了嘈嘈話語聲和雨聲。「別忘了喚我回家……」我的心在顫抖。我們不是一聽到軍號或小號聲就立刻衝鋒陷陣的民族。不，我們是應和著情歌旋律作戰，因為我們是亞洲的義大利人。

「親愛的，明天我將離去，城裡的夜已不再美麗……」如果阿邦知道接下來許多年，也可能一輩子都再見不到阿敏，他絕不會踏上飛機。打從高中時期，我們就幻想自己是三劍客，我為人人，人人為我。是阿敏介紹我們讀大仲馬，首先因為他是個了不起的小說家，其次因為他有四分之一黑人血統。因此他是我們的模範，雖然同樣受法國人殖民，他卻因為血統而更加受到歧視。阿敏嗜書如命也熱愛說故事，若是生在太平時期，可能會進我們的中學當文學老師。除了將賈德納的「梅森探案集」其中三冊翻譯成我們的母語，他還用筆名寫了一部難以令人留下印象的左拉式小說。他研究美國，卻從來沒去過，阿邦也是一樣，這時他又點了一杯酒，並問說美國有沒有啤酒園。我回說，那裡有酒吧和隨時可以買到啤酒的超市。他又問，可是有美女唱這樣的歌嗎？我重新替他斟滿，說道，那裡有美女，可是不唱這樣的歌。

吉他手又開始彈起另一首歌。阿敏說，他們還是會唱這樣的歌，像是披頭四的〈昨天〉。當我們三人一塊跟著唱，我的雙眼也漸漸溼潤。如果能生活在一個命中註定沒有戰爭的時代，不必受怯懦腐敗者領導，自己的祖國也不是個空殼子，只能藉由美國點點滴滴的幫助活命，那會是什麼樣子呢？身旁除了我的結拜兄弟之外，這些年輕士兵我一個也不認識，但坦白說我同情他們每一個人，同情他們因為直覺到再過幾天自己就會死去，或受傷，或被囚，或受辱，或被拋棄，或被遺忘，而感到迷惘。他們是我的敵人，卻也是我的作戰夥伴，他們心愛的城市即將淪陷，而我的很快就要被解放。這是他們世界的末日，但對我來說只是世界的變換。因此就在這短短兩分鐘內，我們全心全意地唱歌，只懷想過去，不看未來，彷彿一群泳者以仰式游向瀑布。

我們離開時雨終於停了。我們站在溼答答還滴著水的巷口，也是啤酒園的出口，抽著最後一根菸，有三個喝到腦袋積水的海兵，從陰道般的漆黑中跌跌撞撞走出來，嘴裡唱著：「美麗的西貢！西貢啊！西貢啊！」雖然才六點，他們已經醉醺醺，迷彩便服上沾有啤酒漬。三人各用肩帶背著一把M16步槍，還大剌剌地展示一對備用睪丸。就近一看才發現，原來是腰帶扣兩邊各掛了一顆手榴彈。雖然他們的制服、武器和頭盔全是美國製，和我們的一樣，但就是不可能把他們誤認為美國人，而洩漏真相的正是有凹痕的頭盔，這些「鋼鍋」是依照美國人的尺寸製造，我們任何人戴起來都太大。第一個海兵的頭晃來晃去，最後撞到我，咒罵一聲，頭盔邊緣一路滑落到鼻子上。他把帽簷往上推之後，我看見一雙迷迷濛濛、試圖聚焦的眼睛。喂！他滿口酒臭地說，但南方口音實在太重，我聽得有點吃力。搞什麼啊？警察嗎？你是怎麼對待正牌軍人的？

阿敏朝他彈了一下菸灰。這個警察是上尉，還不向長官敬禮，中尉。

第二個海兵也是中尉，他開口道，遵命，少校。第三個海兵還是中尉，他聽了回說，管他少校、上校還是將軍，通通去死吧。總統都跑了，將軍……啵！像煙一樣，沒了，老樣子，自顧自逃命去了。你猜怎麼樣？就是留下我們掩護他們撤退，也是老樣子。第二個海兵說道，什麼撤退？根本沒地方去。第三個附和道，我們死定了。第一個又說，跟死沒兩樣，我們的任務就是去死。

我丟掉香菸。你們還沒死，應該趕快回自己的崗位去。

第一個海兵再次盯著我的臉看，接著往前一步，直到我們倆的鼻尖幾乎碰在一起。你是什麼東西？

你太超過了，中尉！阿邦大喊。

我來告訴你你是什麼東西。那海兵用食指戳著我的胸口說。

別說出來，我說道。

雜種！他喊道。另外兩個海兵笑了起來，並隨聲應和。雜種！

我掏出手槍，槍口抵在那個海兵的眉心。他的友人站在後面，緊張地摸著步槍，但沒有進一步動作。他們雖然喝醉，卻還沒醉到自以為拔槍速度能快過我那兩個較為清醒的朋友。

你喝醉了，對吧，中尉？我的聲音不由自主地顫抖。

是的，長官，海兵回答。

那我不會對你開槍。

就在這時候，我們聽到第一聲轟炸，我大大鬆了口氣。每個人都轉頭望著爆炸方向，在西北方，在那之後一聲接著一聲。阿邦說，是機場，五百磅的炸彈。事後證明他兩點都說對了。從我們的所在位置什麼也看不見，直到片刻後，才見到團團黑煙翻湧而上。接著，城裡從市中心到機場，好像所有的槍砲都響了起來，輕型的答答答響，重型的砰砰砰響，還有橘色曳光彈紛紛朝天疾射。鬧了這麼一陣，把這條可憐兮兮街道的居民全引到窗邊和門口來，我於是把槍收回槍套。那幾個海兵中尉看見目擊者不斷出現，酒也醒了，便一言不發爬上吉普車開車離去，穿梭過街上的幾輛摩托車後到達十字路口。這時吉普車忽然剎車，幾名海兵拿著步槍踉蹌下車，也不管爆炸聲仍持續響著，人行道上擠滿老百姓。當海兵站在一盞光線微黃的街燈下睨視我們，我不由自主地脈搏加速，結果他們只是將槍口朝天，一面咆哮尖叫一面開槍，直到子彈射光為止。我心跳得好快，背上淌著汗，但為了朋友我仍面帶笑容，又點了根菸。

白痴！阿邦大罵，百姓則蹲在門口。那幾個海兵衝著我們罵了幾句尖酸刻薄的話之後，又跳上吉普車，轉過街角消失不見。我和阿邦一起向阿敏道別，等他開著自己的吉普車離開後，我把車鑰匙丟給阿邦。轟炸與槍砲聲停了，阿邦開著雪鐵龍前往公寓住處，一整路都在痛罵海軍陸戰隊，我則是沉默不語。我們不是指望海兵謹守餐桌禮儀，而是指望他們在生死關頭能有正確的直覺。至於他們罵我的話，其實我自己的反應讓我更不痛快。我早該習慣別人對於我出身的嘲弄，但不知為何就是習慣不了。我母親是本地人，父親是外國人，從小不管是陌生人還是熟人總會動不動提醒我，對我吐口水、罵我雜種，只是有時候為了變個花樣，也會先罵我雜種再吐口水。

2

即便到現在，那個每天來監視我的娃娃臉警衛也是心血來潮就罵我雜種。我倒也不因此感到驚訝，只是原本期望您手下的人水準會高一點罷了，親愛的司令。老實說，那個字眼仍然刺痛了我。他是不是可以變個花樣，像以前某些人一樣喊我混種狗或混血仔？再不然「美提私」如何？法國人不喊我歐亞人的時候就會這麼叫我。在美國人聽來，「歐亞人」這個字眼為我蒙上一層浪漫色彩，但法國人本身聽了根本無動於衷。我在西貢仍不時會遇見他們，一群懷舊的殖民者，即使在他們的帝國喪失主權後仍堅決留在這個國家。他們聚集在運動俱樂部，一面啜飲保樂茴香酒、大啖韃靼牛肉，一面懷想昔日發生在西貢街頭的往事，而這些街道他們依然以法文舊名稱呼：諾羅敦大道、夏斯盧羅巴街、阿貢堤道。他們對當地雇傭作威作福，擺出暴發戶的傲慢架子，看見我來的時候，還會用邊界警衛檢查護照的懷疑眼神瞅著我。

不過，歐亞人的說法不是他們發明的。這得歸功於印度的英國人，他們也覺得面對黑巧克力，非得吃上一口不可。而美國在太平洋的特遣部隊人員和那些頭戴軟木遮陽帽的英國人一樣，抗拒不了當地人的誘惑。他們也創造了一個混合詞來形容我這種人，叫「美亞人」。

這個字眼用在我身上並不正確，但其實不能怪美國人把我誤認為他們之一，因為美國大兵（簡稱ＧＩ）在熱帶地區的後代已經多到足以建立一個小國家。ＧＩ意指Government Issue（政府配給），正好美亞人也是。至於我的同胞喜愛委婉字眼勝過縮寫，便以「人生的塵土」來稱呼我這樣的人。嚴格一點來說，我在西方學院查過牛津英語辭典，我可以被稱為「私生子」，然而就我所知，所有國家的法律都認定我為不合法的非婚生子。母親說我是她愛的結晶，但我不想太強調這點。說到底，還是我父親做得對，他根本就不叫我。

所以也難怪我會喜歡將軍，他就和我的朋友阿敏、阿邦一樣，從來不蔑視我混雜的出身。挑選我當屬下時，將軍說：我唯一只在意你能把事情做到多好，哪怕我吩咐你做的可能不是什麼好事。我不只一次證明了自己的能力，處理撤退事宜只是我最近一次展現自己有能力遊走於合法與非法之間，僅一線之隔的模糊地帶。人挑好了，巴士安排好了，最重要的是放行的相關人員也都收買好了。賄賂用的錢是一袋一萬的美金現鈔，我先向將軍申請，他再去向夫人請款。這筆錢非同小可啊，她在客廳喝著烏龍茶對我說。我回答說，這個時期也是非同小可，能撤退九十二個人算便宜了。她無法反駁，因為凡是仔細傾聽過城裡如鐵軌般縱橫交錯流言的人，都會這麼回報。傳聞說簽證、護照加上撤退機位的費用可能高達數千美金，端視你所選的組合與你歇斯底里的程度而定。不過在賄賂之前，也得先找到願意收賄的人。為我解決難題的是我在阮惠街粉紅夜總會結識的一個聲名狼藉的少校。在ＣＢＣ樂團如雷般的迷幻樂聲與「緊張」樂團節奏強勁的流行音樂中，不得不扯開嗓門的交談之下，我得知他是機場的執勤官。沒想到僅僅花一千美金，他便說出我們離開當天機場由誰守衛，以及上哪可以找到他們的中尉長官。

一切安排就緒，我和阿邦也接出他的妻兒後，我們七點會合準備出發。兩輛藍色巴士等在別墅大門外，車窗加裝了鐵條，理論上能讓恐怖分子的手榴彈彈開來，除非是火箭推進榴彈，但要真遇上也只能求老天保佑了。焦慮的幾家人在別墅院子裡等候，夫人則和下人們站在階梯上。她的幾個孩子沉著臉坐在雪鐵龍後座，看著克勞德和將軍在轎車大燈前抽菸，臉上露出一種外交官似的木然神情。我拿著乘客名單，請各軍官與家人上前點名後，指引他們上車。每個成人與青少年都依照指示，只帶了一個小行李箱或行李袋，有幾個小孩則緊抱著薄毛毯或石膏娃娃，那些西方面孔的娃娃全都咧著嘴，露出狂熱笑容。阿邦走在最後面，攙著阿鈴的手肘，阿鈴則牽著阿德的手。他剛好是能夠穩穩走路的年紀，另一隻手握成拳頭，裡面是我從美國買回來送他作紀念的黃色溜溜球。我向孩子敬禮，他專注地皺起眉頭，停下腳步，鬆開母親的手，向我回禮。我對將軍說，人都到齊了。他用腳跟捻熄香菸說道，那麼該出發了。

將軍最後一項任務就是向男管家、廚子、女管家和三名妙齡保姆道別。其中有些人曾請求夫人帶上他們一起走，但夫人堅定地拒絕，她深信為將軍的下屬軍官出錢已經過度慷慨。她想的當然沒錯。就我所知，至少有一個將軍雖然為屬下提供機位，卻是賣給出價最高者。這時候夫人和所有下人都哭了，只有年紀老邁、甲狀腺腫大的脖子上繫著一條紫色寬領帶的管家除外。早在將軍還是中尉時，他就已經跟在他身邊當勤務兵，兩人都在奠邊府為法國政府效力，度過一段地獄般的慘烈時期。將軍站在階梯底層，無法正視老人，只是將帽子拿在手上，低頭行禮說了一句：抱歉。這是我唯一一次聽見他向夫人以外的人道歉。你們把我們服侍得很好，我們卻沒能善待你們，不過你們誰都不會受到傷害。別墅裡的東西想拿什麼就拿，拿完就離開。要是有人問起，別承認你們認識我或曾經為我工作過。至於我呢，我現在向你們發誓，我不會放棄繼續為國家奮鬥！將軍說著落下淚來，我遞過自己的手帕。在接下來的沉默中，老管家說，長官，我只想要一件東西。什麼東西，老朋友？您的手槍，好讓我可以自盡！將軍搖搖頭，一面用我的手帕擦眼睛。你不能做這種事，回家去等我回來，到時候我會給你一把手槍。老管家正打算敬禮，將軍卻朝他伸出手來。不管今天別人怎麼說將軍，我只能證實他是個誠懇的人，對於自己說的話，哪怕是謊言也深信不疑，這點和大多數人沒兩樣。

夫人分給每位下人一個裝著美金的信封袋，厚度依各人的階級而不同。將軍將手帕還給我，陪著夫人走向雪鐵龍。最後這趟車程，將軍要親自掌握那圈包覆皮革的方向盤，帶領兩輛巴士前往機場。克勞德說，我搭第二輛巴士，你上第一輛，要看好了，別讓司機迷路。上車前，我在大門邊駐足了一下，再看別墅最後一眼，當初像變魔法一樣把它變出來的是一座橡膠園的主人，來自科西嘉島。一棵宏偉的羅望子樹聳立於屋簷之上，長長的、一節一節突出的酸豆莢，宛如死人的手指垂懸下來。遠處，下人們仍站在階梯頂端的臺上。我向他們揮手告別，他們也禮貌地揮手回禮，而拿在另一隻手上的白色信封，在月光下變成一張張哪也去不了的車票。

□

從別墅到機場的路程跟西貢的一切一樣複雜，也就是複雜到了極點。出了大門右轉上裴氏春街，到黎文悅街左轉，再右轉紅十字街朝使館區方向前進，到了巴斯德街左轉，阮廷炤街再左轉，右轉公理街，然後直行到機場。不料，來到黎文悅街時，將軍沒有左轉，而是右轉。他走錯方向了，我的司機說。他的手指被尼古丁染黃，腳趾甲尖得危險。我回他，跟著走就對了。我站在門邊井道內，車門敞開讓涼爽的晚風吹進來。阿邦和阿鈴坐在我後面的第一排座位，阿德往前趴在母親腿上，越過我的肩頭凝神細看。街上空蕩蕩，據收音機上說，因為機場遭襲而實施二十四小時宵禁。人行道上也幾乎空無一人，只偶爾出現逃兵丟棄的整套制服，有些甚至堆得整整齊齊，頭盔放在最上面，底下依序是上衣、長褲和靴子，就好像主人被雷射槍射中，瞬間蒸發了。在一個不會浪費任何東西的城裡，這些制服卻是誰也沒去碰過。

我這輛車上至少有幾個平民裝扮的士兵，只是剩下的將軍的遠近親戚多半都是婦孺。乘客低聲地交頭接耳，抱怨這個抱怨那個，我只裝作沒聽見。我們的同胞就算身在天堂，也會找機會批評這裡沒有地獄溫暖。司機又說，他為什麼要走這條路？有宵禁啊！我們全都會被槍殺的，不然也會被抓起來。阿邦嘆了口氣，搖搖頭說，他是將軍。好像這樣就能說明一切，事實上也是。然而，當我們經過中央市場，轉上黎利街，司機仍一路不停埋怨，直到將軍終於在藍山廣場停車他才住口。眼前是國會的希臘式建築，昔日的歌劇院。我們的政治人物倒也在這裡上演了一齣粗製濫造、滑稽可笑的輕歌劇，穿著白色西裝的豐滿女伶，加上留著大八字鬍、穿著量身訂製軍服的女歌者，演得荒腔走板、不倫不類。我探出身子往上看，看見帆船酒店頂樓酒吧亮晃晃的窗口，以前我經常陪將軍到這裡喝個小酒、接受記者訪問。陽臺上可以眺望西貢與周圍地區無與倫比的美景，這時從那兒揚起一陣輕笑，想必是一群準備為這座瀕死城市量體溫的外國記者，和非盟國的使館官員，正看著地平線那頭的隆平彈藥庫在曳光彈咻咻急射的夜裡火光沖天。

我忽然有股衝動想往笑聲的方向掃射一通，好讓他們的夜晚更熱鬧些。見將軍下車，我本以為他也有同樣的衝動，不料他轉往國會另一個方向，朝黎利街長滿草的安全島走去，那裡有一座醜陋的雕像。我很後悔將柯達相機放在背包而不是口袋，否則我真想拍下將軍向那兩名巨大海兵敬禮的模樣，他二人正在衝鋒，後面那個英雄卻興味盎然地研究著同伴的屁股。當阿邦和車上其他男人也一起向雕像敬禮，我腦中只想到這兩個海兵是在保護晴朗日子裡，在他們眼皮底下散步的群眾，或者（這也不無可能）是在進攻他們機關槍瞄準的國會。但是當巴士上某個男人出聲啜泣、我也舉手行禮時，我猛然意識到這當中的意義其實沒有那麼含糊不清。我們的空軍炸了總統府，我們的陸軍射殺並刺死了第一任總統與其胞弟，還有我們軍中那些爭吵不休的將軍所挑起的政變也不勝枚舉。到了第十次叛亂後，我抱著絕望又憤怒，並夾帶一絲幽默的複雜心情接受了國家的荒謬現狀，也受到這混雜心情的影響重立革命誓言。

將軍滿意地回到雪鐵龍車上，車隊重新上路，穿越單行道自由街進出廣場。我瞥了紀法咖啡最後一眼，以前和一些端莊文雅的西貢小姐（還有陪同她們前來、身形枯槁如木乃伊的女性長輩）來此約會時，我最愛點他們的法式香草冰淇淋。紀法咖啡再過去是布洛達咖啡，我對美味可麗餅的喜好就是在這裡培養的，但同時也會盡量無視一個接一個、跛腳蹦跳而過的窮人。那些有手的會拱起手心央求施捨，沒有手的就緊咬棒球帽的帽舌。斷手的軍人鼓動著空蕩的袖子，有如不會飛的鳥，上了年紀的啞巴乞丐一雙眼睛像響尾蛇似地盯著你看，街頭的流浪兒訴說著自己的可憐境遇，個頭不高卻能撒瞞天大謊，年輕寡婦懷裡搖著腹絞痛的嬰兒，卻可能是她們租來的；還有形形色色的殘障者展示著世間你所能想像到、讓人看了難受的各種疾病。自由路再往北走有一間夜總會，我曾在此度過無數夜晚，和身穿迷你裙、腳踩最新流行的恨天高高跟鞋的年輕女子跳恰恰。這條街曾經是飛揚跋扈的法國人金屋藏嬌之處，後來水準較低下的美國人用五光十色的酒吧為它製造歡鬧氣氛，霓虹燈閃著「舊金山」、「紐約」、「田納西」等名稱，店內的自動點唱機播出的全是鄉村音樂。墮落一夜後感到內疚的人，可以踩著蹣跚步伐往北走到自由街底的磚砌大教堂，也就是將軍現在帶領我們沿著二徵夫人街前往的地方。教堂外豎立著白色的聖母雕像，她雙手張開象徵和平與寬恕，然而目光低垂。儘管她和兒子耶穌已準備好迎接自由街上所有的罪人，他們那些一本正經的懺悔者與傳教士（包括我父親在內）卻經常將我拒於門外。因此每次和阿敏祕密碰面，我總會約在大教堂，對於充當信徒這番胡鬧行為，我們倆都樂在其中。我們會屈膝跪拜，但事實上我們是已經選擇共產主義而拋棄上帝的無神論者。

我們每星期三碰面，教堂裡只有寥寥幾個神色嚴峻的老寡婦，頭上包蕾絲頭紗或黑色圍巾，嘴裡唸誦著：我們在天上的父，願你的名被尊為聖……我已經不再禱告，但舌頭卻不由自主跟著這些老婦人動了起來。她們的強韌不輸給步兵，擁擠的週末彌撒上，偶爾會有體力衰弱或年紀老邁的人熱昏，她們卻能不動如山地熬坐過去。我們太窮，買不起冷氣，不過中暑倒也是表達堅定信仰的另一種方式。恐怕很難再找到比西貢人更虔誠的天主教徒了，這其中大多數人，譬如我母親和我，都已經在五四年逃離過共產黨一次（當時年僅九歲的我對此並無置喙餘地）。約在教堂見面，阿敏覺得很有趣，他和我一樣也曾是天主教徒。當我們佯裝成每星期做一次彌撒還嫌不夠的虔誠軍官，我會向他坦白自己在政治與私生活上的失敗，而他也會扮演聽取告解的人，小聲地為我赦罪，只是說的不是禱告詞而是任務。

美國？我問道。

美國，他肯定地回答。

我一得知將軍的撤退計畫就告訴他，上個星期三，他也在教堂告知我的新任務。這項任務是他的上司指派給我的，至於他們是誰，我不知道。這樣比較安全。打從中學時期，我們的運作模式便是如此，我們利用讀書小組走上一條祕密道路，阿邦則堂而皇之地繼續走他較傳統的路。讀書小組是阿敏的主意，這是個三人小組，成員包括他自己、我和另一位同學。阿敏擔任組長，帶領我們閱讀革命經典書籍，並教導我們黨的理念與教義。當時，我知道阿敏是另一個小組的低階成員，不過其他人的身分我都不清楚。阿敏告訴我，保密與階級是革命的關鍵所在。因此在他上面有貢獻較多的人組成的委員會，再上面又有貢獻更多的人組成的委員會，依此類推，推到最後應該就是胡伯伯本人了，至少他還在世時，是所有人當中貢獻最大的，也是他說出了「再沒有什麼比獨立與自由更可貴」。正是這樣的話讓我們願意慷慨赴死。這種措詞，還有讀書小組、委員會與集會時的言論，阿敏說起來總是駕輕就熟。他有個叔公在一次世界大戰期間，被法國人強徵到歐洲打仗，他的革命基因便是遺傳自此。這位叔公是個挖墓人，他說最令殖民地子民振奮的莫過於看到白人赤裸的屍體，至少阿敏是這麼告訴我的。叔公曾經把手伸進他們黏滑粉紅的內臟，曾經不慌不忙地檢視他們軟趴趴又滑稽的老二，也曾經看到他們的大腦有如發臭的炒蛋而作嘔。他埋葬過成千上萬人，這些勇敢的年輕人都是陷入蜘蛛政客所編織歌功頌德的絲網中，而在他意識中最細微處也漸漸領悟到法國人把最好的留在自己的土地上。平庸之輩被派到印度支那來，使得法國殖民官員全是校園裡的霸凌者、棋社裡格格不入的人、天生的會計和另類的壁花，叔公後來看出他們在原生地都只是被排擠的窩囊廢。他憤憤地說，這些被遺棄的人竟然教我們把他們當成神一般的白人英雄？當他愛上一名法國護士，原本激進的反移民心態變得更加熾烈。這名護士是個托洛斯基派分子，她說服他加入法國共產黨，因為只有他們為印度支那的問題提出了適當的答案。為了她，他嚥下流亡的苦茶。最後他和護士生下一女，阿敏低聲說他這個堂姑還在，同時遞給我一張紙，紙上寫著她的名字和巴黎十三區的住址。這位同路人從未加入共產黨，不太可能受到監視。我想你恐怕不能寄信回來，所以就由她當中間人。她是個裁縫師，養了三隻暹羅貓，沒有小孩，也沒有可疑的資歷。你就把信寄到那裡去。

我撫弄著那張紙，腦中浮現出事先準備好的電影情節：我拒絕上克勞德的飛機，將軍苦苦哀求我和他一起離開。我說我想留下來，阿敏雙手緊扣，嘆了口氣說，差不多都結束了。差不多都結束了嗎？願你的國來臨，願你的旨意承行於地。你們將軍不是唯一打算繼續奮戰的人，老兵不會凋零，這場仗打太久了，他們不會就此罷手，得有個人看著，以免他們惹出太多麻煩。我如果不去呢？我問道。阿敏揚起眉毛望著傷痕累累、全身泛綠、五官就像歐洲人的耶穌基督，他被高掛在祭壇上方的十字架，一塊腰布纏在他的鼠蹊處製造假象，其實他死時很可能一絲不掛。阿敏咧嘴笑了笑，露出白得驚人的牙齒。這位牙醫之子說道，你在那裡會比在這裡有用，就算不為你自己，也為阿邦想想。如果他以為我們要留下，他也不會走的。但不管怎麼說，你是想走的，你就承認吧！

我敢承認嗎？我敢坦白嗎？美國，超級市場與超級高速公路之鄉，超音速客機與超人之鄉，超級航空母艦與超級盃美式足球之鄉！美國，一個不甘於只在血腥誕生日為自己起名的國家，也是史上第一個堅持使用神祕縮寫「USA」當國名的國家，這三重彩式的字母排列，後來也只有「USSR」的四重字得以超越。雖然每個國家都會有某種形式的優越感，但有哪個利用自戀國庫製造出那麼多「超級」名詞的國家像它一樣，不只超級自信還真的超級強大，非得用大字鎖的摔角招式箝制住全世界每個國家，直到他們呼喊著向山姆大叔求饒才肯罷休？

好吧，我承認！我坦白。我說道。

他低聲笑說，你夠幸運的了，我還從來沒離開過我們美麗的祖國呢。

我幸運？你在這裡至少有家的感覺。

你高估家的意義了，他說。

他說得輕鬆，雖然他的兄弟姐妹並不支持他的革命立場，但他父母相處得相當融洽。其實很多家庭都有同樣內部分裂的情形，某些人為北方作戰，某些人為南方作戰，某些人為共產主義奮鬥，某些人為民族主義奮鬥。但是無論怎麼分裂，所有人都自認為是愛國分子，是在為自己所屬的國家奮鬥。我提醒他我並不屬於這裡，他說你也不屬於美國。我又說，也許吧，但我在這裡出生，不是那裡。

我們在大教堂外道別，這次是真正的告別，不像後來那次是演給阿邦看的戲。我跟他說，我把唱片和書留給你了，我知道你一直想要。他緊握我的手說，謝謝，也祝你好運。我問他，我什麼時候可以回家？他滿懷同情地看著我說，朋友，我是顛覆分子，不是預言家，你何時能回來得看你們將軍的計畫。當將軍開車經過大教堂時，我也說不準他除了逃出國之外還有什麼計畫，只能假設他心裡有更多盤算，而不只是像那些懸掛在通往總統府的大道兩旁，淨寫些空話的布條。這個月初有個持不同想法的飛行員低空飛過，朝著布條就是一陣掃射。「**土地不給共產黨！南方不要共產黨！拒絕聯合政府！拒絕協商！**」我可以看見一個面無表情的警衛，彷彿被釘住似地立正站在崗哨亭內，但還沒到總統府，將軍終於發了善心，右轉上巴斯德街往機場方向前進。遠方某處，有把重機槍開了火，傳來斷斷續續、不規則的爆裂聲。當一具迫擊砲發出一記悶響，阿德也在母親懷裡低聲哀哼起來。她噓一聲說，寶貝，我們只是出門旅行而已。阿邦輕撫兒子的細髮說，我們還會再見到這些街道嗎？我說，我們必須相信還有再見的一天，對吧？

阿邦一手摟住我的肩膀，我們在井道上緊緊相擁，握著彼此的手將頭探出門外，車子駛過一棟又一棟陰鬱的公寓大樓，窗簾與百葉窗後面有燈光流瀉、目光窺探。風迎面而來，我們吸入了混雜的氣味：煤炭與茉莉花、腐爛的水果與尤加利、汽油與氨氣，那是一座腸道不通的城市打嗝發出的味道。快到機場時，一架幽靈般的飛機從頭上隆隆飛過，燈光全暗。大門旁，一圈圈有刺的鐵絲網帶著中年的沮喪，鬆垮垮地垂落。鐵絲網後面有一隊板著臉的憲兵和他們的年輕中尉長官在等候，手裡拿著步槍，腰帶上懸著短棍。看見中尉走向將軍的雪鐵龍時，我的心噗通噗通跳得厲害，他彎身透過駕駛座車窗與將軍交談幾句，然後朝站在巴士門邊往外探身的我瞅了一眼。我憑藉那個聲名不佳的少校提供的情報，循線找到他，找到他和妻子、三個孩子、父母與岳父母同住，位於運河邊的破屋，他的薪水還不夠餵飽他們一半的人，卻得用來養活這一大家子。這是這位年輕軍官象徵性的命運，但上星期我前去拜訪的那天下午，主要任務是找出這塊窮苦的泥土捏塑出什麼樣的人。當天穿著汗衫、近乎半裸的中尉，坐在平日與妻兒同睡的木床邊，露出一種無處可逃的神情，好像剛剛被丟進老虎籠內的政治犯，提高警覺又有點害怕，但尚未受傷。你要我出賣祖國，他語氣平淡地說道，手裡拿著我請他抽卻尚未點燃的菸。你要收買我，好讓懦夫和叛國者逃走。你要我鼓動手下的人也這麼做。

我回答說，我不否認，以免侮辱你的智商。這主要是說給旁聽者聽的，也就是他的妻子、父母和岳父母，他們都擠在這間悶熱鐵皮屋的狹小空間裡，或坐、或蹲、或站。飢餓讓他們臉頰削瘦，我在為我吃足了苦頭的母親身上見過這種面容，所以知道。中尉，我很敬佩你，我這麼說，也確實這麼想。你是個誠實的人，一個要養家活口的人還能保有誠實，實屬難得。三千美金是我能給你最起碼的報酬。這是他整個排的士兵一個月的薪水。他妻子盡責地開口要求一萬。最後我們以五千成交，當場先付一半，另一半到機場付清。我的巴士駛過時，他一把搶走我手上裝了現金的信封袋，我在他眼中看見當初我從共產黨特務嘴裡挖出名單時，她看我的那種眼神。雖然他有可能射殺我也可能命我們回頭，但他終究如我所期望，做了每個有氣節卻被迫收賄的人會做的事。他履行承諾讓我們全數通過，也算為自己保留最後一絲尊嚴。我迴避了他羞辱的目光。如果——請容我在假設情境中耽擱片刻——如果南方將士全都是像他這樣的人，就不會打敗仗了。我承認我欽佩他，儘管他是我的敵人。欽佩敵人中的佼佼者總比欽佩最差勁的友人來得好，您能不同意嗎，司令？

九點左右，我們的車穿越過宛如大都會的機場區，駛在鋪設平坦的道路上，一路經過半圓筒形營房、山形牆營房、毫無特色的辦公室、筒式儲槽，深入一座屬於西貢又不在西貢內的迷你城市。這片半自治的領土曾有一度是全世界數一數二的繁忙機場，各種死亡與非死亡突擊與任務的中樞，負責的機種當中也包括中情局專用的美國航空。我國的將軍把家人藏在這裡，美國的將軍則在擺滿進口鋼鐵家具的辦公室裡謀畫策略。我們的目的地是武官室館區。美國人以慣有的狂妄將這一區戲稱為「道奇城」，就是那座靠著六發左輪手槍治理、酒吧裡還有康康舞女郎的美國西部小鎮，和西貢這裡的情形大同小異。但在真正的道奇城有警長維持秩序，而守護這個撤退中心的卻是美國海兵。自從七三年，他們落魄戰敗後成批從這個機場離開至今，我倒是沒見過這麼多士兵。不過這些年輕海兵從未打過仗，來到這個國家也才幾個星期。他們個個雙眼炯亮、鬍子刮得乾乾淨淨，臂彎沒有絲毫針頭痕跡，燙得筆挺、不帶一點叢林氣息的迷彩服上也沒有一丁點大麻味。他們面無表情地看著我們這群乘客在停車場下車，這裡已經擠滿數百名緊張的撤離者。我走到雪鐵龍旁邊加入將軍與克勞德，將軍正把車鑰匙交給他。克勞德說，回到美國我會還給你的，將軍。將軍回答，不用了，就留在車上插著吧，車子遲早會被偷，我不希望它被偷車的人給破壞了。趁現在多加利用吧，克勞德。

等將軍走開去找夫人和孩子，我問道，這裡是怎麼回事？簡直一團亂。克勞德嘆道，這很正常，一切都完了，每個人都想把親戚和廚子和女朋友弄離開這裡。你真的很幸運。我說，我知道，我們美國見嘍？他熱情地拍拍我的肩膀說，就像五四年共產黨接收北方的時候，誰想得到我們會在這裡重逢？不過當時我把你弄出北方，現在我還是會把你弄出南方。你不會有事的。

克勞德離開後，我回到撤離者人群中。有個海兵拿著擴音器，嘟嘟噥噥地叫他們排隊，可是對我們國人而言，排隊違反常情。面對供不應求的情況，我們的自然反應就是一蹭二撞三推四擠，要是都沒成功，就開始賄賂、奉承、誇口、撒謊。我不知道這些特徵是否與生俱來，深植於文化中，或只是一種快速的進化。我們被迫去適應純粹由美國進口而來的十年泡沫經濟，去適應三十年打打停停的戰爭，其中包括五四年我們國家被一群外國魔術師鋸成兩半，還有二次世界大戰期間被日本短暫占據的過渡期，也要去適應前一個世紀有如慈愛長輩般的法國人的調戲。然而，海兵們根本不在乎這種理由，在他們凶神惡煞似的外表恫嚇下，逃難者終於乖乖排了隊。當海兵檢查我們是否帶有武器，我們這些軍官只能順從地、傷心地交出槍來。我帶的只是一把短短的點三八手槍，可以用在祕密活動、玩俄羅斯輪盤與自殺等用途，阿邦交出的卻是一把雄赳赳的柯爾特點四五半自動手槍。我對阿德說，這把槍最初的設計是為了一槍擊倒菲律賓的摩洛戰士，這是克勞德告訴我的，他總會知道這類祕辛。

證件！沒收武器後，使館官員開口要求，那是個蓄著十九世紀鬢毛的年輕男子，身穿米色狩獵裝，戴著粉紅鏡片的眼鏡，打扮光鮮。每戶家長都備有我以極優惠折扣向內政部買來的通行證，還有克勞德代總統簽發、並由相關使館辦事員蓋章的入境許可。即使我們乖乖跟著排隊，這張入境許可卻給予我們一個重要的保證：這支移民隊伍有來自世界各地數百萬懷抱希望、爭先恐後的人，渴望著呼吸自由空氣，但我們已插隊到最前頭。我們帶著這份小小慰藉來到充當待命區的網球場，觀眾席已被較早抵達的撤離者占滿。我們加入那些晚來一步，只能坐在球場綠色水泥地上，試著在手腳發麻的狀態下打個盹的人。紅色防空燈在群眾身上投射出一種詭異光暈，其中有稀稀疏疏的美國人，看樣子應該全都是娶了越南女子，因為他們每個人要不是被一大家子越南人團團包圍，就是被一個越南女人緊緊勾著手臂，簡直像銬在一起。我和阿邦、阿鈴還有阿德找了一塊沒人坐的空地安頓下來，一邊是一群應召女郎，穿著緊得不能再緊的超級迷你短裙和網襪。另一邊則是一個美國人、他的妻子和一對兒女，各約莫五歲和六歲。丈夫大剌剌地仰躺在地，粗壯的前臂擱放在眼睛上，整張臉只看到兩撇毛茸茸的八字鬍末端、粉紅色嘴脣和略為參差不齊的牙齒。兩個孩子把頭枕在母親腿上，她輕撫著他們的棕髮。你們來多久了？阿鈴把愛睏的阿德抱在懷裡，開口問道。女人回答，一整天了，實在很難受，太熱了，又沒得吃沒得喝。他們一直在喊飛機號碼，但都不是我們要搭的。阿鈴同情地哼了一聲，我和阿邦則是定下心來慢慢等，這種快快行動完慢慢等的情形，是全世界軍隊都有的單調慣例。

我們點起香菸，轉而留意黑暗的天空，偶爾會有一枚帶傘照明彈一陣劈哩啪啦後以精子狀形體照亮夜空，只見它往下飄墜的同時，亮晃晃的光線頭後面拖出一條長長的、擺動不定的煙霧尾巴。阿邦忽然說，準備好要認罪了嗎？他用字遣詞就跟射子彈一樣，爆發力快速又精準。我知道今天遲早會來臨，只是從來沒有說出口。那就是否認嘍，對吧？我點點頭說，你只是和西貢其他所有人犯了同樣的罪。我們都知道，卻都束手無策，至少我們是這麼認為。但是任何事都隨時可能發生，這就是希望的意義。他聳聳肩，凝視著還沒燒盡的菸屁股說，希望稀薄，絕望濃稠，像血一樣。他指了指拿菸那隻手上手心的疤痕，剛好與生命線重疊。還記得嗎？

我舉起留有同樣疤痕的右手手掌，這疤痕阿敏手上也有一道。每當我們為酒瓶、香菸、槍或女人張開手時，就會看見這個痕跡。一如傳說中的戰士，我們立誓願為彼此犧牲性命，受到少年友誼的浪漫情懷所誘惑，為了在對方身上看到一些永恆不渝的特點而義結金蘭，這些特點包括：忠貞、誠實、堅定的信任、甘心站在朋友身邊支持他的信念。但十四歲的我們又相信些什麼呢？我們的友誼與兄弟情，我們的國家與我們的獨立自主。我們相信只要受到召喚，便能為結拜兄弟與國家民族獻出生命，可是我們卻不太清楚會如何受到召喚，自己將來又會變成什麼樣。我沒有想到阿邦竟會參與鳳凰計畫，為遭殺害的父親報仇，他的任務就是刺殺我和阿敏視為同志的人。而善良誠懇的阿邦也不知道我和阿敏到頭來竟暗暗相信，唯一解救國家的方法就是成為革命分子。我們三人都忠於自己的政治理念，不料原因竟和我們當初血盟結拜時的原因如出一轍。倘若受情勢所逼，不得不為這份兄弟情付出性命作為代價，我相信我和阿敏都會欣然接受。我們的承諾就寫在手上，在遠方鎂光彈投下搖曳不定的光線中，我舉起手掌，用食指劃過那道疤痕。你血中有我，我血中有你，我說出年少時期我們對彼此的誓言。阿邦接著說，你知道還有什麼嗎？絕望或許濃稠，但友情更濃。接下來已無須再多言，有這份友情已然足夠，我們聆聽著遠處喀秋莎火箭砲咻咻作響，彷彿圖書館管理員在叫人安靜。

3

謝謝您，親愛的司令，謝謝您與政委對我的自白提出的意見。你們問道，我所謂的「我們」是什麼意思？因為有時候我會當自己是南方軍與撤離者的一分子，但事實上我是被派去當間諜。那些人，我的敵人，不是應該稱呼為「他們」嗎？老實說，我大半輩子與他們為伍，不知不覺中便與他們愈來愈投契，我和其他許多人也是這樣。我容易與他人契合的這項缺點和我的私生子身分大有關係，當然這並不意味著私生子天生就比較有同情心，很多私生子的行為舉止就像私生子，而我之所以如此，還得歸功於我溫柔的母親教導我一個觀念：模糊「我們」與「他們」之間的界線，或許是值得鼓勵的行為。畢竟，要不是她模糊了女傭和傳教士之間的界線，或是容許他們之間的界線變模糊，也就不會有我了。

像這樣身為婚姻外的產物，坦白說，我自己一想到結婚也覺得很不自在。單身是身為私生子的意外好處之一，因為大多數家庭都不把我當成好的對象。就連有混血女兒的家庭也不歡迎我，因為通常這個女兒本身也是一心想嫁給血統純正的人，以便利用婚姻擠進社會流動的電梯。無論朋友或陌生人都會感嘆我之所以單身，可以說是身為私生子的悲劇，但我卻覺得單身不只象徵自由，也很適合我當間諜的地下生活，一個人比較容易潛伏。而我既是單身漢，自然可以毫無顧忌地和那幾個應召女郎聊天，她們大膽地在撤離群眾面前展示線條優美的小腿，絲毫不以為恥，還用昨天的八卦報紙搧著汗涔涔的乳溝，這是刻意用原子時代的胸罩擠出來的。這些女郎自稱名叫咪咪、菲菲和蒂蒂，在應召界都是再尋常不過的花名，但她們這三頭同盟的力量強大到足以為我的心注入喜悅。或許名字是臨時捏造的，她們換名字就跟換客人一樣容易。若是如此，那這番裝模作樣無非只是經過多年勤奮學習與認真實踐後，獲得的專業反應能力。長久以來，我始終很敬重職業妓女的專業精神，她們和律師一樣都是按時計費，卻更勇於展露自己的不誠實。不過，光提金錢可就擺錯重點了。接近妓女的正確方式就是要像個看戲的人，往椅背上一靠，在整段表演期間暫時收起疑心。而不當的方式則是愚蠢地堅稱，這根本只是因為你買了票，這夥人才上演一齣蹩腳戲，或者恰恰相反，你百分之百相信自己看到的，因而陷入幻想中。比方說，對麒麟的說法嗤之以鼻的成年男子，卻眼淚汪汪地作證有一種更稀罕、更神祕的物種存在。說是有個妓女胸口內跳動著一顆眾所周知、如黃金似的心，而且只有在偏僻旅店以及在極盡藏汙納垢之能事的酒館最深處陰暗的角落，才能找到她。我可以向你保證，如果一個妓女身上有哪個部位是黃金做的，絕不會是她的心。有一些人不以為然，這也算是對敬業表演者的一種讚許吧。

依此標準，這三名應召女郎堪稱老練的演員，根據審慎研究、傳聞證明與隨機抽樣的結果顯示，在首都與外圍城市共有數萬，甚至數十萬名妓女，但有七、八成都還達不到她們這個水準。這些妓女多半是貧窮、不識字的鄉下女孩，無力謀生，只能像寄生蟲一樣寄生於十九歲美國大兵的毛皮上。鼓脹褲袋裡裝著一捲造成通貨膨脹的美金，大腦因感染黃熱而腫脹（無數西方人來到亞洲國家都會染上此病）的美國大兵，則又驚又喜地發現在這個以綠意哺育的世界裡，自己不再是克拉克．肯特，而是超人，至少在女人眼中是如此。受到超人的幫助（或者該說是入侵？）後，我們這個豐饒的小國不再生產大量稻米、橡膠與錫礦，改而培植年年豐收的妓女，這些女孩從來都還來不及和著搖滾歌曲跳舞，我們稱為「牛仔」的皮條客就拿起乳頭罩啪啪往她們微微顫動、充滿鄉村風情的乳房一貼，然後趕著她們上自由街酒吧的伸展臺。我這麼說難道是在指控美國的策略謀畫者故意消滅農村，以便逐出鄉村少女，她們別無選擇也只能為那些轟炸、砲擊、低空掃射、火燒、劫掠，或者只是強行清空上述村莊的少年提供性服務？我竟敢如此指控他們嗎？不，我只是指出製造地方上的妓女為外國兵服務，是占領戰爭無可避免的結果，是捍衛自由的一些討厭的小小副作用之一，在美國超人故鄉斯莫維爾的所有妻子、姐妹、女友、母親、牧師與政治人物，都假裝視而不見，個個張開嘴露出打亮磨光的牙齒，迎接他們的士兵返鄉，準備用美國人的善意這劑盤尼西林治療任何一種不堪言說的痛苦。

這個才華洋溢的明星三人組預示了另一種截然不同的善意，有害的那種。她們毫不害臊地和我打情罵俏，並揶揄阿邦和那個留著八字鬍、現在已醒來的美國丈夫。他二人都只苦笑一下，盡可能保持沉默低調，因為清楚意識到自己妻子沉下臉默不作聲。反觀我，倒是愉快地和她們調起情來，但同時也心眼清亮地留神著這每一位妓女都有一個背景故事足以讓我心碎，而且很可能讓我破產。我自己不也有類似的背景故事嗎？不過表演者的表演至少有一部分是為了忘記自己的哀傷，這個特性我再熟悉不過了。在這樣的情況下，最好還是調情玩樂一下，讓每個人都有機會假裝快樂，假裝久了也許真能感到快樂。何況光是看著她們便覺得賞心悅目！咪咪身材高䠷，留著直長髮，二十根指頭上都塗了粉紅指甲油，光亮宛如彩豆軟糖。她的嘶啞嗓音加上神祕的順化口音，讓我全身血管不自主地收縮起來，因而略感頭暈。蒂蒂嬌小柔弱，靠著龐然的蜂窩髮型增添高度。她蒼白的肌膚好比蛋殼，她微顫的睫毛彷彿有些許細小水珠。我好想把她擁進懷裡，用自己的睫毛去刷她的睫毛，像蝴蝶接吻一般。菲菲是帶頭大姐，她的身材曲線讓我想起藩切的沙丘，那是母親生平唯一一次度假帶我去的地方。當時媽媽從頭到腳包得密實以免晒黑，我卻在豔陽底下挖沙挖得欣喜若狂。菲菲的香味喚醒了一個十歲男童溫馨快樂的幸福記憶：母親有一瓶小小的蜂蜜色香水，是父親送的禮物，她每年會搽上一次，而菲菲的香味就跟那香水味（幾乎）一樣，也或許是我的幻想，總之我因此愛上了菲菲，一種無傷大雅的感情。我已經習慣每年會墜入情網兩、三次，如今期限早已過了。

至於她們之所以能滲透進這個空軍基地——畢竟撤離是有錢、有勢，以及／或者有關係的人的特權——全是拜士官長所賜。我想像他的樣子：一大塊肉底下長了兩條腿，上面戴著白色海兵帽。菲菲說，士官長負責守衛大使館，他最愛我們這些女孩了。他好貼心、好慷慨，他說永遠不會忘記我們，就真的一點也沒忘記。另外兩人點頭如搗蒜，咪咪一面啵啵地吹泡泡糖，蒂蒂一面劈啪地扳手指。士官長開了一輛巴士在自由街上來回跑，把那一帶想離開的女孩救出來，能救多少算多少。然後他跟警察說要給這裡這些可憐的小夥子開個派對，帶我們來助興，就把我們弄進基地來了。想到她們的士官長，我心裡那顆硬邦邦的桃子熟了、軟了，這個確實遵守承諾的美國大好人名叫艾德，姓什麼？她們三個都不會發音。我問她們為什麼想走，咪咪說因為共產黨鐵定會把她們當賣國賊關起來。她又說，他們罵我們婊子，還罵西貢是婊子城，對不對？親愛的，我還是有腦子會想的。蒂蒂說，再說了，就算沒被關，我們也不能再做這個工作。在共產國家，什麼都不能買賣，對吧？反正是不能賺錢，寶貝，我這對奶子可不能讓人白吃，管他共產主義不共產主義。此話一出，三人全都拍手歡呼。她們就跟放假上岸的俄國水手一樣粗鄙，但也對交換價值的理論了然於胸。一旦革命成功，她們這種女孩究竟會有何下場呢？坦白說，我不曾多想。

她們的活潑熱情讓時間飛逝，快得有如從頭上一閃而過的C-130運輸機，可是幾個小時過去，都還沒叫到我們的號碼，我和她們也開始累了。拿著擴音器的海兵像個得了喉癌而植入機械喉的病患嘟噥幾句，接著便有一群精疲力竭的撤離者收拾起少得可憐的行李，腳步蹣跚走向負責接他們到停機坪的巴士。十點過了，十一點又過了，我躺下來卻睡不著，儘管此時置身之處是士兵以一貫的風趣幽默戲稱的「千星旅館」。我只需要仰望銀河，便能記起自己的幸運。我蹲著，陪阿邦再抽一根菸。然後重新躺下，還是睡不著，太熱了。午夜時分，我在館區四下散散步，往廁所裡探了探頭。真是失策。這裡原本只是用來應付幾十名辦公室員工與後勤軍人的正常流通，而不是成千上萬名撤離者熱騰騰的排泄物。泳池邊的景象也好不到哪去。存在了這麼多年以來，這座泳池向來是美國人專用區，其他國家的白人以及國際監督暨管理委員會裡的印尼人、伊朗人、匈牙利人與波蘭人，也可以拿到通行證。這個簡稱ICCS的委員會（在我們國家，縮寫字已然氾濫，也有人說這是「I Can't Control Shit」

（我大便失禁）的縮寫），就是在美軍策略性轉移後，負責監督南北方之間的停戰過程。這次的停戰非常成功，因為過去兩年間，除了免不了死傷的老百姓之外，只有十五萬名軍人喪命。想想看，萬一沒有休戰，那會死多少人！也許當地人被禁用泳池一事讓撤離者懷恨在心，但更可能只是無計可施，才會把它變成尿池。我也加入他們的行列，站在池邊叮叮咚咚尿了一陣，隨後才回到網球場。阿邦和阿鈴兩手撐著下巴在打瞌睡，阿德伏在母親腿上，是唯一真正睡著的人。我蹲下、躺下、抽菸，反反覆覆直到將近凌晨四點，終於叫到我們的號碼，我向那些女郎道別，她們嘟著嘴信誓旦旦地說，到了關島一定還會再見面。

我們從網球場步行前往停車場，那裡的兩輛巴士等著載送的撤離者不只有我們一行九十二人。總共大約有兩百人，將軍問我其他那些人是誰，我便去問最近的一個海兵。他聳聳肩說，你們人沒多少，所以我們每一個人配你們兩個人。我跟著滿心不悅的將軍上車時，雖然有點生氣，但也理性推斷出我們已經習慣這樣的待遇。說到底，我們也是以同樣方式對待彼此，把人當貨物，以自殺性的數量塞上摩托車、巴士、貨車、電梯和直升機，置所有規定與製造廠商的建議於不顧。我們不得不接受的處境，外人卻以為我們甘之如飴，這有什麼好驚訝的嗎？在狹窄空間裡緊貼著我的將軍埋怨道，他們不會這樣對待一個美國將軍。是啊，長官，他們不會，我如此回答，而這極可能是事實。由於乘客已經在戶外悶蒸了一天一夜，車上立刻變得又臭又熱，幸好我們那架C－130力士型運輸機停放得不遠。那飛機就像一架裝了翅膀的垃圾車，而且和垃圾車一樣開口在後，又大又平的斜坡板就從這裡放下來迎接我們。這處咽喉連通著一條粗大的消化道，一盞陰森的綠色防空燈照亮了裡面的薄膜組織。

下了巴士後，將軍站到斜坡板一旁，我也站到他身邊，看著他的家人、下屬、下屬的家屬，和上百個我們不認識的人爬上飛機。斜坡板上站了一位裝載長，頭上戴著形狀大小有如籃球的頭盔，不停地揮手催促眾人。他對夫人說，快上來，別害羞，前胸貼後背，前胸貼後背。

夫人過於困惑，一時間不覺得震驚。她帶著孩子經過時蹙起眉頭，試著譯解裝載長不經大腦一再重複的話。這時，我發現一名走上斜坡板的男子極力避開他人目光，往前彎的胸前緊抱著一只藍色泛美航空旅行袋。幾天前我見過他，就在他位於第三郡的家裡。他在內政部擔任中階主管，不高也不矮、不胖也不瘦、不黑也不白、不聰明也不笨。助理次長級人物的他，很可能既不會做好夢也不會做惡夢，而他本身的內涵恐怕也和辦公室一樣空空如也。與這位助理次長見面後，我想起過他幾次，卻記不清他那張不易留下印象的臉，但此時當他爬上坡板，我一眼便認出來了。我拍拍他肩膀，他猛地抖動一下，最後那雙吉娃娃似的眼睛終於轉向我，假裝剛才沒看見我。我說，好巧啊！沒想到會在這班飛機上見到你。將軍，我們的機位多虧有這位好心先生的幫助。將軍僵硬地點點頭，嘴巴咧出一條縫露出牙齒，暗示著千萬別指望他能有所回報。這是我的榮幸，助理次長小聲地說，瘦小的身體微微顫動，妻子扯著他的手臂。倘若眼神能閹割人，我的卵袋已經被她放進皮包帶走了。他們被群眾推擠過去後，將軍覷我一眼問道，這是一種榮幸嗎？我說，算是吧。

所有乘客都上機後，將軍以手勢示意我先走，他最後一個走上斜坡板，進入沒有座位的貨艙。大人有的蹲在地板上有的坐在行李袋上，小孩則安坐在他們的膝上。有些幸運的乘客找到分隔牆邊的位子，有綑貨帶可以抓。每個個體的肌膚輪廓都融合在一起，和那些坐著專屬座位離開這個國度的人相比，我們每個人都不得不忍受一種較不人性的親暱關係。阿邦、阿鈴和阿德在中間的某一處，夫人和孩子也是。坡板緩緩升起後緊緊密合，將我們這些蟲子封罐。我和將軍還有裝載長一同靠著坡板，前面乘客的鼻子就貼在我們膝蓋上。四具渦槳引擎啟動後發出震耳欲聾的噪音，坡板也跟著匡啷匡啷地震動。當飛機轟隆隆駛過柏油碎石鋪設的跑道，每動一下所有人就隨之前後搖晃，一群人邊搖邊無聲地祈禱。加速的力道將我往後推，在我前面的女人一隻手臂撐靠著我的膝蓋，下巴則貼住我腿上的背包。隨著機艙內的溫度爬升超過攝氏四十度，我們的體味也愈來愈濃，散發出汗水、不潔衣物與焦慮的臭味，只能靠著從敞開的門吹進來的風稍微消解。門邊有個機員像搖滾吉他手似地，岔開兩條腿站立，只不過低掛在他臀邊的不是六弦電吉他，而是一把配備二十發子彈彈匣的M16步槍。在跑道上滑行時，我瞥見了混凝土機堡，宛如縱向切成一半的巨型罐頭，和一排被燒得滿目瘡痍的戰機，這些噴射機是在今晚稍早一趟低空掃射任務中被炸毀的，機翼掉落四散，猶如一群遭虐待的蒼蠅。乘客們陷入恐懼與期待中，全都安靜不語。他們心裡想的無疑和我一樣，再見了，越南。別了，西貢……

爆炸聲震耳欲聾，那名機員也被爆炸的威力猛推向乘客，這是機門外的閃光讓我眼前一片空白之前的片刻間，我見到的最後一幕。將軍摔倒在我身上，我先撞到分隔牆，然後跌在驚聲尖叫的人體上，臉上全是從歇斯底里的老百姓嘴裡飛濺出來的酸臭唾沫。飛機往右急轉，機輪摩擦跑道吱嘎聲大作，當我重新恢復視力，卻見機門外冒起熊熊大火。我最怕的莫過於被燒死，莫過於被螺旋槳打成肉泥，莫過於被喀秋莎火箭砲肢解——這名稱聽起來甚至像是那個因為凍傷而失去幾根腳趾和鼻子的瘋狂西伯利亞科學家。我見過烤焦的屍骸。在順化外圍的一處荒郊野地，一架契努克直升機被擊落後，油箱起火讓機上三十人命喪火窟，碳黑焦屍與機身金屬融為一體，牙齒暴露在外，就像時時刻刻齜牙咧嘴的猴子，嘴唇和臉頰的肌肉燒得精光，皮膚則有如細緻焦黑的黑曜石，平坦光滑、性質迥異，頭髮盡成灰燼，根本認不出那是我的同胞也認不出那是人。我不想要那種死法，什麼死法我都不想要，尤其不想死在我共產黨同志從他們占領的西貢郊區用大砲發射的長程轟炸中。忽然有一隻手捏了我胸口一把，提醒我我還活著。接著有另一隻手抓住我的耳朵，而在我底下嚎叫的人則拚命要把我拉開。我往回推，試著把身子打直，驚覺摸到一顆油膩膩的頭，身子則緊靠著將軍。跑道上又傳來一聲爆炸，慌亂氣氛瞬間升高，男女老幼嘶喊的聲音也高了幾度。突然間飛機的旋轉戛然而止，角度一變，從門眼望出去看見的不是火光而是漆黑，有個男人尖叫道，我們都要死了！裝載長一邊用各種創新字眼咒罵，一邊放下斜坡板，當難民往前衝向開口，也一併帶著我往後退。為了避免被踩死，我只能用背包護住頭滾下斜坡板，一路還撞倒不少人。我們身後數百米處的跑道上，又有一支火箭砲爆炸開來，照亮停機坪上一英畝大小的面積，也暴露出最近的避難所就在距離跑道五十米外，一道被炸得破爛不堪的混凝土護欄。即使當爆炸聲漸悄，動盪的夜晚也已不再漆黑。飛機的右側引擎著火，宛如兩把熾烈火炬噴吐著陣陣火花與濃煙。

我趴跪在地，阿邦抓住我的手肘，一手拉著我，另一手拉著阿鈴，而阿鈴則抱著嚎啕大哭的阿德，其實應該說是一手勾抱在他胸前。火箭砲與砲彈彷彿流星雨紛紛落在跑道上，一場末日燈光秀讓人看到撤離群眾趺趺撞撞衝向混凝土護欄，把行李都遺落了，剩下兩具引擎帶動的氣流轟然如雷，小孩一個個被吹倒，大人也腳步踉蹌。抵達護欄的人把頭埋到混凝土塊底下，嘴裡不停發出哀哼，忽然不知道什麼東西（可能是碎片或是子彈）從頭頂飛過，我連忙趴倒在地匍匐前進。阿邦和阿鈴也都照做，阿鈴的臉色緊繃卻很堅定。等我們一路摸索著在護欄邊找到一處無人的空隙，機組員已經關掉引擎。噪音停歇卻只是讓人更清楚聽到有人正對著我們射擊。槍手瞄準了飛機燃起的大火，子彈或是咻咻從頭上飛過，或是打到混凝土跳飛開來。是我們的人，阿邦說著將兩隻膝蓋彎到胸前，伸出手臂環抱住瑟縮在他和阿鈴中間的阿德。他們生氣了，他們也想要機位。我說，不可能，那是北越軍，他們已經占領周邊地區。話雖如此，我也覺得很有可能是我們自己人在發洩不滿情緒。這時候飛機油箱爆裂，火球照亮一大片機場，當我別過臉不去看那熊熊大火，才發現助理次長，那個沒什麼本事的公僕就在我身旁，臉幾乎貼到我背上，那雙吉娃娃眼中透露的訊息，清晰一如電影院看板燈箱上的片名。他和那個共產黨特務以及門口的中尉一樣，很樂於見到我死。

我理應被恨。畢竟，我找那個聲名狼藉的少校弄來他家地址，一聲不響地就上門去，還拒絕給他一大筆錢。當時坐在助理次長家客廳時，他說，我的確有一些簽證，那是我和幾位同事為了公平起見準備的。只有最有特權或最幸運的人才有機會逃離，這樣不是很不公平嗎？我哼了幾聲表示贊同。他又接著說，如果真的公平，凡是需要離開的人都會離開。但現實顯然不是如此，結果像我這樣的人就變得非常為難。誰能離開、誰不能，為什麼要由我來決定？我美其名是助理次長，說穿了也就是個祕書。上尉，換作是你，你會怎麼做？

我可以理解你的處境，先生。我笑得臉上的酒窩都疼了，這場遊戲終究會到頭，雖然迫不及待想趕緊結束，但過程還是不能免，既然他已經把一件被蟲蛀得破舊不堪的道德外罩拉高到下巴底下，我也得奉陪才行。你肯定是個重視品味與價值，很體面的人。我說到這裡，朝著這間窗明几淨、想必價值不菲的屋子，左右各點一下頭。灰泥粉刷的牆上點綴著幾隻壁虎和一些裝飾品：時鐘、月曆、中國畫軸，和一張吳廷琰仍意氣風發時的染色照片，當時的他還沒有因為自認是總統而非美國傀儡而遭暗殺。如今，這個身穿白色西裝的矮小男子在越南的天主教友眼中成了聖人，因為他死得就像殉道者一樣轟轟烈烈，雙手遭反綁，滿臉是血，腦漿有如羅夏克墨跡圖片般裝飾著美國裝甲車內部，這副受辱的模樣還被拍下來流傳世界各地。這張照片有著和艾爾・卡彭一樣隱晦的暗喻：別招惹美國。

我開始覺得激動，說道：真正不公平的是在我們國家，誠實的人卻得過貧窮的生活。所以，既然我老闆有求於你，請容我代他奉上一點小意思聊表謝意。你手邊確實有足夠的簽證可以發給九十二個人，對吧？我不確定他有，若是如此，我便打算先付一筆訂金，約好日後再來付清尾款。可是當助理次長做出肯定的回答，我隨即拿出裝著剩下的四千美金現金的信封，他要是一時慷慨，這些錢足夠買兩份簽證。助理次長打開信封，用大拇指順過鈔票，想必是經驗豐富，拇指上都長繭了。他馬上就知道信封裡有多少錢——不夠！他把信封當白手套往茶几桌面一甩，光這樣似乎還不解恨，接著又甩第二下。先生，你竟敢企圖向我行賄！

我示意他坐下。我也和他一樣左右為難，不得不做自己該做的事。我問他，你賣一些不需要成本，而且本來就不屬於你的簽證，應當嗎？我若通知當地的警察局長，讓他把我們倆都抓起來，不應當嗎？而他若把你的簽證占為己有，然後自己重新做一些適當分配，不應當嗎？所以最適當的解決辦法就是回歸到我給你四千美金買九十二份簽證的原點，反正你本來就不該有那九十二份簽證或這四千美金。何況你大可以明天回辦公室，輕而易舉地再弄出九十二份簽證來。不過就是幾張紙，不是嗎？

然而對官僚而言，紙不只是紙而已，紙是生命！當時他恨我搶走他的紙，現在他也恨我，但我一點都不在乎。我在乎的是現在又得縮在混凝土護欄旁悲慘地等待，只不過這次不再有那麼清楚的決心。旭日微光帶來了些許慰藉，但這安撫人心的微藍光輝卻照出停機坪上的一片狼藉，柏油地面被火箭砲和大砲炸得坑坑洞洞、殘缺不堪。正中央則是C–130一堆還在悶燒的廢鐵殘渣，燃燒的油料發出惡臭。在飛機殘骸和我們中間有一小堆一小堆黑黑的東西慢慢現形，原來是在倉皇逃竄中被丟下的行李箱袋，其中有一些肚破腸流，內臟四散。太陽順著軌道一點一點持續上升，陽光逐漸變烈變亮，到最後有如偵訊室裡的燈光，照得人視網膜麻痺，不留一絲陰影。眾人被困在護欄東側動彈不得，從老人小孩開始，個個變得無精打采萎靡不振。媽媽，水，阿德說。阿鈴卻只能說，不行，寶貝，我們沒有水，不過很快就會有了。

彷彿收到指令似地，空中又出現另一架力士型運輸機，俯衝得又快又陡，簡直就像神風特攻隊員在駕駛。這架C–130降落在遠方跑道上，機輪摩擦地面發出尖銳的吱嘎聲，撤離群眾開始竊竊私語。直到運輸機轉向我們這邊，隨意駛過幾條橫擋在中間的跑道，私語聲才轉為歡呼。這時我聽到另一個聲音。我小心地把頭探出護欄，看見他們從機棚和機堡之間的暗處衝出來，想必已躲藏多時，約有數十名，也可能是數百名的海陸士兵與陸軍士兵與憲兵與空軍飛行員與機員與機師，總之是空軍基地裡不肯當英雄或犧牲品的工作人員與後勤人員。撤離者一見到這番競爭態勢，立刻爭先恐後地往C－130奔去，此時飛機已在五十米外的跑道上迴轉完畢，並以不甚害羞的誘惑姿勢放下斜坡板。將軍一家人跑在我前面，阿邦一家人跑在我後面，我們一起為奔逃的群眾殿後。

第一位撤離者跑上斜坡板時，我聽見喀秋莎的尖嘯聲，一秒過後第一枚火箭彈便在遠處一條跑道上爆炸。子彈在頭頂上呼嘯而過，這回可以清楚聽到AK－47和M16步槍轟然作響。他們到機場外圍了！阿邦大喊。撤離者心知肚明，這架運輸機將是離開機場的最後一架飛機，而且還得在共產黨部隊步步進逼下起飛得了才行，於是他們再度驚慌尖叫起來。當他們以最快的速度衝上斜坡板時，護欄另一頭有一架輕巧的小飛機咻一聲射上天空，是一架尖頭型的虎式戰機，後面轟隆隆地跟著一架休伊直升機，機門洞開，可以看見裡頭擠了十多名士兵。留守在機場的軍人，也利用手邊僅有的空中運輸工具自行撤離了。當將軍推著吊車尾、跑在他前面的撤離者，將他們擠上斜坡道，我也推著將軍往前的時候，一架雙發的「暗影」砲艇機從我左邊的停機坪竄上天去，我用眼角餘光看著它。「暗影」胖胖的機身掛在兩個殼體中間，外型十分滑稽，可是當追熱飛彈拖著一道白煙，塗鴉似地劃過天空，燃燒彈頭在不到一千呎的高度吻上「暗影」時，這景象可就一點也不滑稽了。飛機斷成兩截，機身與機上人員的殘破屍骸猶如陶土飛靶般紛紛落地，撤離群眾見狀除了哀嚎，也更奮力往前擠，完成最後爬上斜坡板的路程。

將軍踏上斜坡板後，我停下來讓阿鈴和阿德先上去。見他們沒有現身，我連忙轉過頭去，才發現他們已經不在我後面。上飛機！裝載長在我身旁大喊道，他嘴巴張得好大，我發誓我真的看見他的扁桃腺在抖動。老兄，你朋友沒了！二十公尺外，阿邦跪在地上，把阿鈴緊緊摟在胸前。她的白衣慢慢滲出一顆紅心來。這時一顆子彈打在我們之間的跑道上，揚起一陣混凝塵土，我嘴裡最後的一點溼氣都蒸發了。我把背包往裝載長身上一塞，很快直奔向阿邦，一路跨越過被丟棄的行李。最後兩米我是滑過去的，兩腳在前，左手掌與手肘隨即擦破皮。阿邦發出一種我從未聽他發出過的聲音，一種發自喉嚨深處、充滿痛苦的咆哮。阿德夾在他和阿鈴中間，眼珠整個往上翻，等我把他們夫妻拉開，才看到一片血紅染溼阿德的胸口，子彈射穿了他也射穿他母親。將軍和裝載長在愈來愈大聲的螺旋槳噪音中不知吼些什麼。我大喊道，快點，他們要走了！我拉扯阿邦的袖子，但他沒有動，悲傷得無法動彈。我別無他法，只好往他下巴揍一拳，力道恰好足以讓他閉嘴、鬆手。接著我用力將阿鈴拉出他懷裡，阿德隨之癱倒在地，頭軟趴趴的。阿邦口齒不清地尖聲喊叫，我則把阿鈴甩上肩頭奔向飛機，她的身體不停碰撞著我，卻沒有發出任何聲音，她的血溼溼熱熱地流過我的肩頸。

飛機滑行開來，在不斷射出、有時單發有時多發齊射的火箭彈中，尋找著可以通行的跑道，將軍和裝載長則站在斜坡板上向我招手。我使盡吃奶的力氣往前跑，兩邊的肺都揪成一團，一到達斜坡板就把阿鈴丟向將軍，將軍也抓住她的雙臂。這時阿邦來到我身旁跟著我一起跑，兩手伸得筆直將阿德送到裝載長面前，裝載長盡可能輕輕接過他，但其實已經無所謂，看阿德的頭忽左忽右地甩來甩去，應該是無所謂了。交出兒子後，阿邦開始放慢速度，痛苦萬分地低垂著頭，還在啜泣。我抓住他的肘彎，最後用力一推，把他面朝下地推上斜坡板，裝載長急忙抓住他的衣領，把他整個人拉上去。我也伸長手臂跳向斜坡板，結果側臉和胸膛落在斜板上，粗粗的沙塵刮擦著臉頰，兩條腿騰空亂踢。飛機急馳而過跑道之際，將軍把我往上拉到膝蓋處，然後拖著我進機艙，斜坡板隨後升起。我被擠在中間，一邊是將軍，一邊是阿德和阿鈴的癱軟軀體，撤離群眾的人牆從前方不斷地擠壓我們。飛機俯衝而下時，發出可怕的聲響，不只是金屬緊繃的聲音，還有從敞開的側門傳來的噪音，是背著M16站在門邊的機員從臀部連射三槍。當飛機駕駛開始迴旋，從那道敞開的門可以看見，田野與廉價公寓交雜的景象開始傾斜旋轉，這時我才驚覺那個可怕的聲響不只來自引擎，也來自阿邦，他一邊哭嚎一邊拿頭去撞斜坡板，不像是世界末日來臨，而像是有人剜出了他的眼睛。

4

我們降落關島不久，便來了一輛綠色救護車載走屍體。我將阿德放上擔架，他小小的身軀抱在懷裡每分每秒都愈加沉重，但我不忍將他放在骯髒的柏油地上。醫護人員為他蓋上白布後，將阿邦緊抱不放的阿鈴接手過來，同樣也為她蓋上白布，然後將母子二人送上救護車。我哭了，但比不上阿邦，他有一輩子沒流過的淚水可用。坐上卡車前往亞森營區時，我們仍繼續哭，到達營區後，多虧了將軍，我們分配到的營房比起其他尚未抵達的人要住的帳棚堪稱豪華等級。僵直呆坐在床鋪上的阿邦，後來完全不記得當天下午和隔天電視上播放的撤離場面，也不記得在我們暫居的城市營房和帳棚裡，那數以萬計的難民是如何嚎啕大哭，彷彿參加自己國家的葬禮，這個國家和無數國家一樣，死得太早，才二十五歲稚齡。

我和將軍家人以及營房裡其他上百人一起看著電視上不光彩的畫面，只見直升機降落在西貢的屋頂上，將難民撤離到航空母艦甲板上。第二天，共產黨的坦克衝破總統官邸大門後，共軍在官邸屋頂升起了民族解放陣線旗幟。隨著潰敗過程的展開，我對這個受詛咒的共和國最後幾天的記憶，彷彿鈣質與石灰的沉積物，一層層嵌在我大腦的管壁上，而當天深夜又多沉積了一點點。晚餐吃的是烤雞配青豆，許多難民覺得異國口味太重，吃不下去，食堂裡只有小孩有食慾。用餐後排隊將餐盤放進洗碗機則是最後致命的一擊，正式宣判我們不再是一個主權國家的成年公民，而是失去了國家、暫時受美軍保護的難民。將軍將一口也沒吃的青豆刮進垃圾桶，並看著我說，上尉，我們的人民需要我，我要到他們當中走一圈，給他們打打氣。我們走吧。是，長官，我這麼回答，雖然對他的運氣並不樂觀，卻也沒料到可能產生的麻煩。士兵在操練過程中已習慣接受各種辱罵，要在他們當中散播激勵的肥料輕而易舉，但我們忘了大多數難民都是平民。

事後回想起來，幸好我沒有穿制服，因為沾了阿鈴的血，我便換上放在背包裡的薄棉方格襯衫和斜紋褲，但將軍的行李在機場弄丟了，所以還穿著衣領別有星章的制服。在我們營區外的帳棚區，極少有人認得他的臉。他們看到的是他的制服和軍階，當他向老百姓打招呼問好，他們全都陰著臉沉默以對。他微微皺起的眉心和略顯遲疑的乾笑聲，告訴我他覺得困惑。我們沿著帳棚間的泥土小路往前走，百姓看我們的眼神以及持續的沉默，讓我每走一步便多添一分不安。在帳棚區裡還走不到一百公尺，首次突襲就發生了，一隻精巧的拖鞋從側面飛來，打中將軍的太陽穴。他登時呆住，我也呆住。一名老婦的嘶啞聲音喊道，看看這個英雄！我們轉身向左，看見了那個讓我們猝不及防的突襲源頭，一個怒氣沖天的老人家，我們既不能打倒她也不能躲避她。我丈夫呢？她打著赤腳厲聲問道，另一隻拖鞋拿在手裡。他不在這裡，你怎麼能在這裡呢？你不是應該跟他一樣，拚死保護我們的國家嗎？

她拿起拖鞋啪一聲打中將軍的下巴，這時從她身後、從另一邊、從我們後面，一大群女人，不分老少、無論柔弱與否，都拿著鞋子和拖鞋、雨傘和拐杖、遮陽帽和圓錐帽，湧上前來。我兒子呢？我父親呢？我哥哥呢？這群狂怒的女人打著將軍，撕扯他的制服與肉體，他高舉兩手低頭閃躲。我也難逃厄運，除了被幾隻飛鞋打中，還因為擋在中間挨了幾下拐杖和雨傘。眾家婦女為了打將軍，從我的四面八方擠壓過來，而將軍在她們的猛烈攻擊下已跪倒在地。其實也怪不得她們如此憤怒，因為就在前一天，我們那位被過度誇耀的總理還上電臺，要求所有軍民戰到最後一兵一卒。不用說也知道，這個身兼空軍元帥的總理（別把他和總統搞混了，他們除了貪汙與虛榮之外並無相同之處）在廣播完這番慷慨激昂的言論後不久，自己便搭直升機離開了。而且就算向她們解釋說這位將軍帶的不是軍人，而是祕密警察，也不會有幫助，當祕密警察的首腦恐怕也難以讓他獲得民心，何況這群女人寧可尖叫咒罵也不肯聆聽。我奮力從我和將軍中間的女人群中擠過去，用我自己的身體護著他，挨了更多打和口水，直到將他拖離重圍為止。快走！我在他耳邊大喊，把他推向正確的方向。我們竟然連續兩天都在逃命，但至少帳棚區的其他人沒有為難我們，除了不屑的眼神和噓聲外，沒有人碰我們。廢物！卑鄙小人！懦夫！王八蛋！

對於這類謾罵攻擊，我習以為常，將軍卻不然。當我們終於在自己的營房外停下腳步，他臉上流露的是驚恐表情。他頭髮散亂、衣冠不整，衣領上的星章被扯下，袖子被撕破，鈕子掉了大半，臉頰和脖子也被抓傷流血。他低聲說，我不能這副模樣進去。我說，長官，你先到淋浴間等著，我去替你找新衣服。我向營房區的軍官徵用了一套替換衣褲，並解釋說我之所以遍體鱗傷、衣服破破爛爛，是因為和我們軍事安全局那些脾氣火爆的死對頭起爭執。我到淋浴間去的時候，將軍站在洗手臺前，臉已洗得乾乾淨淨，只剩羞恥感洗不掉。

將軍……

閉嘴！他只看著鏡中的自己。以後絕不許再說起這件事。

於是我們再也沒說起過。

次日，阿鈴與阿德下葬。他們冰冷的遺體在海軍停屍間躺了一夜，死因已正式宣布：一顆子彈，類型不明。這顆子彈將繞著一個永恆軸心，在阿邦心裡轉個不停，嘲弄著他，讓他耿耿於懷，因為來自敵我的機率各占一半。他綁了一條守喪的白頭巾，是從床單撕下來的。他們母子倆共用一個安息處，我們將阿德的小棺木放到他母親的棺木上面後，阿邦自己也跳進墓穴。為什麼？他臉貼著木槨大聲哭號。為什麼是他們？為什麼不是我？神啊，為什麼？同樣也在哭泣的我爬進墓穴裡安慰他，扶著他出來以後，動手將土堆上棺材，將軍、夫人和精疲力竭的牧師則默默旁觀。這兩人很無辜，尤其是我乾兒子，他幾乎就像我親生兒子一樣。從洞裡挖出來的沃土堆在一旁等著回填，每當鐵鍬往小土堆鏟一下，我總試著相信這兩具軀體不是真的死了，那只是他們要前往一塊人類地圖上找不到、天使居住的樂土之前，脫下的破衣罷了。我擔任神職的父親這麼相信，但我無法相信。

接下來幾天，我們邊哭邊等。偶爾為了有點變化，也會邊等邊哭。眼看這樣的自我鞭笞就快讓我吃不消的時候，總算有人來接我們前往加州聖地牙哥的潘德頓營區，這回搭的是定期客機，有真正的座位可坐，還鄰著一扇真正的窗戶。等候著我們的是另一個難民營，此處設備等級提升了，證明我們已經享受到美國夢所提供向上流動的機會。在關島，大多數難民都住在海兵倉促搭建的帳棚，到了潘德頓營區，則是所有人都有營房，這裡就像新生訓練營，讓我們為學習美國風俗民情的艱苦做好準備。七五年夏天，我就在這裡給阿敏住在巴黎的堂姑寫了第一封信。當然，我的信同時也是寫給阿敏的。如果信的開頭寫的是我們事先說好的隱喻內容，譬如天氣、我的健康狀況、堂姑的健康狀況、法國的政治情勢等等，他就知道字裡行間有另一個用隱形墨水寫的訊息。倘若沒有這樣的內容，那麼看到什麼就是什麼了。不過在美國的第一年，不太用得上隱寫術，因為流亡的士兵幾乎仍毫無反擊能力。這是有用的情報，卻無須保密。

親愛的堂姑，我這麼寫道，假裝她是我自己的姑媽。很抱歉，這麼久以來第一次寫信給妳就要報告壞消息。阿邦的狀況不好。夜裡，我躺在床上無法成眠，他則在上鋪輾轉反側，活生生受著回憶折磨。我可以看見他腦殼內閃動的影像，有阿敏的臉，也就是他深信被我們拋棄的血盟兄弟，還有阿鈴和阿德的臉，我和他的手上確確實實沾了他們的血。要不是我把他硬拖下床、去餐廳坐在大桌前吃一些無滋無味的食物，阿邦應該會餓死。那年夏天，我們跟其他數千人共用沒有隔間的淋浴室，還和陌生人同住營房。將軍也未能破例，他和夫人及四個孩子跟另外三家人住在一起，我有極大部分時間都在他們的住處與他共度。有一次我去找他，他喃喃地說，低階軍官，乳臭未乾的小子，我已經淪落到與他們為伍了！營房內用晾衣繩掛起床單，隔開每戶人家的空間，但幾乎掩不住夫人與孩子的靈敏耳朵。這些禽獸不分日夜都在做愛，他和我坐在水泥臺階上，氣憤地吼道。我們各自抽著菸、啜飲著茶，現在連最便宜的酒也沒得喝，只能喝茶。他們毫無羞恥心！就當著自己的孩子還有我孩子的面。你知道前幾天大女兒問我什麼嗎？爸爸，什麼是妓女？她看到一個女人在廁所旁邊賣身。

隔著巷道對面的另一間營房裡，有一對夫妻在吵嘴，本來只是尋常的互罵，忽然間戰況急轉直下，火力全開。我們什麼也沒看到，卻清清楚楚聽到皮肉挨了一巴掌的聲音，緊接著是女人的尖叫聲。不久，營房門外聚集了一小群人，將軍嘆道，禽獸！不過還是有些好消息。他從口袋取出一張剪報遞給我。記得他嗎？自殺了。這是好消息？我撫弄著報紙問道。他是個英雄，將軍這麼回答，總之我給堂姑的信是這麼寫的。那是一篇舊報導，西貢陷落幾天後刊登，是將軍在阿肯色另一個難民收容營的朋友寄來給他的。報導正中央是死者的照片，仰躺在將軍前去致敬的紀念碑底部。那副模樣有可能只是在炎熱日子裡躺著休息，仰望藍得有如爵士歌手的天空，只不過標題上說他自殺了。當我們飛往關島，坦克駛進西貢時，這位中校來到紀念碑前，掏出軍用手槍，往自己毛髮漸稀的頭上開了一個洞。

真英雄，我說道。他有妻子和幾個孩子，確切人數我不記得了。我對他既沒有喜歡也沒有不喜歡，雖然擬定撤離名單時考慮過他，最後還是跳過去。我感覺到一根內疚的羽毛在搔著頸背。我說，我不知道他會做這種事，要是知道的話……

要是我們當中有任何一個人知道就好了。但誰會知道呢？別自責了。有很多人是在我的守護下喪命的，我為他們每個人感到難過，可是死亡也是我們職責的一部分，很可能哪天就輪到我們。我們只要記住他是怎樣一個烈士就行了。

我們以茶代酒向中校致敬。但據我所知，除了此舉之外，他稱不上英雄。或許將軍也感覺到了，緊接著才會說，他要是活著肯定能派上用場。

什麼用場？

暗中觀察共產黨動靜。就像他們八成也在暗中觀察我們。關於這點你有沒有仔細想過？

關於他們在監視我們？

沒錯。共產黨同路人。混在我們當中的間諜。潛伏的特務。

有可能，我回答時掌心已汗溼。他們夠奸詐也夠聰明，有可能這麼做。

那麼可能會是誰呢？將軍專注地看著我，也或許是抱持疑心瞪著我看。他手裡捧著馬克杯，我與他對望時，仍不忘用眼角餘光留意那只杯子。如果他企圖拿杯子砸我的頭，我還有半秒鐘時間可以反應。他又接著說，到處都有越共的特務，想當然我們當中也會有。

你真的認為我們的人當中有間諜？此時此刻，我全身上下唯一沒有冒汗的就是眼球。那軍事情報單位呢？或是參謀部呢？

你想不出有誰嗎？他的目光始終沒有離開我的冷靜雙眼，手裡仍抓著馬克杯。我小啜一口自己杯裡剩下的冷茶，然後也把杯子拿在手裡。倘若現在替我照頭部X光，應該會看到一隻倉鼠發狂似地跑滾輪，試圖生出一些主意來。他很明顯心中有所懷疑，假如我說沒有懷疑任何人，恐怕對我不利。在偏執的想像中，只有間諜會否認間諜的存在。因此我必須說出一個嫌疑人，一個可以讓我暫時搪塞過去又不是真正間諜的人。而第一個浮現腦海的就是那個吃喝無度的少校，他的名字果然帶來預期的效果。

他？將軍皺起眉頭，終於不再看我，轉而端詳起自己的指節，我提出這個不太可能的人選轉移了他的注意力。他胖到得用鏡子才能看見自己的肚臍呢，上尉，我認為這次你的直覺失準了。

也許吧，我假裝尷尬地說。我把我的整包菸給他，好讓他分心，然後回到我的住處向堂姑報告方才對話的重點，至於我的擔憂、顫抖、冒汗等等無趣的部分也就省略了。幸好我們無須再在這個營區待太久，在這裡，將軍的怒氣幾乎得不到紓解。來到聖地牙哥不久，我給昔日的教授埃弗里．萊特．海默寫了信，請他幫忙讓我離開這個營區。他是克勞德的大學室友，當初也就是克勞德告訴他有個前途無量的年輕越南學生要來美國念書，需要一筆獎學金。結果海默教授不僅替我找到那筆獎學金，還成為繼克勞德與阿敏之後，我最重要的一位老師。這位教授指導我的美國研究，還鼓起勇氣離開他擅長的領域，答應擔任我畢業論文〈格雷安．葛林作品中的神話與象徵〉的指導教授。如今，這位老好人再次為我挺身而出，自願擔任我的贊助人，時入仲夏後，又在東方研究學系為我安排一份文書處理工作。他甚至為了我向我以前的老師們募款，如此偉大之舉令我深深感動。夏末時分我寫信告訴堂姑，那筆錢支付了我到洛杉磯的巴士車票、汽車旅館幾晚的住宿費、在中國城附近一棟公寓的訂金，還用來買了一輛六四年的福特中古車。一安頓下來，我立刻尋訪住處鄰近的教會，看有沒有人願意資助阿邦，事實證明宗教與慈善團體都很同情難民的處境。我無意中找到了永恆先知教會，名稱雖然響亮，出售心靈產品的店面卻十分簡陋，教會兩側分別是一間不入流的汽車美容廠和一塊柏油空地，有不少海洛英毒蟲入住。我幾乎沒有多費脣舌，加上一小筆現金捐款，身材圓胖的牧師拉蒙（他自我介紹時，發「拉」的音還彈了好幾下舌頭）很快便答應當阿邦的資助者與名義上的雇主。到了九月，剛好趕在學年開始之初，我和阿邦這兩個落難貴公子在我們的公寓重聚。接著，我用剩下的資助金，到市區當鋪去買最後兩樣生活必需品：收音機和電視。

至於將軍與夫人，最後也在一位美國上校（他曾擔任將軍的顧問）的小姨子資助下來到洛杉磯。他們沒住高級別墅，而是在洛杉磯市區較不那麼高級時髦、鬆垮垮的中圍地段，鄰接好萊塢之處，租了一間平房。一如我寫給堂姑的信中所說，後續幾個月間每當我順道去拜訪，總覺得他仍深陷恐懼之中。他沒有工作也不再是將軍，儘管舊日下屬都還是如此稱呼他。我們到訪時，他喝著各式各樣的廉價啤酒與葡萄酒，種類多得令人難為情，情緒在憤怒與鬱悶之間擺盪，就像你大概可以想像住在不遠處的尼克森正在做的事情。有時候他激動到整個嗓子哽住說不出話來，我真擔心得替他施行哈姆立克急救法。倒不是他沒有事情可以打發時間，而是夫人一個人負責為孩子找學校、簽房租支票、採買購物、煮三餐、洗碗、清洗浴室、找教會……總之就是在她原來受到層層保護的人生中，總有其他人會處理的、所有低下的家庭雜務。她以冷峻優雅的姿態做這些工作，很快就成為家中的獨裁者，將軍則只是掛名的家長，偶爾吼吼小孩，猶如動物園裡那些滿身塵土、正面臨中年危機的獅子。一年下來，他們大多都是這樣過日子，直到她的耐心消磨殆盡。我無法得知他們有過什麼樣的對話，但在四月初某天，我收到一封邀請函，是他的新店在好萊塢大道開幕。那是一間酒品專賣店，在國稅局的巨大獨眼中，開這種店就意味著將軍終於向美國夢的基本教義屈服了。他不但得謀生計，還得付出代價，正如同我自己也已經在東方研究學系扮起黑臉來。

我的工作就是站在第一線，抵擋那些想見祕書或系主任的學生，雖然素未謀面，有些學生卻會直呼我的名字。我在學校還算小有名氣，因為校刊針對我做了一篇特別報導，說我大學畢業，登上了優等生榮譽榜，是我母校創校以來唯一一位越南學生，如今則是獲救的難民。文章中也提及我的軍伍生涯，只不過不完全正確。你都做些什麼？當時那個新手記者這麼問我。他是個很容易驚慌的大二生，牙齒上戴著牙套，黃色的二號鉛筆上留有齒痕。我回答說，我是軍需官，很無聊的工作，追蹤物資和配給、確認部隊都有制服和靴子等等。所以你從來沒殺過人？沒有。這的確是實話，儘管其他採訪內容並不屬實。在大學校園不適合坦承我的服役紀錄。首先，我是越南共和國陸軍的步兵軍官，從將軍還是上校的時候就開始跟隨他。後來他升上將軍，負責帶領需要一點軍隊紀律的國家警察，我也隨同異動。即便今日，在大多數大學校園最好都還是別說自己目睹過戰爭，更別說自己與情治單位有關，這是敏感話題。在我學生時代，反戰熱潮有如宗教復興浪潮般漫及所有大學生，校園自是不能倖免。在許多大學校園，也包括我的學校在內，「*Ho Ho Ho*」不是聖誕老人的招牌笑聲，而是一句口號的開頭：「*Ho Ho Ho Chi Minh, the NLF is gonna win!*」（胡、胡、胡志明，越共就要贏！）我很羨慕這些學生赤裸裸的政治熱忱，因為我必須掩蓋自己的熱忱，扮演來自越南共和國的好公民角色。然而這次重返校園，學生已經轉型，不再像上一代那樣熱衷於政治或這個世界。他們的溫柔眼神不再天天接觸到殘暴恐懼的故事與畫面（這些可能會讓他們感到自責，因為他們所屬的這個民主國家為了拯救另一個國家卻反而毀了它），最重要的是，他們的生命不再受到徵兵的威脅。於是校園回歸原來的平和寧靜，只有偶爾一陣春雨敲打在我辦公室窗戶上，才會擾亂它的樂觀氛圍。我拿最低薪做的雜務包括接電話、為教授講稿打字、文件歸檔、取書，以及協助祕書，也就是戴著貼水鑽的玳瑁框眼鏡的蘇菲亞．森女士。這些事情交給學生做再恰當不過，可是被紙割了上千次之後，簡直要我的命。更麻煩的是，森女士似乎對我沒有好感。

我們見面後不久她就說，很高興聽說你從沒殺過人。她的鑰匙圈上就掛著一個和平標誌，憐憫心顯而易見。這已不是第一次，我渴望告訴某人我也和他一樣，是左派的支持者，是為了和平、平等、民主、自由與獨立而奮鬥的革命分子，我的同胞為了這些崇高目標而死，我則是為了這些隱藏身分。她又說，但你要是殺過人，也不會告訴任何人吧？

妳會嗎，森女士？

我不知道。她那女人味十足的臀部一扭，將椅子旋轉過去背對著我。我的小辦公桌塞在角落裡，我就在這裡把一堆紙張筆記挪來挪去裝忙，其實這些工作填不滿一天八個小時。學生記者拍照的時候，我應他要求，坐在位子上盡責地露出微笑，我知道自己會登上頭版，也知道黃板牙在黑白照片中會顯白。我極盡所能地模仿那些照片貼在牛奶盒上的第三世界兒童，小學裡頭常有這些牛奶盒傳來傳去，讓美國孩童捐一些銅板，好幫助可憐的阿雷漢卓、阿布杜拉或阿興能吃一頓熱午餐或是接受預防注射。我是心存感激的，真的！但我也是令人遺憾的案例之一，我忍不住會懷疑自己之所以需要美國施捨，就是因為當初接受了美國的幫助。由於擔心自己被當成忘恩負義之輩，我很認真地製造一些細微聲響，足以讓身穿酪梨綠聚酯纖維長褲的森女士感到滿意，又不至於干擾她，不過偽裝工作的假象不時會因為需要去跑腿或到隔壁的系主任辦公室而被打斷。

系上沒有人對我的國家有絲毫了解，因此系主任很喜歡找我長談，討論我們的文化和語言。系主任的年紀大約盤旋於七十到八十之間，辦公室裡妝點著書本、紙張、筆記與各種小玩意，全是他畢生投注於東方研究的學術生涯中積攢而來。他在牆上掛了一張精巧的東方地毯，我猜原本掛的應該是正牌的東方毯。一進門就正面相迎的辦公桌上擺了一個鍍金相框，裡面是他的全家福照片，有個圓圓胖胖又可愛的棕髮小孩，和一個年紀約莫只有他一半或三分之二的亞洲妻子。她不算漂亮，可是在打著蝴蝶領結的系主任旁邊，要不美都難，她穿著深紅旗袍，繃緊的領子在她冷若冰霜的脣邊擠出了一絲微笑幻影。

他見我的目光落在照片上便說，她叫玲玲。伏案數十年讓這位偉大東方學家的背彎成馬蹄鐵狀，頭往前伸的模樣像隻追根究柢的龍。我妻子的家人逃離毛澤東去了臺灣，我就是在臺灣與她相識。我們的兒子現在比照片中要大得多。你應該看得出來，他母親的基因比較強，這倒也不令人意外，金色頭髮一混到黑色就會退去。這些話都是在我們第五或第六次交談，已到達一定的熟悉程度時說的。他一如往常，斜躺在過度鬆軟的扶手皮椅上，整個人彷彿被一名黑人保姆抱著坐在她肥厚的大腿上。我也陷坐在另一張同樣的沙發椅內，被斜斜的椅背和柔軟的皮革往後吸，兩手擱在扶手上，就像坐在寶座上的林肯紀念雕像。他又繼續說道，這種情形也可以在我們加州本地的景致裡找到一種隱喻解釋，那就是太多外來種雜草讓許多在地草葉都枯死了。在地植物群與外來植物雜生，往往會造成悲劇後果，你想必已經從自身經驗中體會到了。

是的，沒錯，我回答道，同時提醒自己我需要這份最低薪。

唉，美亞人哪，始終夾在兩個世界之間，永遠不知道自己屬於哪邊！你肯定經常體會這種困惑，如果你沒有這種困擾，那就想像一下，感受一下你內心裡以及東西方為了爭奪你，持續不斷的拉扯。「東是東來西是西，兩者永不得相遇。」吉卜齡的診斷再正確不過了。這是他最喜愛的話題之一，有一次談話完畢，他甚至給我出了一份作業，來檢驗吉卜齡的觀點。他要我拿一張紙，垂直對折，並在最上面的左邊寫上「東方」，右邊寫上「西方」。然後，我得分別寫下我的東方與西方特點。系主任說，就把這個練習當成為你自己編列索引吧，我那些有東方血統的學生全部覺得這麼做助益良多。

起初我以為他在開玩笑，因為他出作業那天剛好是四月一日，也就是依照有趣的西方習俗，可以在這一天捉弄人的愚人節。不料他十分嚴肅地看著我，我也想起他不是個有幽默感的人。於是我回家後略加思考一番，列出了這張清單。

東方	西方
謙讓	偶爾固執己見
尊重權威	有時獨立自主
擔心他人想法	有時候無憂無慮
通常很安靜	多話（一、兩杯下肚後）
總是試圖討好	有一、兩次毫不在乎
茶杯半空	水杯半滿

口是心非
幾乎老是回顧過去
偏愛跟隨他人
在團體中感到自在
尊敬長輩
犧牲自我
效法祖先
黑色直髮
矮小（就西方人而言）
膚色有點白中帶黃

心口如一，言出必行
偶爾會眺望未來
卻又渴望領導
但也隨時準備展現自我
珍惜我的青春
不認輸，奮戰到底
算了吧祖先！
清澈的棕色眼珠
高大（就東方人而言）
膚色有點黃中帶白

次日將練習作業交給他時，他說，好極了！不錯的開始，你就跟所有的東方人一樣，是好學生。我內心不由得湧現一股小小驕傲。和所有的好學生一樣，我一心只渴望得到認可，哪怕是傻瓜的認可。他接著說，不過有個缺點，你看到沒有？有多少東西方的特點都恰恰相反？很可惜，在西方人眼中，許多東方特質都帶有負面色彩。這導致具有東方血統的美國人被嚴重的認同問題苦惱，至少在這裡出生或長大的人是這樣。他們覺得沒有歸屬感。他們和你的差別不大，也是被剖成兩半。那麼有何解決之道呢？難道不管已有幾代祖先生活在猶太基督教文化的土地上，身在西方的東方人還是會永遠覺得漂泊不定，像個外來者、異鄉人？

也永遠擺脫不了他古老、高貴的遺產中孔夫子的遺蔭？這正是你身為美亞人所帶來的希望。

我？我知道他是好意，便極力忍住笑，正色以對。

對，就是你！你體現了東方與西方的共生，體現了兩者合而為一的可能性。就肉體而言，我們既無法隔離你的東方特色也無法隔離你的西方特色，而心理層面也是一樣。但今天的你雖然不得其所，將來卻會變成一般的普通人！看看我美亞混血的孩子吧。放在一百年前，他會被當成怪物，不管是在中國或美國。如今，中國人仍會視他為異類，可是這裡已經在不斷地進步，雖然不如你我期望的那麼快速，但已經足以讓我們懷抱希望，但願他到你這個年紀時不會得不到機會。生在這塊土地的他，說不定甚至可以當總統！像你和他這樣的人恐怕多到你無法想像，可是大多數都自慚形穢，試圖想要消失在美國生活的草葉之間。不過你們的人數還在增加，而民主制度給了你們可以發聲的最佳機會。在這裡，你可以學到怎麼樣才不會被自己背道而馳的兩極撕裂，而是讓它們取得平衡，從雙方面獲利。好好協調你分裂的忠誠，你將會成為兩者之間理想的翻譯員，成為讓敵對兩國講和的親善大使！

我？

對，就是你！你必須要勤奮不懈地培養美國人與生俱來的反射反應，以便抵銷你的東方本能。

我再也按捺不住。就像陰和陽嗎？

正是！

我清了清喉嚨的酸味，那是我體內東西交雜混沌的臟器產生的胃液逆流。教授。

嗯？

如果我告訴你，我其實是歐亞人，不是美亞人，會有什麼差別嗎？

系主任慈祥地看著我，一面拿出菸斗來。

不，親愛的孩子，完全沒有差別。

回家途中，我順路去雜貨店買白麵包、義大利香腸、一公升塑膠瓶裝的伏特加、玉米粉和碘。情感上來說，我比較喜歡米澱粉，但玉米粉比較容易買到。回到家後，我將雜貨店買來的東西放好，然後把那張分裂自我的紙貼在冰箱門上。在美國就算窮人也有冰箱，更不用說自來水、沖水馬桶和二十四小時的電，而在我們家鄉，連中產階級都不一定有這些設施。那我為什麼還是覺得窮呢？或許和我的生活條件有關。住處是一間陰陰暗暗、位於一樓的一房公寓，最大特色就是屋內瀰漫著肚臍毛絮味，總之我給堂姑的信上是這麼寫的。那天和之前的每一天一樣，我看見因憂傷而意興闌珊的阿邦躺在我們那張紅絨沙發的長舌上。他唯一出門的時間就是晚上到拉——蒙牧師的教會打工當工友。教會為了省錢兼拯救靈魂，便用現金付阿邦工資，也證明了人可以又事奉神又事奉瑪門。因為沒有申報收入，阿邦可以領救濟金，他也幾乎領得理所當然，只抱著一絲絲羞愧。從前拿那麼一點微薄薪水為國家效力，打一場由美國人決定的仗，如今他學聰明了，認定救濟金是比勳章更好的報酬。其實他除了接受命運之外也別無選擇，因為沒有人需要一個能跳飛機、能背三十六公斤重物走五十公里、手槍和步槍射擊能正中紅心，又比電視上那些戴著面具、全身抹油的職業摔角選手更頂得住處罰的人。

每到政府發放救濟津貼的日子，就像今天，阿邦會拿領到的現金去買一箱啤酒，拿食物券去換一星期份的冷凍餐點。我打開冰箱拿出我的啤酒配額，再走到客廳加入阿邦，此時他已經被半打啤酒掃射過，空罐彈殼散落在地毯上。他仰躺在沙發上，手拿另一罐冰涼啤酒摀著額頭。我一屁股跌坐進我們最好的一件家具，一張滿是補丁但仍堪用的La-Z-Boy安樂椅，然後打開電視。啤酒的顏色和味道都像嬰兒尿，但我們還是依循平時慣例，守著紀律悶頭喝酒，直到兩人都醉死過去。我醒來時正好是晚上最晚過渡到早上最早的會陰時段，嘴裡像含了一塊髒兮兮的海綿，眼前驀然出現一隻巨蟲的斷頭張著大嘴，讓我飽受驚嚇，後來才發覺原來只是垂著兩根天線的木殼電視。電視機裡高唱國歌之際，星條旗飄揚，背景還混入雄偉的紫色山脈與戰鬥機凌霄直上的全景畫面。當螢幕上終於拉下雜訊雪花幕，我才拖著腳步走向滿口舌苔又沒牙的馬桶，再回到狹小房間裡雙層床的下鋪。這時阿邦已經摸索著回到上鋪。我躺下來，想像我們就跟軍人一樣睡著，但其實在中國城附近，唯一能買到雙層床的只有低俗家具店裡的兒童部門。看店的應該是墨西哥人，或者是長得像墨西哥人，反正南半球的人我都分不清，不過他們應該不會生氣，因為他們自己也都當面喊我中國佬。

一個小時過去了，我還是無法再度入睡，便到廚房吃了一份義大利腸三明治，一面重讀昨天收到的堂姑來信。她寫道，親愛的姪子，謝謝你上次來信。最近這裡的天氣很糟，又冷風又大。信中詳述她與玫瑰的搏鬥、她店裡的客人、她看醫師得知的好結果，但一切都比不上天氣的暗示重要，那告訴我在字裡行間有阿敏用米澱粉製成的隱形墨水寫下的信息。明天，等阿邦去教會打掃的那幾個小時，我會將碘加水製成碘溶液刷到信紙上，便可看到一連串紫色號碼，分別代表理查・賀德的《亞洲共產主義與東方破壞模式》一書的第幾頁、第幾行、第幾個字。以此書做為暗號是阿敏極盡巧思的選擇，如今這也是我生命中最重要的一本書。我從阿敏隱寫的訊息得知人民的士氣高昂，祖國的重建工作正緩慢但穩定地進行著，他的上司也很滿意我的報告。怎會不滿意呢？流亡者除了扯頭髮、咬牙切齒之外，什麼事也沒發生。寫這個幾乎無須使用我用玉米粉和水做成的隱形墨水。

西貢淪陷，或是解放，抑或兩者皆然，到這個月就滿周年了，我半出於宿醉半出於感性，給堂姑寫了封信紀念這一年的苦難。雖然我的離開是情勢所逼也是自己的選擇，但我承認自己還是忍不住要同情我可悲的同胞們，他們迷失的細菌傳播來傳播去，後來連我也昏沉沉地在濃密的回憶迷霧中遊蕩起來。親愛的堂姑，至今發生了好多事情。信中盡是流亡者從營區離開後的歷程，從他們淚眼汪汪的觀點拉拉雜雜地敘述，連我也被催出淚來。我寫道，如果沒有資助人伸出援手，我們誰也走不掉，他們的任務就是保證我們以後不會倚賴國家福利度日。我們當中，身邊一時找不到贊助者的人就寫信懇求曾經雇用過我們的公司、曾經輔導過我們的軍人、曾經和我們上床的戀人、可能會心生憐憫的教會，甚至是只有一面之緣的人，希望獲得資助。有些人獨自離開，有些人闔家離開，有些家庭則被平分開來分送出去，有些人得以留在讓我們想起家鄉的溫暖西部，但大多數人都被遣送到遙遠各州，這些州名一個比一個拗口：阿拉巴馬、阿肯色、喬治亞、肯塔基、密蘇里、蒙大拿、南卡羅萊納等等。我們用自己的英語發音談論新的地理位置，每個音節都特別強調，芝加哥變成「志－架－

哥」，紐約的發音更像是「紐－亞」，德克薩斯分解為「特克－賽斯」，加利福尼亞現在變成「甲－利」。離開營區前，我們互相交換新去處的電話地址，因為知道我們會需要這套電報系統來找到哪個城市有最好的工作、哪一州的稅率最低、哪裡的福利最好、在哪裡最不會受到歧視、哪裡有最多居民和我們長得相似、飲食習慣也相似。

我告訴堂姑，如果可以待在一起，我們應該能組成一個規模不小、自給自足的殖民地，就像長在美國政體屁股上的一顆粉刺，因為已經有現成的政治人物、警察和軍人，有我們自己的銀行家、業務員和工程師，有醫師、律師和會計師，有廚師、清潔工和女傭，有工廠老闆、技術工和職員，有小偷、妓女和殺人犯，有作家、歌星和演員，有天才、教師和瘋子，有牧師、修女和和尚，有佛教徒、天主教徒和高臺教徒，有北部人、中部人和南部人，有才華洋溢者、資質平庸者和愚笨者，有愛國者、叛國者和中立者，有誠實的人、腐敗的人和漠不關心的人，人數多到足以選出我們自己的國會代表，在我們的美國、我們的小西貢擁有發言權，而這個小西貢就和本尊一樣怡然自得、亢奮錯亂、功能失調。但也正因為如此，他們才不准我們待在一處，而是透過官僚命令將我們驅散到新世界的四面八方。無論到了哪裡，我們都會找到彼此，小小一群人，每逢週末便在地下室、教會、後院聚會，或是自備吃的喝的到海灘去，食物只用雜貨店的牛皮紙袋裝著，而不是從較昂貴的商店購買。我們會盡可能做出屬於自己文化的料理，但因為仰賴中國市場，食物總有一絲令人無法接受的中國味，這也是我們所受到連串羞辱中的一大打擊，為我們留下一種酸酸甜甜、不可靠的記憶。不管記憶對錯，總之是剛好能讓我們回想起過去，又剛好提醒我們過去的再也回不來，隨同我們的萬用溶劑——魚露——的確切種類、細膩度與複雜度一併消失了。呵，魚露！多麼令人想念呀，親愛的堂姑，少了它，一切的味道都不對了，我們是多麼熱切懷念富國島的頂級魚露，還有那裝滿品質頂尖、絞碎了的鯷魚的大木桶！這種味道嗆鼻、色澤深褐的液體調味料，據傳會散發惡臭而遭到外國人大力重傷，也為「這好像有點 fishy（不對勁）」這句俗話增添一層新含意，因為我們就是一群 fishy（充滿魚味）的人。我們用魚露就像外西凡尼亞地區的村民戴著蒜瓣驅避吸血鬼，只不過我們是為了和某些西方人劃清界線，因為他們永遠無法理解真正 fishy 的是起司令人作嘔的臭味。和凝固的牛奶相比，發酵的魚算得了什麼？

然而出於對主人的敬意，這些話感覺我們只對自己人說，有時我們緊挨著彼此坐在會刺人的沙發和粗糙的地毯上，有時擠在餐桌旁，膝蓋在桌子底下碰來碰去，桌上放著幾個有凹槽的菸灰缸，藉由菸灰的累積計算時間，一面嚼著魷魚乾一面反芻記憶直到下巴發疼，互相轉述散居各地的同胞的二手與三手消息。我們就是透過這個管道得知，在加州莫德斯托有個農夫逼迫一大家子做苦工；有個純真的女孩飛到華盛頓州斯波坎，要嫁給她心愛的美國大兵，結果被賣到妓院；還有在明尼蘇達州有個帶了九個孩子的鰥夫，冬天跑到外面躺在雪地上張著嘴，直到被埋在雪中凍死；還有在俄亥俄州的克里夫蘭，有個退伍的遊騎兵買了一把槍，先殺死妻子和兩個孩子然後自殺；還有在關島一些難民後悔了，請求返回祖國，後來卻音信全無；還有一個被寵壞的女孩受不了海洛英的誘惑，在馬里蘭州的巴爾的摩街頭失蹤了；還有一位政治人物的妻子放低身段到安養院去清洗便盆，有一天忽然崩潰，拿菜刀攻擊丈夫，後來被判住進精神病院；還有一夥青少年共四人，沒和家人一起來，淪落紐約皇后區，因為搶了兩家酒品店又殺死一名店員，被判二十年有期徒刑；還有在德州休士頓有個虔誠的佛教徒打了年幼兒子的屁股，被依虐待兒童的罪名逮捕；還有加州聖荷西有個店主讓人用食物券換筷子，因為違法而被罰款；還有在北卡羅來納州羅里，有個男人因為打老婆耳光，違反家暴法入獄；還有男人逃跑留下老婆收爛攤、女人逃跑丟下丈夫不管、小孩逃跑沒有父母或祖父母在身邊，以及走失了一個、兩個、三個或更多小孩的家庭；還有在印第安納州特雷霍特，有六個人睡在擁擠又冰冷的房間用火盆燒炭取暖，結果一覺不醒，就這樣乘著隱形的一氧化碳雲霧前往永恆的黑暗。將這些泥土一一過篩後，我們淘出了黃金，譬如有個幼小孤兒被堪薩斯州一名億萬富翁收養；或是有個技術工人在德州阿靈頓買彩券中獎，成了大富翁；或是在路易斯安那州巴頓魯治有個高中女生當選學生會主席；或是在威斯康辛州馮迪拉克，有個男生申請到哈佛，他球鞋底的紋路裡都還留有潘德頓營區的泥土呢；或是親愛的堂姑妳最喜愛的那位電影明星，自從西貢淪陷後在世界各地的機場跑來跑去，沒有一個國家肯讓她入境，她無助地打電話向美國明星友人求援，卻誰也沒有回電，直到投下最後一枚硬幣總算抓住了黛碧．海倫，幫助她飛到好萊塢。所以我們就像是用悲傷的肥皂抹身子，用希望之水沖洗，儘管我們幾乎是聽到什麼謠言就相信什麼，卻幾乎沒有人願意相信我們的國家已死。

5

我自己也看過無數自白，再想到您對我到目前為止的自白內容的批註，我猜呢，親愛的司令，這份自白書恐怕和您習慣看的不一樣。我的自白有諸多異於尋常的特點，這怪不得您，只能怪我。都怪我太誠實，我成年以後倒是很少這麼誠實。為什麼現在，在這樣的情況下，在三乘五米大的個人牢房裡，開始誠實了呢？也許是因為我不明白自己為什麼會在這裡。至少在當潛伏特務時，我明白為何要以暗號度日，但現在我不明白。如果我即將被判決，又或是如我所猜，我已經遭到判決，那麼我就來好好解釋一番，用我自己選擇的方式，不管我這番舉動讓您怎麼想。

我覺得，對於我所承受的真正危險與瑣碎的麻煩事，應該得到一點稱讚。我的日子過得活像個奴隸，身為難民，唯一額外的好處就是有機會拿救濟金。我甚至難得有機會睡覺，因為臥底特務差不多隨時都會失眠。或許龐德在有如針床般的間諜生活中也能安睡，但我做不到。諷刺的是，每每能讓我入睡的竟是我截至目前為止最像間諜的工作，也就是譯解阿敏的訊息以及用隱形墨水譯寫我自己的訊息。由於每封快電都是一個字一個字、費盡心血轉譯成暗碼，因此送信與收信人都有責任盡可能將訊息縮短，也因此隔天晚上我從阿敏信中譯解出來的訊息只說：做得好，轉移別人對你的注意，顛覆分子皆已拘押。

我打算等到將軍酒品店的開幕儀式結束後再回信，將軍說克勞德也會來。我們講過幾次電話，可是自西貢一別，我再也沒見過克勞德。不過，將軍之所以想當面見我其實另有原因，至少幾天後阿邦從店裡回來的時候這麼說。他剛剛被聘為店內職員，這份工作能讓他繼續在牧師的教會打掃兼差。是我向將軍力薦阿邦，也很樂見他現在站的時間比躺的時間多。他為什麼想見我？我問道。阿邦打開像得了關節炎的冰箱，拿出我們所有財產中最美麗的飾品：一罐銀光閃閃的施麗茲啤酒。我們當中有內奸。要啤酒嗎？

我要兩罐。

開幕時間訂在四月底，剛好遇上西貢淪陷，或是解放，抑或兩者皆然的周年。因為是星期五，我得問問森女士，問問通情達理的她能否讓我提早下班。若是在九月，我不會請她行這個方便，只是到了四月，我們的關係有了意外的發展。剛開始和她一起工作那幾個月，無論是在抽菸休息時間，或辦公室同事間的自然閒聊，又或是下班後遠離校園的雞尾酒時間，我們都在慢慢地觀察對方。森女士並不像我所想的那麼敵視我，事實上，我們後來變得十分友好——如果「友好」可以用來形容我們在她位於克蘭肖區的公寓，每星期一、兩次汗流浹背、不用套子的交媾，或是形容我們在系主任辦公室，每星期一、兩次鬼鬼祟祟的私通，又或是形容夜裡在我的福特車後座上演的車震戲碼的話。

發生第一次浪漫插曲後她向我解釋，說是我講理、親切、善意的態度最終打動了她，才會邀我「隨時」去喝一杯。幾天後我接受邀請去了銀湖的一間熱帶風情酒吧，這裡的客人男的多半身材矮胖、穿著夏威夷衫，女的則穿著幾乎包不住豐臀的牛仔裙。門口兩側豎著燃燒的夏威夷火把，內部木板牆上釘掛著來自某座不知名的太平洋小島的凶惡面具，脣形看起來像在說「烏嘎布嘎」。檯燈以古銅膚色、裸露胸部的草裙女郎為造型，投射出頗具氣氛的光線。女服務生也同樣穿草裙，褪色的乾草正好搭配她的髮色，比基尼裝的上半身則是用磨光的椰子殼做成。酒過三巡後，森女士右手抵著下巴，手肘擱在吧檯上，讓我替她點菸，在我看來，這是男人能為女人做的最具情色意味的前戲了。她喝酒抽菸的樣子就像瘋癲喜劇裡的小明星，穿著塑形胸罩和墊肩，說著含沙射影、話中有話的第二語言。她看著我的眼睛說，我要坦白一件事。我微微一笑，暗暗希望她被我的酒窩打動，並說我喜歡聽人坦白。她說，你有一種神祕感，你別誤會，我不是說你高大、黝黑又英俊。你只是黑又有點可愛。一開始，聽說了你的事然後第一次見到你，我心想：好呀，來了一個湯姆叔叔桑，一個道地為錢出賣自己的人，一個徹頭徹尾漂白的人。他不是美國人，但也相差不遠，是個米國人。看看你和老外處得多融洽！白人愛死你了，對不對？他們只是喜歡我，覺得我是個纏了小腳、嬌小可愛的搪瓷娃娃，一個隨時準備賣笑的藝妓。可是我話不夠多，無法讓他們愛我，要不至少也是說話技巧不對。我沒法迎合他們上演一整齣壽喜燒加莎喲娜拉的戲，做一些把筷子插在頭髮的無聊之舉，說一堆蘇絲黃什麼的廢話，好像每個迎面走過來的白人都是威廉·赫頓或是馬龍·白蘭度，其實根本只像米基·魯尼。不過你呢，你會說話，那很重要，但不只是這樣，你也很懂得傾聽。你很擅長露出那謎樣的東方微笑，坐在那裡邊點頭邊感同身受地皺起眉頭，讓人以為你完全認同他們說的每句話而繼續說下去，你自己卻一聲不吭。這點你怎麼說？

我回答道，森女士，聽妳這麼說我太驚訝了。她說，我想也是，拜託，叫我蘇菲亞吧，我又不是你女朋友老得要命的媽。再給我添杯酒、點根菸。我今年四十六，我不在乎讓人知道，不過我要告訴你，當一個女人已經四十六歲又一直過著自己想要的生活，對男歡女愛的事也就瞭若指掌了。這跟《印度愛經》或《肉蒲團》或我們敬愛的系主任那套騙人的東方把戲無關。我說，妳已經替他工作六年了。她說，這還用你說。不曉得是不是我神經過敏？好像每次只要他開辦公室門，就會聽到鑼聲。還有，他會在辦公室抽菸嗎？或者是他用缽焚香的味道？我總覺得他對我有點失望，因為我看到他不會鞠躬。他跟我面談的時候問我會不會說日語，我解釋說我是在離洛杉磯不遠的加迪納出生的。他說，啊，妳是 nisei（二世），好像知道這個字眼就代表了解我似的。妳已經忘記自己的文化了，森女士，雖然妳才是第二代。妳的 issei（一世）父母，他們就緊守著自己的文化，妳難道不想學日語嗎？妳不想到日本看看嗎？有好長一段時間我都覺得難過，不知道自己為什麼不想學日語、為什麼不會說日語、為什麼寧可去巴黎或伊斯坦堡或巴塞隆納也不想去東京。但後來我心想，管他的。有誰問過甘迺迪總統會不會說蓋爾語、有沒有去過都柏林、是不是每天晚上吃馬鈴薯，或者有沒有收集愛爾蘭小妖精的畫？那為什麼我們就得不忘記我們的文化？既然我在這裡出生，我的文化不就在這裡嗎？當然了，我沒問他這些問題，我只是微笑著說，你說得太對了，主任。她嘆了口氣，工作嘛，不過我還要告訴你一件事。自從我想通了我什麼也沒忘記，我的文化我了解得很，就是美國文化，我的母語就是英語，想通這些之後，就覺得我在那個人的辦公室裡像個間諜。表面上，我只是普普通通的森女士，一個失根的可憐傢伙，但私底下我可是蘇菲亞，你最好別來惹我。

我清清喉嚨。森女士？

嗯？

我覺得我愛上妳了。

叫我蘇菲亞，她說。我們先把話說清楚了，花花公子。如果我們發生了關係，雖然不太可能，並不代表就是綁在一起了。你沒有愛上我，我也沒有愛上你。她噴出兩縷煙來。只是告訴你一聲，我不相信婚姻，但我相信自由性愛。

太巧了，我也是，我說道。

十年前，海默教授這麼教過我，根據班傑明．富蘭克林的經驗，有個年紀較大的情婦是件美妙的事，或者應該說這位開國元老向某位年輕人如此建議。我不記得這位美國智者整封信的內容，只記得兩點。第一，較年長的情婦會「充滿感激!!」，也許大多是如此，但森女士不然。真要說起來，她還期望我心懷感激呢，而我也確實感激。我一向只能向男人最好的朋友尋求慰藉，也就是自慰，當然更沒有財力買春。如今我有了自由性愛，它的存在不只公然侮辱緊身褡束縛的資本主義，又或是具有種族色彩的新教徒貞操帶，也不見容於具有儒家特質的共產主義。共產主義的缺點之一就是認為每位同志都應該像個清高的農夫，堅硬的鋤頭只用來耕作，但願這個缺點終究會消失。依據亞洲共產主義的主張，一切都是自由的，只有性愛除外，因為東方尚未發生性革命。論據是：亞洲國家的家庭通常都有六、八或十二名子嗣（根據賀德的資料），既然已經有這麼多性行為，幾乎不需要再為更多性愛而革命。至於美國人經過一次革命的預防注射後已經免疫，現在感興趣的只是自由性愛熱滋滋的激情，不是它的政治引信作用。然而，在森女士耐心調教下，我開始領悟到真正的革命也包含了性解放。

此見解與富蘭克林先生所見略同。那個耽於逸樂的狡猾老傢伙深知情慾對政治的重要性，在努力爭取法國協助美國革命之際，不但追著政治人物跑也追著女人跑。因此這位「美國第一人」寫給年輕友人信中的要義是對的：我們都應該擁有較年長的情婦。此話聽起來似乎有性別歧視，其實不然，因為它暗示著年紀較長的女人也應該找小種馬上床。雖然老色鬼寫的信不是處處精到，好色事實卻無所不在。因此這位傑出人士的第二個重點就是，年齡的重力隨著歲月逐年往下作用。先從臉部五官開始，接著往下到頸部、胸部、腹部，依此類推，所以年紀大的情婦即使臉部乾癟憔悴了，重要部位依然能豐滿潤澤許久，只要在她頭上蓋個籃子就行了。

但森女士不需要，她的五官並未留下歲月痕跡，賞心悅目。唯一能讓我更高興的是給阿邦找個伴，就我所知，他到現在還是自己來。向來內向的他，很認真地把天主教的苦藥吞下肚去。他面對性事比面對一些我認為較困難的事（諸如殺人），更顯得尷尬謹慎，其實天主教的歷史可以說是靠著殺人確立的，同性、異性或雞姦等等性事全都隱藏在梵蒂岡的聖袍底下，讓人以為從來不曾發生過。教宗、樞機主教、主教、教士與修道士，和女人、女孩、男孩或是彼此之間有曖昧關係？幾乎從未討論過！倒不是搞曖昧關係有什麼不對——令人厭惡的是虛偽，不是性愛。但是教會打著救世主的名號，從阿拉伯半島到美洲，拷打、謀殺、討伐或是傳染疾病給數百萬人呢？帶著於事無補的偽善懊悔坦承不諱，頂多也只是如此。

至於我，恰恰相反。打從浮躁不安的青春期開始，我就會如運動員般勤奮自娛，用的正是我假裝禱告時畫十字架的那隻手。這顆性叛逆的種子有一天成熟了，化成我的政治革命，儘管父親諄諄訓誨說手淫必然會導致眼睛失明、手心長毛和陽痿（他忘了提及從事顛覆活動）。就算得下地獄，我也認了！開始安心地對自己犯罪之後（有時候還一個小時一次），有共犯就是遲早的事了。因此我在十三歲那年發生了第一次的非自然行為，對象是從母親廚房偷來的一隻已清空內臟的魷魚，它本來正和同伴一起等候著既定的命運。唉，真是可憐、無辜、有苦說不出的魷魚！你剛好和我的手一樣長，拔掉頭、鬚，再清除內臟後，完全就是迷人的保險套形狀，但其實當時我也不知道它的用途。你的內部黏黏滑滑，和我想像中的陰道一樣，但其實我也沒見過這令人驚嘆的東西，唯一看過的只有城區巷弄和後院裡，全身光溜溜或是赤裸著下半身跑來跑去的幼兒小童展露出來的部分。這番景象嚇壞了我們的法國領主，他們將這種孩童時期打赤膊的習性視為未開化的證據，並以此合理化他們強暴、劫掠的行為，說這一切全是為了讓我們的孩子穿點衣服，以免讓那些端莊正派的基督徒在身心兩方面都過度受誘惑，有了這個神聖的藉口，做什麼都可以。不過我說遠了！再回到你身上吧，馬上就要遭強姦的魷魚：當我純粹出於好奇，將食指和中指伸入你緊縮的孔洞，那股吸力之強勁，讓我天馬行空的想像力忍不住聯想到已經在我腦海縈繞數月、那個女性胴體的禁區。

這時我狂野的男性雄風倏然立正，既未聽令，也完全不受控於我，引誘著我靠向你，令人動心、令人著迷、勾魂的魷魚！雖然媽媽去買東西很快就會回來，而且隨時都可能有鄰居從邊間廚房外經過，看見我和我的頭足類新娘，我卻還是脫下了褲子。在魷魚的呼喚與我勃起反應的催眠下，我將後者插入了前者，不幸的是套進去分毫不差。說不幸是因為從此以後，再也沒有魷魚能逃過我的魔爪，但是不能說這樣就淡化了獸姦的模式（說到底，倒楣的魷魚，你畢竟是死了，只不過我現在明白這會造成其他哪些道德問題），也不能說我經常犯這樣的罪（因為在我們這座內陸城鎮，魷魚是罕見的好東西）。魷魚是父親送給母親的，因為他自己吃得好。教士總會受到崇拜他們的宗教迷慷慨關照，那些虔誠的家庭主婦和富有的信眾簡直把他們當成守護者，守護著那間超高級夜總會——天堂——入口拉起的絲絨繩。這些宗教迷會請他們吃飯、替他們打掃房間、替他們煮飯、用各種禮物賄賂他們，其中便包括美味、昂貴、不是我母親這種窮女人吃得起的海鮮。當我全身抖動射精時，心中毫不羞愧，但一回過神來，立刻內疚得無以復加，不是因為違反了什麼道德，而是我實在不忍心剝奪母親的魷魚，哪怕只是一口。我們只有六隻，少了一隻她一定會發現。怎麼辦？怎麼辦？我手裡拿著那隻昏沉沉、被姦汙的魷魚站在那裡，我褻瀆的證據從牠被侵犯的陰戶流出來，這時狡詐的我忽然心生一計。首先，將犯罪證據從受到侮辱、動也不動的魷魚身上沖洗掉。其次，在牠表皮畫出淺淺刀痕，以利識別。然後等著吃飯。毫不知情的母親回到我們簡陋的家後，往魷魚體內塞入豬絞肉、冬粉、香菇丁和薑末，下鍋油炸，再配著檸檬薑汁沾醬吃。我心愛的宮女無助地橫躺在盤子上，身上有我親手做的記號，當母親叫我開動，我立刻伸出筷子先發制人，以防止母親有絲毫機會去夾牠。我夾住後不動，母親用期待、關愛的眼神看著我，接著我夾起魷魚去沾檸檬薑汁，咬下第一口。怎麼樣？她問道。好—好—好吃，我支支吾吾地說。那就好，不過兒子呀，你要嚼一嚼，不能整隻吞下去。慢慢吃，這樣味道會更好。是的，媽媽，我回答道。於是這個聽話的兒子帶著勇敢的笑容慢慢咀嚼，品嚐著失身於他的魷魚剩下的部分，那混雜著甜蜜母愛的鹹鹹滋味。

有些人肯定覺得這段插曲很下流，但我不！屠殺下流，拷打下流，死了三百萬人下流，但手淫，即使是和魷魚（無可否認，這不是所有人都能接受的對象）？算不上下流。我個人是認為，如果我們聽到「謀殺」一詞能像聽到「手淫」一樣叨唸不休，這個世界應該會更美好。不過雖然我愛人的意志比戰鬥意志強，但我的政治選擇與警察身分終究還是迫使我培養出另一面的自我，也就是我童年時期只展現過一次的暴力面。然而，即便成了祕密警察，我從未使用過暴力，甚至也不允許他人在我面前施暴。只有當我被不利的情況壓迫到就算使出聰明才智也無法脫困，我才會容許這種暴力發生。這些場面實在令人太不舒服，以至於我目睹他人受審訊的記憶瘋狂而執著地挾持著我：那個精瘦的山地人脖子上纏著一條扭曲變形的鐵絲，臉上露出扭曲變形的痛苦表情；白色房間裡那個頑固的恐怖分子，臉色發紫，除此方法之外對一切都無動於衷；那個共產黨特務將她從事間諜活動的證據塞進嘴裡，口水紙上我們那些帶著酸味的名字確確實實已經到她嘴邊。這些被抓的顛覆分子最後只有一個終點，卻有無數令人不快的岔路可以前往。當我抵達酒品店參加開幕，也和這些囚犯一樣確信，逃不了那躲在養老院牌桌底下竊笑的可怕命運。有人就要死了。可能是我。

酒品店位於好萊塢大道東端，距離最新電影首映的埃及與中國戲院，閃光燈閃個不停的耀眼炫麗十分遙遠。這個特別跟不上流行的地區雖然沒有樹木，卻陰陰暗暗，因此阿邦除了店員的工作還有一個作用，就是嚇阻潛在的搶匪與竊賊。他站在收銀臺面無表情地對我點點頭，身後整面牆都是架子，放著一級品牌、值得一偷的品脫裝酒瓶，一個隱密的角落裡則放了男性雜誌，封面上全是姿態撩人、修得完美無瑕的妙齡女郎。阿邦說，克勞德和將軍在儲藏室裡。儲藏室在後間，頭頂上的日光燈閃閃爍爍又吵雜，還有消毒水和舊紙板的味道。克勞德從合成皮沙發起身，我們互相擁抱了一下。他除了胖了幾公斤，其他沒什麼改變，甚至還是穿以前在西貢偶爾會穿的一件縐巴巴的西裝外套。

坐吧，將軍坐在辦公桌後面說道。我們一動，那張合成皮沙發就發出猥褻的咿呀聲。四周有三面被紙箱和板條箱包圍。將軍桌上一堆亂七八糟的東西，有一具重到可以用來自衛的旋轉撥號電話、一個流滲出紅墨水的印臺、一本夾著藍色複寫紙的收據簿，和一盞斷了脖子、怎麼都不肯抬頭的桌燈。當將軍打開抽屜，我的心卡了一下。來了！為了好玩，用榔頭打老鼠的頭、用刀子劃牠的脖子、用子彈轟牠的太陽穴，也可能以上皆是的時候到了。至少相對而言，算是給牠一個痛快。根據克勞德在西貢給祕密警察上的審訊課程，要是早在歐洲黑暗時期，我會被馬分屍，頭掛在柱子上讓所有人都能看到。有個幽默的王族活剝了敵人的皮，然後用乾草塞滿皮囊，放到馬背上，遊城示眾。真是好笑！我屏住呼吸，等著將軍抽出手槍，以非手術方式移除我的大腦，不料他拿出的只是一瓶蘇格蘭威士忌和一包菸。

說真的，克勞德開口道，兩位，很希望我們能在好一點的情況下重逢。聽說你們花了很長時間才離開「道奇」。將軍回道，這麼說是輕描淡寫了。我則問道，你呢？八成是搭最後一架直升機吧。

我們就別太戲劇化了，克勞德說著接過將軍遞過來的菸和酒杯。我是在幾個小時前搭大使的直升機出來的，他嘆著氣說，我永遠不會忘記那一天。我們實在等太久了，才無法一起行動。你們是最後一批搭飛機走的，後來是海兵駕直升機來把機場和大使館剩下的人載走。美國航空也有救難直升機，問題是全城的人都知道起降地點，照理說那應該是祕密。結果我們召集嬌小的越南女子，把直升機停機坪的數字漆在屋頂上，聰明吧？關鍵時刻來了，那些建築物通通被包圍起來，應該搭上直升機的人上不了機。機場也是一樣，進不去。登機區根本過不去。就連要去大使館的巴士也無法進入，因為有數以千計的人湧向大使館，他們手裡揮著各種文件，結婚證書、聘雇合約、信，甚至有美國護照。大家都在吶喊，我認識誰誰誰、誰誰誰可以替我擔保、我是美國公民的配偶。那些都沒用。海兵守在牆頭上，只要有人企圖爬上去就毆打阻攔。你得靠得夠近，才能把一千美金塞給某個海兵，讓他拉你上去。我們不時會走到牆邊或門邊尋找並指出替我們工作的人，要是他們靠近了，海兵就會拉他們上牆，或打開一條門縫只讓那個人進入。可是有時候在人群中或人群邊緣看到認識的人，我們會揮手叫他們到牆邊來，但他們沒辦法。在前頭的越南人就是不讓任何一個後面的越南人過去。所以我們就看著他們揮手，他們也看著我們揮手，過了一會，我們乾脆掉頭離開。感謝上帝，在那片吵鬧聲中我聽不見他們的叫喊。我進到裡面想喝一杯，不料情況也沒有比較好。你們真該聽聽那些無線電對話。救救我，我是翻譯員，我們有七十個翻譯員在這個地址，救我們出去。救救我，我們有五百個人在這個館區，救我們出去。救救我，我們有兩百人在後勤部，救我們出去。救救我，我們有一百人在中情局飯店，救我們出去。你們猜怎麼著？那些人一個也沒離開。是我們叫他們去那些地方等。我們有人在那裡，我們打電話跟他們說，沒有人會過去，現在你們自己離開去大使館，把那些人留下。另外城外也有人，全國各地的特務都打電話來。救命，我在芹苴，越共逼近了。救命，你們把我留在烏明森林，現在我怎麼辦，我的家人怎麼辦？救救我，救我出去。他們完全沒機會。就連大使館的一些人也沒機會。我們撤離了幾千人，但是當最後一架直升機起飛，院子裡還有四百個人在等，所有人都準備得妥妥當當，等著我們告訴他們說還會來的直升機。他們一個也沒出來。

天哪，我需要再來一杯，雖然只是說說當時的情形。謝謝，將軍。他揉揉眼睛。我只能說，這是切膚之痛。在機場與你們分手以後，我回到別墅去睡個覺，事先已經和琴約好天亮時碰面，她要去接她家人。六點到了，六點十五、六點半、七點。長官打電話來，想知道我在哪裡。我敷衍了他幾句。七點十五、七點半、八點。長官回電說，你現在馬上給我到大使館來，全部人員待命。去他的長官，那個匈牙利雜種。我抓起槍，開車到城的另一頭去找琴。管他白天的外出禁令，每個人都在外面跑來跑去，想辦法找生路。郊區反而平靜些，生活仍然照常。我甚至看到琴的鄰居升起共匪的旗子，前一個星期這些人升的還是你們的旗呢。我問他們她人在哪裡，他們說不知道那個老美婊子在哪。當下我很想開槍射他們，可是街上每個人都轉頭看我。我當然不能等著當地的越共來擄我當人質，於是開車回別墅去。十點。她沒來。我不能再等了。我坐在車裡哭起來。我已經三十年沒為女生掉過淚，但管他的，事情就是這樣。然後我開車到大使館，發現根本進不去。就像我剛才說的，數以千計的人。將軍，我就跟你一樣把鑰匙插在車上，但願有哪個共產黨王八蛋現在正在享用我的雪佛蘭Bel Air。接著我死命擠過人群，那些不肯讓自己同胞通過的越南人倒是給我讓了路。當然，我是又推又擠又喊叫，他們有不少人也又推又擠又喊叫回來，不過我慢慢靠近了，雖然靠得愈近愈辛苦。我和牆頭上的海兵對上了眼，心知只要靠得夠近就能獲救。我汗如雨下，衣服被扯破，一堆人的身體緊緊壓在我身上。前面的人看不見我是美國人，誰也不會只因為我拍他肩膀就回頭，所以我就扯頭髮、拉耳朵，再不就是抓衣領，把擋路的人全拉開。我這輩子從來沒做過這種事。一開始，我自尊心作祟喊不出來，但沒多久我也開始扯開嗓子喊叫。讓我過去，搞什麼啊，我是美國人。我好不容易來到那堵牆邊，當海兵彎身抓住我的手把我拉上去，我真的差點又哭了。克勞德乾了最後一口酒，砰一聲把酒杯放到桌上。我這輩子沒這麼丟臉過，可是也他媽的從來沒這麼慶幸過自己是美國人。

我們默默對坐，將軍又給我們各斟了雙份。

敬你一杯，克勞德，我說著朝他舉起酒杯。恭喜了。

恭喜什麼？他也舉起杯子。

現在你知道當我們的人是什麼感覺了。

他笑了一聲，簡短而苦澀。

我正是這麼想的。

□

最後撤離階段的暗號是在美國廣播電臺播放〈銀色聖誕〉，但就連這點也沒能依計畫完成。首先，這首歌是最高機密，理應只有美國人和盟友知道，但城裡每個人都知道要注意聽什麼。結果你們猜發生了什麼事？克勞德說道。ＤＪ找不到歌，平．克勞斯貝唱的版本。結果他為了找那捲帶子，他把整個錄音室都翻過來了，當然是沒找到。結果呢？將軍問道。結果他找到田納西．爾尼．福特的版本，就放那張。他是誰啊？我問道。我怎麼知道？反正詞曲都一樣。我便說，所以情況正常。克勞德補上一句，全部完蛋。只希望歷史能忘記這次的「情正全完」。

這是許多將軍和政治人物就寢前會說的禱告詞，不過同樣是「情正全完」，有一些理由較充分。就拿這次行動的名稱來說，「常風」行動，簡直就是一個「情正全完」預告著另一個「情正全完」。為此我沉思了一整年，想著能不能告美國政府瀆職，不然至少也告他一個缺乏文學想像的罪。「常風」到底是從哪個軍中智囊夾得緊緊的屁眼擠出來的？難道都沒人想到「常風」可能讓人想起那支敢死隊「神風」？又或是在不關心歷史的年輕人聽來，比較可能想到放屁，一如眾所皆知，放屁引起連鎖反應是常有的事。不過我是不是應該給這個冷面笑匠型的智囊多一點肯定？因為也可能是他選擇〈銀色聖誕〉，來刺痛我們這群既不慶祝聖誕節也從未見過銀色聖誕的全國同胞。又說不定這位不知名的笑匠未卜先知，預見到美國直升機攪動的陣陣惡風，便如同衝著被遺棄者的臉上放了個巨大響屁。在衡量了愚蠢與嘲諷的可能性之後，我選擇了後者，嘲諷還能留給美國人最後一絲尊嚴。這是天降於我們，也或許是我們自作自受（視個人觀點而異）的悲劇中，唯一可以搶救的東西。問題是這齣悲劇不同於喜劇，並未乾淨俐落地結束。它仍盤踞在我們心頭，尤其是如今轉戰商場的將軍。

克勞德，很高興你能來。你時機掌握得再好不過了。

克勞德聳聳肩。我一向很善於把握時機，將軍。

我們有個問題，我們離開前你就警告過我了。

什麼問題？我記得不只一個。

我們有個間諜，一個內奸。

他們倆都看著我，彷彿尋求確認。儘管我的胃開始反時鐘扭絞，臉上仍不動聲色。將軍說出一個名字，是那個吃喝無度的少校，我的胃又開始反轉。我不認識那個人，克勞德說。

不認識他很正常，他不是傑出的軍官，是我們這位年輕朋友選擇帶那位少校一起出來。

長官，要是你還記得的話，少校……

也沒什麼關係了。重要的是當時我累了才會犯錯，把那項任務交給你。我不怪你，得怪我自己，現在也該是糾正錯誤的時候了。

你為什麼覺得是他？

第一點，他是華人。第二點，我在西貢的聯絡人說他家人過得非常、非常好。第三點，他很胖，我不喜歡胖子。

不見得華人就一定是間諜啊，將軍。

我沒有種族歧視，克勞德，我的手下無論原籍哪裡，我都一視同仁，就像我們這位年輕朋友一樣。可是這個少校，他家人在西貢過得好這件事很可疑。他們為什麼能過得好？是誰讓他們發達的？我們的軍官和家族，共產黨都知道。沒有一個軍官的家人在家鄉過得好，為什麼他的家人例外？

這是推測的間接證據，將軍。

你以前可從來沒有因為這樣就罷手，克勞德。

這裡情況不同，你得遵守新的遊戲規則。

但是規則可以變通一下，不是嗎？

要是用對方法，甚至可以違規。

我列出由此得知的事。首先，我一舉成功地將罪責轉嫁給一個無辜的人，只是心裡很懊惱，而且此舉完全出於偶然。其次，將軍和西貢那邊有聯絡，表示有某種反抗活動存在。第三，雖然沒有直接的溝通管道，將軍仍然可以和自己人聯絡。第四，從前那個足智多謀的將軍徹底恢復了，他在每只口袋和襪子裡都至少藏有一個計謀。他朝四周揮一下手說道，在你們兩位眼裡，我像個小生意人嗎？賣酒給酒鬼、黑人、墨西哥人和遊民、毒蟲，我看起來像是樂在其中嗎？告訴你們吧，我只是在等待時機，這場仗還沒打完，那些共產黨王八蛋……好吧，他們的確重創了我們，這點無可否認。可是我了解我的同胞，我了解我的袍澤、我的屬下。他們還沒有放棄，只要有機會，他們會奮戰到死。我們唯一需要的就是這個，克勞德，就是一個機會。

了不起啊，將軍，克勞德說，我就知道你不會消沉太久。

長官，我會和你同進退，直到最後，我如此說道。

很好。因為少校是你挑的，我認為你得訂正自己犯的錯，應該同意吧？你不必獨自行動，少校的問題我已經和阿邦商量過了，這個問題你們兩個聯手解決。至於解決的方法，就好好運用你們無限的想像力和技巧吧。以前你從未讓我失望過，就只是挑選少校失算，現在你可以加以補救，明白嗎？很好，你可以走了，我和克勞德還有事情要談。

店裡只剩阿邦一人，看著收銀機旁發出的催眠磷光訊號，那是一臺迷你黑白電視，正在播棒球賽。我把口袋裡國稅局退稅的支票兌現，金額不大，但象徵意義重大，因為在我的國家，心胸狹隘的政府絕不可能把已經到手的東西退還給灰心的公民。這個想法本身就是荒謬。我們的社會一直都是盜賊統治的極致典範，政府極盡所能向美國人偷竊，一般人民極盡所能向政府偷竊，最惡劣的人則極盡所能互相偷竊。如今，雖然對流亡的同胞感到同病相憐，卻也忍不住覺得我們的國家重生了，原本逐漸茁壯的外來腐敗現象已被革命之火一掃而空。革命的結果不是退稅，而是依循給窮人更多的原則，重新分配不義之財。如何利用社會主義的救助，由窮人自己決定。而我呢，則是把資本主義的退款拿去買酒，好讓我和阿邦不安地沉浸在失憶中一個星期，這樣雖然短視，再怎麼說也是我的選擇，選擇是我神聖的美國權利。

阿邦將酒瓶裝袋時，我說道，那個少校？你真覺得他是間諜？

我哪知道？我只是個小兵。

你聽命行事。

你也一樣啊，聰明小子。既然你這麼聰明，就讓你負責計畫。這裡的環境你比我熟，不過要弄髒手的事交給我。你來看看。櫃檯後面，收銀機底下的架子上，有一把削短型雙管霰彈槍。喜歡嗎？

哪來的？

在這裡，弄到槍比投票或開車更容易，甚至不會說英語也沒關係。好玩的是，這是少校給我們牽的線。他會說中文，中國城裡到處是華人幫派分子。

用霰彈槍會不好處理。

我們不用霰彈槍，天才。他打開擺在櫃檯下方架子的一個雪茄盒，裡面是一把點三八短管特殊手槍，和我隨身攜帶執行任務用的那把相同。對你來說夠小巧了吧？

我再次為情勢所逼，也很快會再次看到另一人為情勢所逼。唯一能稍解我內心憂傷的是阿邦臉上的表情。這一年來，他第一次顯得快樂。

6

開幕儀式在當天下午開始，將軍與前來祝賀的人一一握手，並不停地面帶微笑、輕鬆閒聊。就好像鯊魚為了生存必須不斷游來游去，政治人物（將軍現在的新身分）的嘴也得動個不停。在這裡的選民包括有昔日的同事、部屬、軍中下屬與朋友，大約一個排三十名左右的中年男子，直到進關島的難民營為止，每次看到他們幾乎都穿制服。經過這一年後再見到他們換上便服，不但證實戰敗的判決，也顯示這些人現在犯的是無數穿著不當的小罪。他們在店裡嘰嘰喳喳地轉來轉去，身上穿的要不是廉價賣場買的便宜樂福鞋和縐縐的特價卡其衣褲，就是向以買一送一推銷的批發商買來的不合身西裝，外加領帶、手帕和襪子，但其實他們真正需要的是古龍水，哪怕是小白臉用的那種也無所謂，只要能掩飾他們曾經興高采烈地被歷史這隻臭鼬噴得一身臭的味道就好。至於我呢，儘管位階比大多數人低，衣著卻高級一些，這得感謝海默教授送的舊衣。只需稍加修改，他的金釦藍色西裝外套和灰色法蘭絨長褲，我穿起來恰恰合身。

我便穿著這身體面服裝，穿梭在這群人之間，他們都是我當初擔任將軍的副官時認識的。其中有不少人曾經是砲兵連長與步兵營長，但如今擁有最危險的東西頂多只是自尊、口臭和車鑰匙——如果有車的話。我向巴黎報告了所有關於這些戰敗軍人的流言蜚語，也知道他們為了謀生做過什麼，又或是以多數人為例，有什麼是沒做過的。最成功的要算是某將軍了，他因為差遣菁英部隊去收割肉桂還壟斷肉桂市場而惡名昭彰，如今這名香料商只能在一間披薩店裡作威作福。有個上校原本是軍需官，患有氣喘，每回一談起脫水口糧就會沒來由地激動起來，現在在當工友。有個原本駕駛砲艇機的英勇少校，現在是技工。有個頭髮灰白、很擅長追蹤游擊隊的上尉，現在是快餐廚師。有個冷漠的中尉，所屬連隊遭埋伏襲擊，只有他一人生還，如今成了快遞員。類似例子不勝枚舉，其中有相當比例的人蒙受的不只有社會救濟還有積塵，在政府補助、空氣不流通的公寓裡慢慢腐朽，雄風也隨之日漸萎縮，被一種名為「同化」的轉移性癌症侵蝕，動不動就罹患流亡憂鬱症。在這樣的身心狀態下，正常的社會或家庭問題也會被他們診斷為致命病症，並將家中脆弱的妻兒歸為西方傳染病帶原者。染病的孩子會回嘴，用的不是他們的母語，而是比父親更快精通的外語。至於妻子，多半都不得不出去找工作，而工作之後便不再是男人記憶中的迷人蓮花了。誠如吃喝無度的少校所說，上尉啊，在這個國家男人不需要卵蛋，女人自己都有。

沒錯，我同意，但我懷疑少校和其他人都被鄉愁洗腦了。由於記憶被洗得太徹底，和我的記憶有了不同顏色，我印象中他們在越南從未如此珍惜地談論自己的妻子。少校，你有沒有想過要搬家？也許你和太太能重新開始，重燃熱情，擺脫所有會讓你們想起過去的東西。

那吃怎麼辦？他說得十分嚴肅。最好吃的中國菜就在我們現在住的地方。他的領帶和那口牙一樣歪曲，我伸手替他拉正。好吧，少校，那我請你上館子，你帶我去瞧瞧哪裡有最好吃的中國菜。

樂意之至！吃喝無度的少校露出燦爛笑容。他是個愛吃又愛交朋友的樂天派，在這個新世界沒有敵人，除了將軍之外。我為什麼會向他提起這個少校的名字呢？我為什麼不說一個罪惡比肉重的人，而不是這個肉比罪惡重的人呢？我留下少校，穿過人群走向將軍。我已準備好面對某種積極的政治推銷，哪怕是充滿心機的那種。他與夫人並肩而立，旁邊擺著夏多內白酒與卡本內紅酒，正在接受一名男子的訪問，一支麥克風在他們之間搖來搖去有如輻射探測器。我和她的目光對個正著，當她微笑亮度漸漸增強，那名男子也跟著轉身，他脖子上掛著一架相機，還有一枝四色伸縮筆從襯衫口袋探出頭來。

過了一會才認了出來。我最後一次見到杜山（暱稱小山）是在一九六九年，我在美國的最後一年。他也是領獎學金的留學生，就讀橘郡一間大學，距離大約一個小時車程。那裡是戰犯尼克森的出生地，也是約翰．韋恩的家鄉，是一個愛國心格外強烈的地方，我認為橙劑有可能就是在這裡製造，否則至少也是以名稱向它致敬。小山本科念的是新聞，要不是被烙下太具顛覆性的特殊印記，應該能為我們國家盡點力。他肩上老是扛著一支正義球棒，隨時準備棒打對手言行不一致的這顆肥大軟球。當時的他自信滿滿，也可說是妄自尊大，視個人觀點而定，這是他們貴族世家的傳承。他祖父是個位高權重的官員，這點他總會一再提醒你。這位祖父抨擊法國人的聲量與尖刻程度太過強烈，因此他們給了他一張單程船票前往大溪地，後來大概因為交了一個患有梅毒的高更當朋友，要不是染上登革熱就是因為惡性思鄉病的壓力而不治身亡。小山這位可敬的祖父行事充滿絕對的自信，我敢說他的個性一定令人難以忍受，正如同大多數絕對自信的人，而小山便遺傳了這份自信。他和保守派的中堅分子一樣，一切判斷都是right（有「正確」與「右傾」之意），也或者是他自認為如此，主要的差別在於他是個毫不掩飾的左派人士。他是越南留學生的反戰派領袖，這個小團體每個月會在學生活動中心一個空空的房間或是在某人住的公寓集會，隨著食物漸漸變涼，情緒卻愈來愈熾熱。我參加過這些聚會，也參加過主戰派舉辦的同樣小型的集會，兩陣營的政治論調不同，但其他方面，無論是吃的食物、唱的歌、互相開的玩笑或討論的主題，都能百分之百替換。儘管政治派系不同，這些學生都是大口飲著同一杯滿溢的寂寞之酒，聚集在一起尋求慰藉，就像酒品店裡這些昔日軍官，受著如此冷冽的流亡之苦，連加州陽光也溫熱不了他們轉寒的心，只好期望靠著同伴的體溫取暖。

我就聽說你也來了，小山緊緊握住我的手，綻放出真摯的笑容。他眼中仍散發出我銘記在心的那份自信，讓他如苦行僧般嚴肅的臉和不帶一絲情感的雙唇顯得很有魅力。能再見到你真是太好了，老朋友。老朋友？我記得好像不是。這時夫人插嘴道，杜山正在替報社訪問我們。他向我遞上名片說道，我是編輯，這篇採訪會登在我們的第一期。將軍心情極好，從酒架拿出一瓶夏多內。年輕朋友，我就借花獻佛，感謝你在我們的新國度裡努力復興第四權的精妙藝術。我聽了不禁想起以前有些記者因為向當權者多說了一點實話，我們便送上免費的食宿，只不過是在牢裡。或許小山也想到了，因此試圖婉拒那瓶酒，後來拗不過將軍的堅持才勉強收下。我用小山那架笨重的Nikon相機拍下這值得紀念的一刻，將軍與夫人分站在他兩側，他兩手捧著瓶身，將軍則抓著瓶頸。照片就放在頭版吧，將軍說了這麼一句話當作道別。

只剩我和小山獨處後，我們簡單地互訴近況。畢業後他決定留下，因為知道回國可能會收到一張免費機票，飛往一片寧靜海灘與崑崙島監獄，這座監獄是法國人以其獨特品味興建，只有受邀的特定人士才能進入。去年我們這群難民到達之前，小山都在橘郡一家報社當記者，定居在一個我從未去過的小城西敏市，我們的同胞則都叫它「夕米四」。有感於我們的難民苦境，他創辦了第一份以我們母語為主的報紙，試著藉由相關新聞將我們凝聚起來。不過改天再說吧，朋友，他抓住我一邊的肩膀說道，我另外還有約，我們約一天喝咖啡如何？很高興能再見到你。我呆呆地說好，同時把電話號碼給他，然後他便消失在正慢慢減少的人群中。我想找那個吃喝無度的少校，但他不見了。除了他以外，大多數的流亡同伴都因為自身經歷而萎縮了，有些是得了先前提及的移民病而絕對萎縮，有些則是因為四周環繞著無比高大的美國人而相對萎縮，美國人既不會透視也不會俯視這些新住民，只會將目光從他們頭頂上掠過。對小山卻是相反，他是不容忽視的，只不過原因不同於以往我們就讀大學的時期。我不記得當時的他有這麼溫和或寬容，那時候他會搥桌子、慷慨陳詞，想必就像二〇、三〇年代巴黎的越南留學生，亦即第一批領導我們革命的共產黨。我現在的行為舉止也變得不一樣了，至於原因為何只能取決於變幻不定的記憶，歷史紀錄已遭刪除，因為學生時代雖然會寫日記，卻在回國前全部燒毀，唯恐洩漏我真正想法的蛛絲馬跡而招致禍端。

一星期後，我約了吃喝無度的少校吃早餐。那是現實、日常的一幕，是詩人華特・惠特曼會喜歡描寫的那種，一幅新美洲的素描，有熱粥，有油炸麻花，在蒙特利公園一家麵店，裡面擠滿了不受同化又毫無悔意的華人和幾個其他地方的亞洲人。橘色美耐板桌面沾滿油漬，馬口鐵茶壺裡則已備好菊花茶，隨時可以倒進顏色與質地類似牙齒琺瑯質的缺角茶杯。我節制地小口小口吃著，少校則如饕餮般以豪放不羈的熱情狼吞虎嚥，一邊張嘴吃一邊說話，偶爾會有口沫或飯粒噴到我的臉頰、睫毛或碗裡，見他吃得如此津津有味，我實在忍不住又愛又同情這個天真無知的男人。

這個人，會是洩密內奸？難以置信，但或許他就是狡猾到足以成為完美臥底。不過比較合理的結論應該是，將軍是帶著美國人的偏執特性認定這個越南人有陰謀傾向，而且無可否認地我也助了他一臂之力。吃喝無度的少校從未在欺騙、祕密策畫或政治活動方面，展現過任何特殊技巧。從前在西貢，他在政治保安處的職責是分析華語的溝通，與追蹤堤岸區的祕密詭計，因為民族解放陣線在那裡建立了一個政治煽動、籌畫恐怖行動與黑市走私的地下網絡。更重要的是，他會提供我堤岸區的中國美食情報，從接辦盛大婚宴的豪華大餐廳，到卡嗒卡嗒地在未鋪設街道上繞來繞去的餐車，再到神出鬼沒的婦女挑著扁擔一蹦一蹦地來到人行道上擺設的攤位，無所不包。到了加州也一樣，他答應介紹我大洛杉磯地區最好吃的粥，所以我就用一碗絲滑的白色濃湯慰勞他。他現在在蒙特利公園一間加油站當加油工，工資付現，那麼他才有資格領取救濟金。他的妻子在一家血汗工廠做裁縫，因為太用力盯著廉價的縫紉拼圖看，已經近視了。我的天哪，她話可多了，他拱起背對著空碗哀嘆道，臉上露出責難的表情看著我沒碰的油炸麻花，像隻沒人餵的狗。她什麼都怪我，為什麼我們不留在家鄉？我們現在比以前還窮，為什麼要來這裡？既然養不起，為什麼要生小孩？上尉，我忘了告訴你，我老婆在營區的時候懷孕了。雙胞胎耶！你相信嗎？

我心裡鬱悶，但用開朗的聲音向他道賀。他感謝我把沒吃的麻花讓給他。至少他們是美國公民，他邊說邊嚼著他的麵糰美食。Spinach（菠菜）和Broccoli（花椰菜），這是他們的美國名字。說實話，護士沒問以前，我們根本沒想到要給他們起美國名字。我慌了起來。他們當然需要美國名字了。我第一個想到的就是菠菜，以前看卡通影片，看到大力水手吃完菠菜立刻變得力大無窮，我總會大笑，誰也不會惹一個叫菠菜的小孩。至於花椰菜，自然而然就浮現在腦中了。電視上有位女士說，一定要吃花椰菜，我記住了。這是健康的食物，不像我吃的這些。強壯又健康，這對雙胞胎以後就是這樣，他們需要這樣，這個國家不適合弱者或胖子生存。我得減肥了。不，是真的！你人太好了。我很清楚自己太胖。除了能吃之外，肥胖只有一個好處，那就是人人都喜歡胖子。是嗎？是啊！大家都喜歡嘲笑胖子，也同情胖子。我去加油站應徵時，雖然只走了兩、三條街，卻已經全身冒汗。一般人看到胖子流汗會覺得他可憐，雖然也會有點看不起。然後我露出微笑、晃晃肚子，笑著解釋自己為何需要一份工作，老闆馬上就錄用我了。他需要的只是一個雇用我的原因，如果能讓人大笑又感到同情，通常都能達成目的。看吧！你現在在微笑，也在同情我。不必同情我，我的班表排得很好，早上十點上班，晚上八點下班，一星期七天，而且可以走路去。什麼都不用做，只要按收銀機的按鈕就可以，再好不過了。有空來找我，我可以送你幾加侖的油。一定要的！你幫我們逃出來，這是我最起碼能為你做的事。我都還沒有正式向你道謝呢。再說，這個國家不是很友善，我們越南人得團結起來。

唉，可憐這個吃喝無度的少校！那天晚上回家後，我看著阿邦在茶几前給那把點三八特殊手槍清潔上油，然後裝進六顆銅彈，放到隨沙發附贈的一個小靠枕上。那是個俗麗的、染紅的天鵝絨軟墊，手槍安置其上彷彿要送給遭廢黜的王室的禮物。我會用靠枕擋住槍口，降低聲音，阿邦邊說邊開啤酒。我說，好極了。電視上正在訪問賀德關於柬埔寨的情勢，他的英國腔與主持人的波士頓腔形成強烈對比。看了一會之後，我說，萬一他不是間諜呢？那就殺錯人了，就等於是謀殺。阿邦小口小口喝著啤酒說，第一，將軍知道一些我們不知道的事。第二，我們不是亂殺人，這是刺殺行動，你們那夥人一天到晚在做的事。第三，這是打仗，無辜的人也會被殺，只有當你知道他們是無辜的才算謀殺。即使如此，也只能說是悲劇，不是犯罪。

將軍叫你動手你很高興，對吧？

這樣不好嗎？他說著放下啤酒，拿起手槍。有人天生就會拿畫筆或筆，他則是天生就會使槍。槍在他手中看起來好自然，像一件能令人自豪的工具，像一支扳手。他凝視著槍說，男人需要有個目標。認識阿鈴以前，我有目標，我想替爸爸報仇。後來我戀愛了，阿鈴變得比我爸爸、比報仇更重要。爸爸死後我沒哭過，可是結婚以後，我在他墳前哭了，因為在我心裡——這也是最重要的地方——我背叛了他。一直到阿德出生前，我都耿耿於懷。一開始，阿德只是個又醜又怪的小東西，我不知道自己哪裡有問題，為什麼不愛自己的兒子。可是他慢慢地長大，有一天晚上我注意到他的手指腳趾、他的手腳生得那麼完美，完全就是我的縮小版。那是我這輩子第一次體會到什麼叫驚奇。就連戀愛也不像這種感覺，我知道我爸爸一定也是這樣看待我。他創造了我，我創造了阿德，那是自然、是宇宙、是神，在我們之間流通。就在那一刻我愛上了兒子，我也了解到自己有多麼微不足道，他有多麼神奇美妙，而且有一天他也將體會到一模一樣的心情。也是在那一刻我才知道，我沒有背叛爸爸。我抱著兒子又哭了，因為我終於成為男人。我說這些話的意思、告訴你這些的原因，就是我的人生曾經是有意義的，有目標的，現在什麼都沒了。我曾經是人子、人夫、人父兼軍人，現在什麼也不是。我不是個男人，而當一個男人不是男人，就等於是廢物。不想當廢物，唯一的辦法就是做點什麼，所以我要不是自殺就是殺人，懂嗎？

我不但懂，還大吃一驚。這是我第一次聽他說這麼多話，他的憂傷與憤怒與絕望不僅撕裂他的心，也扯開了他的聲帶。客觀來說，他長得並不好看，但說這番話時，激動情緒讓冷酷的五官變得柔和，人竟然也不那麼醜了——即使稱不上英俊。我從未見過像他這樣的人，能深深感動他的似乎不只有愛，還有對殺人的期待。他是不得已而成為老手，我則是出於自願的新手，儘管以前有過很多機會。在我們國家，殺一個人，不管男女老幼，都易如反掌。你只需要一個藉口和一件工具，而兩者都擁有的人比比皆是，太多了。我缺的是欲望，是用來偽裝的各種辯護制服——例如我們需要捍衛上帝、國家、榮譽、理想、同志等等——其實到頭來，大家真正保護的還是自己最脆弱的部位，是每個男人都隨身攜帶的那個隱密的、發皺的囊袋。這些現成的藉口對某些人合用，對我則不然。

我想說服將軍相信吃喝無度的少校不是間諜，可是當初是我把這個想法細菌傳染給他，如今要想滅菌恐怕不容易。不只如此，我知道我還得向將軍證明我能矯正自己表面上犯的錯，我可以是個有行動力的人。不做點什麼是不行的，隔週與將軍再次碰面時，從他的態度便能清楚看出來。他是罪有應得，將軍這麼說，他冥頑地執著於他看見印在少校額頭上那難以抹滅的罪行汙點，那個讓少校難逃一死的小小手印正是我留下的。不過你可以慢慢來，我不急，執行行動應該要有耐心、要費盡心思。這是他在儲藏室裡態度堅決說出的話；儲藏室的布置仿效戰情室，散發一種冷靜氛圍，牆上新貼了幾張地圖，全是我們那邊界蜿蜒曲折、腰部細窄的祖國，有些展現它宏偉壯麗的全貌，有些只是局部，每張圖都被塑膠膜封得密不透氣，旁邊還有幾枝紅色馬克筆用線垂掛著。他說，與其趕著做卻搞砸，還不如慢慢來把事情做好。我回答，是的，長官，我的打算是……

細節不需要向我報告，完事後讓我知道就行了。

於是少校注定一死。我已別無選擇，只能捏造一套可信的說詞，讓人相信他的死與我或將軍無關。我倒也沒有太傷腦筋就想出最顯而易見的說法：這是你們美國常見的悲劇，只不過這次的主角是個不幸的難民。

隔週週六晚上，海默教授請我到家裡吃飯，因為克勞德馬上就要回華盛頓。另一位客人是教授的男友史丹，他和我同年，在加大洛杉磯分校攻讀博士，論文題目是關於流亡巴黎的美國文人。他有一口白牙和一頭金髮，就像牙膏廣告裡的模特兒，扮演著幾個可愛圓胖小孩的年輕父親。我在六三年註冊念大學以前，克勞德就跟我提過教授是同性戀，他說，我實在不希望你在毫無心理準備之下發現。我從來不認識同性戀者，很好奇他們在自己的自然環境中（也就是西部，因為東部應該沒有同性戀）會有什麼樣的行為表現。不料卻令我大失所望，海默教授似乎與其他人無異，除了他的敏銳才智與他對於（擴及史丹與烹飪藝術的）所有人事物無可挑剔的品味之外。

這一餐的三道菜都是教授親手料理，包括綜合生菜沙拉、油封鴨佐迷迭香馬鈴薯與翻轉蘋果塔，餐前喝馬丁尼，用餐時配黑皮諾，最後以單一麥芽蘇格蘭威士忌收場。餐點在教授家的餐廳一一登場；教授家位於帕薩迪納，是一棟工藝師風格的平房，餐廳經過一絲不苟的整修，從上下拉窗、裝飾風吊燈，到嵌入式櫥櫃的黃銅配件，若非二十世紀初的原品就是維妙維肖的仿製品。教授不時會從餐桌起身去換唱片，從大量收藏的爵士唱片中再選一張新的播放。我們一面用餐，一面談論咆勃爵士、十九世紀的小說、職棒道奇隊以及美國即將慶祝建國兩百周年。隨後我們端著威士忌轉移陣地到客廳，那裡有一座大大的河石壁爐，還有莊嚴的清教徒系列家具，稜角分明的木框椅上放著真皮椅墊。高矮、顏色不一的書本沿牆擺放，有如一場個人主義的民主遊行盛會，就跟教授學校辦公室牆邊的書一樣胡亂排列。如此舒適地安頓於文字、詞句、段落、書頁、章節與書冊之間，真是個愉快的夜晚，我們坐定後交談的內容更讓人難忘。教授可能是受到周遭文學的刺激而引發鄉愁，他說道，我還記得你寫的關於《沉靜的美國人》的論文，那是我看過很頂尖的一篇學士論文。我靦腆地微笑道謝，和我並坐在沙發上的克勞德卻嗤之以鼻。我不太喜歡那本書，那個越南女孩一天到晚就只是準備鴉片、看圖畫書、像小鳥一樣啾啼。你有碰過哪個越南女孩像她這樣嗎？有的話請介紹給我認識。我認識的，不管上床還是下了床，都不懂得閉嘴。

欸，克勞德，教授說道。

欸，克勞德，沒了。我無意冒犯，埃弗里，不過那本書裡我們的那位美國朋友，剛好看起來也疑似潛隱型同性戀。

這叫內行人說內行話，史丹說道。

那是誰帶你入行的？英國那個劇作家諾埃爾．科沃德嗎？拜託，他就姓派爾啊，這個姓氏能有多少玩笑可開？*註 還有，這也是一本親共的書，不然至少是反美。反正是一樣的。克勞德朝著書本、家具、客廳，約莫就是朝著整個裝潢完備的家，揮了一下手。很難相信他曾經也是共產黨員吧？

史丹嗎？我問道。

不，不是史丹。你是嗎，史丹？我覺得應該不是。

那就是教授了，我轉頭看向他，他聳聳肩，伸出一隻手摟住史丹的肩膀說，我當時跟你一樣年紀，很容易受影響又充滿熱情，想要改變世界。我和其他無數人一樣，深受共產主義誘惑。

現在變成他在誘惑人，史丹說著捏捏教授的手，我看了有點侷促不安地扭扭身子。對我而言，教授是一顆會走動的心，把他當成完整的身軀看，或是看到他擁有完整身軀，還是感到困窘。

你曾經後悔加入共產黨嗎，教授？

沒有，正因為犯過那樣的錯，才能成就今天的我。

今天的你是什麼樣呢？

他微微一笑。我想你可以說我是重生的美國人。這是句反話，不過假如問我從這幾十年血淋淋的歷史中學到些什麼，那就是捍衛自由所需要的壯碩力量只有美國能提供。就連大學教育也有其目的。我們將前人最傑出的思想與言論教給你們，不只是希望你們向全世界解釋美國，就像我一直鼓勵你們做的事，還要挺身捍衛它。

我啜飲著威士忌。這酒帶有煙燻味，口感滑順，嚐起來有泥煤和陳年橡木的味道，在甘草味與無形的蘇格蘭剛毅之氣的精華烘托下更加凸顯。我喜歡喝未經稀釋的純威士忌，一如我也喜歡純粹的事實。只可惜純粹的事實和十八年單一麥芽威士忌一樣讓人承受不起。我問教授，那麼那些沒學到前人最傑出思想與言論的人呢？如果我們教不會他們，或是他們不肯學呢？

教授凝視自己杯中的深銅色液體。我想你和克勞德在你們的工作崗位上，已經看過太多這類的人。這個問題無法簡單回答，只能說一直以來就是這樣。自從穴居人發現火，並認定還生活在黑暗中的人都是未開化，直到今日都是文明與野蠻之爭……每個時代都有它自己的野蠻人。

文明與野蠻的分界再清晰不過，可是殺死吃喝無度的少校又算什麼？單純的野蠻行為，

---

* 六〇年代美國電視影集的知名角色，當時傳聞飾演該角色的吉姆．拿波茲是同性戀，引發不少議論。

抑或是促進革命文明的複雜行為？肯定是後者吧，是符合我們這個時代的矛盾行為。我們信奉馬克思主義的人認為資本主義會衍生矛盾，並因此分崩離析，但先決條件是有人採取行動。然而矛盾的不只有資本主義。黑格爾說過，悲劇不是對與錯之間的衝突，而是對與對之間，凡是想參與歷史的人都逃脫不了這個兩難的局面。少校有活命的權利，但我有殺他的理由，不是嗎？近午夜時分，和克勞德一同離開時，我差一點便向他提起我感到內疚的事。臨別前我們在人行道上抽菸，我問了我想像母親會問我的問題：萬一他是無辜的呢？

他吐出一個煙圈，只是為了證明自己能做到。沒有人是無辜的，尤其是這檔子事。你不覺得他手上可能也沾過血嗎？他指認越共的同路人，說不定搞錯人了，這種事以前也發生過。也說不定他自己就是同路人，那他肯定會指認錯人，故意的。

這些我都無法確定。

無辜和有罪，這是宇宙的大問題。我們每個人都是某種程度無辜，某種程度有罪。原罪不就是這麼回事嗎？

說得也是，我說完與他握握手，便放他走了。陳述道德疑慮就像陳述家人之間的爭吵一樣令人厭煩，除了當事人之外誰也不會真正在意。在這個狀況下，我顯然是唯一當事人，當然還有吃喝無度的少校，但沒有人想聽他的意見。剛才克勞德已赦免了我，或至少給了我藉口，只是我提不起勇氣告訴他這藉口我不能用。對我這種人來說，原罪的說法實在太沒創意，因為生我的父親每次彌撒都會提及。

□

第二天晚上，我開始觀察少校。那個週日，與接下來從五月直到六月底的五個週日，我都把車停在離加油站半條街外，等到少校在八點離開，拎著午餐盒慢慢走回家。見他轉過街角後，我便啟動車子開到轉角，邊等邊看著他走過第一條街。他住在三條街外，這個距離一個瘦削的健康男子五分鐘就能輕快走完，少校花了將近十一分鐘，而我始終與他保持至少一條街的距離。這六個週日，他從未改變路線，習性固定得有如隨季節遷徙的綠頭鴨，途中會行經一處看起來單調得要命的公寓社區。少校自己住的迷你四拼公寓前有個車棚，隔成四條狹長空間，一格空著，另外三格停了車，每個車屁股都凹陷下垂，活像年邁的公車司機。向外突出的二樓有兩扇窗面向街道，陰影投射在車子上。晚上八點十一分左右，臥室窗口的陰鬱眼睛睜開了，但被窗簾遮住，只有其中一扇亮起燈。前兩個週日，我把車停在轉角，看著他轉進車棚後消失。第三、四個週日，我沒有從加油站尾隨，而是在他住處過去半條街的地方等他。我在那裡透過鏡子看著他進入車棚的陰影邊緣，那兒有一條通往樓下公寓的小走道。那四個週日，他的身影一消失我就回家了，可是第五和第六個週日我繼續等著。直到十點，停在空車格的車才出現，和其他三輛一樣，也是匡啷作響的老爺車。開車的是個一臉倦容的中國人，身上穿著髒兮兮的廚師服，手上拿著一只油膩紙袋。

與少校相約的前一個星期六，我和阿邦開車到中國城。在百老匯一條巷弄裡，有小販擺出摺疊桌賣東西，我們買了加大洛杉磯分校的運動衫和棒球帽，價格之低可以保證絕不是正牌貨。吃了烤肉和麵解決午餐後，我們去逛一間專賣小物的商店，裡頭有各式各樣東方文物，主要都是賣給非東方人。譬如象棋、木筷、紙燈籠、石雕佛像、迷你噴泉、展現田野風光的精細象牙雕刻、仿明朝花瓶、紫禁城圖案的杯墊、和李小龍的海報包在一起的橡膠雙節棍、雲霧繚繞的山林水墨畫軸、罐裝茶葉與人蔘茶，還有（但不是最後也不是最不起眼的）紅色爆竹。我買了兩盒，然後回家前，又在附近市場買了一網袋的柳橙，那一個個突出的肚臍眼顯得很猥褻。

當天晚上稍晚，天色暗了以後，我和阿邦各拿著一把螺絲起子，又出去冒一次險。我們在附近打轉，直到找到一棟公寓，也和少校住處一樣有個車棚，而且從鄰近窗口都看不見停放的車輛。阿邦只花不到三十秒就從其中一輛卸下前面車牌，我負責卸後面的。然後我們回家看電視直到睡覺時間。阿邦頭一沾枕就睡著了，我卻無法入眠。這趟去中國城讓我想起幾年前和吃喝無度的少校在堤岸區經歷的一樁事件。當時是為了逮捕一名已從我們的灰名單頭晉升到黑名單尾的越共嫌疑犯。已經有夠多人指稱他是越共，可以把他搓掉了，少校是這麼說的，並同時拿出他收集的厚厚一疊檔案。公開職業：米酒商。黑市職業：賭場經營者。嗜好：越共稅務員。我們在那一區實施交通管制，所有大街上都設置路障，並在巷弄內徒步巡邏。趁著次級單位人員在附近查驗身分，搜捕逃避兵役者，少校的人馬進入了米酒商的店內，推開他妻子直奔儲藏室，找到一根操縱桿打開了暗門。裡面有賭客在擲骰子、打牌，還有穿著暴露的女侍為他們供應免費的米酒和熱湯。一看到我們警察衝進門，所有賭客和員工立刻往後門跑，卻發現有另一隊凶神惡煞等在外面。平時的喧鬧歡騰隨之而來，又是吶喊又是尖叫，警棍手銬全出籠，最後只剩我、少校和我們的嫌疑犯。見到他我很詫異，我事先已將這次突襲行動告知阿敏，滿心以為這個稅務員不會在場。

越共？那人高舉兩手揮舞，叫喊道。絕對不是！我是生意人！

少校舉起一只裝滿賭場現金的垃圾袋說，還是精明的生意人呢。

那人可憐兮兮地說，我還有什麼好說的。他暴牙，臉頰上有一顆大如彈珠的痣，上面長出三根長長的幸運毛。好吧，把錢拿走，都給你。我很樂意捐點錢給警察。

少校用警棍戳那人的肚子說道，你這是在侮辱人，這些是要交給政府付你的罰金和未繳的稅金，不是給我們的。對不對，上尉？

對，在這次例行公事中擔任配角的我回答道。

至於未來的稅，就是另一回事了，對不對，上尉？

對。面對這個稅務員，我什麼忙也幫不上。他在審訊中心待了一星期，被打得青一塊紫一塊，還紅一塊黃一塊的。到最後，我們的人才相信他不是越共的地下工作人員。證據明明白白，就是那人的妻子送來給吃喝無度的少校的一大筆賄賂。我想是我弄錯了，他開開心心地說，同時遞給我一只信封袋，那是我應得的份，相當於一年薪水，但真正說起來，這筆錢其實不夠一年花用。若是不收下錢會引起懷疑，只好拿了。我本想把錢用於慈善活動，也就是資助為貧窮所苦的美麗少女，但又想起父親說的話（而不是他做的事）以及胡志明的箴言。耶穌和胡伯伯都說得很明白，金錢令人墮落，無論是褻瀆聖殿的放款人或是剝削殖民地的資本家，更遑論猶大和他的三十塊銀幣。於是我在大教堂把錢交給阿敏，捐獻給革命運動，也為少校贖罪。阿敏說，看到我們在對抗什麼嗎？那些老婦人口中唸唸有詞，*天主聖母瑪利亞，為我等罪人祈求天主*。阿敏說，這就是我們會贏的原因，我們的敵人腐敗墮落，而我們沒有。我之所以寫這個是因為正如克勞德預料，吃喝無度的少校是有罪的。也許他還不只索賄而已，只不過就算這樣，他的貪腐程度也沒有更嚴重，只是達到一般標準罷了。

次日晚上七點半，我們把車停在加油站那條街稍遠處，穿戴著加大洛杉磯分校的運動衫和棒球帽。要是被人看見，但願他們會以為是加大的學生。我的車換上偷來的車牌，合法申請的車牌則放在置物箱裡。此時只要稍微分個心都會有幫助，但令我們分心的事物中最重要的並不在我們的掌控中，卻是我事先已預料到的。我將車窗搖下，可以聽見遠方煙火秀的爆破聲，偶爾還有類似小型槍械的砰砰響聲，是個人在慶祝獨立。較近處有較小型的煙火迸發，是這鄰近一帶有人在放櫻桃爆竹，偶爾往低空射出一記飛毛腿，或是點燃長串的中國鞭炮，違法地劈哩啪啦響。等候少校時，阿邦顯得很緊張，下巴繃得緊緊的，肩膀也拱起來，還不許我轉開收音機。我問道，想起不好的事？是啊。有好一會，他都沒再多說什麼，我們倆就這麼盯著加油站看。有兩輛車開進來，加完油又走了。有那麼一次在沙瀝市郊，帶頭的偵察兵踩到一枚「彈跳貝蒂」。地雷彈起時輕輕啵地一聲，隨後一聲轟然巨響。我和他之間隔了兩個人，毫髮無傷，但他的老二卻給炸飛了，最慘的是，那可憐的王八蛋沒死。

我搖搖頭，遺憾地喃喃低嘆，除此之外也不知該說些什麼，被閹割是件令人難以啟齒的事。我們又看著兩輛車加完油。我說，我希望他沒有一點感覺。如今能為吃喝無度的少校做的僅此而已。

他連看都來不及看到。

八點一到，吃喝無度的少校走出加油站。等他轉過街角，我才發動車子。我們從另一條路開往他的公寓，以免超越時被他看見。第四個停車格空著，我便將車停進去。我看了看表，三分鐘，少校還要八分鐘才會到。阿邦從置物箱取出槍，轉開彈膛再一次檢視子彈。然後卡嗒一聲將彈膛鎖定位，把槍放到腿上的紅絨枕上。我看著槍和靠枕說道，萬一裡頭的棉絮噴到他身上呢？還有枕套的碎片？警察看到會起疑心的。

他聳聳肩，那就不用靠枕，也就是說會有聲響。

街上某處，有人又放了一串中國鞭炮，我小時候過年時最愛看的那種。母親會點燃長長的紅線，我就摀住耳朵，和母親站在小屋旁的小園子，一面吱吱尖叫，一面看著這條長蛇左右甩跳，欣喜若狂地在火焰中從尾燒到頭，或者也可能是從頭燒到尾。

鞭炮聲停歇後我說道，只開一槍，外面這麼吵，不會有人跑出來看的。

他看看表。那好吧。

他戴上乳膠手套，踢掉腳上的布鞋。我打開車門、下車、輕輕關上門，走到車棚另一端，在由人行道通往公寓信箱的走道旁就定位。走道經過信箱後繼續通向一樓的兩戶住家，距離第一家的入口約三米遠。從角落裡探出頭，可以看到公寓的燈光從客廳拉上的窗簾透出來。走道另一側有一道高大的木板圍籬，上頭升起一面牆，是另一棟格局一模一樣的公寓樓房。那棟樓的窗戶一半是浴室窗，一半是臥室窗，只要站在二樓窗邊就能看見通往公寓的走道，但是看不見車棚裡頭。

阿邦只穿著襪子走到他的位置，就在最靠近走道的兩輛車之間，然後蹲下來，把頭壓得比車窗低。我看看手表：八點〇七分。我手上提著一只塑膠袋，上面印著一個黃色笑臉和「謝謝你！」的字樣，裡面裝的是爆竹和柳橙。你真的要這麼做嗎，兒子？母親問我。太遲了，媽媽，我想不出其他辦法。

我菸抽到一半，少校也最後一次出現在車棚旁邊。嘿，他的臉上咧出困惑的笑容，午餐盒拿在手上。你在這裡幹嘛？我勉強報以一笑，舉起塑膠袋說，我剛好在附近，就順便送這個來。

這是什麼？他朝著我走到半路。

國慶日禮物。阿邦從少校走過的車子後面冒出來，但我的目光始終停在少校身上。他在離我不到一米處說，他們國慶日也送禮嗎？

他依然一臉困惑。我兩手將袋子奉上，他往前傾身看裡頭有什麼。阿邦從他身後靠近，因為只穿襪子所以無聲無息，他把槍拿在手上。少校說，你何必這麼客氣。他伸手接過袋子，也該是阿邦開槍的時候。但他沒有扣扳機，而是開口說，嘿，少校。

少校轉過身去，一手提著禮物，另一手拿著午餐盒。我跨到一旁，聽見他看到阿邦後正要說話，阿邦就朝他開槍了。槍聲在車棚裡迴盪，刺痛了我的耳朵。少校倒下後頭撞到地面裂開來，倘若子彈還沒射死他，這一摔恐怕也活不成了。他面朝上平躺著，額頭上的子彈孔彷彿第三隻眼，正在泣血。動手，阿邦尖聲喊道，一面把槍塞進褲腰帶。他蹲跪下來將少校側翻，我則對著屍體俯身拾起塑膠袋，只見那個黃色笑臉血跡斑斑。少校的嘴開開的，還保留著最後說的那個字的嘴型。阿邦從少校後側褲袋掏出皮夾後，起身推著我回車上。我看看

表：八點十三分。

我將車駛出車棚，忽然感覺全身慢慢麻痺，從大腦到眼球，再擴及腳趾與手指。我說，我還以為他連看都來不及看到。他說，我實在沒法從後面下手，放心吧，他什麼感覺也沒有。我不是擔心吃喝無度的少校感覺到什麼，我是擔心自己會感覺到什麼。我們都沒有再出聲，回到公寓之前，我先停進一條小巷弄，把車牌換回來，然後才回家。脫下布鞋時，我看見白白的鞋尖處有血漬，便拎著鞋子到廚房，拿一張溼紙巾擦去血跡，接著從掛在冰箱旁的電話機撥電話給將軍，冰箱門上倒映著我切割開的身影，猶如並置的雙柱。他在第二聲響時接起電話說，喂？辦好了。他頓了一下。很好。我掛斷電話，拿著兩只杯子和一瓶黑麥酒回到客廳，發現阿邦已經把少校皮夾裡的東西都清出來放在茶几上。阿邦問我，這些怎麼處理？有他的社會安全卡、州民證（但沒有駕照，因為他沒車）、一疊收據、二十二元、一把零錢和幾張照片。其中一張黑白照是他和妻子的結婚照，非常年輕，穿著西式禮服。那時候的他就很胖了。還有一張他們家雙胞胎出生幾週後拍的彩色照，全身皺巴巴，看不出是男是女。我說，燒了，皮夾我明天拿去丟，還有車牌、塑膠袋和灰燼。

斟上黑麥酒遞給阿邦時，我看見他手上的紅疤。他說，敬少校。黑麥的苦藥味難喝死了，我們又喝第二杯想把味道沖掉，接著第三杯，又接著第四杯，同時邊喝邊看國慶日特別節目。這可不是隨便一個國慶，而是一個偉大強國的兩百年紀念，雖然前一陣子遠征回來有點東倒西歪，但現在已經重新站穩腳跟，又能大搖大擺了，至少電視名嘴是這麼說的。接著我們吃了三顆柳橙以後上床睡覺。我躺在床上，閉上眼睛，跌跌撞撞走在重整過的思緒家具間，看著腦海中的影像渾身打顫。我打開眼睛，可是沒有用。不管睜眼閉眼，都還是看得見，看得見吃喝無度的少校那第三隻眼因為看穿了我而哭泣。

7

司令，我承認，儘管少校的死對您沒有影響，卻讓我煩擾不已。相對來說，他是無辜的，這種程度在這個世上已屬難能可貴。在西貢，我可以趁著每星期去大教堂的機會和阿敏談論我的擔憂，但在這裡，我只有我自己、我的作為和我的信念。我知道阿敏會怎麼說，但只是需要他再跟我說一次，就像其他情況一樣。譬如有一次我交給他一捲底片，記錄了某個遊騎兵營的直升機突襲計畫。我這麼做會害無辜的人喪命，對不對？阿敏回答說，當然會有人喪命。當時我們跪在教堂座位上，他雙手交握摀著嘴使話語聲模糊。不過他們並不無辜，我們也一樣，朋友。我們是革命分子，革命分子絕對不可能是無辜的，我們知道太多也做了太多。

我在大教堂的悶熱環境裡聽著老寡婦唸唸有詞，不由得打了個寒噤。起初如何，今日亦然，直到永遠，阿們。革命的意識形態與某些觀念不同，即使在熱帶國家也熱不起來。它是冷的，是人工合成的。那麼，革命分子有時需要自然的熱度也就不足為奇了。因此，吃喝無度的少校死後不久，我收到一份喜帖，便滿懷感激地接受邀請。我請了一位稀罕貴客與我一同赴宴，就是蘇菲亞・森，到達宴會場後我還得拿出喜帖確認新人名字才上前道賀。新娘的父親是個傳奇性的海軍陸戰隊上校，順化之役期間，他們的營隊沒有靠美軍協助，獨立擊退越南人民軍的一個軍團。而新郎的父親則是美國銀行西貢分行的副董事長，他們家人是搭乘美國銀行包租的噴射機逃離西貢，因而免去了難民營的羞辱。這位副董事長除了輕鬆自如便展現出高高在上的神態之外，最大特色就是有一撇克拉克．蓋博式的小鬍子躺在他的人中上裝死，南方人總把自己想像成溫文有禮的花花公子，很喜歡留這種鬍子。我會收到喜帖是因為在西貢擔任將軍副官時，和此人有過幾面之緣。從我坐的位子距離舞臺有多遠就能看出我的地位，那當然是非常地遠了，我們被安排坐在廁所附近，只能靠兒童桌和樂隊阻擋消毒水味。與我們同桌的有一對前中階軍官、兩位階級不高也不低的銀行主管（他們曾經在美國銀行的分行做過更低階的工作）、一個看似近親聯姻的親家，以及這些人的妻子。若是艱苦時期，應該不會有我的位子，但如今已流亡至美國超過一年，有一些人又重新過上好日子了。這間中國餐廳位在西敏市，留著克拉克．蓋博小鬍子的男人就是把家人安頓在這區的一棟農莊式郊區住宅，雖然比不上他在西貢的別墅，但比起今晚絕大多數賓客已經高了好多級。西敏市是小山的地盤，我發現他的桌位比我的接近權力中心好幾圈，看來克拉克．蓋博是企圖確保媒體能有正面報導。

餐廳裡的華人服務生被紅色西裝夾克緊緊裹住，匆匆忙忙穿梭在宴會桌的迷宮裡，儘管氣氛嘈雜熱鬧，巨大的宴會廳裡仍瀰漫著一絲愁緒。大家都注意到了新娘的父親缺席，他在最後一天帶領營隊弟兄抵禦西進西貢的敵人，卻與其他殘兵一起被俘。喜宴一開始，將軍上臺致詞時對他的稱讚，使得眾人情緒激動，落淚舉杯。所有退伍軍人都紛紛向這位英雄致敬，一個個正氣凜然慷慨陳詞，以便掩飾對自己缺乏英雄氣概的不安。你就是非得咧開嘴微笑乾杯，除非想讓自己脖子以下的部分都陷入矛盾的流沙中，總之吃喝無度的少校是這麼說的，他那顆斷頭就擺在餐桌正中央。所以我咧著嘴笑，同時把白蘭地酒灌下喉嚨。接著我調了一杯人頭馬白蘭地加蘇打水獻給森女士，順便向她解釋我們這個喜愛作樂的異鄉民族的風俗習慣、髮型與流行。我解釋時扯開嗓門，努力想壓過翻唱樂團的巨大聲量。樂團主唱是個身材嬌小、紈褲子弟型的人，穿著一件亮片西裝外套，燙了個華麗搖滾歌手的誇張髮型，神似路易十四的假髮，只是沒撲粉，還神氣地踩著一雙恨天高，邊唱歌邊擺弄麥克風，並帶著暗示意味將麥克風圓頭貼在嘴唇上。那些異性戀檢定合格的銀行家和軍人簡直愛死他了，每當穿著超緊身緞面褲的歌手大膽做出擺臀扭腰的嫵媚姿勢，他們都會大聲喝采。當歌手邀請具有男子氣概的男性上臺共舞，將軍竟然立刻自告奮勇。他咧嘴笑著與歌手在〈黑就是黑〉的歌曲聲中搖曳起舞，這首歌是西貢人狂歡墮落的主題曲，賓客們都發出讚賞的歡呼與掌聲，主唱歌手便模仿梅蕙絲回眸眨眼。將軍簡直如魚得水，置身於這群若非捧著他就是識相地不反駁他或不惹他不快的男女當中。可憐那個吃喝無度的少校被處決，不，應該說是被搓掉後，重新為他注入了生命活力，他才能在葬禮上發表那麼精采的頌詞。他讚美少校是個默默犧牲奉獻又謙卑的人，為國家與家庭盡責從無怨言，不料竟在一樁莫名其妙的搶案中悲慘喪命。我用我的柯達相機拍下葬禮的照片（這些相片稍後都寄給了巴黎的堂姑），小山則坐在前排做筆記，以便寫訃聞。葬禮結束後，將軍用克勞德提供的行動基金包了個白包，塞給少校的孀妻，然後彎下腰探看睡在搖籃裡的菠菜和花椰菜。至於我，只能喃喃對少校孀妻說幾句場面話，她的面紗遮住了一道淚瀑。回家後阿邦問我，怎麼樣？我說，你覺得呢？並邊說邊走向冰箱，它的肋骨處照常排滿了啤酒。除了良心之外，我全身最受折磨的部分就是肝臟了。

婚禮往往會加深折磨，看到幸福純真的新人總是令人更痛苦。或許他們的婚姻會慢慢走向疏遠、出軌、苦惱，最後離婚，但也可能走向愛、忠誠、生兒育女與滿足。雖然我無意結婚，婚禮卻讓我想到自己在別無選擇的情形下被迫放棄了什麼。因此，即使每次婚禮一開始，我都像低俗電影中的硬漢，笑聲中偶爾夾雜幾句譏諷，到婚禮結束時卻變得像杯摻水的雞尾酒，三分之一歌唱、三分之一感傷、三分之一悲嘆。切完婚禮蛋糕後，我就是在這樣的狀態下帶著森女士進舞池，忽然間，在舞臺附近，看到那兩名輪流與我們活力四射的主唱合用麥克風的女歌手，我認出其中一人。她是將軍的大女兒，國家崩垮時，她還安安穩穩地在舊金山灣區念書。蘭娜幾乎已經完全不像以前高中時期與暑假期間，我在將軍別墅看到的那個女學生。當時，她的名字還叫阿蘭，穿的是最高雅端莊的衣服，也就是女學生的白色奧黛，這套制服將人全身包得密密實實，只露出頸子以上與袖口以下的肌膚，卻是曲線畢露，曾讓多少西方作家為這充滿女性魅力的胴體產生近似戀童癖的遐想。作家們顯然把這個當成我們國家整體的一個隱喻，淫蕩卻又怕羞，做足了暗示卻什麼也不給，只是露出令人目眩神迷的靦腆模樣，欲拒還迎地煽動慾望，貌似端莊卻放蕩得令人屏息。幾乎沒有一個男性的旅遊作家、記者或是不經意觀察到我們國人生活的人，能克制住自己不去描寫那些少女穿著衣襬飄飄的奧黛、騎著腳踏車上下學的情景，每個西方男子都夢想著能將那些白蝴蝶釘上自己的標本收藏櫃。

事實上，阿蘭是個野丫頭，每天早上夫人或保姆總得像給精神病患穿束衣似地為她套上奧黛。而她最極致的叛逆行為就是當個名列前茅的學生，像我一樣拿到留學美國的獎學金。她申請到的是加州大學柏克萊分校的獎學金，但將軍與夫人認為那裡是共產黨殖民地，多的是一心想誘拐天真女孩上床的激進派教授和革命派學生。他們想送她上女子學校，那裡除了同性戀的誘惑外別無危險，可是阿蘭一間也沒申請，硬是堅持要去柏克萊。由於父母不准，阿蘭就鬧自殺。將軍和夫人都沒把她的威脅當一回事，直到她吞下一把安眠藥，幸好她的手不大。照顧到她復元之後，將軍同意讓步，夫人卻不肯。結果某天下午，阿蘭又跑去跳西貢河，不過那個時間河堤上滿是行人，其中有兩人跳下去救起了穿著白色奧黛漂浮在水面的她。最後，夫人也屈服了，阿蘭便在七二年秋天飛往柏克萊念藝術史，她的雙親認為主修這個能讓她多一點女性的細膩感，也好為結婚做準備。

七三年與七四年暑假回家時，她以一個外國人之姿出現，穿著大喇叭牛仔褲，頂著羽毛剪髮型，上衣有如彈跳床繃得緊緊的，包覆住隆起的胸部，木底鞋讓她的中等身材高了好幾公分。夫人會把她叫進廳裡坐，據保姆們說，是在訓誡她要小心保留處子之身，還要培養「三從四德」——這個詞讓人聯想到高雅的色情小說書名。光是提及她有可能或已經失去貞操，便為我想像力的爐子添加大量柴火，我在自己的房裡偷偷升起這把火，而她和妹妹共用的房間就在同一條走廊上。我們到達加州後，阿蘭來找過將軍和夫人幾次，但我並未受邀參加這些聚會。幾個月前，她榮譽畢業，我也沒有受邀陪將軍與夫人同去參加畢業典禮。我最常聽到關於阿蘭的事，就是將軍嘟噥抱怨那個不孝女，現在改名叫蘭娜，畢業以後沒回家，而是決定自己生活。雖然我試著探將軍的口風，看蘭娜畢業後在做什麼，他卻一反常態地沉默寡言。

如今我知道了，也知道為什麼了。在舞臺上這個蘭娜和我記憶中的阿蘭判若兩人。依照樂團的搭配安排，另一位女歌手是傳統天使，穿著淡黃綠色奧黛，一頭長直髮，妝容雅致，選唱的都是飽含雌激素的傷感情歌，描述失戀女子呼喚著遠方的士兵情郎又或是淪陷的西貢。蘭娜的歌則不帶一絲類似的哀傷或失落，這個妖嬈的現代女子不會回顧過往。她身上那件黑色迷你皮裙，彷彿隨時可能洩漏我曾幻想過無數次的祕密，連我看了都大感震驚。迷你裙上面，一件金色絲質掛頸背心隨著她上身扭動、胸腔收縮而閃爍不定，她拿手的是一些強力放送的曲目，我們家鄉那些藍調與搖滾樂團也很善於用這些樂曲來娛樂美軍與美國化的年輕人。當晚稍早我聽到了她唱〈驕傲的瑪麗〉，但沒認出她來，現在她用沙啞嗓音縱情高唱〈扭擺與吶喊〉，幾乎把所有四十歲以下的人都拉進舞池，我得提醒自己別盯著她看。除了簡單但優雅的恰恰之外，扭扭舞是南方人的最愛，因為跳這舞不需要什麼協調性。就連夫人也經常跳扭扭舞，甚至還天真到允許孩子們聚集到舞池裡一起跳。然而我瞥了將軍那桌一眼（他們坐在舞池邊上的主桌），發現將軍與夫人仍坐在位子上，表情彷彿正吸吮著酸不溜丟的羅望子——從昔日為他們別墅遮蔭的那棵樹上摘下的。這也難怪！因為扭得最賣力的就是蘭娜自己，每當她臀部一扭轉就會牽動一個隱形齒輪，把舞池裡一群男人的頭拉向她，然後再推回去。要不是清楚意識到自己在和森女士跳舞，我恐怕也會加入他們的行列。見森女士像孩子似地扭得興高采烈，我忍不住面露微笑。相較於平時的裝扮，今天的她格外有女人味，馬賽爾波浪短髮上插了一朵百合花，雪紡紗洋裝底下還露出膝蓋來。我已不只一次恭維她的外表，後來在她跳扭扭舞時看見她的膝蓋，便又趁機讚美她的舞技。歌曲結束後她說，我好久沒像這樣跳舞了。我回答，我也是，森女士，同時親吻她的臉頰。她說，叫我蘇菲亞。

我還沒來得及回應，克拉克．蓋博已上臺宣布有位神祕嘉賓蒞臨，原來是位國會議員，他在六二年到六四年間加入「綠扁帽」部隊，被派到我們國家服役，如今是我們所在這一區的民意代表。議員在南加州名氣十分響亮，是個前途無量的年輕政治人物，他的征戰功勳讓他在橘郡頗受好評。在這裡，大夥暱稱他為「燒夷彈奈德」或「打死他們奈德」或「炸光光奈德」，根據當時個人的心情和地緣政治上的危機而定，這些綽號充滿情感並無貶意。他的政見反共（紅）反到極點，或許他還寧可自己全身發青，也正因如此讓他成為南加州極少數會張開雙臂歡迎難民的政治人物之一。大多數美國人對待我們即使不是嫌惡至極，也是抱著矛盾心情，因為我們是他們慘吞敗仗活生生的明證。我們威脅到一個黑白美國的神聖與和諧，在這裡，陰陽兩極的種族政治已容不下其他膚色族群，更何況是一群專扒美國人錢包、可憐又可悲的小黃種人。有傳聞說我們這支奇怪的外來民族對「美國忠狗」情有獨鍾，每個人在這類家犬身上花的錢，比一個挨餓的孟加拉家庭的年收入還多。（其實這個情形真正可怕之處，並非一般美國人所能理解。雖然我們當中有些人因為吃了鈴叮叮和靈犬萊西的兄弟而出名，用的卻不是一般美國人所想像那種現代野蠻人的方式，棍棒打死、火烤、加點鹽，而是具有老饕深度的技巧與創意。我們的廚師能以七種不同的方式烹煮狗肉來增長雄風，從萃取骨髓到燒烤水煮，做成香腸、燉肉，還有幾種煎炒蒸煮的變化——嗯，真好吃！）然而，這位議員在報上登了評論為我們說話，還歡迎流亡人士搬到他的橘郡選區。

天啊，看看你們，他拿起麥克風說道。克拉克．蓋博站在他身邊，天使與妖女各站兩旁。他四十來歲，是律師與政客的混種，既具有前者的攻擊性又擁有後者的圓滑，他的頭就是最好的象徵。又光又滑，而且尖尖的有如原子筆尖，字句輕輕鬆鬆流瀉而出，就像使用最高級的印度墨水。他和較矮小的克拉克．蓋博剛好相差這顆頭的高度，而不論從什麼角度，議員的身軀都要龐大許多，在這樣的體積裡就算塞進兩個中等身材的越南人也沒問題。各位女士先生，看看你們自己，用我希望我的美國同胞看你們的方式看看你們自己，也就是把你們自己當成美國人看。我真心感謝今晚能有機會到此分享這份喜悅，一對郎才女貌的越南年輕人在加州土地上的一間中國餐廳裡，在一輪美國明月下，在一個基督宇宙中，結為連理。女士先生們，且讓我告訴各位，我有兩年的時間在高地地區與當地人民一起生活，與當地士兵並肩作戰，分擔你們的恐懼、面對你們的敵人，無論當時或現在我都是這麼想的：你們希望、夢想、渴求有個更好的生活，能夠為你們犧牲我的人生，是我這一生做過最有意義的事。雖然我和你們一樣堅信那些希望、夢想與渴望將會在你們的祖國實現，但歷史與神祕又不容質疑的神恩卻給予我們不同的安排。女士先生們，我在這裡想告訴各位，這個安排只是暫時的厄運，因為你們的士兵驍勇善戰，倘若國會能遵守總統的承諾，堅定不移地支持你們，這場仗是不會輸的。總統的承諾受到許許多多美國人認同，但不是全部，你們也知道我指的是誰。民主黨員、媒體、反戰運動、嬉皮、大學生、激進分子，削弱美國的是本身內部的分裂，是在我們大學校園裡橫行的失敗主義者、共產主義分子與叛國者，是我們的新聞編輯室和我們的國會。說來傷心，你們只是在在提醒他們想起自己的懦弱與背叛。在這裡我要告訴各位，你們提醒我的是美國的偉大承諾！移民的承諾！美國夢的承諾！這個國家的人民曾高度重視，不久的將來也會再度重視的承諾，那就是美國是一塊自由獨立的國土，這塊土地充滿愛國之士，向來總會為世界各個角落的弱者挺身而出，這塊土地充滿英雄，助友、殺敵絕不會有片刻懈怠，各位為了我們共同主張的民主與自由犧牲這麼多，這塊土地歡迎你們！朋友們，總有一天你們將會收復失去的土地！因為什麼都阻止不了無可避免的爭取自運動與人民的意志！現在，請跟我一起用你們美麗的母語高呼我們所有人的信念……

演講過程中，全體賓客一直不斷地喝采鼓掌，他要是推出一個關在籠子裡的共產黨員，觀眾應該會欣然高喊，請他用那雙巨手挖出匪徒跳動的心臟。應該已經無法讓他們更興奮了吧，但他做到了。他高舉雙臂比出V的手勢，可能代表「Victory」（勝利）或是「Vietnam」（越南）又或是「Vote for me」（把票投給我），也可能是某種更加潛意識的暗示，然後對著麥克風，以再標準不過的越南話高呼：*Vietnam Muon Nam! Vietnam Muon Nam! Vietnam Muon Nam!* 每個坐著的人都跳起來，每個站著的人都把腳再踮高一些，每個人都跟著議員一遍又一遍地吶喊著「越南萬歲！」。這時克拉克．蓋博向樂隊打了個手勢，他們立刻演奏起我們國歌的旋律，天使、妖女、克拉克．蓋博與議員都熱烈高歌起來，所有賓客，包括我在內，也都跟著唱，倒是那些一派冷靜的華人侍者終於可以休息一下。

國歌唱完後，議員被一群衝上臺的支持者團團圍住，其他賓客則帶著一種交歡過後沾沾自喜的心情陷坐於座位上。我轉過頭，看見小山手裡拿著筆記本和筆站在森女士旁邊。他因為喝了一、兩杯白蘭地，臉色微紅，開口說了句：有意思，共產黨也用這句口號。森女士聳聳肩說，口號只是一件空外套，誰都能穿上。小山說，這說法我喜歡，介意讓我引用嗎？我為他們倆互相作了介紹，並問他要不要上去拍個照。他笑了笑。報社做得還不錯，足夠讓我聘請攝影師，而我呢也已經訪問過這位好議員了。我應該穿上防彈背心的，他簡直是對著我猛射子彈。

典型的白人行徑，森女士說道。你們有沒有注意過？只要白人學會某種亞洲語言的幾個單字，我們就會把他捧上天。他可能只是討杯水喝，我們卻當他是愛因斯坦。小山微微一笑，又記了下來，隨後略帶仰慕地說，森女士，妳在這裡的時間比我們長，妳有沒有發現亞洲人說英語最好是字正腔圓，不然就會有人取笑我們的口音？森女士回答道，不管你在這裡住多久，白人總會把我們當成外國人。我因為血液裡的白蘭地，有點口齒不清地說，但事情不能從另一面看嗎？要是我們英語說得標準，美國人就會信任我們，也會比較容易把我們當成他們的一分子。

你就是那種人，對吧？小山的雙眼有如車窗的染色玻璃一樣看不透。我本以為他改變很多，是我弄錯了。第一次重逢後我們又碰過幾次面，從那幾次證明了他只是將個性的音量調低罷了。你對我們這位議員有什麼看法？

你要把我報出來？

你是不具名的消息來源。

我說，他是我們所遭遇過最好的命運。這並非謊言，而是最高明的一種實話，一種至少含有雙重含義的實話。

下一個週末，我再度有機會進一步了解議員的潛力。那是個晴朗的週日上午，議員邀請將軍夫婦到家裡共進午餐，於是由我開車載他們從好萊塢前往議員位於亨丁頓灘的住處。我們開的是一輛雪佛蘭 Nova，最大特色就是還相當新，不過我的司機身分比車子更氣派。其實安坐在後座的將軍夫婦是有司機的，我的作用則是充當他們過去也可能是未來生活的裝飾品。一小時的車程當中，他們的話題多半繞著議員打轉，直到我問起蘭娜為止。我說，真沒想到她已經完全是個大人了。我從後照鏡看見夫人的臉一沉，幾乎難掩強壓的怒氣。

夫人說，她根本就是瘋了，我們一直努力守住她發瘋的事沒有張揚，沒想到現在她竟公然當起歌手來——夫人說「歌手」二字的口吻像在說「共產黨」——我們也沒辦法。有人遊說她說有當歌手的天賦，她就當真了。我說，她是挺有天分的。你別跟著起鬨！別慫恿她！你看看她，活像個蕩婦，我養她這麼大就為了這個嗎？有哪個正經的男人會想娶那種人？你會嗎，上尉？我們的目光在後照鏡中相會。我回說，不會，夫人，我不會想娶那種人。這也是雙面事實，因為見到她在臺上時，我第一個想到的並不是結婚。當然不會了，她怒氣沖天地說，住在美國最糟的一件事就是墮落。在家鄉時，我們可以把它侷限在酒吧和夜總會和基地的範圍內，但在這裡，我們沒法保護孩子不受汙染，美國人最愛的就是放蕩、膚淺、庸俗，他們太隨便了，甚至沒有人稍微想想他們所謂的約會是什麼。我們都知道那個「約會」

是婉轉的說法，怎麼會有家長不但允許女兒在青春期性交，還主動鼓勵她呢？真是駭人聽聞！這等於拒絕負起道德責任。噁心。

午餐時，不知怎地，話題說著說著又轉回到這個方向，夫人又得以向議員與他的妻子麗泰重申她的看法。議員夫人是從卡斯楚革命中逃離的難民，她與麗泰·海華絲有幾分相似，大約比這位電影明星最鼎盛時期（亦即演出《巧婦姬黛》時）的模樣，再加個十到十五歲、五到七公斤。卡斯楚，她開口道，口吻與夫人說歌手一樣，是個惡魔。將軍、夫人，和惡魔一起生活只有一個好處，就是你能了解惡魔，能認得出來。所以我很高興你們今天能來，因為我們古巴人和越南人都是反共產主義的兄弟。這番話將議員與麗泰以及將軍與夫人更緊密地連繫在一起，夫人整個人舒暢自在，最後當啞巴管家收拾空盤時，她向他們提起了蘭娜。麗泰馬上產生共鳴。她就相當於家庭版的議員，一個反共戰士家庭主婦，在她眼裡沒有什麼是單一的個別事件，幾乎每件事都是一種預兆，能將共產主義這項弊病和貧窮、邪惡、無神論與各種腐敗情事連結在一起。她緊握夫人的手，安慰她女兒失德的傷痛，一面說道，我不會允許這個家裡出現搖滾樂，我的小孩只要還住在家裡，十八歲以前都不許約會，還會有十點的門禁。這是我們的弱點，人民太自由了，想怎樣就怎樣，想想他們的毒品、他們的性行為，好像覺得那些都不會傳染似地。

議員說道，每個制度都有一些過分的行為需要做內部檢討，我們讓嬉皮偷走了「愛」和「自由」這些字眼的意義，現在才剛開始要反擊，而這場反擊的起點和終點都是家庭。脫下公開場合的人格面具後，私下的議員說話很溫和，口氣不再那麼激動，他展現貴族般的自信坐在主位，將軍與夫人分坐兩旁。我們要控制孩子們讀的書、聽的音樂和看的影視節目，但這是場硬仗，因為他們隨時都可以打開電視或收音機。我們需要的是政府必須確保好萊塢和各唱片公司不要太過火。

你不就是政府嗎？將軍問道。

正是！因此我優先考慮要做的事情之一，就是立法管制電影和音樂。我說的不是審查制度，只是能有效實施的建議。不過想也知道好萊塢和音樂圈那些人有多討厭我，但等他們見到我，就會發現我不是什麼怪獸要來吞食他們的創作，我只是試著幫忙改善他們的商品。其實我進入小組委員會以後有一個收穫，就是和幾位好萊塢人士建立了交情，我承認我對他們是有偏見，但他們之中的確有一些聰明又熱情的人。聰明、熱情——這是我最在乎的，其他的再慢慢協商。總之呢，有一個人正在拍戰爭片，想請我提供意見。我會幫他看看腳本裡哪些地方對、哪些地方錯。不過，將軍，我之所以向你提起此事，是因為這是關於鳳凰計畫的故事，而我知道你是這方面的專家。我嘛，離開的時候計畫都還沒一撇呢。也許你可以提供一點資訊，否則誰知道他們會拍出什麼樣的好萊塢故事。

將軍朝我點點頭說，這正是我帶著上尉的原因，事實上他是我的文化參事，他會非常樂意看看腳本，並提出深刻見解。我向議員問及片名，卻嚇了一大跳。哈姆雷特（*Hamlet*）？

不，是小村莊（*The Hamlet*）。導演身兼編劇，沒有當過一天兵，只是小時候看過一堆約翰．韋恩和奧迪．墨菲的電影。片中主角是個「綠扁帽」隊員，奉命拯救一個小村莊。我在A行動中隊服役那兩年，的確待過幾個小村莊，但是和他虛構的這個異想世界完全不同。

我說道，我盡量試試。我只是小時候在北方一個小村莊住過幾年，五四年就飛到南方來了，但我從未因為缺乏經驗便不做任何嘗試。我正是抱著這樣的心態，在蘭娜結束她氣勢如虹的表演後上前攀談，為的是恭喜她展開新事業。我們站在餐廳的門廳，旁邊有一幅巨大的新人照擺在畫架上，她就在這裡以一名藝術鑑賞師客觀、不帶個人情感的眼光打量我。她微笑說道，我很好奇你為什麼要跟我保持距離，上尉。聽到我反駁說我只是沒認出她來，她便問我喜不喜歡我看到的模樣。我看起來不像你以前認識的女孩了，對吧，上尉？

有些男人偏愛穿著白色奧黛的純真女學生，我卻不然。她們屬於我們文化中某種鄉村的純潔風景，但我被隔絕在那個文化之外，因此那風景一如父親祖國那些頂上積雪的山峰，離我無比遙遠。不，我不純潔，而我想要的與我應得的也是不純潔而已。我對她說，妳不像我認識的那個女孩，卻跟我想像妳總有一天會變成的女人一模一樣。從來沒有人跟她說過這種話，我出其不意的話讓她失神了片刻才恢復過來。看來來到這裡以後改變的不只有我一個人呢，上尉，現在的你比以前跟我們住在一起的時候……直接多了。

我回說，我已經不跟你們住在一起了。若非夫人剛好在這個時候出現，誰知道這段對話會如何發展？她一句話也沒對我說，就抓著蘭娜的手肘，以不容抗拒的力道把她拉進女廁。雖然有好一陣子沒再見到她，但接下來幾個星期間，她曾多次回到我的幻夢裡。不管我想要或應得些什麼，她總是穿著白色奧黛，臉龐在烏黑長髮下忽掩忽現。在無名的夢中城市遇見她時，我自身猶如影子搖曳不定。即使處於夢遊狀態，我也知道那身白不只是純潔天真的顏色，還象徵著哀悼與死亡。

8

白天屬於我們，但是夜晚屬於老共，絕對別忘了這點。二十一歲的金髮中士傑伊・貝勒米第一天抵達酷熱的熱帶越南，他的新長官威爾・薛姆斯上尉便對他說了這句話。薛姆斯在諾曼第海灘上接受了自己同袍弟兄鮮血的洗禮而重生，後來在韓國經歷中國的人海戰術攻擊，再次死裡逃生，之後他便搭著以傑克丹尼威士忌為燃料的順風車青雲直上。但他知道自己不可能再往上升了，以他紐約貧民區的出身加上粗大又扭曲變形的指節，根本戴不下任何高級天鵝絨手套，所以就是不可能。他的話語聲從一根古巴雪茄製造的煙幕後傳出，告訴隨從說，這是政治戰，但我只會殺戮戰。他的任務：前往荒僻寮國邊界上的一座鄉間小村莊，拯救當地仍保有人類墮落前的純樸的山地人。他們受到越共威脅，而且不是普通越共，而是惡中之惡、越共之王——「金剛」。金剛能為國捐軀，大多數美國人可不像他們。更重要的是，金剛能為國殺人，而且最讓他們垂涎欲滴的莫過於白人血中的鐵味。金剛在小村莊周圍的濃密叢林裡，布滿身經百戰的游擊隊員，這些在戰鬥中消瘦萎縮的男人（和女人）曾經從高地區一路屠殺法國人直到失歡街。不只如此，金剛還派出顛覆分子與同路人滲透進入小村莊，那一張張友善的面容只是為了掩飾深沉心機。與他們對抗的有小村莊的民團、由農夫和青少年組成的烏合之眾、越南本身的民兵，他們接受過美國陸軍特種部隊A行動中隊十來名綠扁帽隊員的訓練。午夜時分貝勒米中士獨自在瞭望臺上站崗時，心裡暗想道，這樣足夠了。他從哈佛休學，遠離聖路易家鄉，也遠離他的百萬富翁父親和身穿毛皮大衣的母親。這樣足夠了，這片美得不可思議的叢林和這些卑微單純的人。我，傑伊．貝勒米，將要在這裡展開我第一次，或許也是最後一次的堅決反抗——就在這座**小村莊**。

總之這是我對劇本的詮釋，劇本是導演的私人助理寄給我的，厚厚的牛皮紙袋上有漂亮的書寫體字跡，只是把我的名字拼錯了。這是第一個小小不妥之處，第二個則是那位私人助理薇歐莉打電話來詢問郵寄地址，並安排我到導演位於好萊塢山的住處見面等事宜時，怎麼會連個哈囉或再見都不說？薇歐莉前來應門時，當面交談仍維持那種令人不知如何是好的態度。很高興你能來，聽說過很多關於你的事，很喜歡你給《小村莊》寫的註記。她就是這樣說話的，掐頭去尾，彷彿跟我講究標點符號和文法是浪費時間。接著也不屑與我四目相會，便以一種傲慢又輕蔑的姿態把頭一低，示意我進門。

也許粗魯只是她本性的一部分，因為她的外表從厚鈍、方正的髮型，到短鈍、乾淨的指甲，再到圓鈍、俐落的包鞋，看起來就像最糟的一種官僚，滿懷抱負的那種。但或許是我的問題，吃喝無度的少校之死，還有他的斷頭幻影出現在婚宴上，都讓我依然處於精神恍惚的狀態。那天晚上殘留的情緒宛如一滴砒霜滴入我靜如止水的靈魂，淺嚐那麼一點不會有任何影響，只是如今一切都染上了毒。也或許因為如此，我一跨過門檻進入大理石門廳，立刻疑心她的行為舉止起因於我的種族身分。當她注視著我，眼裡看到的肯定是我的黃皮膚、我略小的眼睛，以及東方人聲名狼藉的生殖器所投射的陰影，在許多公廁都有不識字的蠢蛋塗鴉詆毀這些據說小不隆咚的私處。雖然我只有一半亞洲血統，但是在美國論及種族，沒有灰色地帶，要嘛是白人要嘛就不是。說也奇怪，以前當外國學生的時候，我從未因為種族問題感到自卑。在定義上我是外國人，自然就被當成客人看待。可是現在即便我是擁有駕照、社會安全卡和外籍人士居留證的美國人，薇歐莉仍視我為外人，這樣的誤認將我自信心的光滑表皮打得千瘡百孔。會不會是我太過偏執？這可是典型美國人的特質。說不定薇歐莉是色盲，怎麼樣也分辨不出白色與其他顏色，這也是美國人唯一希望得到的疾病。但當她沿著光亮的竹地板往前走，避開了正在吸土耳其地毯、膚色較暗的女傭時，我馬上就知道不可能。就算我說得一口無可挑剔的英語也沒用，即使她聽到了，還是會一眼就看穿我，又或者會看到另外一個人而不是我，因為烙印在她視網膜上的全是好萊塢憑空捏造出來、盜取真正亞洲男人地位的閹人影像。我指的是那些漫畫人物傅滿洲、陳查禮、陳查禮的大兒子、哈興（哈，高興！），還有《第凡內早餐》一片中，與其說是米基．魯尼飾演倒不如說是他模仿嘲弄的那個暴牙近視的日本佬。他的表演極盡侮辱之能事，甚至連帶讓我對奧黛麗．赫本的崇拜都打了折扣，因為我就當她是默許了這種令人作嘔的行為。

等我來到導演的工作室與他面對面坐下，已經被以前這些傷痛回憶搞得滿腔怒火，只不過沒有顯現出來。一來，我現在坐在這裡是為了和這位個人風格強烈的名導開會，不像以前只是無數的多情影迷之一；從前每週六下午會去看早場電影享受至高無上的幸福，走出電影院時陽光還亮晃晃的，有如醫院產房的日光燈，刺得我直眨眼還有點受驚嚇。二來，讀完腳本讓我感到幾分狼狽，因為劇中最大特效既不是爆破各種各樣的東西，也不是讓各種各樣的軀體肚破腸流，而是在一部講述我們國家的電影中，竟然沒有一個越南人說出一句清晰可辨的臺詞。我本已擦破皮的民族敏感傷口又被薇歐莉抓得更深，但既然不能明白表達怒氣，只好勉強露出微笑，演出我的拿手好戲：繼續像個用繩子綑綁起來的紙包裹一樣難以揣測。

名導打量著我，打量著這個偷偷跑進他完美布景中的臨演。一尊金色的奧斯卡小人像展示在他的電話旁邊，若非當作國王權杖就是權充鎚矛，用來重敲莽撞無禮編劇的頭。蓬亂的毛髮弄縐他前臂的衣袖，還從襯衫領口冒出來，陽剛味十足，讓我想起自己毛髮並不算茂盛，胸口（以及腹部和臀部）都跟肯尼娃娃一樣光禿、毫無阻力。前兩部電影上映後，他便成了好萊塢最炙手可熱的編劇兼導演。第一部是備受影評推崇的《逆境》，描述希臘裔美國青年在底特律暴戾街頭的艱辛處境。這部片有些許自傳色彩，這位名導出生時用的是略帶橄欖色的希臘姓氏，後來才以典型的好萊塢手法將它漂白。他藉由最新的一部片公告周知，他已經拍夠了灰白種族，現在要轉而探索古柯鹼白種族。《威尼斯海灘》是關於失敗美國夢的故事，描述一個嗜酒如命的記者和他患有憂鬱症的老婆，競相寫著自己的「偉大美國小說」，隨著稿紙永無止境地堆疊，他們的錢財與生命也慢慢流失，最後留給觀眾的畫面是這對夫妻的荒圮小屋，屋牆上爬滿令人窒息的九重葛，太平洋彼端美麗的落日餘暉照耀其上。整部片的風格是瓊·蒂蒂安與錢德勒的結合，由福克納預言，奧森·威爾斯拍攝。拍得極好。他的確有才華，儘管這麼說可能讓我痛苦萬分。

名導開口說道，很高興見到你。非常喜歡你的註記。想喝點什麼，咖啡、茶、開水、蘇打水、威士忌。威士忌什麼時候喝都不嫌早。薇歐莉，來點威士忌。加冰。我說加冰。那就不加冰吧。我也是。我從來都只喝純的。看看我這兒的風景。不，不是看園丁。荷西！荷西！得敲窗子他才聽得到。他耳朵半聾了。荷西！走開！你擋住景致了。很好。你看這景致。我是說那邊那個好萊塢標誌。怎麼都看不厭。好像神的話語就這麼丟下來，砰一聲掉在山上，而那句神語就是好萊塢。上帝不是先說要有光了嗎。電影不是光還能是什麼。沒有光就不可能有電影。還有話語。看到那塊標誌會提醒我每天早上寫點東西。什麼？對，沒錯，那上面拼的確實不是好萊塢。被你發現了。好眼力。開始掉東掉西的了。有個O掉了一半，另一個O則是整個掉了。那個字變成四不像。但那又怎麼樣。意思知道就好了。謝了，薇歐莉。乾杯。在你們國家乾杯怎麼說。我說你們怎麼說乾杯。Yo, Yo, Yo，是嗎。很好記。那就Yo, Yo, Yo 囉。先敬議員一杯，謝謝他把你送到我這裡來。你是我第一個認識的越南人。好萊塢越南人不多。鬼扯，應該說好萊塢一個越南人也沒有。真實性很重要。但也不是說真實性重於想像。故事性還是得擺第一位。必須要是觀眾普遍都能起共鳴的故事。但若能把細節都做到位就更好了。劇本我請一個「綠扁帽」審查過，他實地和山地人並肩作戰過。他找到我。說他有個腳本。每個人都有腳本。寫得不好，但他是道地的美國英雄，派駐過越南兩次，徒手殺死過越共。有加配橡葉章的銀星勳章和紫心勳章。你真該瞧瞧他拿給我看的拍立得照片。我心都揪起來了。不過，倒是給了我拍這部片的一些靈感。幾乎沒有什麼需要修正的地方。你覺得怎麼樣。

我沒有立刻反應過來他在問我問題。我感到混亂，好像以英語為第二語言的我正在聽一個另一國的外國人說話。好極了，我接著才說。

可不是嘛。反觀你呢，你在空白處給我寫了另一個腳本。你以前看過腳本嗎。

我又過片刻才發覺他又問了一個問題。他跟薇歐莉一樣，都無法正確使用傳統標點符號。沒有……

我想也是。那你怎麼會認為……

可是你並沒有讓細節到位。

我沒有讓細節到位。薇歐莉，聽到了嗎。我仔細研究過你的國家，朋友。我讀了約瑟夫．卜亭格和法蘭西絲．菲茲傑羅的著作。你讀過約瑟夫．卜亭格和法蘭西絲．菲茲傑羅嗎。卜亭格是研究你們那個彈丸小國最主要的歷史學家，而菲茲傑羅得過普立茲獎，還詳細分析過你們的心理，我想我對你們的人民還是有點了解的。

他的火力讓我驚慌起來，結果使得不習慣驚慌的我更加驚慌了，我也只能這麼解釋自己接下來的反應。我說道，你連尖叫聲都沒有到位。

你說什麼。

我等的是一個感嘆詞，等著等著才發現他只是用一個問句打斷我。我緊繃的弦開始鬆解，於是說道，好吧，如果我沒記錯，在二六、四二、五八、七七、九一、一〇三和一一八頁，基本上就是腳本中每次有我同胞說話的地方，不管男女都是用尖叫。沒有說話，只是尖叫。所以至少要讓這些尖叫到位吧。

尖叫是普遍共通的。我說得對不對，薇歐莉。

坐在我旁邊的她回答，你說得對。我又說，尖叫不是共通的。假如我用這條電話線纏住你的脖子，用力拉到你的眼睛凸出來、舌頭反黑，薇歐莉的尖叫聲和你試圖發出的尖叫聲會截然不同。那是來自男人和女人兩種完全不同的恐懼。男人知道自己快死了，女人害怕自己可能也快死了。他們的處境和他們的身體會讓他們發出不同音質的聲音。我們必須仔細傾聽才能明白，雖然痛苦是共通的，卻也是完全屬於個人的。除非拿出來談論，否則無法知道自己的痛苦是不是和其他某個人一樣。一旦談論的時候，我們所說、所想會依文化與個人而有不同。舉例來說，在這個國家，一個想逃命的人會覺得應該報警，這是對付痛苦威脅的合理做法。可是在我的國家，不會有人找警察，因為警察往往是造成痛苦的人。我說得對不對，薇歐莉。

薇歐莉默默點頭。

所以請容我指出在你的腳本裡，你讓我同胞尖叫的方式就是：哎咿——!!!譬如，村民三號被越共的尖竹釘陷阱刺穿，他就是這麼叫的。還有當小女孩不惜犧牲性命通報綠扁帽部隊說越共溜進村來，她被割斷喉嚨以前也是這麼叫的。但是我聽過無數同胞的痛苦叫喊，我可以向你保證他們不是這麼叫的。你想聽聽他們是怎麼尖叫的嗎？

他嚥了一口口水，喉結快速動了一下。好啊。

我站起來，俯身趴在辦公桌上直視他的雙眼。但我沒有看見他，我看見的是一個精瘦的山地人的臉，那是少數民族布魯族的一位長者，就住在這個故事所設定的背景不遠處一座真實存在的小村莊。有謠言說他是越共臥底的聯絡人。當時是我升中尉後第一次出任務，眼看著上尉長官拿一條生鏽鐵絲往他喉嚨上纏，卻想不出辦法救他，只見那個項圈貼得很緊，他每吞一次口水，鐵絲就會搔他的喉結。然而，那不是老人尖叫的原因，那只是開胃菜。但在我腦海裡，我看著這一幕，為他發出吶喊。

就是像這樣的叫喊聲，我說著伸手越過桌面拿起名導的萬寶龍鋼筆，以擬聲法在腳本封面上寫下幾個黑色大字：哎咿－啊——!!!然後蓋上筆蓋，放回他的寫字皮墊上，說道，我們國家的人就是這樣尖叫的。

將軍家位在名導家三十條街外，山下的好萊塢平地區，我下山後前往將軍家，向將軍夫婦報告我第一次接觸電影產業的經驗，他二人都為我感到憤憤不平。我與名導還有薇歐莉的會談稍微久了些，多半都是在比較克制的情緒下進行，我指出一部以越南為背景的電影，卻沒有越南人的臺詞，可能會被解釋為缺乏文化敏感度。的確，薇歐莉插嘴說道，可是追根究柢還是得看買票進電影院的人是誰。老實說，越南觀眾不會來看這部片，對吧？我壓抑著怒氣說，即使如此，在一部以某個國家為背景的電影中，如果能讓那一國的人民說點什麼，而不是像你劇本裡的指示：切入村民以自己語言交談的畫面，你不覺得這樣比較可信、比較寫實、比較逼真一點嗎？你是不是覺得讓他們真的說點什麼可能不恰當，所以乾脆只要確認他們嘴裡發出某種聲音就好？難道就連讓他們說口音很重的英語也不行？你知道我的意思，就是亂講一通的蹩腳英語，然後假裝是在講某種亞洲語言，那麼美國觀眾雖然聽得彆扭，卻多少能明白，這樣也不行嗎？還有，你不覺得讓你的綠扁帽成員來點感情戲會更引人入勝嗎？

難道這些大男人都只為彼此付出愛與生命？劇中沒有女人就有這樣的意味。

名導苦著臉說，非常有趣。說得很好。我喜歡，不過我有個問題。什麼問題呢。喔，對了。你拍過幾部電影。一部也沒有。對吧。沒有，零經驗，零蛋，無，反正就是什麼都沒有，不管你們的語言怎麼說。所以謝謝你來教我怎麼做我的工作。現在請你滾出我家，等你拍過一、兩部片以後再回來。也許到時候我會仔細聽聽你一、兩個廉價的想法。

他怎麼這麼沒教養？夫人說道，不是他自己叫你提出一點意見的嗎？

他想找的是點頭部隊。他以為我會幫他蓋橡皮圖章。

他以為你會討好他。

結果我沒有，他就覺得受傷。他是藝術家，臉皮很薄。

將軍說，你的好萊塢事業沒戲唱了。

我回道，我又不想在好萊塢發展事業。但這話只有在好萊塢不要我的前提下才成立。我坦承這個名導讓我很生氣，但我生氣錯了嗎？讓我尤其生氣的是他承認他根本不知道「山地人」一詞只是法國人發明的總括稱謂，其中涵蓋了數十個高地區的少數民族。我對他說，如果我寫一個關於美國西部的腳本，卻把原住民一律叫做印第安人呢？你總會想知道騎兵隊打的是納瓦荷族、阿帕契族或科曼奇族，對吧？同樣地，當你說這些人是山地人的時候，我也想知道他們是布魯族、儂族或岱依族。

名導說，我跟你說個祕密吧。準備好了嗎。聽好了，根本沒人在乎。

我啞口無言讓他覺得很有意思。看到我說不出話來就像看到一隻沒有毛的埃及貓，是一種罕見卻不一定可喜的情況。直到後來開車離開他家後，我想到是自己挑了武器交給他，讓他把我打到無言以對，這才終於露出苦笑。我怎麼會這麼笨？怎麼會這麼容易受騙？向來勤勉好學的我，在幾個小時內讀完劇本，然後又花了幾個小時重讀、寫註記，全部只因為誤以為自己的工作很重要。我天真地以為自己能轉移好萊塢這個組織體的目標，而他們的目標就是同時切除全世界觀眾的腦葉並扒竊他們的錢。附屬效益則是一部露天採礦史，將真正的歷史連同死者留在隧道裡，再施捨一些亮晶晶的小鑽石，讓觀眾瞠目結舌。好萊塢不只是製造恐怖電影怪物，它本身就是個恐怖電影怪物，一腳就把我踩扁。我失敗了，名導會按照自己的意思拍《小村莊》，一部關於白人從壞黃種人手裡救出好黃種人的史詩之作，而我的國人同胞只被當成作品素材。我很同情天真的法國人，竟以為要開發利用一個國家就得先去瞧瞧。好萊塢的效率好多了，想開發利用的國家用想像的就好。我面對名導的想像與操弄無能為力，也為此氣惱不已。他的狂妄自大為世界樹立了一個新的里程碑，因為這是第一次由敗者而非戰勝者為戰爭寫歷史，而且運用了有史以來最有效率的宣傳機器（我無意對約瑟夫・戈培爾與納粹不敬，但他們的宣傳從未遍及全球）。好萊塢的領袖們天生就能了解彌爾頓對魔鬼的觀察，知道統治地獄好過在天堂侍奉人，當個壞蛋、失敗者或反英雄好過當個有品的臨演，只有掌控舞臺中央的閃耀燈光才最重要。在這部即將誕生的好萊塢視覺假象片中，不管哪一邊的越南人都會淒慘登場，成群地被圈進窮人、天真的人、壞人或貪腐者等角色。我們的命運不只是沒有聲音，還是震驚得啞口無言。

吃點河粉吧，夫人說道，會讓你好過一點。

她從剛才就在煮東西，屋裡瀰漫著一股傷感的味道，牛肉湯與八角的濃濃香氣，我只能以愛與溫柔的花束來形容。更加不可思議的是，來到這個國家以前，夫人從未下過廚。對夫人這種階級崇高的女性而言，下廚是外包給其他女性的功能之一，其他還包括打掃、照顧孩子、教育、縫紉等等，總之就是除了最低限度的生理需求之外的一切，而這些需求當中我唯一能想像夫人實踐的大概只有呼吸了。但流亡的緊急狀況迫使夫人不得不下廚，因為家裡的其他人什麼都不會，頂多只會燒水。至於將軍，更是連燒水也不會。他可以蒙上眼睛拆解與重組一把M16步槍，但一碰上瓦斯爐就跟碰上微積分方程式一樣沒轍，否則至少也是他假裝如此。一如我們大多數的越南男人，他就是一點也不想和家務沾上邊。他只會做兩件家事，就是吃和睡，而且兩件都做得比我好。他整整比我早五分鐘就把河粉吃完了，不過我吃得慢不是因為興致缺缺，而是夫人的河粉融化了我，將我帶回昔日與母親同住的家，她正在用父親帶來吃剩的灰色牛骨熬湯。通常我們吃河粉是吃不到蛋白質所在的牛肉薄片，因為太窮了買不起肉，只偶爾難得一次母親會辛辛苦苦四處借到足夠的錢來買。不過窮雖窮，母親卻能熬煮出最香的湯，我會幫她炭烤稍後要丟進鐵鍋裡調味的薑和洋蔥。我還有一項任務，就是在牛骨煮沸時，撈起表面的浮沫，以保持湯汁的清澈濃郁。由於牛骨得慢慢熬煮幾個小時，我便這麼忍受著香氣的嘲弄與誘惑，坐在鍋旁做功課，備受煎熬。夫人的河粉讓我回溯到母親溫暖的廚房，雖然它很可能不像我記憶中那麼溫暖，但無所謂——我時不時就得停下來，不只為了品嚐我的湯，也為了回味記憶的精髓。

我說道，真好吃，好多年沒吃到這個了。

很不可思議吧？我從來沒想到她還有這項才能。

我又說，妳應該開餐廳。

你還真會說話！她顯然十分高興。

你看到這個了嗎？將軍從廚房流理檯上的一疊報紙中抽出一份來，是小山辦的雙週報的最新一期。我還沒看。惹將軍心煩的是小山寫了一篇關於少校葬禮（都已經過幾個星期了）的文章，還有婚禮的報導。關於少校的死，小山寫道「警方聲稱這是搶劫殺人，但身為祕密警察的警官階級，難道不會有敵人想要他的命？」。至於婚禮方面，小山概述了演說內容，最後結語則說「或許也該停止談論戰爭了。戰爭不是結束了嗎？」。

雖然明知他做過頭了，我還是說，他只是做他該做的，但我同意，他或許有點天真。這叫天真嗎？這樣的解讀真是寬容。他應該做好記者的本分，也就是報導事實，而不是隨便捏造或自行詮釋，或把一些莫名其妙的想法加諸於人。

少校的事他沒說錯，不是嗎？

你到底是站在哪邊？夫人說此話時，已擺脫廚娘的角色。記者需要編輯，編輯需要挨打，這是最好的辦報策略。杜山的問題就在於他自己當編輯，沒有人替他把關。

妳說得一點也沒錯，夫人。名導的那一拳打得我喪了膽，言行不似以往。我接著又說，媒體太過自由對於民主制度是不健康的。雖然我並不相信這句話，但我的角色，那個聽話的上尉是相信的，既然扮演了這個角色，我也得與他起共鳴才行。問題是大多數演員戴上面具比脫下面具的時間短，我卻是相反，也難怪有時候我幻想著扯下臉上的面具，竟發現那面具就是我的臉。此時，我以重新調整到恰到好處的上尉的臉說道，如果有太多論點到處流傳，一般公民沒有能力篩檢哪些是有用和正確的。

將軍也說，任何一個議題都不應該有超過兩個論點或想法公開出來，看看投票制度，也是同樣的概念。我們有許多的政黨和候選人，結果你瞧瞧這亂象。在這裡，你選的不是左派就是右派，這樣已經綽綽有餘。兩個選擇，但你看看每次總統大選鬧成什麼樣子。即使只有兩個選擇可能都嫌多，一個就夠了，甚至沒有選擇可能更好。少即是多，不是嗎？上尉，那個人你熟，他會聽你的，提醒他一下我們在國內是怎麼做事的。雖然現在是在這裡，還是應該記得以前做事的方式。

要是在美好的過去，小山已經被關在牢裡大汗淋漓了。我出聲說道，說起美好的過去，長官，要想重拾過往，我們是不是已經有什麼進展了？

將軍往後靠向椅背說道，事情正在順利進行著。克勞德和議員是我們的朋友兼盟友，而且他們告訴我不只有他們而已。只不過現在美國人不想再打仗，要公開獲得支持有點困難。所以我們得慢慢聚集人氣。

我提議道，我們必須到處建立人脈。

我手邊有第一次聚會的軍官名單。我和他們全都個別談過，他們非常渴望有作戰的機會。在這裡他們一無所有，要想贏回榮譽，重新活得像個男人，唯一的機會就是奪回我們的國家。

我們需要的先鋒不只一個。

先鋒？那是共產黨用語，夫人這麼說道。

也許是，可是共產黨贏了，夫人。這不只是運氣而已，也許我們應該學一點他們的策略。先鋒可以帶領其他人前往他們根本不知道自己應該去的地方。

將軍說道，他說得對。

先鋒是地下工作人員，但偶爾會在眾人面前展現不一樣的面貌。志願組織之類的團體將成為先鋒的最前線。

將軍說，一點都沒錯。看看杜山。我們需要把他的報社變成那種前線組織之一，我們還需要一個青年團體、一個婦女團體，甚至於一個知識團體。

我們也需要支部。組織的各個分支必須彼此隔離，那麼就算一個支部沒了，其他的還能繼續存留。我們這裡就是一個支部。另外還有克勞德和議員參與的支部，我毫無所悉。

等時機成熟吧，上尉。一步一步來。議員正在運用一些關係為我們開路，讓我們送人到泰國去。

那裡將會是集結待命區。

沒錯。從海路回歸太困難了，得經由陸路回到國內。同時，克勞德也在替我們籌錢。有了錢就能取得其他必要的東西。找人不難，可是人員需要武器、訓練、訓練的地點，還需要送往泰國。正如你所說，我們必須用共產黨的方式思考，我們必須提早多達數十年開始計畫，我們必須在地下生活與工作，就像他們一樣。

至少我們已經熟悉了黑暗。

可不是嘛！我們沒得選擇，從來都沒有過，不，也不盡然，只是關鍵時刻都沒有選擇。我們做的每件反對共產主義的事，都是被共產主義所逼。歷史啟動了我們。我們別無選擇只能開戰，去對抗邪惡，不讓世人遺忘我們。所以了——將軍說著拿起小山的報紙——即便只是說戰爭結束了都很危險。不能讓我們的人民滿足於現狀。

我接續道，也不能讓他們忘記憤恨，這正是報紙站在文化前線所能扮演的角色。不過也得記者做自己該做的事才行。將軍把報紙丟回桌上。「憤恨」，這是個好詞。時時心存憤恨，一刻也不寬貸。也許應該拿這句話當我們的座右銘。

聽起來不錯，我這麼說道。

9

大大出乎我意料之外的是，隔週薇歐莉竟然來電。我說，我想我們沒什麼好說的。她說，他重新考慮過你的建議了。我發覺這次她確實說了完整的句子。他第一個就承認當時正在氣頭上，聽不進批評。但冷靜下來以後，他認為你的註記裡有一些可用的想法。不只如此，他也敬佩你敢頂撞他，沒有多少人願意做這種事，所以我現在提出的這項工作你是最理想的人選。我們需要一位顧問，能徹底把所有關於越南的細節做好。我們已經研究過歷史、服裝、武器、風俗民情，一切書上能找到的資料，但我們會需要你所能提供的那一點人情味。我們會用菲律賓的越南難民當臨演，所以需要有人去和他們工作。

母親的輕聲呢喃自遠方飄來：記住，你不是什麼的一半，你是一切的兩倍！儘管父母留給我的貧苦家境與混雜血統帶給我諸多不利，但母親的鼓勵從不間斷，對我又有強烈信心，使得我面對挑戰或機遇從不退縮。他們提出的條件是在一處熱帶天堂度四個月的有薪假，假如拍攝進度拖延了就改為六個月。事實上，如果當地叛亂分子再自負一點，恐怕也稱不上天堂，另外與其說是度假還不如說是工作旅遊，而且工資也太低，但總歸一句話，我需要暫時離開我的美國避難所。對於吃喝無度的少校之死所感到的悔恨，每天都要來向我報到幾次，頑固得有如討債人。此外，在我擁擠的內心深處，在我愧疚感組成的天主教合唱團的前排與中段，時時刻刻都站著少校的孀妻。葬禮上我只給她五十美金，我也只給得起這麼多。即使酬勞太低，如果吃住都包含在內，應該還是能存點錢，那麼就能多少資助少校的妻兒了。

他們是無辜受害的人，就像我也曾經是無辜受害的小孩。加害者不是陌生人，而是自己的親人，家族聚會時姨妗們不讓我和表兄弟姐妹玩，要是有好吃的東西也會把我趕出廚房。一說到我那些親姨媽就不免想起過年，在其他所有小孩記憶中，這是個歡歡喜喜的節日，她們卻讓我留下傷痕。我記得的第一次過年是什麼時候呢？可能是我五歲或六歲那年。我擠在孩群中，一本正經又戰戰兢兢，因為馬上就要到每個長輩面前說一小段吉祥話。雖然我一字不落，也不像大多數表兄弟姐妹那樣結結巴巴，而是流露出真情與魅力，二姨媽卻沒給我紅包。整個母系家族的人都看著我，枝繁葉茂的家族樹上有我母親的父母、她的九個兄弟姐妹、我的三十幾個表兄弟姐妹。這個壞心的巫婆高高俯視著我說，我紅包不夠，少了一個。我呆呆站著，兩手仍恭敬地交叉在胸口，等候一個神奇紅包或一句道歉出現，可是完全沒有下文。似乎過了好幾分鐘，母親才一手搭在我肩上說，謝謝阿姨好心給你上了一課。

直到稍後回家，躺在我們共用的木床上，媽媽才哭了起來。儘管其他姨媽舅舅給了我紅包，和表兄弟姐妹們一比，卻發現我的紅包錢只有他們的一半。某個精於計算的表哥說，那是因為你混了一半的血，你是個雜種。我問媽媽什麼叫雜種，她氣得滿臉通紅說道，要是可以，我會親手勒死他。我這輩子就數這一天得知最多關於自己、關於世界、關於世人的事。無論透過什麼形式受教都得心存感激。所以就某一方面，我感激我的姨媽和表哥，比起在學校目睹許多較值得稱許的事，他們給的教訓讓我記憶深刻得多。哼，他們等著瞧吧！母親邊哭邊緊緊摟著我，力道之大讓我幾乎喘不過氣，我的臉緊貼在具有撫慰作用的一邊乳房，手捏著柔軟的另一邊。薄棉布底下散發出一股熾熱濃郁的麝香，那是悶熱的日子裡，為了準備三餐上菜，或站或蹲了大半天的年輕女子身上的味道。他們等著瞧吧！你會比他們所有人都更用功，你會比他們所有人學得更多，你會比他們所有人懂得更多，你會比他們所有人都更好。你要答應媽媽！我便答應了。

這件事我只跟兩個人說過，阿敏和阿邦，只刪減了關於母親乳房的部分。當時已上中學，是我們在早期青春期會個別私下相約出去的時候。阿邦聽說時，我們正在河中釣魚，他氣憤地丟下魚竿說，這個表哥要是被我碰上，我就打到他腦袋流光一半的血。阿敏比較節制。即便在那樣的年紀，他卻冷靜、善於分析，並展現早熟的辯證唯物主義者的態度。放學後他請我喝甘蔗汁，我們坐在路邊，手裡拿著小塑膠袋，用吸管啜飲著。他說，紅包是一切錯誤的象徵。那是血的顏色，而他們因為你的血統排擠你。那是財富與運氣的顏色。那是老舊的信仰。我們的成功或失敗不是因為財富或運氣，我們會成功是因為了解這個世界運作的模式和我們該做的事，失敗則是因為別人比我們更了解。他們會利用一些東西，就像你的表兄弟姐妹，他們不會質疑。只要是對他們有利的東西，他們就會支持。但是你看到了藏在那些東西底下的謊言，因為你從來沒能參與。你看到的紅色和他們看到的不一樣。紅色不是好運，紅色不是財富，紅色是革命。驀然間，我也看到了紅色，在那劇烈跳動的幻象中，世界開始有了意義，沒想到在單一顏色中竟存在如此多層次的意涵，那色調如此強有力，須得酌量上色。只要你曾經看過用紅色寫的東西，就會知道麻煩與改變不遠了。

因此，給堂姑的信沒有用這麼令人心驚的色調來寫，儘管我用來給機密報告加密的暗號讓我心煩意亂。以下這段文字是賀德那本評價頗高的《亞洲共產主義與東方破壞模式》中，一個具有代表性的範例：

「越南農民不會反對使用空中戰力，因為他們對政治無感，只想著餵飽自己和家人。轟炸他們的村莊當然會讓他們驚慌失措，但最終若能以空中戰力說服他們相信選擇共產主義是站錯邊了，共產主義保護不了他們，也就不枉付出的代價了。（一二六頁）」

我藉由這類的深刻見解，報告我決定接受名導的提案，並將這份工作視為「暗中破壞敵人的宣傳」。我也用暗號列出將軍先鋒隊裡的軍官姓名。為了防範除了阿敏的堂姑之外還會有其他人看到信的內容，我便以開朗樂觀的口氣談論洛杉磯的生活。說不定有未知的審查員在讀難民的信件，查找那些沮喪、憤怒，無法或不肯作美國夢的難民。因此我很小心，讓自己看起來只是一個普通移民，很慶幸自己能來到這個只要寫作就保證能追求幸福的國度，但認真想想，這也沒什麼大不了。若說保證能幸福——這就了不起了。但保證能讓你去追求中大獎的幸福？這只是一個買彩券的機會。肯定有人能贏得數百萬，卻也肯定有數百萬人要掏錢出來。

我告訴堂姑，我是藉幸福的名義幫助將軍邁向計畫的下一步，成立一個非營利的慈善組織，能獲得可抵稅的捐款，名稱為「越南共和國陸軍退役軍人慈善兄弟會」。事實之一，這個兄弟會是在為數以千計的退役軍人服務，他們現在都是失去軍隊、國家與身分的人。總而言之，它的存在可以為他們增添一絲絲幸福感。事實之二，這個兄弟會是個掩護，讓將軍可以從任何想捐款的人那裡獲得行動所需的基金，而這些人主要並非來自越南社群。越南難民成員都被自己在美國夢裡的結構功能困住了，這個功能就是「不幸福到讓其他美國人為自己的幸福感恩」。主要捐款人不是這些一文不名、一蹶不振的難民，而是有意鼓舞美國老友的一些慷慨個人與慈善事業團體。議員在他的選區辦公室與將軍和我會面，我們提出兄弟會的想法並詢問國會能否為我們的組織提供某種幫助，他則提起他的慈善基金會。他的選區辦公室是一個簡單樸實的前哨站，位在亨丁頓灘一處主要十字路口，一棟兩層樓的帶狀商城內。商城浸潤在牛奶咖啡色的灰泥塗層中，連接在旁的是美國對世界最獨特的建築貢獻：停車場。有人惋惜社會主義的建築太過粗野，但資本主義建築的單調乏味會比較好嗎？你有可能沿著大道行駛數公里，見到的全是停車場與葛藤般的帶狀商場，在商場內可以滿足一切需求，從寵物店到飲水機到民族風味餐廳，以及其他各式各樣你想像得到的家庭式小商店，每一間都在為追求幸福打廣告。為了展現自己的謙卑與貼近民意，議員將總部選在這樣一個帶狀商城，窗戶上貼著白色宣傳招牌，上面用紅色寫著「議員」二字，藍色寫著他的名字，還有他前一個的競選口號：「永遠真誠」。

議員辦公室的一面牆上裝飾著美國國旗，另一面牆上掛了他與許多身穿燕尾服男士的合照，全是他們共和黨的名人：有雷根、福特、尼克森、約翰．韋恩、鮑伯．霍伯，甚至也有賀德，我看過他的作者照，一眼就認出來了。議員請抽菸，我們便一起吞雲吐霧片刻，在輕鬆談論妻兒與心愛球隊的同時，吸入了歡笑與健康空氣，也抵消了香菸的副作用。我們還談了一下我出發在即的菲律賓冒險之旅，將軍與夫人對此行都無異議。馬克思那句話是怎麼說的？將軍若有所思地摸著下巴問道，他準備引述我註記中關於馬克思的話。啊，對了。「他們不能代表自己，必須由他人代為表達。」我們現在的情形不正是如此？馬克思指的是農民，但說他指的是我們也無不可。我們無法代表自己，由好萊塢代為表達，所以我們得盡力確保它的表達充分而完整。

議員咧嘴笑笑說，我知道你們想說什麼。他捻熄香菸，兩隻手肘擱在辦公桌上，說道：說吧，我這位代表能為你們做什麼？待將軍說明完兄弟會與其功能，議員說，好主意，但國會不會去碰那個，現在這個時候，根本沒有人想提到你們國家的名字。

將軍回說，明白，議員，我們不需要美國人民公開支持，我們也明白他們為什麼不熱衷。我說道，不過他們私下的支持完全是另一回事。

說下去。

就算國會不給我們錢，也不能阻止有公民意識的人或組織，譬如慈善基金會等等，幫助我們那些受了創傷又生活困苦的退役軍人。他們為了捍衛自由，與美國軍人並肩作戰，有些人灑鮮血，有些人斷手缺腳。

你和克勞德聊了不少。

的確，克勞德灌輸了我一些觀念。在西貢的時候他提到過，中情局會固定贊助各種活動。不是用它的名義，因為那樣可能不合法，至少會很可疑，它是透過由特務人員與支持者控制的傀儡組織，這些人多半都是各行各業中有頭有臉的人。

而收到這些錢的幸運兒本身往往也是傀儡組織。

沒錯，有這些自稱幫助窮人、餵飽飢民、散播民主、協助受虐婦女或培養藝術家的傀儡組織做掩護，有時候很難知道誰為誰做了什麼。

且容我唱個反調。拿我作比方，我有許許多多捐錢的好理由，但說實話，我也只有這麼多錢，難免就要考慮到自身利益了。

自身利益無妨，這是讓人活下來的本能，也是非常愛國的表現。

那是當然。那好，在你們這個組織裡，我的自身利益何在？

我看著將軍。只見那兩個神奇字眼的其中之一，已經到他嘴邊。假如我們擁有這兩個字眼代表的東西，就能把自己推到頂尖的美國公民之列，就能取得美國社會所有閃耀的寶藏。只可惜，我們只掌握到其中之一，而且無甚把握。我們所未擁有的那樣東西就是「錢」，將軍的錢或許夠自己花用，但肯定不足以支應一場反革命。另一樣東西則是「選票」，因此兩個字眼合起來就成了「有錢有選票」，相當於「芝麻開門」的咒語，可以用來打開美國政治體系這個深邃洞穴。不料，即使當我們這位胸懷大志的阿里巴巴嘴裡吐出這僅有一半的神奇組合，議員的眉頭還是幾乎動也沒動一下。議員，請把我們的族群當成投資，一個長期投資，請把我們當成還在熟睡、尚未甦醒長大的小小孩。沒錯，這個小孩不能投票，這個小孩不是公民，可是總有一天這個小孩會變成公民，總有一天這個小孩的孩子一出生就會是公民，他們總得投票給某人。而那個某人還不如就是你。

將軍，你也看到我在婚禮上的演說了，我已經很重視你們。

那是空口白話，我說道，議員，我無意冒犯，但話可以自由地說，錢卻不能自由地花。在這個重視自由勝於一切的社會，自由的東西卻不受重視，這不是很好笑嗎？所以請恕我大膽直言，我們很感激你說的話，但在成為美國人的過程中，大家也學到「金錢萬能」這句片語。如果投票是我們參與美國政治的最佳途徑，我們就得投給肯花錢的人。但願這個人是你，不過當然了，美國政治的優點就在於我們有得選擇，不是嗎？

不過，再拿我打個比方好了，如果我給你們組織錢，諷刺的是我自己競選還有工作人員的薪資也都需要錢。換句話說，金錢萬能是雙向的。

那的確是棘手的情況。但你說的是必須向政府申報的公開的錢，而我們說的是流向我們的私錢，到時候將軍會把它變成選票，完全公開透明地還給你。

沒有錯，將軍說道。我這位年輕朋友想像力非常豐富，能想出「私錢」的說法，若要說我的祖國為我做了什麼樣的準備教育，那就是處理他說的這種錢了。

這番表演讓議員看得興味盎然，我們有如兩隻靈巧的猴子，他則是搖手風琴的街頭藝人，看著我們配合著不屬於我們的樂曲蹦蹦跳跳地乞討。這類表演我們已經受過良好訓練，以前在祖國與美國人接觸時，便老是得上演關於私錢的戲碼，亦即賄賂。賄賂就像印度傳說中那頭大象，我本身只是那群盲人智者之一，只能摸到並描述其中一部分。令人困惑的不是你看到或摸到的部分，而是你看不到、摸不到的地方，例如剛剛呈現給議員的計畫中我們無法掌控的部分。這一部分就是他會想辦法透過公開管道給我們注入私錢，也就是透過由議員、他的朋友或是克勞德的朋友組成董事會的基金會。簡單地說，這些基金會本身等於是傀儡組織，由中情局或甚至更神祕的、我所不知道的政府或非政府組織掌控，正如同兄弟會掩護我們的行動計畫一樣。這點議員心知肚明，因此才會說，我只希望你們這個組織從事愛國活動的時候，不要涉及非法情事。他的意思當然是說，我們理應從事非法活動，只要他不知情就好。沒說出口的話幾乎總會凸顯看不見的部分。

三個月後我出發前往菲律賓，背包放在頭上的行李箱，腿上放了一本福多爾出版的《東南亞》，跟《戰爭與和平》一樣厚。書中對於到亞洲旅行是這麼寫的：

「為什麼往東走？東方向來有吸引西方人的魔力。亞洲幅員遼闊、人口眾多且複雜無比，財富與神奇的資源取之不盡用之不竭……在西方人心目中，亞洲依然保有它的魅力、挑戰、誘惑與回饋，才會吸引世世代代的西方人離開自己舒適、熟悉的生活，來到一個與他們所知、所想、所相信的一切迥然不同的世界。因為亞洲是半個世界，是世界的另一半……東方或許奇怪，卻不一定令人沮喪。當你一旦身歷其境，也許仍會覺得它神祕，但這也正是它有趣之處。」

旅遊書裡寫的都沒錯，但也沒意義。是啊，東方幅員遼闊、人口眾多且複雜無比，但西方不也一樣？指出東方有取之不盡用之不竭的財富與神奇資源，無非在暗示這是特例，西方沒有。西方人自然會將自己擁有的財富與神奇視為理所當然，就像我從未注意到東方的魅力或神祕。認真說起來，讓我覺得神祕、令人沮喪又真正有趣的往往是西方，一個與我開始受教育以前所認知的一切迥然不同的世界。東方人也和西方人一樣，在自己國家總覺得再無聊不過了。

飛快翻閱著幾個與我有關的國家時，發現我們國家被形容為「最慘遭蹂躪的土地」，這我倒不驚訝。我也贊成書中的警告，不建議遊客一時興起前往旅遊，只是讀到鄰國柬埔寨人被形容為「隨和、性感、友善、情感強烈……柬埔寨不僅是亞洲最迷人，也是最令人讚嘆的國家之一」，我感到頗為受辱。這段話分明也可以用來描述我的家鄉，或是大多數擁有類似溫泉區氛圍的家鄉。不過我哪知道呢？我只是住在那裡，某個特定地方的居民可能很難發現當地的魅力與缺點，而這兩者對於初開眼界的遊客卻是一目了然。你可以選擇一無所知或經驗老到，但不可能兩者兼具。至少我在菲律賓是遊客，既然菲律賓位於我們家鄉以東，也許我也會覺得它複雜無比。書中對這座群島的描述只是讓我內心更加垂涎，因為它「新舊交會，東西交融，每天都在變化，傳統卻仍屹立不搖」。這段描述似乎也適用在我身上。

事實上，一跨出有空調的機艙進到溼氣黏身的空橋，我立刻有回家的感覺。機場內警察肩荷機關槍的景象也喚起我的鄉愁，證實我再次來到一個被獨裁者踩住營養不良脖子的國家。從當地報紙還能找到更進一步的證據，最近有幾起未偵破的命案，是政治反對人士被亂槍射死棄屍街頭，報上卻隱匿其中些許事實。在類似的謎樣情勢中，所有謎底都指向同一個出謎題的人：獨裁者。這種戒嚴狀態再次由山姆大叔背書，他支持暴君馬可仕鎮壓的不只有共產黨，還有穆斯林的暴動。支持方式包括道地美國製的飛機、坦克、直升機、大砲、裝甲運兵車、槍枝、彈藥與裝備，和我們家鄉的情況一樣，只是規模小得多。再附贈一堆叢林動植物和一些擁擠群眾，大致上而言，菲律賓倒是不錯的越南替身，所以名導才會選中這裡。

基地營位在呂宋島北部科迪勒拉山脈的一個鄉下城市，這座山便充當越南與寮國之間的安南山脈。我飯店房間的舒適設備包括有：一道細細的水流，但與其說是流還不如說是滴；一個沖水馬桶，每次一拉沖水鍊就會發出憂鬱的嘆息聲；一架氣喘咻咻的冷氣機，還有隨叫隨到的應召女郎，這是搬行李的服務生帶我到房間時說的。我婉拒了，卻也意識到自己在一個貧窮國家是個有特權的半西方人。給了小費以後，我躺在微溼的床單上，再度讓我想起一切都被溼氣包覆的家鄉。當天晚上在飯店酒吧遇見的工作夥伴對氣候就沒這麼興奮了，他們沒有一個人遭遇過熱帶氣候強力溼度的襲擊。悶悶不樂的美術指導說，感覺好像每次出門被我家的狗從上面脖子舔到下面那玩意。他是明尼蘇達州人，名叫毛利，身上毛很多。

名導和薇歐莉還要一個星期才會到，但毛利和他手下全數的男性製作團隊已經在菲律賓揮汗數個月，搭布景、準備服裝、體驗按摩院、遭受各種胃腸與胯下疾病的伏擊。第二天早上，毛利帶我去看主景，徹底複製了一座中部高地的小村莊，甚至還在魚池上架了平臺，搭起一間屋外廁所。衛生紙就是一疊香蕉葉和幾張舊報紙。從廁所座位的圓洞往下看，可以直接看到魚池水面平靜的假象，毛利自豪地說，池子裡有各種長鬚鯰魚，和湄公河三角洲那些非常相近。太有創意了，他說。身為明尼蘇達州人，他對於這種面對困境的隨機應變能力欽佩不已，而這樣的能力是一支只要經過一個嚴酷寒冬就會鬧飢荒、人吃人的民族，歷經世代交替培養出來的。聽說只要有人上大號，底下就會開始瘋狂搶食。

我整個童年上廁所就是蹲坐在這種薄木片座位，我記得清清楚楚，每當我就定位，鯰魚就會爭相占據最好的用餐位置。見到真實道地的屋外廁所既未勾起我的一絲傷感，也未讓我對自己同胞的環境意識心生讚佩，我還是喜歡沖水馬桶的光滑瓷磚座椅，可以把報紙放在腿上看，而不是兩腳之間。西方人用來擦屁股的紙比其他國家人民用來擤鼻子的紙還要柔軟，不過這只是比喻性的對照。其他國家的人要是知道他們竟然奢侈到用紙擤鼻涕，應該會驚呆了。紙是用來寫字的，譬如寫這份自白，不是用來擦排泄物或分泌物。但那些奇怪又神祕的西方人自有其異國作風與不可思議之事，從面紙與雙層衛生紙便可略知一二。假如渴望這些物質享受就代表我崇洋，那我承認。我一點也不懷念和我那些惡毒的表兄弟姐妹還有不慈愛的姨姈們，一起過的真實道地的鄉村生活，也不懷念上廁所時被瘧蚊叮咬屁股的鄉村現實——這可能會是某些越南臨演的遭遇。毛利打算叫他們使用這間廁所好餵食鯰魚，工作人員則能享受陸地上的一組流動廁所。至於我，算是工作人員之一，當毛利邀請我率先啟用，為茅房賜福，我遺憾地加以婉拒，並開玩笑輕鬆帶過。

你知道怎麼分辨市場上的鯰魚是不是來自這樣的池塘？

怎麼分辨？毛利已經準備好好記下。

這種魚有鬥雞眼，因為老是盯著屁眼看。

這個好笑！毛利拍拍我的手臂大笑。來吧，我帶你去看廟。真的很美，想到特效組要把它炸掉我就生恨。

也許毛利最喜歡那間廟，但在我眼裡，墓園才是「主菜」。那天晚上我第一次看見墓園，幾天後的晚上，在我前往巴丹的難民營實地考察並募集了上百名越南臨演之後，又去了一次。這趟旅行遇見數千名從祖國逃離，衣衫襤褸蓬頭垢面的同胞，讓我心情十分低落。司令，我以前也見過難民，那場戰爭害得數百萬南方人在自己國家無家可歸，但這種人類慘況卻是前所未見。正因為太獨一無二，西方媒體還給他們取了個新名詞叫「船民」，這種稱號可能會讓人以為是亞馬遜河上新發現的部落，或是一個神祕、絕跡的史前族群，唯一留下的生存遺跡就是他們的船。根據觀點不同，你可以說船民是逃離家園，也可以說他們遭國家遺棄。無論如何，他們看起來情況很糟，聞起來的味道更糟：頭髮髒兮兮、皮膚又厚又硬、嘴脣乾裂、各個腺體腫大，整群人臭得好像拖網漁船上的工作人員因為不習慣水上生活，消化道不時在造反。他們實在太過飢餓，無法藐視我受託提出的工資條件——一天一美金。他們當中沒有一人，我再強調一次，一個人也沒有，討價還價要求較高工資，從這點多少可以看出他們的絕望程度。我從未想到我的同胞會有不討價還價的一天，只是這些船民顯然明白供需法則對他們不利。然而，真正讓我情緒低落的原因是，我問其中一名臨演，一個有貴族氣的律師，說國內的情況是否真如傳言那麼糟。她回答，我們這麼說吧，共產黨打贏之前，我們受外國人迫害、威嚇和羞辱，現在則是受自己人迫害、威嚇和羞辱。這樣應該可以說有改善吧。

聽到她這些話我全身發抖。過去這幾天，我的良心已經平靜下來，像貓一樣打著滿足的呼嚕，吃喝無度的少校之死彷彿已退到我記憶後視鏡的背後，只是我過往黑色表層上的一個小汙點，不料現在它又開始痙攣打嗝了。家鄉現在是什麼情形，我又在這裡做什麼？我得提醒自己想想森女士臨別時說的話。我跟她說要接下這份工作，她便親自下廚為我餞別，那天我差點就屈服於先前的預感，相信自己也許是真的愛她，儘管我對蘭娜確實也有感情。但森女士似乎預見我內心的軟弱，先發制人地提醒我別忘了我們自由性愛的約定。她邊吃柳橙雪酪邊說，不必覺得對我有責任，你想做什麼就做什麼。當然了，我有點傷心地說。不管我想不想，都不可能自由性愛與布爾喬亞的保守愛情兩者兼得。又或者可以呢？任何一種社會都充斥著如緞布一般的雙面人，公開場合的言行是一回事，私下的言行又是另一回事。可是森女士不是這樣的人，在她幽暗的臥室裡，當我們自由性愛運動完畢，緊緊擁抱著對方時，她對我說，你其實是有能力的，可以利用這部電影大展身手，我相信你可以讓它呈現出更好的一面，你可以幫助電影中的亞洲人改頭換面。這可不是微不足道的小事。

謝謝妳，森女士。

蘇菲亞，要我說幾次。

我真的能起什麼作用嗎？如果阿敏和森女士知道我充其量（可能）只是個賣國賊，幫忙剝削自己的同胞和難民，他們會作何感想？他們傷心、困惑的臉浮現出腦海，侵蝕了我的自信，讓我再次感覺到感傷與憐憫的繫帶將我較堅強、較革命性的部分全都纏在一起。我甚至罹患嚴重的思鄉熱病，因此當我回到基地營，才會在毛利搭建的小村莊裡尋求安慰。塵土飛揚的小路、茅草屋頂、小屋裡的泥土地面與簡單的竹桌椅、晚上已經有如假包換的豬在裡頭輕輕打呼的豬圈、天真無知的雞隻啼叫聲、悶溼的空氣、蚊子的叮咬、毫無戒心一腳踩進稀軟牛糞中的啪嗒聲——這一切都讓我傷心思念到暈眩起來。小村莊裡只缺少一樣，就是人，而其中最重要的一個是我母親。她在我大三那年過世，年僅三十四歲。那是父親第一次也是唯一一次給我寫信，簡要中肯：你母親因肺結核去世了，真是可憐。她埋在墓園裡，有一塊真正的墓碑。一塊真真正正的墓碑！他特別提到這點，就是以他自己的方式在說錢是他付的，因為我母親沒有積蓄能買得起這種東西。我不敢置信，呆呆地把信讀了兩遍以後才開始覺得痛，滾燙的悲傷鎔鉛灌入我身體的模子。她身體一直不好，可是沒病得那麼重，除非她隱瞞我實際的健康狀況。過去幾年，我先是在數百哩外的西貢念高中，後來又遠渡數千哩到國外，我們見面的次數寥寥可數。最後一次見到她是在我赴美前一個月，這一別就得四年，因此我回家向她辭行。過年或暑假或直到畢業前的任何時候，我都不會有錢回家，獎學金只付我一張來回機票。她露出勇敢的笑容，喊我「*petit écolier*」（小學生），這是我小時候最愛吃的巧克力餅乾品牌，父親會在每年聖誕節賞我一次。她送我的餞別禮就是一盒這種進口餅乾（她這輩子只咬過一小口，其他都會在每年聖誕節留給我吃，對這樣一個婦人而言，這是天大的開銷），還有一本筆記簿和一枝筆。她大字不識幾個，認識的會大聲唸出來，寫字會寫得畏畏縮縮、黏在一起，難以辨識。我滿十歲之後，凡事便都由我代筆。在母親心目中，筆記簿和筆象徵著她難以企及的一切，也象徵著我似乎命中注定的一切——歸功於上帝的眷顧或是我基因的意外組合。餅乾我在飛機上吃掉，整本筆記簿則拿來當大學日記。如今筆記簿已盡付灰燼，至於筆，後來沒水了，也不知什麼時候就弄丟了。

此時，跪在母親墳前，額頭靠在墓碑的粗糙表面上，我多麼希望那些無用的東西能在我身邊。我說的不是在她去世的小村莊那座墳，而是在呂宋島這裡，毛利為了逼真起見建造的墓園。當我看見他那一大片碑石，便要求他把最大的一塊留給我使用。我複製了母親一張黑白照貼在墓碑上，這張照片我隨身放在皮夾裡，可說是除了我心中印象之外，她僅存的身影，而在我內心的影像卻迅速地消退模糊，有點像保存不善的默片，畫格中已出現毛細裂痕。我在墓碑的灰色表面用紅色寫上她的名字與生卒日期，算算她在世的時間，對任何人而言都短得荒唐，只有小學生會覺得三十四年長得沒有盡頭。墓碑和墳墓是以土坯鑄造，不是用大理石雕刻，不過我知道在影片中誰也看不出來，稍感安慰。至少在這個電影人生中，她能有一個官太太才能享有的安息之處，雖是仿冒品，可是就一個在所有人眼中（除了我之外）一輩子都只是臨演的女人來說，或許堪稱適得其所。

10

隔週名導抵達後，給自己辦了個歡迎會，除了讓人吃到撐的烤肉、啤酒、漢堡、亨氏番茄醬，還有一塊方方正正的大蛋糕，大到可以躺上去睡覺。道具組用三夾板和混凝紙做了一個假鑊，裡面放乾冰，再丟進一、兩個染金髮的脫衣舞孃，她們是從蘇比克灣某間酒吧找來的，負責扮演被土著活烹的白人女子。土著由幾個熱心的當地青年扮演，他們穿著纏腰布，揮舞著看起來讓人嚇破膽的長矛，這也是道具組假造的。由於越南臨演還要一天才會到，我獨自代表我的同胞，穿梭遊蕩在超過一百位演員與工作人員，外加上百名左右的菲律賓苦力與廚子之間。這群當地人覺得走到大鑊前面，把紅蘿蔔削進脫衣舞孃熱湯裡很有趣。我看得出來，隨著影片拍攝將會產生許多關於好萊塢電影人的傳聞，流傳數十年，而且每傳一代就會變得更誇張。至於臨演，也就是船民，將會被遺忘。誰也不會記得臨演。

雖然我既不是臨演也不是船民，憐憫的浪潮卻將我拉向他們。疏離的潮流也同時將我推離電影人，儘管我是他們其中一員。總之，我身在一個熟悉的地方，卻又感到不熟悉，於是我以一貫的方式回應，端起當天晚上第一杯琴通寧自我防衛。這場派對在星光下舉行，還用茅草搭了一個巨大亭子當食堂，我敢肯定只要再喝上三、四杯，我就會毫不設防了。和毛利說笑幾句之後，我看著工作人員聚集到現場那幾個白人女孩身旁。同一時間，一支來自馬尼拉、全員戴上金色假髮的樂團，大聲而完美地翻唱黛安娜・羅斯的〈你可知你何去何從〉，我懷疑他們可能就是曾經在西貢多家飯店表演過的那個菲律賓樂團。名導坐在舞池邊上，在和「名角」聊天，坐同一桌的薇歐莉則是和「偶像」打情罵俏。「名角」飾演威爾・薛姆斯上尉，「偶像」飾演傑伊・貝勒米中士。雖然「名角」在外百老匯戲劇圈已十分資深，「偶像」卻是以一曲泡泡糖搖滾暢銷歌曲一夕爆紅的歌手，這首歌甜膩到光聽就覺得牙齒發疼。《小村莊》是這個年輕人的電影處女作，他展現了敬業精神，把短暫流行一時、青少年爭相模仿的髮型，剪成美國大兵的平頭，接著又熱忱十足地接受角色所需的軍事訓練，活像兄弟會裡性壓抑的新成員。他躺靠在藤椅上，身上穿著白色T恤和卡其長褲，完美的腳踝外露，因為帆船鞋裡沒穿襪子，即使在這熱帶氣候裡，他仍酷涼得有如冰淇淋。所以他是「偶像」，名氣是他天生的光環。聽說他和「名角」處不來，因為「名角」是演員中的演員中的演員，不只隨時入戲，戲服也沒脫下過。他身上那套大兵的迷彩服和軍靴正是三天前他抵達時穿的那套，而且他可能也是史上第一個要求搭小帳棚，而不要在拖車裡休息吹冷氣的演員。前線戰士不會沖澡、刮鬍子，因此他也沒有，因而開始散發出比新鮮瑞可達起司還不好聞一點的氣味。他的帆布腰帶上掛著一把有槍套的點四五手槍，雖然現場其他所有槍枝要不是沒裝子彈就是裝空包彈，他的卻裝了實彈，至少有另一個傳聞這麼說，而且我相當肯定是由「名角」本身散布出來的。他和名導在討論費里尼，薇歐莉和「偶像」在懷想西好萊塢日落大道的一間夜總會。完全沒有人注意我，於是我悄悄移到隔壁桌，與越南演員同坐。

或者說得正確一點，應該是扮演越南人的演員。我為名導寫的註記確實稍微改變了我們被呈現出來的方式，不只是讓尖叫聲全部變成「哎咿啊——!!!」而已，最重要的改變是加進三個有臺詞的越南角色，一個哥哥、一個妹妹和一個最小的弟弟，他們的父母被金剛殺害了。大哥阿平（綠扁帽暱稱他班尼）對金剛恨之入骨，但很愛那些救他的美國人，還充當他們的翻譯。後來他與綠扁帽中唯一一個黑人落入金剛手中，遭到慘無人道的手段虐死。他妹妹阿梅愛上年輕、英俊、充滿理想的貝勒米中士，但後來被金剛擄走，遭到強暴，這使得綠扁帽有了充分理由將金剛殺得片甲不留。至於小弟，在最後一幕他戴上了洋基隊的球帽，升上天空，最終目的地是位於聖路易的貝勒米家，他們送給他一隻黃金獵犬，並為他取了「丹尼男孩」的小名。

這樣總比什麼都沒有好，對吧？

我天真地以為只要有了越南人的角色，就會找越南演員。但卻不然。昨天剛好有時間和薇歐莉坐在飯店門廊上喝冰茶，她告訴我，我們找過了，但老實說，就是沒有一個適合的越南演員。大部分都是業餘的，少數專業演員演技又太誇張。一定是訓練方式的問題。你等著看吧。在看到這些演員表演以前，先不要下斷語。只可惜暫時不下斷語不是我擅長的事。薇歐莉的意思是我們不能代表自己，必須由他人代為表達，這裡的他人指的是其他亞洲人。飾演丹尼男孩的小傢伙出身菲律賓演藝世家，但要是說他像越南人，我都可以扮教宗了。他實在太胖、吃得太好，不像住在越南小村莊的男孩，典型的這種小孩是除了母奶之外得不到任何乳品的滋補。這個小演員無疑頗有天分。一開始介紹給劇組，他便應母親要求表現出濃濃的「情感」，贏得拍片現場眾人的歡心——此時他母親正坐在他身邊為他搧風，他則抱著汽水喝。在他表演期間，這個「維納斯」的母愛是如此強烈，連我都被吸引過去隨她起舞，並相信她所說的——聽好了——總有一天他會登上百老匯舞臺。你有沒有聽到他說「*feelings*」而不是「*peelings*」？她小聲地說，因為他上過發音課！他說話一點也不像菲律賓人。丹尼男孩以「名角」為效法對象，堅持忠於角色，因此要求大家叫他丹尼男孩，不要叫他的本名，反正我也記不得他叫什麼。

演他哥哥的演員卻受不了他，主要是因為每當他二人一起現身，丹尼男孩總會存心不良又輕輕鬆鬆地搶戲。這點對詹姆士．尹而言尤其難堪，在拍片現場他是僅次於「名角」與「偶像」的知名演員。尹是電視上的亞洲代表人物，多數觀眾都認得他的臉，卻記不得他的名字。他們會說，喔，他就是那部警匪片裡的中國人，或者他就是那部喜劇裡的日本園丁，或者他就是那個東方人，叫什麼來著。其實，尹是韓裔美國人，年約三十五、六歲，但可以演大十歲或小十歲的角色，也可以戴上任何亞洲族群的面具，他那張俊俏五官具有亞洲人共通特點，可塑性極高。然而，儘管演過無數電視角色，最可能讓他史上留名的卻是一支非常受歡迎的洗碗精品牌「亮潔」的系列廣告。在每支廣告片中，都有不同的家庭主婦面臨不同的洗碗難題，只有那個格格輕笑、無所不知的男僕出現才能解決，他提供的不是他的陽剛之力，而是隨時準備好的一瓶「亮潔」。鬆了口氣又大感驚異的家庭主婦會問他哪來這樣的清潔智慧，這時他便轉向鏡頭，眨眼、微笑，說出如今紅遍全國的名言：「子曰，清潔用亮潔！」

尹會酗酒，這點倒不令人意外。他的臉就像溫度計，能準確度量身體狀況，漲紅程度便等同於水銀作用，顯示酒精已經從腳趾上升到眼睛、舌頭與大腦，因為他正在和片中飾演妹妹的女演員調情，而他們倆都不是異性戀。尹是在飯店酒吧吃下十來個生蠔的時候，讓我得知他的意圖，那些生蠔溼潤、敞開的耳朵往上翹，偷聽著他企圖誘惑我。我說，恕我直言，我從來沒有這方面的傾向。尹聳聳肩，將手移開。我向來認為，除非有反證，否則男人至少都是潛在的同性戀者，無論如何，你不能怪一個企圖試探的同志。他說這些話時，露出與我截然不同的笑容。我研究過自己的笑容與它對他人產生的影響，知道這笑容的價值相當於次等國際貨幣，如法郎或馬克。可是尹的笑容卻猶如黃金本位幣，燦爛到讓你看不見也看不進其他事物，那笑容本身是如此令人難以抗拒，也難怪他能爭取到「亮潔」的廣告角色。我欣然請他喝一杯，表示他的示愛並未造成我的困擾，他也回請我一杯，那天晚上以及接下來差不多每天晚上，我們都黏在一起。

一如尹試探我，我也試探了女演員亞細亞．蘇。她和我一樣是混血兒，只不過血統高貴得多，她母親是英國服裝設計師，父親是經營飯店的中國人。她的名字真的叫亞細亞，她父母已事先預料到，他們不被看好的結合所生出的後代，一定能擁有足夠特質，無愧於這個代表一整塊定義模糊的大陸的名字。她有三項不公平的優勢勝過現場所有男人（詹姆士．尹除外）：她才二十出頭，是個高檔次的時裝模特兒，也是個女同志。現場所有男人，包括我在內，都相信自己有一根魔法棒，能把她變回異性戀。萬一失敗就退而求其次，試著說服她說他思想非常開放，一點也不在意旁觀她與另一個女人做愛。有些人自信滿滿地宣稱，高檔次的時裝模特兒只會和彼此做愛。他們的論據是這樣的，假如我們是高檔次的模特兒，我們會寧可跟誰上床，是像我們這樣的男人還是像她們那樣的女人？這種問題有點挫男性自尊，因此我是略帶著七上八下的心情，在飯店泳池邊上前與她攀談。我開口「嗨」了一聲。也許是我的肢體語言，或是眼神流露出了什麼感覺，我都還來不及再出聲，她就放下手上的《天地一沙鷗》說，你很帥，只不過不是我喜歡的型。這不是你的錯。誰叫你是男人。我再次驚愕失措，唯一想得到的話就是：妳不能怪一個企圖試探的男人。她沒有怪我，所以我們也成了朋友。

這些就是《小村莊》裡的主要人物，我全寫在給堂姑的信裡，並附上幾張亮面拍立得照片，是我與演員們的合照，甚至有一張是名導勉強答應的合照。我還附了幾張難民營與其居民的快照，以及我出發前將軍給我的剪報。溺斃！搶劫！強暴！吃人肉？諸如此類的標題。當時將軍以恐懼與得意交替且不斷升高的音調唸給我聽，根據難民敘述，只有半數船隻成功地從祖國的海灘與海口橫越到香港、印尼、馬來西亞與菲律賓等半友善地區距離最近的海岸，至於另外一半都被暴風雨和海盜擊沉了。將軍衝著我揮動報紙說，證據就在這裡，那些共產黨王八蛋在國內搞整肅！給阿敏堂姑的信中，我明著寫說看到這些報導心裡很難過，又用隱形墨水寫道：「真有這樣的事嗎？或者只是宣傳手段？」您呢，司令？您認為這些難民是懷抱著什麼樣的夢想逃離，寧可搭上連哥倫布都可能害怕的漏水小船出海？如果我們的革命對人民有利，怎麼會有人選擇逃離？當時，我不知道這些問題的答案，如今才漸漸明白。

□

拍攝工作進行得很順利，到了聖誕節，氣候大大轉涼，只是在美國人的感覺，仍像是不斷在沖熱水澡。十二月以前拍的多半是非戰爭場面：貝勒米中士抵達越南，馬上就被一名飛車牛仔搶走手上的相機，這場戲是在附近一座小鎮拍的，他們把鎮上廣場重新布置得很像西貢市區，加上雷諾計程車、印有越南字的逼真招牌和人行道上討價還價的小販，就更加完備了；薛姆斯上尉被叫到位於同一鎮上的總部，有個將軍口頭申斥他不該密告揭發一名南越陸軍上校收賄，隨後便派他前往小村莊擔任指揮官作為懲罰；農村生活的田園畫面，有農夫在稻田裡插秧，還有勤奮的綠扁帽監督著小村莊防禦工事的興建；有個心懷不滿的綠扁帽在頭盔上塗寫「我相信上帝，可是上帝相信燒夷彈」；薛姆斯上尉為村裡的義勇軍精神訓話，他們個個拿著生鏽的手動機槍，穿草鞋的腳不安地動來動去；貝勒米中士帶領同一批民兵進行作戰訓練，包括射擊、在鐵絲網底下匍匐前進、L型夜間伏擊；以及小村莊的守護者與無影無蹤的金剛第一次衝突，大多只看見民兵將唯一一具迫擊砲對著黑暗發射。

我的拍片時間都花在臨演身上，要確保他們知道服裝組的位置、知道什麼時候要慢慢走到拍攝場地，還要確保他們的飲食需求獲得滿足、每星期都有拿到日薪一元的工資、需要他們扮演的角色都安排了適當人選。這些角色大多數是平民百姓（亦即可能是無辜百姓，但也可能是越共，因此可能因為無辜或因為是越共而被殺）。大部分臨演都已經熟悉這樣的角色，所以無須我誘導就能準確進入可能被炸、可能殘廢或可能只是被射殺的心理狀態。第二大類則是越南共和國陸軍軍人（亦即自由鬥士）。所有男性臨演都想演這個角色，儘管就美國士兵的角度，這類角色可能是朋友，也可能是敵人，因此可能因為是朋友或因為是敵人而被殺。由於臨演當中有不少南越陸軍退役軍人，分派這個角色不難。最麻煩的一類就是民族解放陣線的游擊隊員，我們一般蔑稱為越共（亦即，可能是熱愛自由的民族主義者，也可能是可恨的赤匪，但管他〔她〕是誰呢，殺就對了）。沒有人想當越共（亦即自由鬥士），儘管只是演戲。難民當中的自由鬥士蔑視另一方自由鬥士的激烈程度，即使不令人驚訝卻也令人不安。

一如往常，錢解決了問題。在我強力遊說下，薇歐莉總算答應將扮演越共的臨演的工資調高一倍，這個誘因能讓這些自由鬥士忘記扮演另一方自由鬥士曾令他們多麼深惡痛絕。而讓他們深惡痛絕的部分原因是有些人必須凌虐阿平與強暴阿梅。阿梅遭強暴的問題導致我和名導的關係開始鬆動，其實我替臨演出頭要求調工資已經惹惱了他。但我沒有退縮，拍攝她被強暴那場戲的前一天，我坐在他的午餐桌前問他，真的有必要拍強暴戲嗎？我說，那只會顯得有些暴虐。他用叉子指著我說，稍微來點衝擊，對觀眾不一定是壞事，有時候需要踢他們一下，以免他們坐太久麻木了。兩邊臉頰都要打一打，我說的不是他們的臉。這是戰爭，強暴事件是會發生的，我有責任呈現出來，不過像你這種背叛者顯然不會同意。

他無緣無故的攻擊讓我一時目瞪口呆，「背叛者」三個字帶著安迪．沃荷作品的強烈色彩在我心裡顫晃，最後好不容易才說出口，我不是背叛者。他嗤之以鼻，幫助像我這種白人的人，你們不是稱為「背叛者」嗎？或者「失敗者」更貼切？

後面這一點，我無法否認。我所呈現的自己確實屬於失敗的一方，就算指出美國這一方同樣輸了，也不會有任何幫助。於是我說，好吧，我就是個失敗者，因為相信你們美國對我們這些人所做的承諾所以失敗。你們跑來說我們是朋友，但我們並不知道你們根本無法信任我們，更別說尊重我們了。只有像我們這種失敗者才看不清已經如此明顯的事實，其實你們並不想跟真心想和你們交朋友的人成為朋友。你們內心深處總是隱隱覺得只有傻瓜和背叛者才會相信你們的承諾。

他並沒有讓我不受干擾地暢所欲言，這不是他的作風。我剛開始說沒多久他就出聲了，哈，真是荒唐！一個吸我奶水的道德侏儒。一個自以為無所不知卻什麼也不懂的人，一個白痴天才去掉天才。這些沒人在意的事，你知道還有誰有意見嗎？我的老祖母。你以為你上過大學，別人就要聽你說話嗎？只可惜你拿的是狗屎學士學位。

我請他舔我老二或許太過火了，但他威脅要殺我也一樣不客氣。事後我轉述給薇歐莉聽，她說，他一天到晚都說要殺人，那只是比喻的說法。咬牙切齒說要用湯匙挖出我的眼珠再強餵我吃下去，這聽起來怎麼也不像比喻，就像描繪阿梅遭到強暴也不只是比喻而已。真的，這場強暴戲是想像力的暴行，至少從劇本看起來是如此。至於實際拍攝，只有導演、少數幾個經過挑選的工作人員、四個強暴者和亞細亞·蘇本人在場。我等了一年，才得以在曼谷一間吵雜的戲院裡目睹這場戲。但是兩週後，我便親眼看到詹姆士·尹拍攝主鏡頭。這場戲他赤裸上半身被綁在木板上，木板底下壓著一具屍體，是臨演所扮演死去的民兵，使得詹姆士·尹臉色略顯不安地躺著，頭往地面歪斜，準備接受灌水酷刑，行刑的又是強暴阿梅的那四個越共。名導站在尹旁邊，透過我指導臨演，但從頭到尾都沒看我一眼，我們兩個已經不講話了。

他對強暴者說，劇本裡這個時候，你們第一次與敵人接觸。名導之所以選中他們，是因為他們在許多場戲裡展現了特別凶悍的氣質，還有他們獨特的外表：如爛香蕉般的棕褐膚色與爬蟲似的細小眼睛。你們伏擊一個巡邏兵，他是唯一的倖存者。他是帝國主義的傀儡、是個阿諛奉承者、是個爪牙、是個背叛者。在你們眼中，再也沒有比為了幾粒米、幾塊美金就出賣國家更惡劣的人。至於你們，你們的傳奇營隊已經被腰斬，數百名弟兄喪命，還有數百名將會在下一場戰役中死亡。你們一心想為祖國犧牲自我，可是當然會害怕。現在跑來這個小王八蛋，這個黃皮白骨、在背後暗算人的傢伙。你們恨死這個渾帳東西。你們要讓他坦承他所有的反動罪行，然後讓他付出代價。可是最重要的，要記住：痛快地玩，做你們自己，自然地演就好！

這番話讓臨演心生困惑。最高的一個，也是士官階級的一名中士說，他要我們凌虐這個人，還要我們好像樂在其中，對嗎？

最矮的臨演說，那和自然地演有什麼關係？

高大中士說，他每次都這麼說。

可是要演得像越共就不會自然，矮個子說。

怎麼了？名導問道。

是啊，有什麼問題？尹也問道。

高大中士回答，沒事，我們沒問題，我們第一名。接著他又換回越南話，告訴其他人說，你們聽著，別管他說什麼，他要我們自然地演，可是我們得演得不自然。我們是他媽的越共，懂嗎？

他們當然懂。這是最高明的方法演技，四個憤慨的難民兼昔日自由鬥士，要想像另一方自由鬥士的可恨心理。導演無須再鞭策，底片一開始跑，這一夥四個人就開始大聲叫囂、快速蛇行，溜向痛恨的對象。劇本裡這個時候，詹姆士．尹飾演的阿平，又叫班尼，已經因為隨彼得．阿塔克斯中士帶領的偵察隊出勤被抓了。阿塔克斯是A行動中隊裡唯一的黑人士兵，根據早先一則傳聞證明，他的家譜可以追溯到兩百年前的克里斯普斯．阿塔克斯，也就是在波士頓遭英國軍人殺害、第一個為白人犧牲性命的著名黑人。阿塔克斯的家譜一旦說開，他的命運也就被快乾膠封死了。不久，他踩到陷阱，一個用尖竹釘做的熊爪夾，夾住了他的左腳。雖然其他民團隊員都輕易地被殲滅，他和阿平卻反擊到他失去知覺、阿平用罄子彈。越共抓到他們以後，在阿塔克斯身上做出他們惡名昭彰、窮凶極惡的一個侮辱之舉，就是割下他的陽具塞進他嘴裡。根據克勞德在審訊課上所說，美國某些原住民部落也會以同樣方法懲罰入侵的白人開拓者，儘管兩者是相距數千哩、相隔一百多年的不同人種。看到了嗎？克勞德給我們看一張幻燈片，老舊黑白插圖畫的正是這樣的土著屠殺場面。接下來換另一張，這次是張黑白照片，拍的是一名被越共擄獲的美國大兵的屍體，也有類似的殘缺狀況。誰說我們沒有共通的人性？克勞德說著繼續放下一張幻燈片，是個美國大兵對著一具越共屍體小便。

現在阿平的命運掌握在這幾個越共手上，他們留下珍貴的水，為的不是洗浴而是虐待。詹姆士．尹（又或是在另外幾個鏡頭裡的動作替身）被綁在木板上，頭上纏著一塊骯髒的布。其中一名越共用阿塔克斯的水壺，從阿平頭上約三十公分處，慢慢地將水往布上面倒。算尹幸運，水酷刑都只出現在替身演員的鏡頭中。在破布底下，替身演員的鼻孔被封住，只靠插進嘴裡的一條管子呼吸，因為水這樣沖下來當然不可能呼吸。受刑者的痛苦感覺近似溺水，這是被拷問後存活下來的囚犯告訴我的，就像西班牙裁判所的審訊者所描述的水刑。尹一而再、再而三地被拷問，當水沖灌到他臉上，幾名越共圍聚起來對他又罵、又踢、又打——當然了，一切都只是做做樣子。他們打得多狠！水咕嚕咕嚕灌得多急！胸腹起伏得多劇烈！不一會，在熱情有如蘇菲亞・羅蘭的熱帶陽光下，不只是尹，就連那些臨演也因為太使勁而開始冒汗。很少有人知道：打人也是苦活。我認識很多審訊者曾經背部扭傷、肌肉拉傷、肌腱或韌帶撕裂，甚至手指、腳趾、手或腳骨折，聲音沙啞就更不在話下了。因為當囚犯尖叫、哭喊、呼吸困難、招認或打算招認，或純粹在說謊，審訊者也必須持續不斷地製造羞辱綽號、辱罵、嘟噥抱怨、要求與挑釁，那種專注力與創意簡直與髒話色情熱線的女接線生不相上下。要口若懸河地罵人還不能重複，這需要耗費巨大腦力，而在這裡，至少那幾個臨演表現得結結巴巴。這怪不得他們，他們不是專業演員，劇本上又只寫著「越共用母語咒罵痛斥阿平」。自由發揮的結果是，臨演們開始不斷重複同樣的越南髒話，在現場聽過的人應該一輩子也忘不了。的確，雖然大多數工作人員怎麼也學不會用越南話說「謝謝」或「請」，結束拍攝後卻每個人都知道怎麼說「操你媽」或「我操」，就看你怎麼翻譯「*du ma*」。我自己不太喜歡穢言穢語，可是那些臨演讓我不得不欽佩，他們像要榨乾這顆萊姆的最後一滴汁液似地，一下名詞、一下動詞、一下形容詞、一下副詞，一下又是驚嘆詞，賦予它的抑揚頓挫不只展現恨意與憤怒，有時甚至帶著憐憫。*Du ma! Du ma! Du ma!*

接下來，在毆打、咒罵、施加水刑後，溼布會從阿平的臉上解下露出尹的面孔，他知道這是他贏得奧斯卡最佳男配角的最好機會。以前在螢幕上飾演瞬間即逝的東方人，他也被殺死過很多次，但沒有一次能死得這麼痛苦、這麼高尚。有一天晚上在飯店酒吧他對我說，我想想，我曾經被勞勃·米契用手指虎打死，被歐尼斯·鮑寧從背後捅一刀，被法蘭克·辛納屈開槍射中頭，被詹姆斯·柯本勒死，被一個你不認識的性格演員吊死，被另一個從摩天大樓丟下去，被人從齊柏林飛船的窗子推出去，也曾被一群中國幫派分子塞進洗衣袋丟進哈德遜河。喔，對了，還被一幫日本人開膛剖肚。但是都死得很快，頂多只能在螢幕上露臉幾秒鐘，有時候甚至連幾秒鐘都沒有。不過，這次呢——說到這裡，他綻放出宛如剛剛戴上后冠的選美皇后那如痴如醉的微笑——要我死可沒那麼簡單了。

因此每當那塊布解開，而且在訊問過程中解開過很多次，尹就會像個餓到發狂的人大口大口吞噬著畫面，他知道這次終於不會再被那個永遠可愛又打敗不了的小男孩搶走風頭，而且他母親還不許他看這一幕。尹面目猙獰、咆哮哀哼、痛哭啜泣、大聲嘶吼，所有淚水都是真真實實從他體內深處某一口井汲取出來的。接著，他吶喊、尖叫、慘叫，身體扭動、翻轉、抽搐，他劇烈掙扎、不停喘息，直到他嘔吐時到達高潮，他胃中酸酸鹹鹹的西班牙香腸炒蛋早餐反芻出來成了濃湯。這漫長的第一次拍攝結束後，工作人員全都鴉雀無聲，瞠目結舌看著尹的慘狀，就像美國大農莊上被打得遍體鱗傷的驕橫奴隸。名導親自拿來溼毛巾，蹲在仍被綁住的演員旁邊，輕輕擦去他臉上的嘔吐物。很精采，吉米，太精采了。

謝謝，尹喘著氣說。

那我們再來一次，以確保萬無一失。

事實上，後來又拍了六次，導演才終於滿意。中午，拍完第三次，名導問尹要不要休息吃午餐，尹全身發抖小聲地說，不，不要給我鬆綁。我現在被刑求，不是嗎？當其他的演員和工作人員躲進令人昏昏欲睡的食堂陰涼處，我坐到尹身邊替他撐陽傘，但他以烏龜的堅定毅力連連搖頭。不要，你別管我，我要演到徹底。只不過是在太陽底下待一個小時，像阿平他們的遭遇更慘，不是嗎？慘多了，我附和道。尹的痛苦經歷至少今天就能結束，或者他是這麼希望，然而真正囚犯所受的屈辱卻要持續數日、數週、數月、數年。根據情報顯示，被我那些共產黨同志抓到的人便是如此，而遭到我政治保安處同事審訊的人亦是如此。政治保安處的訊問時間拖那麼長，是因為警察盡責、缺乏想像力還是有虐待狂？克勞德說，以上皆是，不過缺乏想像力與虐待傾向卻和盡責互相矛盾。他當時正在國家審訊中心為祕密警察上課，教室窗眼眨也不眨地望著西貢的造船廠。他教授地下專業知識的二十名學生（包括我在內）都是軍隊或警隊的退役人員，但見他滔滔不絕，有如巴黎或哈佛或劍橋等名校教授，那股氣勢仍舊讓我們膽怯。各位，如果想要套問情報和取得配合，蠻力不能解決問題。蠻力會讓你得到錯誤答案、謊言、誤導的訊息，或者更糟的是會得到囚犯認為你想聽的答案。為了不再受苦，他什麼都會說。這些玩意——這時克勞德大手揮向聚集在他桌上的刑具，大多是法國製，包括一支短棍、一個重新用來裝肥皂水的塑膠汽油桶、老虎鉗、一具野戰電話的手搖式發電機——全都沒用。審訊不是刑罰，審訊是一種科學。

我自己以及其他祕密警察認真地把這句話記在筆記本裡。克勞德是我們的美國顧問，我們期望能從他和其他所有美國顧問身上學到最先進的知識，他們並未讓我們失望。他說，審訊要先從心理下手，肉體是其次，你們甚至不必在身體上留下任何瘀青或傷痕。聽起來違反直覺，對不對？但這是事實。這是我們在實驗室花費數百萬得到的證明。原則是基礎，但實施的手段可以有創意，可以根據個人或審訊者的想像力調整。剝奪方向感。剝奪感覺。自我處罰。這些原則都經過全世界最頂尖的科學家——美國的科學家，以科學方法證實過。我們證明了只要在適當條件下，人的心會比身體更快崩潰。所有這些東西——他再次輕蔑地將手揮向桌上，此時在我們眼裡那些只是高盧人的垃圾廢物，是舊世界野蠻人而非新世界科學家的工具，是中古世紀刑求而非現代審訊的工具——用這些東西，得花好幾個月才能把你的對象折磨垮。但是在他頭上套個袋子，把他兩手整個用紗布纏起來，塞住他的耳朵，把他單獨丟進暗無天日的牢裡關上一星期，你看到的就再也不是一個有能力反抗的人，而是一灘水。

水、水，尹說道，可不可以給我一點水？

我去替他拿了點水。雖然遭受水刑，他卻一口水也沒喝到，只能沾沾溼布的水氣，他說那塊布溼的程度只足以讓人窒息。他的手臂還綁著，我便慢慢將水滴下他的喉嚨。他喃喃說了句謝謝，一如所有囚犯對刑求者所施捨的一滴水、一口食物或一分鐘睡眠表達的感激之情。這時聽到名導的聲音高喊，好啦，我們趕快拍完，好讓吉米可以回泳池去！我難得覺得鬆了口氣。

到了兩小時後拍最後一次時，尹真的是痛苦到動輒掉淚，臉上滿是汗水、黏液、嘔吐物和眼淚。這幅景象我見過，就是那個共產黨特務。但那次是真的，真實到我不得不強迫自己不再去想她的臉，而是專注於下一場戲的虛構狀態。這場戲需要拍好幾次，導演希望呈現尊嚴盡失的情景，這也是尹的最後一場戲。戲中，越共眼看無法讓受刑者屈服並坦承罪行，惱羞成怒，竟拿鏟子打得他腦漿迸濺。然而，他們四人折磨囚犯已折磨得有些精疲力竭，決定暫時休息一下，抽抽彼得．阿塔克斯的萬寶路菸。只可惜他們低估了這個阿平的意志力，他和他們許多南方的兄弟一樣（不管是不是自由鬥士），對待任何事情都像加州衝浪客一樣懶懶散散，唯獨脫離暴君獨立這個問題例外。被丟在一旁，頭上已無布巾的他，得以按自己的意願咬舌自盡，溺斃在自己泉湧的假血之下，這血是一加侖售價三十五元的商品，塗在尹身上和潑在地上大約用了兩加侖。不過阿平的腦漿則是毛利自製的腦質，是他用燕麥混合洋菜的祕密配方，最後他充滿愛意地將這個灰色塊狀凝結物塗抹在尹頭部周圍的地上。攝影師特別靠得很近，以捕捉阿平的眼神，從我站的地方看不見，但我猜想應該是一種揉合了狂喜的痛苦與痛苦的狂喜的神聖眼神。儘管受盡折磨，他始終沒吐出一字一句，至少不是清晰可辨的字句。

11

我愈是為這部電影工作，就愈相信自己不只是一個藝術計畫的技術顧問，也是一項宣傳工作的滲透者。像名導這種人把自己的電影視為純藝術，他一定不會承認，可是騙誰呢？電影是美國軟化世界其他國家的手段，好萊塢利用轟動、爆炸性、場面盛大、勢如破竹的影片，喔，對了，甚至還有票房毒藥，毫不留情地猛攻觀眾的心理防禦。這些觀眾看了什麼故事無所謂，重點在於他們看的、喜愛的是美國故事，直到有一天，他們在美國電影中看到的飛機可能就飛來轟炸他們了。

不令人意外，阿敏十分了解好萊塢的功能，它是「美國化」這顆洲際導彈的發射基地。我對自己參與電影拍攝工作的意義有所疑慮，寫信告訴他，他回了我有史以來最詳盡的信息。首先，他回應我對難民的憂慮：那邊誇大了這裡的狀況。記住我們黨的守則。黨的敵人必須剷除。第二則訊息針對我擔心與名導合作會形同通敵：記住毛澤東與延安。如此而已，但已驅走棲在我肩頭那隻疑慮烏鴉。最近有哪個美國總統認為有必要寫一篇講稿，強調藝術與文學的重要性？我想不起來。但是毛澤東在延安說，文藝對革命非常重要。他也反過來提出警告，文藝也可能變成操控的工具。藝術與政治分不開，政治則需要藝術透過娛樂人民來進入他們的生活。阿敏督促我記住毛澤東，就是告訴我說參與這部電影的任務很重要。或許電影本身的重要性不過爾爾，但它象徵了美國電影，這個意義很重要。觀眾可能喜歡也可能討厭這部電影，或者認為它只是虛構的故事而不予重視，但這些情緒都無關緊要，重要的是觀眾願意付錢買票，讓美國人的想法與價值觀滲入自己脆弱的大腦組織與具有吸收力的內心土壤。

當初加入讀書小組，當阿敏第一次與我討論這些問題，他和毛澤東的聰明才智讓我驚愕不已。我是個中學生，從未讀過毛的著作，從未想過文藝與政治有任何關係。阿敏引領我和另一位小組成員（一個戴眼鏡、名叫阿武的青年）熱烈討論毛的演說內容，為我們上了一課。這位「偉大舵手」對於藝術的論點讓我們悸動不已。藝術可以大眾化，普及於人民大眾，但也可以提升，不只提高它本身的美學標準也提高大眾的品味。我們在阿武家的院子裡討論該如何做到這些，喳喳呼呼，充滿青少年的自信，只是偶爾阿武的母親送點心來會打斷我們。可憐的阿武因為持有反政府的小冊子被捕，最後死於地方上的審訊中心，其實當時的他只是個熱愛波特萊爾詩作的少年。我和阿敏、阿武都不一樣，從來不善於組織或煽動，後來阿敏才說，正因如此上面的委員才會決定讓我當臥底。

他用的是英語單字「mole」，不久前才在英語課堂上學到，那個英語老師最大的樂趣就是用圖解法分析句子。「mole」？我不解地問，會鑽地的那種動物？

另一種「mole」。

還有另一種？

當然。把「mole」想成會鑽地的動物是誤解了它作為間諜的意思。間諜的任務不是藏在別人看不見的地方，那樣他自己也什麼都看不見。間諜的任務是要藏在每個人都看得見他，他也看得見一切的地方。現在問問你自己：你身上有什麼是每個人都看得見，而你自己卻看不見的？

我說道，別再猜謎了，我投降。

喏，他直指我的臉說，一目了然。

我去照鏡子看個究竟，阿敏也湊到我的肩頭上看。果然有，那個部分我老早已經不去注意。阿敏又說，你要記住你可不是隨隨便便的「mole」，而是在代表力量的鼻子上創造美景的痣。

阿敏有種天賦，能讓臥底的角色還有其他具潛在危險的任務都顯得迷人。誰不想創造美景呢？我記住了他的話去查英語字典，發現「mole」還有許多其他意思：一種防波堤或海港、一種化學計量單位、一種子宮組織的異常增生，另外倘若發音不同，還可以是混合辣椒與巧克力的墨西哥醬，我後來嚐過，非常喜歡。但是吸引我注意並從此烙印在我腦海的是一張插圖，不是痣而是動物的插圖，一隻生活在地下、會吃蟲的哺乳動物，腳上有巨大爪子，有個長了鬍鬚的管狀長嘴，還有一對針孔小眼。除了牠自己的母親，肯定所有人都覺得牠醜，而且幾乎全盲。

這部電影挾著裝甲師般的勢頭往前衝，一路死傷無數，在金剛巢穴的火拼高潮之後，該巢穴還在美國空軍的轟炸下燃燒化為烏有。總計十五分鐘的畫面拍了好幾個星期，有直升機、有火箭砲、有槍戰，還有將當初完完全全為了毀滅而精心搭建的布景徹底摧毀的盛大畫面，乒乒砰砰轟隆聲不斷。大量的桶裝煙霧材料讓現場時時有令人心慌的薄霧瀰漫，但是射發太多空包彈，又使用了數量驚人的引爆繩與炸藥，當地鳥獸紛紛驚惶走避，工作人員四下走動時，耳中也都塞上棉花。當然，光是摧毀小村莊和金剛藏身的洞穴還不夠，名導想要有寫實的流血場面，為了滿足他，臨演也得全部殺光。腳本上要求得死數百名越共與寮國人，而臨演只有百人，因此多數人都死了不只一次，不少人還死了四、五次。直到火拼主戲拍完後，便不再需要那麼多臨演，因為菲律賓空軍駕駛的兩架F－5戰機低空飛過，展開可怕的燒夷彈攻擊，大部分敵人都被殲滅了，最後幾天的拍攝只需要二十名臨演，人數銳減後的小村莊猶如鬼城。

在這裡，活人就寢、活屍甦醒，一連三天黎明時分，拍片現場回響著「死掉的越南人就位！」的喊聲。一群聽話的殭屍隨即從土裡冒出來，二十來個四肢殘缺的死人踉踉蹌蹌地走出化妝帳篷，個個滿身傷痕血汙，衣服殘破。有些人靠在同伴身上，單腳跳行，另一隻腳彎起綁在大腿上，空出來的手抱著一截假腿，白骨往外突出，稍後等他們躺下時便將斷腿擺在附近。還有些人一隻手臂藏在上衣內，袖子空垂，手上抱著一隻斷臂，另外有少數幾人雙手捧著頭上流出的腦漿。有些人小心翼翼抓著外露的腸子，看起來就像一條條閃閃發亮、還沒煮熟的白色香腸，事實上的確就是。使用香腸是個高招，一旦開始拍攝，到了適當時機，毛利就會放出一隻飢腸轆轆的野狗，讓牠衝進鏡頭內瘋狂啃噬死者的內臟。這些屍體是還在悶燒的金剛巢穴廢墟內僅剩的敵人，在綠扁帽聯合民團兵與越共激烈地肉搏混戰後，他們一一被射死、刺死、打死或被煙嗆死倒地，以奇形怪狀的姿勢凌亂散布。死者除了無數不幸的、不知名的民團兵之外，還有那四個刑求阿平、強暴阿梅的越共，他們最後在薛姆斯與貝勒米手下得到應有的報應。他二人以荷馬式的狂熱揮舞著KA-BAR軍刀，直到……

他們站著喘息不止，戰場上只聽得餘燼嘶嘶。

薛姆斯

你聽到了嗎？

貝勒米

我什麼也沒聽見。

薛姆斯

這就對了，那是和平之聲。

果真如此就好了！電影尚未結束。從洞穴裡衝出一名老婦人，哭號著撲倒在她死去的越共兒子身上。綠扁帽眾人赫然認出她來，他們時不時都喜歡到一間陰陰暗暗的妓院去玩性病摸彩遊戲，而她正是妓院裡那個牙齒發黑、十分友善的老鴇。

貝勒米

天哪，媽媽桑是越共。

薛姆斯

他們全都是呀，小夥子，他們全都是。

貝勒米

怎麼處置她？

薛姆斯

不用處置。我們回家吧。

薛姆斯忘了西方人、推理小說與戰爭電影中的頭號守則：絕不能背向敵人或受傷的女人。他們一背轉過去，怒火中燒的媽媽桑就奪過兒子的ＡＫ－47步槍，朝薛姆斯的臀部到肩胛骨一陣掃射，這時貝勒米迅速轉身，將彈匣射擊一空，她也成了槍下亡魂。她是在慢動作中死去的，渾身是血，毛利裝設在她身上的爆管引爆後噴出十四道逼真血柱，另外還讓她咬破兩個血袋。事後我替她擦拭沾滿嘴和下巴的假血時，她說，這味道好恐怖。問我覺得像不像？演技驚人，沒有人能像妳這種死法，我這回答讓她非常滿意。

當然了，除了「名角」之外。為了不讓人有機會說亞細亞．蘇或詹姆士．尹演得比他好，他要求他死的那場戲要拍十八遍。然而，「偶像」必須有更好的演技，因為他有個艱難任務，就是得將垂死的威爾．薛姆斯抱在懷裡，而拍片拍了七個月以來，「名角」仍然沒有洗過澡。事實上沒有一個士兵會放過任何沖澡或泡澡的機會，即使只是在小村莊裡抹個肥皂沖個冷水都好，但他不管這個。拍攝初期的某天晚上，我向「名角」提到這一點，他卻報以既同情又帶興味的表情，這種神情我現在已經看習慣了，就好像在暗示說我不但拉鍊沒拉，裡面也沒什麼看頭。然後他回答說，正因為沒有士兵這麼做，我才要做。結果就是誰也無法勉強與他同桌進食，或是站在他方圓四至六公尺內。他身上實在臭不可當，每次拍攝時，「偶像」的臉一靠近他就忍不住掉淚，一邊啜泣作嘔一邊聽著薛姆斯低聲吐出最後遺言：婊子！婊子！

薛姆斯的死促使貝勒米呼求展開弧光行動空襲金剛的巢穴。上方天空將會出現一架看不見的B－52同溫層堡壘轟炸機，死命往巢穴丟下三萬磅的無導引控制炸彈，目的不是為了殺死活人，而是為了潔淨死者之地，為了在金剛的屍體上跳勝利之舞，為了抹去大地之母臉上的嬉皮笑容，也為了告訴全世界：我們也是不得已，誰叫我們是美國人。這場戲堪稱大手筆製作，需要挖掘數條壕溝，倒入兩千加侖汽油，還需要上千顆煙霧彈、數百條磷棒、數十根炸藥，與數不清的火箭、信號彈和照明彈，全都是用來模擬中國與蘇聯供應給金剛大量彈藥的爆炸場面。每個工作人員等的就是這一刻，電影史上最偉大的爆破。前一個星期，名導集結了工作人員宣布，時候到了，我們也該來證明拍這部片就等於參與這場戰爭。以後孫子問你打仗期間你在做什麼，你可以說，我拍了這部電影，我完成了一項偉大藝術。你怎麼知道你完成了一項偉大藝術呢？一件偉大的藝術品就是和現實一樣真實的東西，有時候甚至比真實還要真實。當這場戰爭老早被人遺忘，當它的存在成為課本裡的一段文章，學生看都懶得看，當所有倖存者都死了，肉體化為塵、記憶化成微粒、情感不再有感，這件藝術品卻仍燦爛耀眼，它將不只是戰爭的替身，而是戰爭本身。

這不是荒謬是什麼！倒不是說名導的話毫無真實性，荒謬往往根植於真實。沒錯，藝術終究會存續得比戰爭更久，當數百萬戰士的遺體早早被大自然的晝夜更迭化為粉塵，藝術的遺物卻仍屹立不搖。但我確信在名導自大的想像中，他想說的是他的藝術作品現在就比那三、四或六百萬死於戰場、為戰爭組構真正意義的人更重要。他們無法代表自己，必須由他人代為表達。馬克思說的是受壓迫的階級，他們因為缺乏足夠的政治意識而不知道自己是個階級，但還有什麼比這句話更貼近那些死者以及那群臨演？他們的命運如此不濟，因此每天晚上都把當天賺來的一美金拿去買酒，我很慶幸能加入他們的行列，感覺有一小部分的自己也隨著他們死去。這項成就帶來的慚愧感慢慢盤據我的心，因為自以為能起些許作用，讓我們以不同方式被呈現，其實是自欺欺人。我拿著劇本這裡改改、那裡改改，鼓動導演增加幾個有臺詞的角色，但有什麼用？我沒有讓這頭巨獸偏離軌道或轉移方向，作為負責影片真實性的技術顧問（渴望成為好電影的壞電影，總是念念不忘追求真實性），我只是讓它的路途更平坦罷了。我的工作就是確保在影片背景中倉皇來去的是道地越南人，說的是道地越南話，穿的是道地越南服裝，然後才死去。方言的轉換與服裝的狀態必須真實，但是在這種電影中真正重要的東西，諸如情緒或觀念等，卻可以偽造。我與服裝裁縫無異，也只是負責確認設計、製造並出售給這世上富裕白人的服裝，一針一線都精準無誤。他們擁有製作的方法，也等於擁有表達的方法，而我們頂多只能期望在無名無姓地死去以前，有機會插嘴一、兩句話。

這部電影只不過是我們戰爭的續集，是美國注定要參與的下一場戰爭的前篇。殺死臨演若非重演我們當地人的遭遇，就是彩排下一個類似情節，這部電影便有如為美國人心打了一劑局部麻醉藥，以準備應付這種行為之前或之後造成的任何輕微炎症。最終，真正用來消滅在地人的技術乃是來自軍產複合體，好萊塢也是其中一分子，盡責扮演加工消滅在地人的角色。我終究還是明白了這一點；那一天原本預定要拍最後一個大場面，名導卻在最後一刻決定加戲，因為剩下的汽油與爆破物分量十分充足。前一天，在我不知情的狀況下，特效人員接到導演指示：準備炸毀墓園。在原始腳本中，金剛攻擊小村莊時墓園逃過了一劫，不料名導卻想多加一場戲來展現雙方都有真正邪惡的一面。在這場戲中，一支自殺游擊小隊魚貫穿梭墳墓間，於是薛姆斯請求對小村莊居民祖先安息的聖地展開白磷彈空襲，以一五五毫米砲彈將生者與死者一併消滅。我在拍攝新加的這場戲當天早上才得知消息，而那天原本應該是要拍弧光空襲。不是，毛利說，特效小組昨晚已經把墓園準備好了。

我太愛那座墓園了。那是你搭的最好的景。

在砰砰以前，你有三十分鐘可以拍照留念。

那只是一座假墓園，裡頭有我母親的假墳，但要消滅這個肆無忌憚又離奇古怪的創作，竟對我造成意想不到的嚴重傷害。我得再去向母親與墓園致最後的敬意，但竟只有我如此傷感。墓園裡空空蕩蕩，工作人員還在吃早餐。此時，墳墓間有淺溝縱橫交錯，汽油在溝裡閃閃發光，墓碑背後則綑著一把把炸藥與磷棒。煙霧彈堆在地上，被墓碑和搔得我裸露腳踝與小腿發癢的及膝長草遮住了，鏡頭上看不見。我將相機掛在脖子上，經過一座座寫了死者姓名的墓碑，那全是毛利從洛杉磯電話簿上抄來的名字，相關人士應該都還活著。這個小小逝者廣場上的這些活人姓名當中，只有我母親的名字真真正正屬於這裡。我來到她的墳前跪下道別。過去七個月來在天氣的糟踐下，她那複製照片上的臉已被侵蝕大半，用來寫她名字的紅色顏料也已褪成有如人行道上乾涸血漬的色調。憂傷那隻乾薄如紙的手滑入我的手中，每回想起母親都有這種感覺，母親這一生如此短暫、機運如此渺小、犧牲如此巨大，如今眼看又要為了娛樂他人忍受最後一次侮辱。

媽媽，我將額頭貼在她的墓碑上呼喚道。媽媽，我好想妳啊。

我聽見吃喝無度的少校在吃吃笑著，只聞其聲不見其人。只是我的想像嗎，或者四周大自然的響聲果真靜止了？與母親相處時這份超自然的寧靜，讓我覺得彷彿可以與她的靈魂親密交談，然而正當母親可能在輕聲對我說些什麼，猛然一陣巨響使我瞬間失去聽覺。同一時間，一記耳光搧來將我托起，雙膝離地，整個人飛過一個亮光氣泡，頓時靈肉分離，一個我在飛，另一個我看著。事後，他們說這是一起意外事故，起因於一枚有瑕疵的雷管引發第一輪爆炸，但宣布結果時我已認定這根本不是意外。現場出事只可能和一人有關，此人做事鉅細靡遺，甚至會擬好每週的菜單，那就是名導。不過在大火燒起之時，我冷靜的分身還以為是上帝親自出手懲罰我褻瀆的靈魂。透過這個冷靜分身的雙眼，我看見歇斯底里、大聲尖叫的自己張開雙臂胡亂揮舞，彷彿飛不起來的鳥。一大片火焰從他面前竄起，緊接著一波洶湧熱浪橫掃而過，我和他都失去了知覺。巨大的無力感如蟒蛇般緊緊纏得我們幾乎窒息，那力道之大把我們又重新壓縮成一個我，我痛到差點昏死過去，最後背部撞地。此時我身體的肉加了鹽調味在火中炙烤，變得柔嫩，四周圍都是火，毛茸茸的黑煙猛獸朝我衝撞過來，一張張臉不斷變形，身上還散發著汽油臭味。當我踉踉蹌蹌起身，另一記凶狠耳光打掉了塞住我耳朵的寂靜。土塊與石塊像隕石似地咻咻飛過，我抬起一隻手臂護住頭，並拉過上衣遮住嘴鼻。火與煙當中有一條狹窄小徑，我睜著淚水迷濛、被煙灰刺痛的眼睛，再次為了活命而奔逃。又一次爆炸的衝擊波打中我的背，一整塊墓碑從頭上飛過，一顆煙霧手榴彈掉在小徑上滾了過去，一片灰雲遮蔽了我的視線。我避開熱源摸索前進，一面嗆咳喘氣，直到抵達開闊處。依然目不視物的我繼續往前跑，舞動雙手，大口吸著氧氣，感受到一個懦夫每每想要有卻又堅決不想有的感覺，那就是他還活著。這種感覺恐怕只有在你和從未輸過的賭徒——亦即死神——玩了一圈俄羅斯輪盤還活下來的時候才會有。我正想感謝我從來不相信的上帝（因為沒錯，我畢竟是個懦夫），忽然一陣喇叭聲轟鳴，震聾了我的耳朵。在寂靜中，地面消失不見（重力的黏著劑消解了），我被拋向空中，墓園殘骸在我眼前熊熊燃燒。隨著我往後炸飛，那景象愈離愈遠，整個世界化成朦朧煙霧飛逝而過，最後沒入無聲的黑暗中。

那片煙霧……那片煙霧就是我的一生在我眼前閃現，只是跑得實在太快，能看得清的不多。我看到了我自己，但奇怪的是我的人生是倒著走的，就像在電影的連續鏡頭裡，某人從大樓墜落，砰一聲掉在人行道後，忽然往上躍起，又從窗口飛了進去。我也是這樣，在色彩斑斑的印象派背景前，發瘋似地倒著跑。我的身形慢慢縮小，直到變成青少年，接著變成孩童，再接著變成爬行的幼兒，最後無可避免地，赤身裸體、高聲尖叫著被吸入每個男人的母親都擁有的門戶，進入一個暗無天日的黑洞。當最後一絲光線消失，我忽然想到死而復生的人所看見隧道盡頭的亮光並非天堂。他們看到的不是前方而是後方的景象，這種可能性不是大得多嗎？這是我們所有人對此生第一條通過隧道的共有記憶，那盡頭的光線穿入胎兒的陰暗世界，攪擾我們閉闔的眼皮，召喚我們前往陡降的滑槽，順著它去赴逃不掉的死神之約。我張開嘴想高聲大喊，然後便張開了眼……

我躺在一張床上，四面圍起白色布簾，身上壓蓋著白色床單。布簾背後傳來一些空靈的人聲、如冰塊般叮噹撞擊的金屬聲、輪子在亞麻地板上的翻滾聲、橡膠鞋底的吱吱狂叫、孤單的電子儀器可憐地嗶嗶作響。我穿的是薄薄的縐紗袍，儘管衣服與床單都很輕，卻彷彿有一股困頓沉重感壓在我身上，像軍毯一樣刺痛人，也像多餘的愛一樣讓人喘不過氣。有個穿白衣的男人站在床尾，讀著夾板上的病歷，聲音緊張得好像有閱讀障礙。他一頭疏於整理的亂髮，活像個天文物理系的研究生，突出的小腹溢出了腰帶水壩的範圍，嘴裡正低聲對著錄音機說話。昨天入院的病患屬一級燒傷，有吸入性嗆傷、瘀傷、腦震盪。他……說到這裡他發覺我在盯著他看，便說，嗨，你好，早安。你聽得見我說話嗎，年輕人？點點頭。非常好。能說話嗎？沒辦法？你的聲帶和舌頭都沒問題，應該是還處於驚嚇狀態。記得你叫什麼名字嗎？我點頭。很好！知道你在哪裡嗎？我搖頭。馬尼拉的一家醫院，品質最好的一家。這間醫院的醫師不只都是ＭＤ，也都是ＰｈＤ，也就是說我們都是菲律賓醫師，ＭＤ代表馬尼拉醫師。哈，只是開個玩笑啦，這位面無血色的年輕朋友。ＭＤ指的當然是醫學博士，

PhD指的是哲學博士，這表示不管看得見或看不見的部分我都有能力分析。就你最近受到的驚嚇而言，身體的狀況可以說大致良好。沒錯，是受了點傷，本來有可能會死或重大傷殘，否則至少也要斷隻手或斷條腿，這樣已經不錯了。總之，你是無比幸運。話雖如此，我懷疑你會頭痛，而且是相當於莎莎·嘉寶性感爆炸的程度。除了心理分析之外，任何治療方式都行。我會建議請個護士，不過所有漂亮護士都輸出到美國去了。有什麼問題嗎？我拚命想說話，但發不出聲音，所以只好搖搖頭。那就休息吧。你要記住，最好的醫療方式就是相對的感覺。不管你覺得自己有多慘，想想還有人比你更慘，心裡就會舒服一點。

他說完後靜悄地走出布簾，剩下我一人。上方的天花板是白的，床單是白的，病袍是白的。既然一切都是白色，我想必是安好無恙，但並不然。我討厭白色房間，現在竟然獨自待在一個白色房間裡，沒有任何東西能轉移注意力。我可以沒有電視，但不能沒有書。這裡連本雜誌、連個病友都沒有，無從排解寂寞，當時間一秒、一分、一小時，如精神病患嘴角的口水一滴滴流逝，我也逐漸深深感到不安，對於過去的幽閉恐懼開始從這些單調牆面冒了出來。當天下午稍晚，飾演越共刑求者那四名臨演的到來，將我救離了那種苦難折磨。他們剛剛刮了鬍子，換上牛仔褲和T恤，看起來已不像刑求者或壞蛋，像是不懷惡意、略顯迷惘而不得其所的難民。令人想不到的是，他們竟帶了一籃用玻璃紙包起來的水果和一瓶約翰走路。最矮的臨演開口說，老大，你還好嗎？看起來好慘。

我聲音沙啞地回答，還好，不怎麼嚴重。你們何必這麼客氣。

高大的中士說，禮物不是我們送的，是導演。

謝謝他了。

高大中士與矮個兒互看一眼。矮個兒說，你說怎樣就怎樣吧。

什麼意思？

高大中士嘆氣道，上尉，我本來不想這麼快說到這件事。這樣吧，我們先喝一杯，你最起碼可以喝這個人的酒。

矮個兒說，我也不介意喝一點。

每個人都倒一杯吧，我說完又問道，什麼叫做我最起碼可以？

高大中士堅持要我先喝酒，這瓶不算太貴的混合威士忌暖呼呼又甜蜜的感覺確實大有幫助，就像了解丈夫一切需求的賢妻良母一樣撫慰人心。他隨後說道，大家都說昨天發生的事是意外，但那也巧得太不像話了吧？你才跟導演起過衝突，對，大家都聽說了，然後偏偏就是你被炸。我沒有證據，只是實在太巧了。

我靜靜看著他給我倒第二杯酒，接著望向矮個兒問道，你怎麼想？

不管美國人做了什麼我都不驚訝。他們幹掉我們的總統也沒在怕，不是嗎？你有什麼理由覺得他們不會對付你？

我笑了起來，雖然內心裡的靈魂小狗已經坐直身子，鼻子和耳朵也迎風轉向，嘴裡卻說，你們疑心病太重了。

高大中士回答，每個疑心病重的人都至少會猜對一次，就是死的時候。

矮個兒接口說，信不信由你，不過我們今天來不只是為了說這件事。上尉，我們想跟你說謝謝，謝謝你在整個拍攝期間做的一切。你做得太好了，又照顧我們，又替我們爭取加薪，還頂撞導演。

所以我們就用那個王八蛋的酒敬你一杯吧，上尉，高大中士說道。

當他們舉杯敬酒時，我的眼眶湧出淚水，說穿了我也只是和他們一樣的越南同胞。我對於認可與歸屬的需求讓我自己也吃了一驚，但想必是爆炸受傷後變得軟弱。阿敏已經警告過我，我們這種地下工作者不會有勳章或晉升，也不可能當眾炫耀。已經認命接受那些條件的我，萬萬沒想到會受這群難民讚揚。他們離開後，我一邊喝約翰走路（這次不用杯子，直接就著瓶口喝）一邊回想他們的話來自我安慰。可是那天晚上酒喝光以後，終於只剩下我與自己的思緒獨處，那些思緒有如心術不正的計程車司機，把我載到我不想去的地方。此時我的房間暗著，眼前只能看見我以前唯一待過的另一個白色房間，在西貢的國家審訊中心，當時正在克勞德的監督下執行第一次訊問作業。在那個場合，我不是病患。那名病患（或者應該正名為囚犯）的長相我記得一清二楚，因為太常透過他房間角落的監視器細細端詳他了。那個房間徹底漆成了白色，就連僅有的擺設，如床架、桌椅、水桶，也不例外。即便是進食用的托盤與餐盤、喝水用的杯子和肥皂都是白的，他也只能穿白色T恤和白色四角短褲。除了門以外，唯一的開口就是下水道孔，位於角落的一個小黑洞。

工人搭建、油漆房間時我就在現場。全白房間是克勞德想出的主意，另外還有用冷氣將房間溫度控制在攝氏十八度，這是以西方標準都覺得涼，還能把囚犯給凍僵的溫度。克勞德說，這是一次實驗，看看囚犯在某些狀況下會不會軟化。這些狀況包括：頭上的日光燈二十四小時開著，這是他的唯一光源，無時間感再加上這種排山倒海而來的白色所產生的無空間感。最後的潤色則是漆成白色的揚聲器，裝設在牆上，準備時時刻刻播音。該播什麼呢？克勞德問道。得是他受不了的東西。

他滿懷期待看著我，已經準備為我打分數。即使盡我所能，也幾乎無法為囚犯做些什麼。克勞德終究會找到讓他受不了的音樂，要是不幫他，我這個好學生的名聲將會略變暗淡。囚犯真正有望逃脫眼下處境的唯一機會不在我，而在整個南方的解放。於是我提議道，鄉村音樂。一般越南人都受不了這種音樂，那南方的鼻音、那特殊的節奏、那奇怪的歌詞……總之那種音樂有點會把我們逼瘋。

克勞德說，好極了，那要播哪首歌？

略經一番調查後，我從西貢一間頗受白人歡迎酒吧的自動點唱機取得一張唱片。〈嘿，俏人兒〉是鄉村音樂偶像漢克．威廉斯的歌曲，他的鼻音代表這首曲子白得非常透徹，至少在我們聽來是如此。即使連我這種大量接觸美國文化的人，聽到這張唱片（播放太多次的緣故，多少有點刮擦聲）也會微微打哆嗦。在美國，白人也會玩爵士，黑人也會唱歌劇，鄉村音樂算是最能隔離族群的音樂種類。當那些私刑暴民將黑人受害者高高掛起時，會想聽的應該就是鄉村樂之類的音樂。鄉村樂不見得是私刑音樂，但你無法想像用其他音樂來為私刑伴奏。貝多芬的九號交響曲是納粹、集中營指揮官，也許還有杜魯門總統在考慮以原子彈轟炸廣島時的重要作品，古典樂的優雅配樂正適合這種將野蠻人滅絕的高尚情操。鄉村樂的定位則屬於熱血、嗜血的美國心臟地區，較卑下的節奏，黑人士兵就因為害怕隨著這種節奏挨揍，才會迴避某些西貢酒吧，迴避那些老是讓漢克・威廉斯在點唱機裡哼唱的白人同袍，他那親切的聲音標誌，本質上就是在說「黑人勿進」。

因此我是信心滿滿地選擇這首歌，除了我在囚室的時間之外，要不斷連續地播放。克勞德指定我擔任主要審訊官，突破囚犯心防便是我上他這堂審訊課的結業考試。我連囚犯的面都還沒見著，就已經先關他一個星期，燈光與音樂幾乎從未間斷，例外的時間只有每天三次打開門洞送餐時，餐點包括：一碗飯、一百克的水煮青菜、五十克的白煮肉、三百五十毫升的水。我們告訴他，只要他表現良好，可以自選食物。我從實況影像中監看他用餐、蹲廁所、用水桶洗身子、在房裡踱步、躺在床上用前臂蓋住眼睛、做伏地挺身和仰臥起坐，以及用手指塞住耳朵。一見他這麼做，我就會調高音量，克勞德就站在我旁邊，我不得不採取一點行動。當他移開手指，我也降低音量時，他會抬頭看著其中一架監視器，用英語大吼：去你媽的，美國人！克勞德低聲笑說，至少他會開口，那些悶不吭聲的人才真的需要擔心。

他是Z－99恐怖活動小組C－7支部的領導人。基地設於平陽省某個祕密地區的Z－99，總共執行了數百起手榴彈攻擊、埋地雷、炸彈攻擊、砲擊與暗殺行動，殺死了數千人，令西貢人心惶惶。Z－99的正字標記就是雙重炸彈攻擊，第二波是用來殺死前來協助第一波攻擊受害者的救援人員。這名囚犯的專長是將手表改裝成這些土製炸彈的引爆裝置。他將手表的秒針與時針移除，再從表面玻璃的小孔穿入電池接線，最後將分針設定在預期的延遲時間。當走動的分針觸及電池線，炸彈就會爆炸。炸彈由地雷製成，而地雷或是從美國軍需品偷取，或是從黑市購買。還有些炸彈是用黃色炸藥組裝，這些炸藥以小量分批的方式偷運進城，可能是藏在挖空的鳳梨、棍子麵包裡等等，甚至可能藏在女人的胸罩內，政治保安處拿這個開了無數的玩笑。我們知道Z－99有個表匠，在還不知道他的確切身分前，我們就喊他「Watchman」（表人／守護者），倒也合乎我對他的想法。

我第一次進入Watchman的房間是在開始處置他之後的一星期，當時他一臉興味地看著我。那不是我預期的反應。他用英語跟我說，嘿，俏人兒。我坐他的椅子，他坐床上，他個頭矮小，身子不停顫抖，滿頭粗髮在白色房間裡尤其黑得驚人。他露出牙齒笑著對我說，很感謝你們給我上的英語課。繼續放那首歌吧！我愛死了！他當然不。他目光閃爍了一下，那是非常短暫的不安暗示，不過也可能是因為他是西貢大學哲學系研究生，又是一個有名望的天主教家庭的長子，他們家已經因為他參與革命活動與他脫離關係。合法地製作手表（他成為恐怖分子前，確實以此為業）只是為了繳帳單，第一次對話時他這麼告訴我。那回就是閒聊，彼此認識一下，但在輕浮調笑背後，我們還是都意識到彼此身為囚犯與訊問者的角色。我的意識尤為清晰，因為知道克勞德正在錄影監視器上看著我們。我得感謝冷氣，否則要傷腦筋想著該如何亦友亦敵地對待Watchman，恐怕會讓我汗流浹背。

我列出了他顛覆、密謀與謀殺等罪名，但強調在證明他有罪之前他都是清白的，他聽了放聲大笑，說道，操控你的美國主人最喜歡這麼說了，但那根本是蠢話。歷史、人性、宗教、這場戰爭告訴我們的，都恰恰相反。在證明清白之前，我們都是有罪的，就連美國人展現的態度也是如此。要不然他們為什麼相信每個人其實都是越共？要不然他們為什麼會先開槍然後再提問？因為對他們來說，黃種人在證明自己清白以前都有罪。美國人是個迷惑的民族，因為他們無法承認這個矛盾。他們相信宇宙間有神的正義，人類都是有罪的，可是他們也相信一種世俗的正義，對人類做無罪推定。這兩者不可能並存。你知道美國人怎麼解決嗎？他們不管失去清白多少次，都佯稱自己永遠清白，問題是堅稱清白的人會認為自己做的一切都是對的。我們這些自認有罪的人至少還知道自己做得出什麼樣的壞事。

他對美國人文化與心理的了解讓我刮目相看，但我不能表現出來，而只是說，所以你寧可被推定有罪？

如果你還不明白你的主人已經認為我有罪，也會這樣處置我，那你可不如自己想像的那麼聰明。不過這也沒什麼好驚訝，你是個雜種，和所有混血兒一樣是瑕疵品。

事後回想起來，我並不認為他是故意羞辱我。一如大多數哲學家，他只是缺乏社交技巧，他只是以一種粗野的方式，說出他與其他許多人所認為的科學事實。然而我承認，在那個白色房間裡我看見了赤色怒火。只要我想，大可以把這個訊問過程拖上幾年，問一些毫無重點的殘酷問題，表面上好像試著找出他的弱點，其實是暗中保護他的安全。但當時我卻只想向他證明，我的確如自己想像的那麼聰明，也就是比他聰明。我們倆當中，只能有一個主人，另一個就得是奴隸。

我如何向他證明的呢？有一天晚上在營舍裡，我的怒氣已平靜下來轉為強硬，忽然想到我這個雜種徹底地了解他這個哲學家。一個人的長處向來就是他的弱點，反之亦然。弱點就明擺在那裡，只看你能不能看見。就 Watchman 的立場，他是個革命分子，寧願脫離對越南人與天主教徒最重要的東西，也就是家人，因為他家人只能接受為上帝而犧牲。他的長處便在於他的犧牲，必須加以破壞。我立刻坐到桌前，替Watchman寫起自白書。第二天他看了我寫的東西，不敢置信，又讀一次，然後狠狠瞪著我。你的意思是我說自己是玻璃？我糾正道，是同性戀。他又說，你想把我搞臭？散布謊言？我從來就不是玻璃，從來想都沒想過自己會是玻璃。這……這太齷齪了。他拉高了音量，臉色漲紅。要我說我是因為愛一個男人才加入革命行列？說我是為了這個才脫離家庭？說我的玻璃傾向正說明了我對哲學的熱愛？說我之所以想破壞社會就因為我是玻璃？說我愛的男人被你們抓了，我為了救他而背叛革命組織？誰會相信這些！

那麼就算我們把它連同你情人的自白還有你們倆的親密照一起登報，也不會有人相信。你們絕對拍不到我這樣的照片。

美國中情局有很優秀的催眠與藥物專家。他沉默不語。我接著說，等報紙一報導，你會發現不只你的革命同志會譴責你，你回家的路也會從此封閉。他們或許會接受一個改過自新的革命分子，或甚至是勝利的革命分子，但不管我們國家發生什麼事，他們都絕不可能接受一名同性戀。到時候你只是白白犧牲了一切，就連同志或家人都不會懷念你。如果你跟我談，至少這份自白不會見報，你也能保住自己的名聲，直到戰爭結束那天。我站起身來。好好想想吧。他沒有吭氣，動也不動，只是盯著自白書看。我走到門邊停下來。你還認為我是雜種嗎？

他聲音平平地說，不，你只是個渾蛋。

□

我為何那麼做呢？在我的白色房間裡，我多的是時間去思索這個本已在心中粉飾掉的事件，我此時正在坦白的事件。是Watchman激怒了我，以他的偽科學判斷逼我做出不理性之舉。但假如我單純扮演好間諜的角色，他也無法這麼做。不過我承認，做這些應該做又不該做的事，應克勞德要求審訊他直到崩潰，我其實樂在其中。後來克勞德在監視室重播那個畫面給我看，我看著自己在看Watchman瞪視自白書，他知道自己已經沒有時間，那感覺就像在看一部電影裡的人物，而這部電影由克勞德製作、由我執導。Watchman無法代表他自己，由我代為表達。

克勞德說，幹得好，你真的把這傢伙搞死了。

我是個優秀學生，知道老師想要什麼，而且不只如此，我也很享受犧牲壞學生之後得到他的讚美。Watchman不就是個壞學生嗎？美國人教的東西他都學會了，卻完全屏除不用。我對美國人的想法比較有共鳴，而且坦白說，擊垮Watchman時，我忍不住會站在他們的立場看事情。他威脅他們，因此某種程度上也威脅到我。誰知道犧牲他所得到的滿足並未持續太久，到頭來，他還是讓所有人看到了壞學生能做到什麼地步。他的聰明才智在我之上，因為他證明了你可以破壞你未曾掌控的製作方法，也可以毀滅掌控著你的表達方式。我拿那份自白書給他看的一星期後，他走了他的最後一步棋，那天早上我在軍官營舍接到監視室警衛來電，等我到達國家審訊中心，克勞德也已經到了。Watchman蜷縮在白色床上，面向白色牆壁，身穿白色短褲與T恤。我們將他翻過身來，只見他的臉發紫、雙眼暴凸，在他張開的嘴巴深處、咽喉底部，有一塊白白的東西。我直接衝進廁所，警衛哇哇哭訴著，他在吃早餐，兩分鐘的時間能做什麼呢？Watchman 做的就是噎死自己。過去一週來他表現良好，我們便替他準備他想吃的早餐以資獎勵。他說，我想吃白煮蛋。於是前兩顆他剝殼吃下去後，第三顆就連殼帶肉整個吞下去。嘿，俏人兒……

把那該死的音樂關掉，克勞德對警衛說。

Watchman 的時間停止了。而我直到在自己的白色房間醒來，才領悟到我的時間也停止了。我可以從自己的白色房間清清楚楚看到那另一個白色房間，我正透過角落的一架監視器，凝視著克勞德和我自己俯視 Watchman。克勞德說，這不是你的錯，連我也沒想到。他拍拍我的肩膀已示安慰，但我沒有作聲，硫磺味驅逐了我腦中一切思緒，只剩一個念頭：我不是雜種，我不是雜種，我不是，我不是，我不是，除非從某個角度而言。

12

我出院時，拍片工作已不再需要我，劇組也沒有找我回去協助殺青後的清理作業，反倒是替我訂了機票，讓我即刻飛離菲律賓。整趟旅程我都在沉思表達的問題。未能掌握製作的方法可能導致夭折，但未能掌握表達的方法也是死路一條。倘若由他人代為表達，難保他們不會有一天，將我們的死從記憶的薄木地板上沖洗得一乾二淨。即便是傷口仍陣陣作痛的現在，寫這份自白的同時我忍不住納悶，我的表達是由我自己掌握，還是由您——我的告解者——掌握呢？

到了洛杉磯機場，看見阿邦來接機讓我稍微好過了些。他一點都沒變，當我打開公寓大門，發現裡頭沒有變好也沒有變壞，也覺得鬆了口氣。那臺富及第冰箱依然是我們這個破舊西洋鏡裡的主要亮點，阿邦貼心地儲備了足夠的啤酒來治療我的時差，卻不足以治療無意中被揉進我毛細孔內的憂傷。他就寢時我還醒著，剛好可以讀一讀巴黎堂姑的最新來信。睡前，我盡責地給她寫了報告。我寫道，《小村莊》拍完了，但更重要的是，行動計畫確立了一個收入來源。

餐館？喝第一輪啤酒時聽到阿邦透露的消息，我詫異地問。

沒錯，夫人的手藝的確很好。

她做的菜是我最後吃到像樣的越南菜，單為這個，隔天我就應該打電話向將軍道賀，恭喜夫人創業。不出我所料，他一再邀我到店裡去，說要替我接風。餐館位於中國城的百老匯街上，夾在一間茶館和一間藥草店中間。將軍站在收銀機後面說，以前在堤岸區，是我們把中國人團團圍住，現在換我們被他們圍住了。他嘆了口氣，兩手放在收銀機的按鍵上，準備用這臺暫代的鋼琴敲出刺耳旋律。我是兩手空空來的，記得嗎？我回答，當然記得。但其實將軍不是兩手空空來到這裡。夫人將數量可觀的碎金子縫在她和孩子的衣服內襯裡，將軍的腰間也繫了一條塞滿美金的腰帶。但健忘和蘋果派一樣，都是美國特色，比起忍辱吃一些不三不四的派餅和外來侵略者的危險食物，健忘更讓美國人喜愛得多。美國人也和我們一樣，將不熟悉的食物與帶進這些食物的外國人畫上等號而心存疑慮。我們憑直覺就知道，要想讓美國人接受我們這樣的難民，首先就得讓他們發現我們的食物是可以消化的（至於能買得起、喊得出名稱，這更不在話下）。無論是克服消化方面的疑慮或從中獲益都非易事，將軍與夫人的創業確實具備了一定的勇氣，我這麼告訴他。

勇敢？我倒覺得是丟臉。你曾經想到過我會有開餐廳的一天嗎？將軍比劃了一下四周小小的範圍，這裡原是一間中國炒菜館，牆上仍留有斑斑點點的褐色油漬。我回答道，沒想到過，長官。是啊，我也沒想到，但至少可以是間高級餐廳，而不是像這樣。他認命的口氣可憐兮兮，讓我再次對他心生同情。餐館完全沒有重新裝潢過，亞麻地板破舊不堪，黃色油漆褪了色，天花板上的燈光罩調刺眼。他指出，侍者都是退役軍人，那個是特種部隊出身，那個是空降部隊。頭戴卡車帽，穿著不合身的襯衫（衣服想必是在廉價二手商店東翻西找買到的，或是個頭高大的贊助者贈送的），這群侍者看起來不像殺手，倒像那些髮型難看、專門外送中國菜的無名小卒，那些沒有保險、緊張地在醫院急診室等候的人，那些出了車禍卻因為沒有駕照或牌照而逃離現場的人。將軍帶我就座的桌子搖搖晃晃，因為地面不平，侍者們就跟這張桌子一樣搖晃不定。夫人親自為我端來一碗特製河粉，並坐下來加入我們，兩人一齊看著我享受我所嚐過最美味的傳統湯頭之一。我啜了一口湯、吃了一口河粉後說，還是一樣美味。夫人不為所動，表情和她丈夫一樣陰鬱。妳應該為這樣的……這樣的湯感到自豪。

夫人說，我們應該為了賣湯感到自豪？還是為了擁有這個不起眼的老鼠洞？這是我們一個客人用的形容詞。將軍接口道，我們還不是擁有它，只是租用而已。他們的外表完全吻合陰沉沉的心情。夫人的頭髮往後梳成老氣的包頭，像個圖書管理員，以前呢，要不是亮麗的蓬蓬頭，就是讓人想起六〇年代初阿哥哥舞盛行時的蜂窩頭。另外她也和將軍一樣穿成衣，包括男性化的 polo 衫、顯現不出身材的卡其褲，以及美國人的首選鞋：運動鞋。總而言之，他們的穿著和我在超市、郵局或加油站遇見的每對美國中年夫妻幾乎沒有兩樣。這類裝扮給人的印象有如成長過快的兒童，一如許多美國人，加上經常可以看到他們吸著特大號汽水，這樣的感覺就更強烈了。這兩個小資產階級餐廳老闆，已不是當初曾與我生活五年、讓我既略感懼怕又懷有一定程度感情的愛國貴族。他們的悲傷也是我的悲傷，於是我換了一個應該可以使他們精神為之一振的話題。

我開口問道，對了，用餐廳資助革命，這是怎麼回事？

了不起的主意，對吧？將軍果然面露喜色。見夫人的眼珠子往天花板上轉，我猜想這其實是她的主意。將軍又說，不管是不是老鼠洞，這座城市，說不定還是這個國家，第一次有這樣的餐廳。你也看到了，我們的同胞多渴望嚐嚐家鄉味。雖然才上午十一點半，每張桌子和雅座都已經坐滿客人，正一手拿筷子一手拿湯匙在吃河粉。餐館裡家鄉的香味四溢，鄉音處處回響，母語的閒話家常與由衷滿足的吸吮聲此起彼落。將軍接著說，這可以說是非營利事業，所有利潤都捐給行動計畫。

當我問到有誰知道此事，夫人回答，大家都知道也沒人知道。這是祕密，但是個公開的祕密。大家來店裡光顧，湯頭裡還多了一樣調味，那就是他們在幫助革命的想法。將軍說，說到革命，差不多一切都就緒了，連制服也是。那些都由夫人負責，另外還有婦女後援團體和旗幟的製作。她還真是花樣百出！你錯過了她在橘郡籌辦的新年慶祝活動，你真該親眼看看！我再拿照片給你。看到我們的人穿上迷彩裝和制服，舉著我們的旗子，民眾全都又是吶喊又是歡呼的。我們聚集了最初的幾批志願夥伴，都是退役軍人。他們每個週末集訓。我們要從這群人當中挑選出頂尖好手，為下一步做準備。接著他將身子探過桌面，小聲地把話說完。我們打算送一支勘查隊到泰國去，他們會和我們的前鋒野戰總部聯手，勘查出一條經由陸路前往越南的路徑。克勞德說時機差不多成熟了。

我給自己倒了杯茶。阿邦也是隊裡的一員嗎？

當然。我真不想失去這麼好的員工，可是在這種任務方面，他是我們當中最頂尖的。你覺得呢？

我心想，從泰國走陸路就只能取道寮國或柬埔寨，還要避開既有道路，選擇瘴癘叢生的叢林、森林與山區之類的危險地界，這裡頭只住著悶坐沉思的猴子、吃人的老虎，以及充滿敵意、懼怕而不太可能提供幫助的當地人。這些荒地用來拍電影是絕佳選擇，但對於幾乎肯定是破釜沉舟的任務而言，卻是可怕的選擇。這一點無須我告訴阿邦。我這個瘋狂的朋友會自願前去，正因為他回國的機會渺茫。我看著自己的手，看著深深劃過的那道紅疤。突然間，我意識到自己身體的輪廓，意識到壓在大腿底下椅子的觸感，意識到將我的身體與生命凝聚在一起的力量有多脆弱。要摧毀那股力量不會太困難，我們大多數人總把它視為理所當然，直到再也無法這麼想的那一刻為止。我不讓自己再多加考慮，便開口回答，我覺得如果阿邦要去，我也應該去。

將軍歡喜地拍了一下手，轉頭面向夫人。我是怎麼說的？我就知道他也會自告奮勇。上尉，我從來沒有一點懷疑。但是你和我一樣清楚，你留在這裡和我一起負責計畫與後勤會比較好，至於籌錢和交涉就更不用說了。我告訴議員說我們社群在募集資金，想送一支醫療團隊去幫助身在泰國的難民。這也可以說是我們正在做的事，但我們得繼續說服贊助者相信這個募款理由。

或者至少給他們一個理由，可以假裝相信那是我們的目的，我如此說。

將軍滿意地點頭。一點也沒錯！我知道你很失望，但這麼做是最好的。你在這裡會比去那裡更有用，阿邦會照顧自己的。好啦，都快中午了，現在來杯啤酒再恰當不過，你說呢？

越過夫人的肩膀可以看到一面時鐘掛在牆上，兩邊各有一面旗子和一張海報。海報是新啤酒品牌的廣告，上頭有三名穿著清涼的比基尼女郎，各挺出一對大小、形狀皆宛如兒童皮球的雙峰；旗子是戰敗的越南共和國國旗，鮮亮黃底上橫躺三條粗粗的紅線。這是屬於自由越南人民的旗子，將軍不只一次這麼對我說。國旗我已見過無數次，那類海報也經常看到，但從未見過這種以硬木雕刻成我們祖國形狀的時鐘。在這個鐘即國家、國家即鐘的物件上，分針與時針繞著南方旋轉，刻度則環繞西貢形成一圈光環。某些流亡的手工藝匠明白，他的難民同胞們想要的正是這樣的計時器。我們是流離失所的人，但是為我們下定義的與其說是空間，倒不如說是時間。儘管回歸我們丟失的國家的距離遙遠但有限，可是走完這段距離所需的年限卻可能無窮無盡。因此，流離失所的人第一個問的總是關於時間：我何時能回去？

我對夫人說，說到時間，妳的時鐘設錯時間了。

她起身準備去拿啤酒，一面回答，沒有錯，那是西貢時間。

可不是嘛。我怎會看不出來？西貢時間相差十四個小時，不過若是用這個時鐘來看時間，是我們相差了十四個小時。難民、流亡者、移民……無論屬於哪一種流離失所的人類，我們都不只活在兩個文化中，這和偉大美國熔爐的頌揚者想像的不一樣。流離失所的人還活在兩個時區裡，這裡的和那裡的，現在的和過去的，就如同遲疑的時間旅人。雖然科幻小說想像的時間旅人是在時間裡前後移動，這個時鐘卻展現不同的時序。它有個公開祕密，赤裸裸呈現在所有人眼前，那就是我們只是不斷地繞圈。

午餐過後，我向將軍與夫人簡單報告我的菲律賓冒險之旅，他們聽完既緩解了鬱悶心情也提升了憤恨之情。憤恨是鬱悶的解藥，也是哀傷、憂鬱、絕望等等的解藥。想忘記某種痛苦的方法就是去感受另一種痛苦，就好像醫師替你做兵役體檢時（這種檢查，除非是錢多到讓你頭痛，否則絕不會不合格），一面打你這邊屁股一面把針頭刺進另一邊。有一件事我沒告訴將軍和夫人（除了我自己差點落得和那些被鉤住肛門、倒掛在附近中國小餐館櫥窗裡的烤鴨同樣命運之外）：險些慘遭宰殺的我拿到一筆賠償金。臨演們帶禮物來的隔天早上，又有兩人前來探視，是薇歐莉和一名高高瘦瘦的白人男子，男子穿粉藍色西裝，打了一條和貓王一樣肥的佩斯利渦紋領帶，深黃色襯衫猶如吃過蘆筍後的尿液顏色。她先問道，你覺得怎麼樣？雖然可以完全正常說話，我還是有氣無力地說，白蒼蒼的。她狐疑地看著我說，我們都很關心你，他要我向你轉達，要不是馬可仕總統今天要訪視拍片現場，他會親自來看你。

這個未提及名字的他，當然就是名導了。我只是識時務又哀傷地點頭回了一句，我明白，但其實一提起他我就滿腔怒火。這是馬尼拉最好的醫院，穿西裝的男子說，並露出探照燈般的笑容照射在我臉上。我們都希望你能得到最好的照護，你現在覺得如何？我繼續撒謊，老實說，我覺得糟透了。他說，真是遺憾。自我介紹一下，他說著拿出一張純白名片，邊緣鋒利到讓我擔心被割傷。我是代表製片公司來的，希望你知道，我們會負擔你在醫院的一切費用。

出了什麼事？

你不記得了？薇歐莉問道。

有爆炸。很多爆炸。

那是意外，我這裡有報告，代表高高舉起一個豬肝色公事包，高到足以讓我看見它金光閃閃的搭釦。真有效率！我瀏覽著報告。它的存在所證明的事比內容更重要：像這樣速戰速決的結果只有行賄才可能辦到，就跟在我們國家一樣。

我能活著算是幸運吧？

太幸運了，他說，你保住了性命、健康，還能得到我公事包裡一張五千美金的支票。我看過你的病歷，你有吸入性嗆傷、有一些擦傷和瘀傷、一些輕微灼傷，頭上腫了個包，還有腦震盪。骨頭沒斷、沒碎，沒有任何永久性的傷害。但是公司希望能滿足你所有需求。代表打開公事包，取出一疊裝訂好的白紙文件和一張長條狀綠紙，是支票。當然，你也得簽一張收據，還有這份文件，以確保公司無須再負任何責任。

我這條賤命值五千美金嗎？說實話，這不是筆小數目，我這輩子從來沒看過這麼多錢。他們就是看準這一點，但即使仍處於恍惚的狀態中，我也不會笨到對方一開價就答應。我於是說，謝謝你們的慷慨承諾，製片公司這麼擔心我、關心我，真是太貼心了。不過你應該知道，也或許你不知道，我是我那個龐大家族的主要支柱。如果只想到我自己，五千美金太足夠了，可是亞洲人——說到這裡我頓了一下，逐漸露出呆滯眼神，好讓他們有時間想像在我上面繁衍的那棵巨大家譜榕樹，一代又一代紮根在我頭頂上，以令人無法喘息的重量籠罩著我——亞洲人是不能只想到自己的。

代表說，我也聽說了，家族就是一切，和我們義大利人一樣。

就是啊，你們義大利人！亞洲人得想到母親、父親、兄弟姐妹、內外祖父母、表親、鄉親。萬一我這個好運的消息傳出去了……那可是沒完沒了。幫不完的忙。這個人討五十塊，那個人討一百塊，四面八方都有人在拉我，我不能拒絕。所以你明白我的處境了吧，還不如一分錢都別拿，省得受這些人情為難。不然還有另一個辦法，就是有足夠的錢能照顧到所有人和我自己。

代表等著我說下去，我卻等著他回應。過了好一會他才屈服說道，我不知道亞洲家族的複雜狀況，也不知道需要多少錢才能滿足你對所有親人的義務，我明白這種義務在你們的文化中很重要，我也絕對尊重。

我等著他說下去，他卻等著我回應。我便說，這我也無法確定，但雖然不確定，兩萬美金應該就夠了。可以滿足我那些親戚的任何需求，不管是意料中或意料外的需求。

兩萬美金？代表在極度憂慮不安之餘，眉毛彎成優雅的瑜珈姿勢，背峰高高拱起。哎呀，要是你也跟我一樣了解保險理賠條件就好了！要拿到兩萬美金，你至少得少掉一根指頭，或者是較大截的四肢之一更好。如果是比較不明顯的部分，那麼某個生命器官或五種感官之一都可以。

其實，自從爆炸後清醒過來，就一直有種說不出的感覺在折磨著我，那是一種無形的心癢難耐。現在我知道原因了——我忘了某件事情，但是什麼事情，我不知道。在三種類型的遺忘中，這是最糟的一種。知道自己忘了什麼，這很平常，比方說歷史日期、數學公式和人名。不知道自己忘了什麼，這想必更平常，又或許不那麼平常，但很幸運：如此一來你便不會察覺丟失了什麼。可是明知自己忘了些什麼，卻不知道到底是什麼，這讓我不寒而慄。痛苦凌駕了我，從我的聲音清晰可辨，我說，我的確失去了某樣東西，我失去了一部分心神。

薇歐莉與代表交換了一個眼神，代表說，我不太懂你的意思。

我回答，我的一部分記憶，完全被抹掉了，從爆炸到現在。

只可惜這恐怕很難證明。

要怎麼向另一個人證明你忘了某件事，或是以前知道的事現在卻不知道？然而，我繼續與代表僵持著。儘管臥傷在床，原有的本能仍在。一如捲菸，或是捲舌，說謊也是一種難以輕易遺忘的技巧與習慣。代表也不例外，我看得出他也是狡詐的同道中人。協商和審訊一樣，說謊不僅可以接受也是意料中事。一般人會在各種各樣的情況下撒謊，以便達成一個可以接受的事實，我們的對話便是這樣持續著，直到談成雙方都能接受的數目一萬美金，雖然只是我要求的一半，卻是對方原來條件的兩倍。代表重寫支票，我在文件上簽名，然後我們交換了幾個道別玩笑，就跟交換默默無聞的棒球選手球員卡一樣沒有價值。走到門口時，薇歐莉停下來，一手握住門把回過頭看我（還有比這個更浪漫的姿勢嗎？即使是像她這樣的女人？）說道，你知道的，沒有你，我們不可能拍成這部電影。

相信她等於是相信蛇蠍美人、相信民選官員、相信外太空來的小綠人、相信警察的善心、相信我父親那種獻身給上帝的人（他不只襪子有破洞，靈魂也破了個洞）。可是我想相信，再說相信她一個小小的善意謊言又何妨？無妨。他們走後留下低級迪斯可舞廳的節奏在我腦中咚咚響，和一張綠色支票證明我也有點身價，而且死後比活著身價更高。除非他們說謊，否則我付出的代價只不過是頭上的一個腫塊和一部分記憶，反正我有的記憶已經太多。

話雖如此，為什麼我總懷疑自己在不省人事時被動過手術，才會有一種比疼痛更令我惴惴不安的麻木感呢？為什麼我總感覺到一種記憶的幻肢，而不斷試圖去憑靠這處空缺呢？

帶著這些懸而未決的問題回到加州後，我去兌現了支票，一半存進至今仍空空如也的銀行帳戶。去見將軍與夫人那天，另一半現金就放在我口袋的信封袋內。當天下午稍晚，我開車到蒙特利公園市，在那片柔嫩平淡有如豆腐的郊區中，我約了吃喝無度的少校遺孀見面。我承認我是打算把口袋裡的錢給她，我也承認這筆錢原本可以做為更具革命意義的用途。但是有什麼比幫助敵人與其家人更具有革命性？有什麼比原諒更激進？當然，請求原諒的人不是他，是我，為了我對他的所作所為。車棚裡並未留下我對他做了什麼的蛛絲馬跡，公寓四周的小範圍內也沒有因為他的鬼魂造成大氣擾動而天候不穩。雖然我不相信有神，卻相信有鬼。我知道事實如此，因為我不怕上帝，但是怕鬼。上帝絕不會在我面前現身，但吃喝無度的少校的鬼魂出現過，因此當他家的門打開時，我屏氣不敢呼吸，唯恐是他的手在轉動門把。不過開門迎接我的只是他的遺孀，這個歷經喪夫之痛的可憐女人竟然不瘦反胖。

上尉！能見到你真是太好了！她請我坐到包著透明塑膠布的花沙發上，每回一挪動身子就發出吱嘎聲。茶几上已經有一壺中國茶和一盤法式手指餅乾在等著我。吃塊餅乾吧，她殷勤地說，硬是將餅乾塞給我。我認得這牌子，正是製造我童年時期的「小學生」巧克力餅乾那家公司。再也沒有人比法國人更會製造這種帶著罪惡感的愉悅了。手指餅乾是母親的最愛，是父親送給她的釣餌，雖然在我十多歲時她每次提起總會用「禮物」二字，但我已有足夠的意識能明白，一個教士送手指餅乾給一個孩子用意何在——父親展開追求時，母親才十三歲，的確不過是個孩子。在今日或過去的某些文化中，十三歲已經可以行床笫之事、可以結婚、可以生子，也或許在某些情況下只能是三項中的兩項，但總之不是在現代法國或我的祖國。我倒也不是不能理解父親，我出生時，他只比現在嘴裡含著溶化的手指餅乾的我大不了幾歲。十三歲的少女，我承認我有時候會對特別早熟的美國女孩想入非非，她們有些人在十三歲就發育得比我們國家的女大學生更好。但只是在心裡想，沒有付諸行動。如果光是想也有罪，那所有人都要下地獄了。

再吃一塊餅乾嘛，少校的遺孀勸道，同時拿起一塊，傾身向前就往我臉上推過來。要不是我攔住她的手接過餅乾，她應該會像個急切的母親把這根甜手指塞進我雙唇之間。我說，很好吃，真的很好吃，不過讓我先喝口茶。聽完此話，這位親切的女士忽然放聲大哭。我連忙問，怎麼了嗎？她回答，這完全是他會說的話。我不由得緊張起來，彷彿吃喝無度的少校現在還從分隔陽世舞臺與陰間後臺的布幕後面操控著我。

她哭著說，我好想他啊！我吱吱嘎嘎地挪移過我們中間那段塑膠沙發，拍著她的肩膀安慰哭泣的她。我不禁又想起最後一次遇見吃喝無度的少校本人而非靈魂的情景，那時他仰躺著，額頭上多了一隻眼睛，另外兩隻眼睛空洞無神地張著。假如上帝不存在，那麼神的懲罰也不存在，但這與鬼魂毫無關係，他們不需要上帝。我不需要向我不相信的神告解，卻需要安撫鬼的靈魂，即便現在他的臉都還從茶几供桌上瞪著我看。那是吃喝無度的少校年輕時穿著軍官學校校服的照片，當時他的第一個下巴作夢也想不到會孕育出第三個下巴來，那雙深色眼睛定定地看著我安慰他的孀妻。他死後能吃的只有一顆發霉的柳橙、一個蒙上灰塵的午餐肉罐頭，和一條「救生圈」糖果，這些祭品排列在他照片前面，被一閃一閃的燈光照亮，那是她掛在供桌邊上、看起來很不協調的聖誕燈飾。死後的世界依然不平等，有錢人家的子孫祭拜時就能在大盤子上擺滿新鮮水果、香檳和肉醬罐頭。真正孝順的子孫會燒化紙供品，不只是一般的紙紮汽車和房屋，還有《花花公子》的插頁。摺頁中女子的火辣胴體才是男人在寒冷、漫長的死後世界真正想要的，我向吃喝無度的少校發誓，一定會燒給他一尊婀娜多姿的六月號封面女郎的充氣娃娃。

我對他的遺孀說，我答應過妳先生，一旦有需要，會盡最大努力照顧妳和孩子。其餘告訴她的話都是事實，我在菲律賓被視為意外的事故和我得到的補償，其中一半裝在信封裡，我硬塞給了她。她優雅地加以婉拒，但聽到我說要為孩子著想，她才收下。接下來只能勉強應她的要求見見孩子。他們正在臥室睡覺，和所有小孩一樣。我們低頭凝視這對雙胞胎時，她輕聲地說，他們是我的快樂泉源，在這段艱苦的日子裡，多虧有他們我才能活下來啊，上尉。想著他們，我才不會太常想到自己，或是我親愛的、心愛的丈夫。我說，好可愛的孩子，這句話或許是也或許不是謊言。在我看來他們並不可愛，但在她眼裡是可愛的。我承認我並不十分喜歡小孩，因為我也曾經是小孩，而且覺得自己和同伴大多很頑劣。我與多數人不同，無意複製自己的分身，無論是故意或意外，因為光是我一人就已經讓我忙得不可開交。不過這雙年僅一歲的孩子對自己的罪仍懵懂無知，從那熟睡的異國臉龐看得出來，他們是赤裸裸、容易受驚的新移民，剛剛才被驅逐到我們的世界來。

我唯一勝過這對雙胞胎的一點，就是兒時有個父親教我認識罪過，而他們沒有。父親為教區裡的孩子們上課，母親非逼著我也去。在他的課堂上，我學到了聖經的內容以及我神聖天父的歷史、我高盧祖先的故事與天主教教理。當時，年紀能用兩隻手屈指數完的我天真無邪，並不知道這個身穿黑色聖袍的神父，這個獻身給上帝、為了避免我們犯下熱帶罪過而在不合常理的裝束下汗流浹背的人，其實也是我的父親。當我真正得知後，他教給我的一切全部重組再造，首先便是最基本的信仰教義，神父會將此教義反覆灌輸給我們這群年輕天主教徒，當我們集體拉長聲音唸誦回答，他就在教室前方走來走去看誰的嘴巴沒動：

問：我們從第一對父母那兒繼承的罪叫什麼？

答：我們從第一對父母那兒繼承的罪叫原罪。

對我而言，始終盤踞在我心頭真正重要的問題，就和這原罪有關，因為它關乎我父親的身分。我十一歲那年得知了答案，契機在於某次上完主日學後，在塵土飛揚的教會院子裡發生的一樁小事件。這裡是我們小孩子在彼此身上重演許多聖經醜事的區域，當時我們在一棵尤加利樹下，看著父親從國外帶來的鬥牛犬猛力撞擊一隻不停呻吟的母狗，只見公狗舌頭外垂，粉紅氣球似的巨大陰囊以一種催眠的節奏前後搖晃，一位較博學的同學為這堂性教育課做了補充說明。他說，公狗和母狗，這很正常，可是他——這時他輕蔑的眼神與食指轉向我——就像是一隻貓和一隻狗做那種事。所有人的注意力都轉到我身上。我站在原地，彷彿搭著船漂離所有人等候的岸邊，透過他們的眼睛我看到自己既非狗也非貓，既非人也非動物。

這個小丑角對我說，狗和貓，狗和貓……

我一拳揍在他鼻子上的時候，這小丑流血了，但受到驚嚇沒作聲，為了查看傷勢，眼珠子還一時兜成鬥雞眼。當我再打一拳，立刻血流如注，這次小丑大哭起來。我又繼續打，一路從耳朵打到臉頰打到心窩再打到他高高拱起護著頭的肩膀，他跌倒在地，我直接撲了上去。其他同伴聚集在我們周圍吶喊、叫囂、大笑，我則繼續揍他揍到指節發疼。這些旁觀者沒有一個人為小丑出頭，後來他的哭聲開始變得好像聽到有史以來最好笑的笑話而笑到喘不過氣的聲音，我才終於罷手。我起身時，吶喊、叫囂與笑聲隨之平息，而我在那些小壞蛋的可愛臉龐上看到的即使不是尊敬也是恐懼。我滿心困惑地走回家，納悶著自己到底知道了什麼，怎麼也無法訴諸言語。我滿腦子只有一條狗趴在一隻貓身上的猥褻畫面，而取代那張貓臉的不是別人，正是母親的臉。這畫面實在太令人驚惶失措，我一進家門見到她，立刻嚎啕大哭，並將當天下午發生的事一五一十地都說了。

孩子，孩子，你沒有不正常，母親摟著我說，我就靠在她散發出麝香般獨特氣味的柔軟胸脯上抽噎啜泣。你是神賜給我的禮物，沒有任何東西或任何人比你更正常。你聽我說，孩子。當我抬頭透過迷濛淚水直視著她，才發現她也在掉淚。你一直都想知道你爸爸是誰，我也跟你說過，你知道以後就會長大成人，就得跟你的童年說再見，你真的想知道嗎？

當母親問兒子是否已準備好要當一個男人，他除了說是，還能說什麼？於是我邊點頭邊緊緊抱著她，下巴抵在她胸前，臉頰貼在她的鎖骨上。

我現在要說的話你絕對不能告訴任何人。你爸爸就是……

她說出了他的名字。看見我眼中的困惑後，她說道，我當他女傭的時候還很小，他對我一直都很好，我很感激。我爸媽沒錢送我上學，他就用他的語言教我識字、數數。晚上大半時間我們都待在一起，他會跟我說法國和他小時候的事，我看得出來他很孤單，在我們村裡沒有跟他同類的人，好像也沒有跟我同類的人。

我推開母親的胸脯，摀住耳朵。我再也不想聽，卻無法言語，母親仍繼續說著。我再也不想看，但即使閉上眼睛，影像仍浮現在眼前。母親說，他教我神的話語，我讀聖經、背誦十誡，學會了認字和數數。我們在他桌子前面並肩坐著，在燈光下看書。有一天晚上……但你要知道，孩子，就因為這樣你沒有不正常。是神親自把你送來的，要不是神在祂的宏偉計畫裡為你有所安排，祂絕不會允許你爸爸和我之間的事。我這麼相信，你也得這麼相信。你有你的天命。你要記住耶穌為聖女瑪麗·德蓮洗腳、歡迎痲瘋病人到他身邊，還挺身對抗法利賽人和有權勢的人。孩子，溫良的人是要承受土地的，而你就是個溫良的人。

若是母親看到現在的我站在吃喝無度的少校孩子身邊俯視，她還會說我是溫良的人嗎？至於這兩個熟睡的孩子，還能在睡夢中逃避他們已然背負的罪過、逃避他們注定要犯下的罪愆與罪行多久？在推擠爭搶母奶時，他們各自的小小心靈裡會不會已經渴望著（哪怕只是一剎那）另一人從此消失？然而，站在我身旁注視著自己子宮奇蹟的遺孀，等候的並非這些問題的答案，而是等著我像灑聖水一樣為他們灑下無意義的讚美，這是必要的洗禮，我只能勉為其難施行，遺孀高興地堅持留我吃飯。向來只吃冷凍食品的我，幾乎沒怎麼推託就答應了，而且很快就明白她的愛何以能讓吃喝無度的少校愈來愈胖。她的越式炒牛肉無人能比，她的炒空心菜讓我想起母親的手藝，她的冬瓜湯安撫了我內疚躁動的心，就連她的白飯也比我平常吃的更蓬鬆，相較於我睡了多年的合成纖維寢具，這有如鵝絨。吃啊！吃啊！吃啊！她頻頻喊道，在這一聲聲口令中，我無法不聽到母親的聲音也在催勸著，不管我們桌上的菜餚多麼寒酸。於是我吃到再也吃不下為止，吃飽後，她又堅稱那盤手指餅乾還沒吃完。

之後我開車到附近一家酒品專賣店，這是一個偏遠的移民據點，經營者是個面無表情的錫克教徒，臉上還留著兩撇我死都不會想效法的巨無霸八字鬍。我買了一本《花花公子》雜誌、一條萬寶路香菸，和一瓶透明漂亮得要命的蘇托力伏特加。這個名稱帶有列寧、史達林與卡拉什尼科夫的回聲，讓耽溺於資本主義中的我略感釋懷。政治流亡者不算的話，蘇聯製造了三樣東西很適合外銷，伏特加便是其中之一，另外兩樣是武器和小說。就專業而言，武器令我讚佩，但伏特加與小說則是深得我心。一本十九世紀的俄國小說配上伏特加，可謂相得益彰。邊讀小說邊啜飲伏特加，一方面讓喝酒變得正當，另一方面則讓小說感覺縮短許多。我本來打算回店裡買一本這樣的小說，只是他們沒有《卡拉馬助夫兄弟們》，只有一堆洛克中士的系列漫畫。

正當我以保護之姿抱著這袋寶貝在停車場猶豫不決時，發現了一部公用電話。想打電話給蘇菲亞．森的衝動始終折磨著我。為了某個不合常情的荒謬理由，我一拖再拖，故意裝冷淡被動，她卻根本不知道我在等她主動。我決定不浪費那一分錢打電話給她，直接跳上車，駛過偌大的洛杉磯。將血腥錢交給吃喝無度的少校的遺孀後，我多少心安了一點，奔馳在餐後時間車輛零星的高速公路上，我聽見吃喝無度的少校在我耳邊低聲輕笑。我把車停在森女士住處過去一點的擁擠街道旁，抱著那一袋寶貝下車，只留下《花花公子》在車上給少校的鬼魂欣賞，雜誌剛好翻到中間插頁，六月號封面女郎伸展著撩人姿態躺在稻草堆上，身上除了一雙牛仔靴和一條領巾，一絲不掛。

森女士住的社區仍和我記憶中一樣，米色獨棟房屋，屋前逐漸稀疏的草皮東一塊西一塊，灰色公寓大樓則帶有軍營那種公家機構的魅力。她家裡的燈亮著，深紅色窗簾已拉合起來。她開門時，我第一個留意到的是她的頭髮，已經留到肩膀，而且是沒燙的直髮，看起來比我印象中年輕，加上黑色T恤和藍色牛仔褲的簡單穿著，更顯年輕。是你啊！她衝著我張開雙臂，大喊一聲。我們擁抱之際，一切感覺都回來了，她擦的是嬰兒爽身粉而不是香水、她完美的體溫、她觸感柔軟的小胸脯，平常她總會穿著墊得厚厚的、具保護作用的胸罩將乳房包覆起來，但今晚完全無拘無束。你怎麼不打電話？快進來。她將我拉進熟悉的極簡風公寓，她向來欣賞切·格瓦拉與胡志明這些輕裝便行的男人，屋內裝潢便是效法他們革命性的自我否定精神。她所擁有最大的一件家具是客廳裡的一張折疊沙發床，她養的黑貓經常坐在上面。這隻貓總會和我保持距離，但不是出於恐懼或敬意，因為每當我和森女士做愛，貓都會端坐在床頭櫃上，一雙綠眼帶著輕蔑地為我的表現評分，偶爾還會張開腳掌露出爪子，舔舐爪間。此時貓也在，但不是直接斜臥在沙發床上，而是趴在小山腿上，小山則光著腳盤坐在沙發床上。他帶著歉意咧嘴一笑，然而當他以噓聲趕走貓站起身時，卻散發出一種主人的光環。很高興再見到你，老朋友，他說著伸出手來。我和蘇菲亞經常談起你。

13

我能期待什麼呢？我失蹤了七個月，一通電話也沒打過，聯繫僅限幾張草草數語的明信片。至於森女士，她既不為一夫一妻制也不為男人奉獻，更甭提為任何一個特定男人奉獻了。她透過客廳裡最突出的陳設——書架——來宣示自己的忠誠，這書架宛如苦力，被西蒙·波娃、阿娜伊絲·寧、安潔拉·戴維斯及其他專與「女性問題」角力的女性作家的重量壓彎了背。從亞當到佛洛伊德等西方男性也問過那個問題，只不過他們問的是「女人想要什麼？」，至少他們考慮過這個主題。直到此時我才想到，我們越南男人根本從來就懶得問女人想要什麼。森女士想要什麼，我一點頭緒也沒有。如果看過這其中一些書，或許會有些許模糊概念，但我對它們的認識只有書衣上那些摘要。直覺告訴我，小山確實完完整整讀過其中幾本，坐在他旁邊，我可以感覺到他的存在讓我的皮膚產生刺刺痛痛的過敏反應，他的親切笑容引爆了我的敵意。

你那是什麼？小山朝我腿上的紙袋點頭問道。森女士又去拿一只酒杯，矮桌上已經擺了一對，另外還有一瓶開過的葡萄酒、一個開瓶器（上面還插著被酒染紅的瓶塞）和一本相簿。香菸，我將整條菸拿出來說道，還有伏特加。

我別無選擇只能把伏特加交給小山，森女士從廚房回來時，他拿給她看。你太客氣啦，森女士語氣開朗地說，同時將它放到葡萄酒瓶旁邊。美麗透明的蘇托力維持著一派冷靜的俄式儀態，我們就這麼默默望著它。每瓶滿滿的酒裡面都藏有一個訊息，那是在你開飲之前不會發現的驚喜。我原本打算和森女士一起讀這瓶中訊息，她和小山也都心知肚明，要不是她展現親切大方的風度，我們三人可能只會呆呆坐著沉浸在尷尬的寒水中。她開口道，你想得太周到了，尤其是我們的菸也差不多抽完了。你不介意的話，我就來一根嘍。

小山說道，對了，你的菲律賓之行如何？

森女士替我倒了一杯酒，並將他們的酒杯重新斟滿，然後說，所有的細節我都想聽，自從聽我叔叔說他在那邊打仗的事情，我就一直很想去。我拆開菸盒，遞了根菸給她，自己也拿了一根之後，便將已在心裡預習多次的故事娓娓道來。貓以帝王的傲蔑之姿打了個呵欠，又爬回小山腿上，伸伸懶腰，睨視著我，後來覺得無聊就睡著了。我明確感覺到小山和森女士聽我講述的興致比貓高不了多少，他們抽著我的菸，偶爾問幾個禮貌性的問題。我沮喪之餘，甚至提不起勁告訴他們自己瀕死的經驗，整段敘述沒有高潮便漸近尾聲。我的目光落在翻開的相簿上，那一頁有幾張黑白照片，顯示的是幾十年前中產階級的生活景象：一對父母親坐在家裡鋪著蕾絲巾的扶手椅上，幾名兒女在彈鋼琴、鈎毛線、圍坐用餐，穿著與髮型都是三〇年代風格。我問道，他們是誰？森女士說，我的家人。妳的家人？這個回答令我驚愕不已。我當然知道森女士有家人，但她幾乎絕口不提，自然也從未讓我看他們的照片。我只知道他們住在離這裡很遠的北邊，在聖華金谷地某個塵土瀰漫又燠熱的小鎮。小山彎身指著照片中的臉一一介紹，那是貝琪、那是伊蓮娜，這是喬治和艾伯。可憐的艾伯。

我望向正小口喝著葡萄酒的森女士。他戰死了？

她回答，沒有，他拒絕上戰場，結果被送進監獄。他對這件事仍充滿怨恨，這倒也沒什麼，要換成是我，天曉得我會有多怨恨。我只是希望他能快樂一點，戰爭已經過去三十年了，他卻還活在那裡頭，雖然他沒去打仗。

小山說，他打了，只不過是在家裡打。怎麼能怪他呢？政府把他家人放到集中營，然後叫他去為國賣命？要是我也會氣瘋的。

此時，香煙薄霧將我們三人分隔開來，模糊的思緒漩渦在短暫瞬間飛快成形、消逝，有一刻我的靈魂分身還盤旋在小山頭上。艾伯現在人呢？我問道。

日本。但不代表他在那裡比在這裡快樂。戰爭結束被釋放之後，他覺得應該回到同胞身邊，這輩子白人都是這麼跟他說的，雖然他在這裡出生。所以他去了，卻發現日本人民也不把他當自己人。在他們眼裡，他是我們的人，在我們眼裡，他是他們的人。兩邊不是人。

也許我們系主任可以幫他，我說道。

天哪，你在開玩笑吧，森女士說。我當然是開玩笑，可是被迫加入這複雜三人關係的我，已亂了節奏。我乾了葡萄酒，穩定自己的心神。當我看著酒瓶，發現酒已經喝光。森女士問道，你想不想來點伏特加？她的眼神充滿同情，而她的同情向來都只是冷冷的溫度。渴望之情在我心底泛湧，我卻只能默默點頭。她走到廚房拿乾淨的平底酒杯來喝伏特加，我和小山則尷尬地靜坐等候。倒出的伏特加那刺激而美妙的氣味一如我所想像，我也正需要這種淡薄些的漆來重新粉刷自己汙漬斑斑、漆面剝落的心牆。

小山說道，也許我們可以找一天去日本，我想見見艾伯。

森女士說，我也希望你見見他，他跟你一樣都是鬥士。

伏特加有助於坦誠，尤其是加了冰，就像我這杯。加冰的伏特加如此透明、清澄、有力，使得飲用者也受到激勵同化。我將剩下的酒一飲而盡，準備好迎接勢必躲不掉的碰撞傷害。小山，打從大學時期開始，有件事一直讓我很好奇。那時候你老是說你有多相信人民和革命。森女士，妳真該聽一聽，他的演說真的很精采。

森女士說，我很想聽聽看，非常想。

不過妳要是聽了，心裡應該會不解他為什麼沒有回去為他相信的革命奮鬥，又或者他現在為什麼不回去加入人民與明日的革命？就連妳的兄弟艾伯也為了他自己的信念入獄、回日本去了。

看看他現在是什麼下場，森女士說。

我只是想聽聽答案，小山，你還留在這裡是因為你愛森女士，還是因為你害怕？

他抖縮了一下。我正好打中他的痛處，他良知的太陽神經叢，這裡是每個理想主義者的要害。要解除一個理想主義者的武裝很簡單，只需要問他為什麼他選擇了某場戰爭，卻沒有上前線。這是奉獻度的問題，儘管他不知情，我卻知道自己是忠心奉獻的一分子。他看著自己的赤腳，滿臉羞愧，但不知為何森女士並不為所動，她只是看似理解地瞄他幾眼，可是當她轉過頭正眼看我，眼中除了原有的同情還多了另一種神情——遺憾。是該告一段落優雅退場的時候了，然而我內心地下室排水口的塞子雖已拔除，伏特加排放的速度卻不夠快，我只好繼續泅泳。我又說，你老是說得好像多麼欽佩人民，如果真的那麼想和人民站在一起，就回家去啊。

他的家在這裡，森女士說。此時抽著菸反擊的她，激起我前所未有的欲望。他會留在這裡是因為人民也在這裡，他有工作要和他們一起做、要為他們做。你難道還不明白？這裡現在不也是你的家了嗎？

小山按著她的手臂喊了一聲，蘇菲亞。眼看她把手放到他的手上面，我喉頭忽然被什麼東西哽住，嚥不下去。不必為我辯解，他說得沒錯。我沒錯？我從沒聽他說過這種話。我本該高興才是，卻反而愈來愈清楚感覺到不管再說什麼，都難以說服森女士改變她對小山的心意或心思。他喝完杯中剩下的伏特加後說道，我已經在這個國家生活十四年，再過幾年，我在這裡的時間就跟在祖國的時間一樣長了。這從來就不是我的本意。我跟你一樣，來這裡只是為了念書。我還清清楚楚記得在機場和父母親道別，並答應他們會回去幫助我們的國家。我會拿到美國學位，得到全世界最好的教育。我會利用這些知識，幫助我們的同胞從美國人手中解放出來。至少這是我的希望。

他將杯子伸向森女士，她又給他倒了雙份。啜飲一口後，他望著我和森女士之間的某一點，繼續接著說。我發現生活在外國人群中，就不可能不被他們影響，這並非我所願。他搖搖酒杯，然後像罰酒一樣一口喝乾。他又說，有時這樣的自己也讓我覺得有點陌生，我承認我害怕，我承認我的懦弱、我的虛偽、我的軟弱和我的羞愧。我承認你比我好。我不認同你的政治觀點，甚至是瞧不起，可是你在有得選擇的時候回家了，還為了你的理念作戰，為你眼中的人民挺身而出。這點我敬佩你。

我簡直不敢相信。我竟然讓他坦承自己的失敗，舉旗投降。這場辯論我贏了小山，這是大學時期從未有過的事。那麼森女士為什麼還握著他的手，輕聲安慰他？她說，沒關係，我完全了解你的感受。沒關係？我得再喝一杯。森女士接著說，小山，你看看我，我是什麼樣的人？一個白人的祕書，每當他喊我「蝴蝶小姐」都認為是一種讚美，我有沒有反駁抗議，叫他去死呢？沒有，我微笑著沒出聲，繼續打字。我沒有比你好啊，小山。他們凝視著彼此，彷彿我並不存在。我將三人的杯子都重新斟上，但只有我喝了一口。真正是我的那個部分說，我愛妳，森女士。沒人聽見。他們聽見的是假扮我的那個部分說，作戰永遠不嫌晚，對吧，森女士？

魔咒解除了。小山重新將目光轉回到我身上。他以一種智力柔道的招數讓我反打了自己一拳，不料他完全不像大學時代那樣洋洋得意。儘管喝了葡萄酒和伏特加卻仍清醒的他說，對，作戰永遠不嫌晚，朋友，你這句話說得很對。森女士也說，就是啊。從她緩緩吐出這三個字的語氣，從她用一種從未對我顯現過的飢渴熱切注視著小山，從她選擇那三個字而不只是說「對」，我就知道我們倆玩完了。我贏了辯論，但就像大學時代那樣，他則在不知不覺中贏得了聽眾的心。

我在給巴黎堂姑寫的下一封信中報告道，將軍也認為作戰永不嫌晚。他找到一片荒涼地域能讓他的初期軍隊進行操練與演習，地點位在洛杉磯極東方、太陽曝晒的小山上，附近有一處偏僻的印第安保留區。約莫兩百人左右開車穿過高速公路，行經近郊與更外圍的郊區，來到這個灌木叢生的地帶，過去說不定還有匪徒將被害人埋屍於此。想像中我們的集會可能會顯得奇怪，但其實不然。仇外人士看到一群外國人穿著迷彩裝在做軍事操練與健身操，或許會想像我們是一群侵略美國本土的亞洲暴徒先鋒，是金州的黃禍，是魔王明無情復生的一場大噩夢。其實完全不是這麼回事。將軍的人在準備進攻如今被共產黨掌控的家鄉之際，其實已經轉變成新美國人。畢竟，再也沒有什麼比揮舞著槍、誓言為自由與獨立而死更美國化的舉動了，除非是揮舞著那把槍，奪走另一人的自由與獨立。

二十名頂尖志士，將軍在餐廳裡如此稱呼他們，並在一張餐巾紙上為我畫出這支精簡軍隊的組織圖。稍後我將餐巾紙收進口袋，寄給巴黎的堂姑，圖上畫了一支本部排、三支步槍排和一支火力排，儘管目前尚未有火力強大的重型武器。將軍說，這不成問題，東南亞重型武器氾濫，可以從那裡取得，在這裡的目標是建立紀律、強健體魄、做好心理準備，讓這些志士再度把自己當成軍人，讓他們想像未來。他寫下各排的指揮官與他的參謀官，一面向我說明他們的經歷：這一個以前是某某師的執行官，這一個以前是某某軍團的營長等等。這些細節內容我也傳達給了巴黎的堂姑，這次費心用了暗碼。此外我還略述將軍告訴我的事：這些人，下到最低階的列兵，都是有經驗的人。他說，他們在家鄉都見識過戰爭場面，所有志願者都是。我並不是廣泛號召，而是先調集軍官，讓他們去聯繫自己信得過的人擔任士官，再由士官去找士兵。集結這個核心的時間超過一年，現在我們已經準備好邁向下一階段。體能訓練、操練、演習，把他們變成一個有戰鬥力的單位。你願意支持我嗎，上尉？

一如既往，長官。我就這樣再次穿上了制服，不過當前的任務是擔任記錄工作而不是步兵。兩百名左右的人盤坐在地上，將軍站在他們前面，我則拿著相機站在他們後面。將軍和手下一樣穿著作戰迷彩裝，是在一家軍品店買的，經過夫人修改後十分合身。穿上軍服的他不再是臉色陰沉的酒品店與餐廳老闆，不再是一面數著收銀機裡的錢一面數著希望的小資產階級。他的制服、他的紅色貝雷帽、他擦得晶亮的野戰靴、他衣領上的星章與空降師的臂章，讓他恢復了昔日在祖國的崇高氣質。至於我的制服，可說是布料剪裁的甲冑。雖然子彈或刀子都能輕易劃破，但比起日常便服，還是讓我覺得比較不那麼脆弱。即便不是刀槍不入，至少也有魔法加持，就和其他所有人一樣。

我從幾個不同角度拍攝這些人，他們流亡至此，淪落的處境挫了他們不少傲氣。無論是穿著餐館雜役、侍者、園丁、農工、漁夫、黑手、警衛，或純粹失業與低收入者的服裝，這些標準的寒酸破落戶不管到哪裡都會融入背景當中，始終被視為群眾，從未被當成個人看待。可是現在穿上了制服，亂糟糟的髮型隱藏在野戰帽與貝雷帽底下，誰也無法忽視他們。他們挺直背脊，不再像難民一樣無精打采彎腰駝背，他們昂首闊步，不再像平常穿著鞋底磨損的廉價鞋一樣拖著腳走路，這些姿態在在展現他們重生的英雄氣概。他們再度成了好漢，這也是將軍對他們的稱呼。他高呼道，好漢們，好漢們！人民需要我們。即使從我所在的地方，也能清楚聽到他的聲音，但他發聲似乎毫不費力。將軍說，他們需要希望與領導人，你們就是那些領導人。你們要讓人民看見，只要他們有勇氣站起來、拿起武器、犧牲小我，將能造就些什麼。我注視著這些人，想看看犧牲自我的想法會不會令他們畏縮，但是沒有。這是制服與群體的玄奧力量，在餐廳端盤子的日常生活中，這些人絕不可能想要犧牲自己，但在熾熱太陽下等候之際，是這股力量讓他們願意犧牲。將軍說道，好漢們，好漢們！人民正高聲呼求自由！共產黨承諾自由與獨立，卻只給了貧窮與奴役。他們背叛了越南人民，革命是不會背叛人民的。即使身在這裡，我們依然與人民同在，人民未能得到我們所得到的自由，我們要回去解放他們。革命就是享於民、得於民、主於民。那才是我們的革命！

再沒有什麼如此真實，卻也再沒有什麼如此神祕，因為誰是人民以及人民可能想要什麼等等問題依然沒有解答。沒有答案無所謂，事實上，是人民這個概念讓這些人站起來，熱淚盈眶地高喊「打倒共產主義！」，而其中一部分力量正是來自於沒有答案。就像鮭魚天生就知道何時逆流而上，我們也都知道誰是人民，誰不是人民。凡是需要別人告知誰是人民的人，八成便不屬於人民，我給巴黎堂姑的信是這麼寫的。我還寄給她這些人穿著制服高呼口號的照片，以及他們利用那個週末剩餘的時間操練、演習的照片。這些人在灰髮上尉的大呼小叫聲中做著伏地挺身，在冷漠中尉的號令下蹲伏在樹木後面端著老舊步槍瞄準，或是隨著阿邦在昔日印第安人打獵的雜樹叢裡假裝巡邏，看起來也許傻氣或愚蠢，但是別上當了，我在加密的信息中如此警告阿敏。革命都是這樣開始的：有人願意不計險阻地作戰，願意自動放棄一切，因為他們一無所有。這正好可以用來形容灰髮上尉和冷漠中尉，前者原是游擊隊員，如今成了快餐廚師，後者所屬連隊遭到伏擊，他是唯一倖存者，如今以快遞維生。他們和阿邦一樣都是十足的瘋子，志願前往泰國參與勘查任務。他們已經認定死亡和生命同樣美好，他們是沒關係，但我若也要同行，可就得擔心了。

我們四人坐在橡樹下，袖子捲到高過手肘，吃著軍品店買的C級野戰口糧（這種口糧吃進去和排出來，看起來幾乎一模一樣），我問道，你們的妻兒怎麼辦？灰髮上尉用湯匙在罐頭裡刮得喀喇喀喇響，一邊回答說，我們在峴港那場混戰期間失散了，他們沒能逃出來。我最後聽到的消息是他們受我牽連，被越共派去清沼澤地。我想我可以等他們出來，也可以自己去接他們。他有個習慣，說話時會咬著牙，像啃骨頭似地啃噬話語。至於冷漠的中尉，他的情感弦被切斷了。他空有人的外表，只是身體移動時，臉和聲音卻動也不動。當他說「他們死了」也是這樣的表情，比起痛哭或咒罵，沒有起伏的平板聲調更可怕。我不敢問他發生了什麼事，而是反問，你們不打算回來了，是吧？冷漠的中尉將他砲塔般的頭轉移幾度，目光瞄準了我。回哪裡來？灰髮上尉低聲笑了笑。別太過驚嚇，孩子。奉我命令去赴死的人不少，現在可能輪到我了。不是我想說得煽情，但不必替我難過，我是求仁得仁。戰爭也許像地獄，可是你知道嗎？地獄都好過這個糞坑。話才說完，冷漠中尉和灰髮上尉便一起離席去小解。

寄到巴黎的信中無須寫明這些人不是傻瓜，至少目前還不是。美國獨立戰爭時期自信能打敗英軍的義勇兵不是傻瓜，我們的革命中第一支武裝宣傳小隊蒐集雜七雜八的簡陋武器進行演練時，也同樣不傻。從那支民兵到最後發展成為百萬大軍，誰敢說現在這群人不會有相同命運？我用顯性墨水寫道，親愛的堂姑，這些人不容小覷。拿破崙說男人會為了佩帶在胸前的一小片綬帶犧牲性命，但將軍明白會有更多人為了一個能記住自己姓名的人犧牲性命，就像他對他們那樣。他視察時，會走到他們群中，會和他們一起用餐，能喊出他們的名字，還會問及妻兒、女友、故鄉。無論是誰，這一生都只希望能被重視、被記住，兩者缺一不可。正是這份欲望驅使這些餐館雜役、侍者、工友、園丁、技工、夜間守衛與社會福利受益者，存錢給自己買制服、靴子和槍，希望能再次成為一條好漢。親愛的堂姑，他們想奪回國家，但他們也渴望能獲得那個已不存在的國家、獲得妻兒、獲得未來子孫、獲得昔日那個自己的重視與懷念。如果失敗，他們就是傻瓜。但倘若沒有失敗，他們就成了英雄與先知，無論是生是死。也許我應該和他們一起返國，不管將軍怎麼說。

儘管我盤算著回國的可能性，卻也努力想打消阿邦回國的念頭。我們在橡樹下抽最後一根菸，抽完就要出發行軍十六公里。我們看著這群人聽從灰髮上尉與冷漠中尉的號令起身拉筋伸展，一面搔抓粗壯身軀的各個部位。我說道，那些人都視死如歸，你不明白嗎？他們不打算回來了，他們知道這是自殺任務。

人生就是一場自殺任務。

我回他，你這話非常有哲理，但改變不了你瘋狂的事實。

他聽了大笑，是真正開朗的笑，自從西貢事件後幾乎不曾見過，我不禁大吃一驚。打我認識他以來，這僅僅是他第二次發表這種對他而言宛如史詩般的談話。他說道，沒有活著的理由卻繼續活著，這才是瘋狂。我活著是為什麼？為了在我們那間公寓過日子？那不是家，那是一間沒有柵欄的牢房。我們所有人……我們全都關在沒有柵欄的牢房裡。我們已經不是男人了。被美國人搞了兩次，還讓妻兒親眼目睹之後，我們就不是男人了。第一次，美國人說我們會保你們的黃皮膚毫髮無傷，聽我們的就對了。照我們的方法打仗、拿我們的錢、把你們的女人給我們，然後你們就自由了。結果卻不是這樣，不是嗎？惡搞完我們以後，他們又來拯救我們，只是沒說會順便割掉我們的老二和舌頭。不過你知道嗎？我們要是真男人，就不會允許他們這麼做。

平常惜字如金的阿邦說話就像個狙擊手，但這回竟像是機關槍連發，讓我一時無言以對。片刻後才說，這些人所做的、所面對的，都值得多一點表揚。雖然他們是敵人，但我了解在他們體內跳動的是一顆軍人的心，深信自己是英勇奮戰。你對他們太嚴苛了。

他又笑起來，只不過這次聲音中沒有笑意。我是對自己嚴苛。你也不要說我是好漢或軍人。留下的人才是好漢和軍人，就像我那個連隊的弟兄。就像阿敏。全部的人不是死了就是被關，但至少他們知道自己是真男人。就因為他們太危險，其他有槍的男人才會把他們關起來。在這裡，沒有人怕我們。而我們只怕自己的老婆孩子，還有我們自己。我了解這些人。我賣他們酒，聽說了他們的事。他們收工回家，罵老婆孩子，偶爾打他們一頓，只為了證明自己是男人。偏偏他們不是。男人是要保護妻兒的。男人是不怕為他們、為國家、為弟兄犧牲性命的，不是活著看所有人都比他先死。可是我就這麼做了。

你只是撤退而已，我一手搭在他肩上說道。他扭扭肩擺脫我的手。以前我從未見他如此直率地講述自己的痛苦。我想安慰他，他不肯接受讓我覺得受傷。你得救你的家人，這並不表示你少了男子氣或軍人氣。你是個軍人，就要像個軍人一樣思考。是加入這次自殺任務而回不來比較好，還是等待真正有機會成功的下一波行動比較好？

他把香菸吐到地上，用腳後跟踩熄，埋進土堆中。這些人大多都這麼說。他們是窩囊廢，窩囊廢總是有藉口。他們一身軍裝、說話口氣凶狠、一副軍人模樣。但有多少人是真正要回家鄉作戰？將軍徵求志願者，結果只有三個人。其他人都躲在老婆孩子後面，也就是成天挨他們打的老婆孩子，因為他們受不了自己躲在他們背後。就算再給懦夫一次機會，他還是會再逃走。這些傢伙也是一樣，他們只會說大話。

你這個憤世嫉俗的王八蛋，我大喊道，那麼你是為什麼而死？

我為什麼而死？他也大喊回來，我想死是因為我活著的這個世界不值得我為它犧牲！要是有什麼值得你付出生命，你就有活下去的理由了。

對此，我無話可說。這話說得沒錯，即使是對這一小群英雄又或者是傻瓜而言。無論是英雄或傻瓜，現在的他們都有一個值得活下去，或甚至付出生命的理由。平庸的平民生活猶如喪服，他們急切地脫去這件喪服，因為體會到量身訂製的虎紋迷彩裝搭配黃、白或紅色亮麗領巾的魅力，這身燦爛軍裝就好比超級英雄的服裝。但一如超級英雄，他們也不想隱匿太久。如果沒有人知道你的存在，你又怎麼當超級英雄呢？

關於他們的耳語已經傳開。甚至早在沙漠的集會前，也就是小山承認自己失敗卻仍贏了我的那天晚上，他便問過我這些神祕人的事。當時我們的談話輪盤已經停止轉動，對於我的挫敗，黑貓在一旁幸災樂禍。充斥著伏特加酒氣的沉默中，小山提起有關一支祕密軍隊正在準備祕密侵略行動的傳聞。我回答說我從未聽說此事，他卻說，別裝了，你可是將軍的人。

我說，如果我是他的人，更沒有理由告訴一個共產黨。

誰說我是共產黨？

我佯裝詫異。你不是共產黨？

我要是的話，我會告訴你嗎？

這是顛覆分子的窘境。無論是在西貢或在這裡，我們都無法穿上雌雄難辨的超級英雄服裝大肆炫耀，只能躲在隱形斗篷底下。在那裡，當我與其他顛覆分子在安全處所的霉臭地窖，坐在一箱箱美國製的黑市手榴彈上面舉行祕密集會時，總會戴上溼溼黏黏的棉質兜帽，只露出眼睛。在燭光或油燈照明下，我們只能藉由化名的特性、藉由身形、藉由聲音音質、藉由眼白來認識彼此。此時，看著森女士斜倚在小山懷裡，我敢肯定我那雙向來吸收力頗強的眼睛已不再是白色，而是在葡萄酒、伏特加與菸草的作用下充滿血絲。我們肺裡的煙氣已與汙濁空氣達成平衡狀態，茶几上的菸灰缸則默默承受著一貫的屈辱，嘴裡塞滿菸屁股和苦澀菸灰。我將一截沒抽完的菸丟進葡萄酒瓶裡，菸蒂淹溺於剩餘的液體中，發出一聲微弱、帶著責備的唏噓。森女士說，戰爭已經結束了，他們難道不知道？我起身道晚安時，想說點有深度的話，想用一種她再也不可能得見的知性來感動她。於是我說，戰爭永遠不會死，只是睡著罷了。

老兵也是這麼想的嗎？她問道，看起來不像受到感動。小山說，當然是了，如果沒有睡著，還怎麼能作夢？我正要開口回答，才忽然領悟這只是個設問。

森女士湊上臉頰與我親吻道別，小山伸出手與我握別。他送我到門口，我一路鑽過夜色的涼沁被單，回到家後鑽進自己的被窩，阿邦已經入睡，盤旋在我上方的床鋪。我閉上眼睛，經過一段時間的黑暗，我躺在床墊上漂過一條黑河，前往一個不需要護照便能進入的異國。在當地眾多謎樣的特色和可疑的動植物與人當中，我現在只記得一樣，我的心被抹得一乾二淨，只留下這枚致命指紋，那是一棵古老的木棉樹，是我最後休憩的地方，我把臉頰貼在那有如罹患關節炎的樹皮上。夢中的我倚著那棵長滿瘤的樹幾乎就要睡著，卻漸漸發覺我耳朵貼靠的那個節瘤其實也是一隻耳朵，扭曲僵硬的耳朵，它聽覺史上累積的耳垢就嵌在彎彎曲曲耳道的青苔裡頭。木棉樹有一半聳立在我頭頂上，另一半隱沒在我身子底下紮了根的土地中，我抬起頭，看見的不只有一隻耳朵，而是有許多耳朵從厚實樹幹的樹皮突出來，數以百計的耳朵在聽著並聽到我聽不見的聲音。那些耳朵的畫面實在駭人，我嚇得又猛跌回黑河裡。驚醒時滿身大汗、氣喘不止，兩手緊抓著兩鬢。直到踢掉溼濡的被單，翻開枕頭查看之後，才能顫抖著重新躺下。我的心依然以狂野鼓手的力道怦怦跳著，但至少床上沒有散落割下的耳朵。

14

有時候顛覆分子的工作是有計畫的，但我承認，有時候是意外。事後回想起來，或許是我對小山的勇氣提出質問，才促使他在我們野戰演習兩個星期後，寫了那篇以「前進吧，戰爭已結束」為標題的報導。我是在將軍的酒品店戰情室裡的桌上看到的，報紙方方正正地擺在一塊寫字板上，用釘書機壓著。那標題充滿感情的觀點或許會得到某些人的喝采，但絕對不是將軍。標題下面有一張照片，是兄弟會在西敏市公園舉行的一場誓師大會，一個個臉色嚴峻的退伍士兵，穿戴著褐色上衣與紅色貝雷帽等準軍事制服縱橫排列。在另一張照片中，穿著破舊難民服裝的平民百姓揮舞牌子、緊抓布條，上面全是政治抗議的簡短訊息。**胡志明＝希特勒！為人民爭取自由！謝謝你，美國！**這篇報導可能會在流亡人士心裡對於繼續打仗一事播下疑慮的種子，進而造成派系分裂，以這個程度看來，我知道我對小山的挑釁有了意外但理想的成效。

我用米諾克斯迷你相機拍下文章，這部相機終於能派上點用場。過去幾個星期，我一直在拍將軍的檔案，身為他的副官，這些都是垂手可得。自菲律賓回來以後，我始終處於失業狀態，唯一只為將軍、為兄弟會、為行動計畫做這份重要的無償工作。即使是祕密軍隊與政治前線也需要辦事員，有備忘錄要寫，有文件要歸檔，有會議要召開，有傳單要設計、印刷與分發，有照片要拍，有專訪要安排時間，有贊助者要找，而對我來說最重要的，就是取信寄出，然後收信讀過以後再交給將軍。我已經拍下將軍完整的戰鬥序列，從這裡的連隊到泰國的營隊，從兄弟會的公開遊行到行動計畫的私下演練，以及將軍與他在泰國難民營的軍官之間簽署的公報（這群軍官由一名如今困在陸地上的海軍上將統領）。還有一樣也很重要，我拍下銀行對帳單，將軍為行動計畫準備的微薄基金就偷偷存放在他的銀行帳戶裡，這筆基金都是小額小額募捐而來，有難民社群的捐款、有夫人餐館的收入，也有少數幾個正當的慈善機構為了讓傷心的難民與更傷心的退伍軍人獲得安慰而捐錢給兄弟會。

這些資訊全都放入包裹一併寄去給我巴黎的堂姑。包裹的內容物包括一封信和一件廉價庸俗的紀念品：自動旋轉的雪花玻璃球，裡面有個好萊塢標誌。這件禮物需要九伏特的電池，我附上電池，但已事先掏空，各塞入一捲米諾克斯的底片，這個手法比西貢的祕密聯絡人與我交換訊息的方法更細膩。阿敏最初跟我提到這個聯絡人時，我腦中立刻浮現出溫順的選美皇后影像（我們國家向來以此著稱，而且實至名歸），外表純白如細糖，內在赤紅如旭日，堪稱交趾支那版的間諜美女瑪塔·哈莉。不料每天早上出現在我家門口的卻是一個上了年紀、臉上皺紋恐怕比手紋隱藏更多祕密的阿姨，她沿街散布一團一團的檳榔汁，一面叫賣她獨門的香蕉葉糯米飯。我每天早上會買一包當早餐，裡面可能有也可能沒有捲起來、用塑膠包裹的紙條。同樣地，我付給她一小疊折起的紙鈔裡，可能有也可能沒有一個底片盒或是我用米湯隱寫在黏合紙上的訊息。這個方法唯一的缺點是阿姨的廚藝很差，她做的糯米飯就像一團黏膠，我又不得不硬吞下去，免得女傭在垃圾桶裡發現了心生懷疑，我既然不吃為什麼還買？我向阿姨埋怨過一次，不料被她臭罵一頓，她罵得沒完沒了又創意十足，害我不但得頻頻看表還得去查字典。就連在將軍別墅周圍兜轉載客的三輪車伕也對她印象深刻。有個缺了左臂的車伕高喊道，上尉，你最好娶了她吧，她不會單身太久的！

想到這裡我哆嗦了一下，隨即拿出將軍放在抽屜的一瓶十五年威士忌，給自己倒一杯。由於我沒拿酬勞，將軍總會大方地從他豐富的藏酒中，拿一些高級和不太高級的酒送給我，我喝得開心，而且老實說也上了癮。我需要。隱寫在信中的是阿邦還有灰髮上尉與冷漠中尉的行程日期與細節，從機票到訓練營的地點都包含在內。這些訊息和我透過堂姑傳達的大致無異，都是關於作戰行動的後勤機密，而這些行動必然會造成猛烈的襲擊。報紙會報導美軍與南越共和軍的傷亡人數，但他們就和歷史書上那些沒有面孔的死者一樣抽象。這類急報我寫來得心應手，可是關於阿邦的部分卻花了我一整晚，不是因為字數，而是因為他是我朋友。我也要回來，我如此寫道，卻還沒想出該怎麼做。這樣能更有效率地報告敵人的行動，我如此寫道，真正的意圖卻是想救阿邦一命。這項壯舉該如何完成，我也毫無頭緒，只不過「未知」從未能阻止我採取行動。

由於想不出該怎麼做才能同時背叛阿邦又救他一命，我只好藉酒尋找靈感。喝第二杯時，將軍進來了。現在剛過三點，他在夫人餐館忙完尖峰時段後，都會固定在這個時間回來。在收銀機前待了幾個小時後，他一如往常地急躁。昔日下屬見到他會行禮，雖是表示敬意之舉，卻也讓他想起自己不再佩帶的星章。偶爾還會有毒舌的平民百姓（每次都是女人）

對他說，你不是那個將軍嗎？她要是夠毒，還會留小費給他，一貫的一元大鈔，對我們視為荒唐的這項美國作風表達認同。因此將軍會在下午到酒品店來，就像今天這樣，將一把揉縐的一元紙鈔丟到桌上，等著我為他倒一杯雙份威士忌。然後他會躺靠在椅子上，閉著眼睛小口飲酒，誇張地大聲嘆氣。但是今天他沒有往後靠，反而往桌前探身，用手指敲著報紙說，你看到這個了嗎？

為了不剝奪將軍怒斥的機會，我回答說沒有。他一臉森然地點點頭，開始大聲唸出節錄的部分。「關於這個兄弟會與其真正意圖的傳聞甚囂塵上，」將軍面無表情、聲音平平地唸道：「他們的目標顯然是推翻共產政權，但他們想走多遠？該兄弟會雖然募款幫助難民，這些資金卻可能流入泰國一群武裝難民的一項行動計畫。據傳，該兄弟會投資了某些事業，從中獲益。該兄弟會最令人失望的一點是，他們向同胞散播虛幻的希望，宣稱我們總有一天能藉由武力收復國土。其實若能平和地和解，以期有朝一日流亡在外的我們能回歸祖國協助重建，這會是更好的做法。」將軍折起報紙放回桌上，就放在原本的位置，分毫不差。上尉，有人在給這個人提供可靠消息。

我吞下積聚在嘴裡的口水，並小啜一口威士忌加以掩飾。長官，我們有人洩密，就像在家鄉的時候一樣。你看那張照片。那些人多少都知道一點內幕。小山只需要提著一只水桶，在他們當中這裡接一滴、那裡接一滴，很快就能搜集到一、兩杯的資訊了。

將軍說，你說得當然沒錯，我們藏得住情婦卻藏不住祕密，這個——他敲敲報紙——聽起來好極了，不是嗎？和解、回歸、重建。誰不希望這樣？而誰獲利最大呢？共產黨。至於我們，一旦回去，比較可能的結果要不是頭上吃子彈就是長期接受思想改造。共產黨所謂的和解與重建就是這個，就是除掉我們這樣的人。窮人對於任何一種希望都求之不得，這個記者正在向他們進行左派的思想宣傳。他愈來愈麻煩了，你不覺得嗎？

當然，我說著伸手拿酒瓶，裡頭的酒和我一樣半空半滿。只要是獨立的記者都很麻煩。

我們怎麼知道他是不是單純的記者？西貢有半數記者是共產黨的同路人，而且有不小比例的人本身就是共產黨。我們怎麼知道共產黨不是多年前就計畫好，派他到這裡來監視我們每一個逃到這裡的人，暗中挖我們的牆角？你大學就認識他了。當時他有顯現出這種左傾的態度嗎？我若說沒有，而將軍之後從他處聽到不同說法，我就麻煩了。答案只能是肯定的，將軍聽了說道，上尉，身為我的情報官，你提供的情報似乎不怎麼充分哦？我第一次見到他時，你怎麼沒有提醒我？將軍嫌惡地搖著頭。你知道你的問題在哪嗎，上尉？我的問題可多了，但現在最好只說不知道。將軍說，你太有同情心了，你沒看出少校的危險性是因為他很胖，你同情他。如今又有證據顯示，小山不只是左派激進分子，還可能是共產黨派來的臥底幹員，而你竟刻意對此視而不見。將軍目光灼灼，我的臉開始發癢，但我不敢去抓。現在可能需要採取一點行動了，上尉，你不覺得嗎？

是的，我口乾舌燥地說，現在可能需要採取一點行動了。

後續幾天，我有大把時間細細思考將軍這個含糊的命令。怎會有人不同意需要採取一點行動呢？隨時都需要有人採取一點行動的。小山報紙上的一則廣告說蘭娜將參與一齣諷刺時事的歌舞秀「幻想曲」的歌唱演出，這讓我有了行動的機會，只不過可能不是將軍想的那一種。我目前需要放個假，脫離顛覆分子那緊張、孤獨的工作，哪怕只是一個晚上都好。對於習慣黑暗的地下工作人員，夜總會是理想的出沒地點。說服阿邦去看「幻想曲」，去聽聽我們已經失去但仍未遺忘的國家歌曲與聲音，倒沒有我想得那麼困難，因為已經決定一死的阿邦終於出現了一些生氣。他甚至讓我替他剪頭髮，然後再用百利髮乳抹得跟我們的黑皮鞋一樣油亮。百利髮乳與古龍水使我車內瀰漫著一股令人陶醉的男人味，加上車上播著滾石合唱團的歌，這一路不只朝好萊塢西行，也把我們送回到西貢的黃金歲月，亦即一九六九年左右，我從美國返鄉之後。那時候，阿邦和阿敏還沒當父親，我們三人年輕時期的週末都浪費在西貢的酒吧和夜總會，這也是理所當然的事。假如青春沒有浪費掉，怎麼能叫青春呢？

我與阿邦的友誼或許可以怪罪於青春。是什麼原因驅使一個十四歲少年與朋友立血誓、結血盟？更重要的是，一個成年男人怎麼會相信那樣的誓言？理念與政治信仰這類重要情事是成年後結出的成熟果實，這難道不比年輕時不成熟的理想與幻想更重要嗎？請容我這麼說，在那些年輕荒唐的行為裡可以找到真實，或某種程度的真實，只可惜長大以後就忘了。我們最初建立友誼的場面是這樣的：在中學的足球場上，一群年紀較大、身材較高大的學生，學校裡躍騰的戰馬，將我這個新生團團圍起，打算重演混沌初開時人類已預演過的場景，也就是強者突如其來地攻擊弱者或異類當作消遣。我是異類但我並不弱，在我對付那個罵我不正常的鄉下丑角時便已得到證明。雖然我揍了他，自己事先卻也挨揍了，因此我已做好心理準備這場架是打不贏的。就在這時候，忽然有另一個新生出面為我說話，他從圍成一圈的窺探者中踏上前來說道，你們這樣不對，不要排擠他，他也是我們的一分子。有個學長冷笑一聲。你誰啊，有什麼資格說誰是我們的一分子？你又憑什麼以為你是我們的一分子？好了，滾一邊去吧。阿敏沒有滾開，結果挨了第一拳，那一拳揮中他的耳朵，打得他站都站不穩。我頭一低，朝那個學長的胸口衝過去將他撞倒，然後跨坐在他胸口，才揮了兩拳，他那群笨蛋夥伴就往我身上撲過來。他們對上我和我的新朋友阿敏，人數大約是五比一，儘管我全心全力、滿腔怒火地回擊，心裡還是知道我們死定了。所有圍著我們的其他學生也知道。那麼，阿邦為什麼還會從人群中跳出來站到我們這邊呢？他也是新生，沒錯，塊頭是和學長們一樣魁梧，但即便如此也是雙拳難敵四手。這邊拳打一個、那邊肘拐一個，再衝撞一個之後，他也被那幫人制伏了。於是他們對我們又踢、又打、又揍，讓我們遍體鱗傷、血跡斑斑卻得意洋洋。是的，得意洋洋！因為我們通過了某種神祕考驗，既不屬於惡霸這一邊，也不屬於懦夫那一邊。就在當天晚上，我們偷溜出宿舍前往一處羅望子樹林，並在那片枝椏下割掌。我們將另外兩人視為比真正親屬還要親的人，不但彼此重新混了血還立下盟約。

一個實用主義者，一個道地的物質主義者，可能會不屑地將這個故事以及我對它的依戀斥為浪漫主義。但這個故事徹底顯示出我們在那個年紀是如何看待自己與彼此：我們本能地知道自己的人生目標就是為弱者挺身而出。我和阿邦已經很久沒有談起那件事，但是在前往目的地羅斯福飯店的途中，當我們唱著年輕時的歌，我感覺得到那已經滲入到他的血液中，也滲入到我的血液中。在黑白片時代，羅斯福曾一度是好萊塢大道上名人雲集的高級飯店，如今卻和默片明星一樣落伍了。老舊地毯掩蓋破爛地磚，而且不知為何，大廳裡擺了牌桌和椅子（椅腳又細又長像鶴腳似的），隨時準備供客人玩小額賭注的撲克牌和單人玩的接龍牌戲。我本以為能看到好萊塢殘餘的亮麗光輝，也許會有中廣身材的色情電影製片穿著蝴蝶領襯衫和粉藍色西裝外套，牽引著神采半失、手上珠光寶氣的女人。不料整間飯店裡打扮最體面的似乎是我的同胞們，我們個個以亮片、聚酯纖維與姿態妝點，前往「幻想曲」等候上演的交誼廳。其他客人，應該是飯店房客，則穿著格紋衫、小兒鞋，還長出長長的鬍碴，身邊唯一帶的是一只氧氣瓶。我們老是遲到，看起來連參加好萊塢的時尚活動也不例外。

無論如何，飯店舒適的交誼廳內氣氛十分熱鬧。某企業家出租了這個場地演出「幻想曲」，結果卻成了不見任何難民跡象的避難所，男士們一身瀟灑的訂製西裝，女士們則是賞心悅目的宴會禮服。我們這群懷有雄心壯志的資產階級找了每週四十四小時還要加班的工作，將皮夾填得飽滿以便坐得更舒適些，如今他們開始品酒聽歌了。我和阿邦找了後面一張桌子坐下時，有個穿著波蕾若短外套的迷人歌手正在演唱作曲家范維的〈悲傷城市〉，交誼廳內迴盪著悲傷欲絕的抒情歌聲。演唱關於一座悲傷的城市，關於那座我們流亡在外的每個人隨身攜帶的城市，還有什麼其他方式嗎？在我們所有歌曲的歌詞當中，除了愛之外，最常見的名詞不正是悲傷嗎？我們是垂涎於悲傷，或者只是學會了享受被迫吃下的東西？這些問題需要卡繆或白蘭地來解答，既然卡繆不可得，我便點了白蘭地。

我毫不心疼地拿日漸縮水的安家費付了白蘭地酒錢，因為堅信錢不花就是死的，尤其和朋友在一起的時候。當我發現灰髮上尉與冷漠中尉站在酒吧旁喝啤酒，我也讓人送白蘭地去請他們喝。他們便過來我們這一桌，為我們的同袍之情乾杯，儘管我還沒有再次向將軍提起我回國的事。不過我有此打算，因此樂得再請所有人喝一杯。白蘭地讓一切顯得更美好，對成年男子而言有如母親的親吻，我們便沉浸在這樣的氛圍中，看著臺上歌手一個接著一個震晃搖擺。歌手不分男女，低哼著、哀泣著、嘆息著、引吭高唱著、悲吟著、怒吼著，不管他們唱什麼、怎麼唱，觀眾都喜愛。我們，每個人，連阿邦也是，都隨著歌手的嗓音飄過時光隧道，穿越年月與里程回到西貢的夜總會，在那裡香檳除了平常的氣味與暗示，總還帶著一丁點淚意。流太多淚，會悲傷過度，完全不流淚，就不會受控制。但只需在舌尖滴上一滴這種靈藥，它便只能說出一個名字：西貢。

幾乎每位表演者還有主持人自己都提到了這個名字。「幻想曲」的這位指導者身材適中，灰色法蘭絨西裝的穿著適中，身上唯一閃亮的東西就是眼鏡。我看不見他的眼睛，但認得他的名字。「詩人」是個作家，作品曾刊登在文學期刊與報紙上，多是以日常生活的本質為題，溫柔懷舊的詩作。其中有一首我記得格外清楚，是關於洗米時的體悟，雖然記不得詩人體悟到什麼，卻記得詩中那股迫切感，迫切地想為最微不足道的家事尋找意義。有時候，當我洗米時將手按進溼潤的米粒中，便會想到「詩人」。看到我們的文化裡，一個詩人能在品酒聽歌的晚會上為老百姓主持節目，我感到很驕傲。我們尊敬詩人，認為他們有重要的東西要教我們，而這個詩人確實如此。他為小山的報紙寫過幾篇專欄，解釋難以捉摸的美國生活，或是我們與美國人之間因文化差異產生的溝通不良，今晚他又以同樣方式，在介紹歌手之餘間或為我們上一點簡單的越南文化或美國文化課。輪到蘭娜上臺時，他的開場白是，有些人可能聽說過美國人是個愛作夢的民族，這是事實，雖然有人說美國是個福利國家，其實它是個夢想國家。在這裡，我們可以有任何夢想，各位女士先生，你們說不是嗎？我來告訴各位我的美國夢是什麼。他說話時小心翼翼地握著麥克風，彷彿拿的是一管炸藥。我的美國夢是在死之前，能再見一次我出生的土地，能再嚐一次我西寧老家院子裡那棵柿子樹上的熟柿子。我的美國夢是回到家鄉在我祖父母墳前焚香祭拜，是當和平終於到來，喜悅歡呼聲壓過槍聲時，漫步於我們美麗的國土。我的美國夢是從城市走進鄉村，去耕作、去看那些從未聽說過戰爭的少男少女嬉笑玩樂，從峴港到大叻、從金甌到朱篤、從沙瀝到梂江、從邊和到邦美蜀……

列車繼續駛過我們國家大大小小的鄉鎮，但我在邦美蜀下了車，那是我的故鄉，一座山城，遍地紅土，種著最頂級咖啡豆的高地區。這裡有洶湧澎湃的瀑布、有怒氣沖沖的大象，有穿著纏腰布、裸胸赤足的嘉萊族人，這裡是我父母去世的地方，這裡是我的臍帶埋入母親那一小塊貧瘠土地的地方，這裡是英勇的人民軍在七五年那場偉大戰役中，率先解放南方的地方，這裡是我的家。

「詩人」說，那就是我的美國夢，不管穿什麼衣服、吃什麼食物或說什麼語言，我的心都不會變。這也是今晚我們聚集在此的原因呀，各位女士先生。雖然無法真正回家，但可以在「幻想曲」中回去。

觀眾為我們這位流離在外的桂冠詩人真誠而熱烈地鼓掌，但他是聰明人，知道我們聚集在此除了聽他說話還有另一個目的。他舉起手請眾人安靜後說道，各位女士先生，現在我要向各位介紹另一個美國夢，一個屬於我們自己的越南幻夢……

現在只以一個單名闖蕩的她（一如約翰、保羅、喬治、林哥、瑪莉），穿著紅色絲絨胸衣式緊身搭、豹紋迷你裙、黑色蕾絲手套與細高跟的過膝皮靴，步上舞臺。光是靴子、鞋跟或裸露在迷你裙與緊身搭之間那一小片平坦腹部，便足以讓我心跳停止，但三者的組合則完全俘虜我的心，並以一支洛杉磯警察小隊的力道加以痛打。在白蘭地澆灌下，我的心獲得釋放，但浸滿酒精後便輕易被她火炬般的歌聲給點燃。她的第一首歌立即助長火勢，沒想到她會唱這首〈但願你需要我〉，我以前只聽男人唱過。〈但願你需要我〉是我這一代的單身漢與婚姻不幸福男性的主題曲，無論是英語原曲或同樣動人的法語和越南語版本。這首歌從歌詞到旋律都將單戀詮釋得絲絲入扣，我們南方男人最愛的就是單戀，破碎的心是我們繼香菸、咖啡與白蘭地之後的最大弱點。

聽著她的歌聲，我只想要在一個與她共度的夜裡死去，留下永遠永遠的回憶。看著她，廳裡每個男人都與我同感，其實她也只是拿著麥克風搖擺，但她的聲音足以煽動聽眾，又或者應該說足以讓聽眾安靜下來。沒有人說話，沒有人動（除了舉起香菸或酒杯之外），所有人全神貫注，直到下一首略微活潑的歌曲〈砰砰（寶貝擊落了我）〉。原唱是雪兒，但我比較喜歡南西・辛納屈翻唱的版本。儘管如此，我知道她只是個白金公主，對於暴力與槍的認識完全來自於父親法蘭克黑幫友人的二手消息。相反地，蘭娜成長的城市曾一度幫派猖獗，甚至與軍隊在街頭火拼。在西貢這個大都會區，手榴彈攻擊是家常便飯，恐怖炸彈攻擊屢見不鮮，越共的大規模入侵更是眾人共同的經驗。南西・辛納屈唱「砰砰」的時候哪知道什麼呢？對她來說，那不過是泡泡糖流行歌曲的歌詞。「砰砰」卻是我們人生的配樂。

此外，南西・辛納屈還敗在她只諳一種語言，絕大多數美國人都是如此。蘭娜的〈砰砰〉在英語之外又鋪疊了法語和越南語，顯得更豐富、更有層次。*Bang Bang, je ne l'oubierai pas*，這是法語版的最後一句，接著范維的越南語版「我們永遠不會忘記」隨後應和。在西貢的經典流行歌曲聖殿中，這個三聲翻唱版是最令人難忘的歌曲之一，歌中以高明手法揉合愛與暴力，講述一對戀人如謎一般的故事；他二人儘管從小青梅竹馬，也或許正因為是青梅竹馬，而開槍將彼此擊落。「砰砰」是記憶手槍射入我們腦中的聲音，因為我們忘不了愛、忘不了戰爭、忘不了戀人、忘不了敵人、忘不了家，也忘不了西貢。我們忘不了加了粗糖的冰咖啡那股焦糖味，忘不了蹲在人行道上吃的湯麵，忘不了椰子樹下搖盪的吊床與朋友胡亂彈奏的吉他聲，忘不了在巷弄間、廣場中、公園裡與草地上打赤腳、光著膀子踢足球的比賽，忘不了如珍珠項鍊般環繞山林的晨霧，忘不了在砂石灘上被剝去了殼、有如脣一般溼潤的牡蠣，忘不了淚汪汪的情人輕聲說出我們語言中最誘人的字句 *anh oi*，忘不了打穀時米粒嘩啦啦的響聲，忘不了街頭睡在車上、只靠著對家人的記憶取暖的三輪車伕，忘不了每座城市裡睡滿每條人行道的難民，忘不了耐心地緩緩燃燒的蚊香，忘不了剛從樹上摘下、香甜而結實的芒果，忘不了那些不肯跟我們說話卻反而讓我們更加思慕的女孩，忘不了那些死去或失蹤的男人，忘不了被炸彈炸毀的街道與家園，忘不了我們全身赤裸、笑鬧游水的溪流，忘不了我們偷看小仙女沐浴並像一群天真無邪小鳥嬉戲得水花四濺的祕密樹林，忘不了投射在土屋牆上的燭光，忘不了泥巴路與鄉間小徑上不成調的清脆牛鈴聲，忘不了荒廢村落裡一隻餓犬的吠叫聲，忘不了讓人哭著要吃的新鮮榴槤那令人垂涎的臭味，忘不了孤兒在父母屍體旁嚎啕大哭的情景與聲音，忘不了襯衫到了下午的黏溼、做愛後戀人身上的黏膩與我們處境的黏滯，忘不了豬隻遭村民追趕拚命逃生時的狂亂尖叫，忘不了夕陽下宛如火燒的山丘，忘不了從汪洋海上升起的霞冠黎明，忘不了母親熾熱的手心等等、等等，族繁不及備載，但重點很簡單：我們永遠忘不了最重要的一點，那就是我們永遠忘不了。

當蘭娜唱完，觀眾紛紛鼓掌、吹口哨、頓足，我卻默默坐著，目瞪口呆地看著她鞠躬後優雅下臺，我的武裝被徹底解除了，連拍手都做不到。「詩人」開始介紹下一位表演者，我耳中只聽到「砰砰」，當蘭娜回到表演者的桌位，原本坐在她旁邊的歌手已經接替她上臺，位子空了出來，我便對阿邦說我十分鐘後回來。我聽見他說，別去，你這個愚蠢的渾蛋，但我沒多想就起身穿越交誼廳。和女人交談最困難的是跨出第一步，但最重要的是別多想。這點說起來容易做起來難，不過面對女人，絕對不能多想。絕對不行。否則肯定失敗。高中時期，一開始試圖追女孩的時候，我就是想太多、猶豫不決，結果自然是亂揮一通揮棒落空。但是即便如此，我發現孩提時代一天到晚被欺負的我反而更加堅強，相信被拒絕總比毫無機會被拒絕得好。於是，我以一種否定一切疑慮與恐懼、相信佛祖也會認同的禪心追求女孩，如今則是追求女人。我來到蘭娜身旁坐下，什麼都沒想，只是依循著直覺以及我與女人攀談的三大原則：不要徵求許可、不要打招呼、不要讓她先開口。

我說道，剛認識妳的時候，都不知道妳這麼會唱歌。她看著我的眼神讓人聯想到古希臘雕像，看似空洞卻意味深長。你怎麼會知道？我那時才十六歲。

而我才二十五歲，我哪知道什麼？我將身子湊近，免得聲音被音樂蓋過，也順便請她抽菸。原則四：讓女人有機會拒絕除了我以外的東西。假如她婉謝了香菸，我們國家任何一個端莊的年輕女子都應該會這麼做，我便有藉口自己抽一根，然後趁她把注意力放在香菸上面，我就多了幾秒鐘可以說點什麼。但蘭娜出乎意外地接受了，讓我有機會以暗示性的火焰為她點菸，就像當初為森女士點菸那樣。妳爸媽對這一切怎麼想？

他們覺得唱歌跳舞是浪費時間，你應該也是這麼想吧？

我點燃自己的菸。我如果也這麼想，怎麼會到這裡來？

我爸爸說什麼你都認同。

我只認同妳爸爸說的一些事情。但是我不會凡事唱反調。

所以說到音樂，你的想法和我一樣？

音樂和歌唱能讓我們有活著的感覺，能給我們希望。如果能有感覺，我們就會知道自己能活下去。

也會知道自己能去愛人。她別過頭去吐煙，其實我倒很樂意她對著我的眼睛或我身體的任何一個部位吐煙。我爸媽害怕唱歌會讓我嫁不出去，她說道，他們就希望我明天馬上嫁給一個非常有身分地位、非常有錢的人。這兩個條件你都沒有吧，上尉？

妳寧可我有身分地位又有錢嗎？

要是這樣，你會變得很無趣。

我回說，妳恐怕是這世上有史以來第一個這麼覺得的女人。從剛才到現在我始終凝視著她的雙眼，這可是一項艱鉅無比的任務，因為她的乳溝不斷發揮向下牽引的力量。雖然我對所謂的西方文明多有微詞，乳溝卻不在其內。中國人或許發明了火藥與麵條，西方人卻發明了寓意深遠卻受到低估的乳溝。當一個男人盯著半暴露的胸部並不單純是淫心作祟，他同時也（可能是下意識地）在沉思「溝」這個字的具體呈現，它同時意味著分隔與結合。女人的乳溝完美闡述了這個雙重卻矛盾的意義，胸部正是兩個實體結合成一個身分。乳溝還有另一層雙重意義，就是它雖然分隔了男女，卻又以滑落滑坡那種不可抗拒的力量將男人拉向女人。男人並沒有類似的特質，非要說的話，或許有一樣多數女人真正喜歡的東西可堪比擬，那就是塞得飽滿、開開闔闔的皮夾。不過女人大可以盡情地看我們，我們會心懷感謝，若換成我們看就完了，而若是不看，下場似乎也好不到哪去。面對一個展露美妙乳溝的女人，男人的目光要是忍著不往下衝，理所當然是對女方的羞辱，因此為了禮貌起見，我以審美的眼光瞄了一眼，同時伸手拿第二根菸。在那豐滿動人的雙峰之間，有個金色十字架掛在金鍊子上跳動碰撞著，這是我第一次希望自己是真正的基督徒，那麼就能被釘上那個十字架了。

我問她，想再來一根嗎？我遞上整包菸時，我們的視線再度相遇。對於我以專業眼光評鑑她的乳溝一事，我們都沒有說開。她只是默默接受我的提議，伸出纖纖玉手，抽出一根菸，放進蜜糖似的唇間，等著我手上的火去點燃，然後慢慢地抽著，直到香菸化成一小撮菸灰，一吹就散。如果男人能熬過抽第一根菸的時間沒有被淘汰，那麼只要再加把勁，就有機會攻上女人身體的灘頭堡。眼看我成功熬過了第二根菸，信心立刻大增。因此，當原來坐在這個位子、燙了一頭捲髮的女歌手回來，我是滿懷信心地起身對蘭娜說，我們到酒吧去吧。原則五：得是直述句，不能是問句，比較不可能遭拒。她聳聳肩，將手遞給我。

□

接下來一個小時，蘭娜又唱了幾首歌，把所有一切連同我前臂上的手毛都燒個精光，我也在這段時間內得知了以下的事。她愛喝伏特加馬丁尼，我也點了三杯請她，每一杯都是用頂級的酒搖出來的，清澈溶液中飄浮著兩顆圓胖胖的綠橄欖，塞在裡頭的多香果往外突出像乳頭一樣。她受雇於高貴時髦布蘭特伍德區的一間藝廊。她交過男朋友，很多個，當女人開始談論前男友，就是在告訴你她正拿你和過去實際交往過但有缺陷的伴侶做比較，進行評估。雖然我已經老練到不會問及政治與宗教，還是得知了她在社會與經濟方面是進步主義者。她相信生育管制、槍枝管制與租金管制；她相信應該解放同性戀以及人人都應該享有公民權；她相信甘地、金恩博士和一行禪師；她相信非暴力、世界和平和瑜珈；她相信迪斯可與夜總會聯合國的革命潛力；她相信第三世界的民族自決以及自由民主制與受管制的資本主義，她說這就等於相信市場那隻無形的手應該戴上社會主義這副兒童手套。她最喜愛的歌手有比莉．哈樂黛、達絲提．史普林菲爾、艾維斯．方和慶璃，而且她相信越南人也能唱藍調。在美國諸多城市中，她認為如果洛杉磯住不下去，紐約會是她想定居之處。然而我從她那兒得知的許多事情當中，最重要的一點是：雖然越南女人總會把自己的想法放在心裡直到結婚，然後便再也不會把想法放在心裡，但她卻是想到什麼說什麼，毫不猶豫。

這個小時過後，我亟需另一雙耳朵來分擔壓力，便招手叫阿邦過來。他也喝多了白蘭地，走路搖搖晃晃，而且變得異常健談。蘭娜不會不屑與一個粗人社交，於是下一個小時當中，他們手牽著手走過回憶小徑，懷想著西貢與一些歌曲，我則靜靜地痛飲白蘭地，一面偷偷偷欣賞蘭娜的腿。那雙腿比聖經還長，而且有趣太多了，那雙腿不斷延伸，像個印度瑜珈士，也像美國的公路閃閃爍爍地穿過北部大平原或西南部沙漠。她的腿要求別人注目，不能拒絕，不能說不行、不要、不可以，甚至不能說再看看。看了之後我立刻成為俘虜，這時忽然聽到蘭娜說，那你的老婆小孩呢？阿邦臉龐滴落的淚水破除了她施加在我身上的魔咒，見到他的眼淚喚醒了我的聽覺。不知何時話題已經從西貢與歌曲轉向西貢淪陷，這倒也不令人訝異。流亡人士聽的歌多半充滿濃濃的憂鬱、浪漫的失落感，自然而然會讓他們想起失去城市的痛。流亡人士之間每段關於西貢的談話，最後都會變成談論西貢的淪陷與留下的人的命運。他們死了，阿邦說道。我驚愕不已，因為除了我，阿邦從未與任何人談起阿鈴和阿德，主要是因為阿邦幾乎不和人說話。這就是走過回憶小徑的問題。那條路幾乎總是霧濛濛，很可能會絆跤摔倒。但這尷尬的情緒崩潰或許有其價值，因為更讓我吃驚的是蘭娜竟然擁抱他，將他那顆頑固又醜陋的頭靠在她的臉頰上。蘭娜說，你好可憐，真的、真的好可憐。我對摯友與這個擁有魔鬼身材的女人（她的身材就像「無限大」的符號直立起來，讓渾圓的臀部朝下）產生了一股巨大、痛苦的愛，一時被震懾住了。我熱切渴望以實際體驗來證明我對她的欲求，例如用眼睛檢視她的裸體曲線、用手撫觸她的胸部、用舌頭舔舐她的肌膚。她全心全意都放在哭泣的阿邦身上，而阿邦已經哀傷得失去感覺，因此似乎沒有意識到開展在眼前那片施了魔法的深谷，我看著這樣的她，了解到我將會擁有她，她也會得到我。

15

親愛的司令，無論對您或是您那位沒有臉、相關事跡卻如雷貫耳的神祕政委，我到目前所坦承的事，可能絕大部分都讓你們感到陌生。美國夢、好萊塢文化、美國民主制度等等一切，都可能讓我們這些東方人覺得美國是個無所適從的地方。或許我半西方的身分（可能在先天上）有助於我了解美國的特性、文化與習俗，也包括戀愛情事。我們要了解最重要的一點就是，我們是追求，美國人是約會，這是一種務實的習俗，男女約定一個雙方都方便的時間見面，恰如交涉一樁有機會獲利的投機生意。美國人認為約會便如同投資與獲利，無論是短期或長期，我們卻將戀愛與追求視為損失。畢竟，說服一個無法被說服的女人才是唯一有價值的追求，而不是找一個已經準備查看行事曆找空檔的女人。

蘭娜顯然是個需要追求的女人。我用那些翼手龍修女教的完美草書體，寫情書向她訴衷腸；我為她寫十九行古詩、十四行詩和對句，格律有待商榷但誠意十足；當她讓我坐到她客廳的摩洛哥風椅墊上，我便抓過吉他，為她唱范維、鄭公山，以及我們流離海外族群的最新抒情歌寵兒德輝的歌。她給我的回報包括露出誘人仙女般的謎樣微笑、她表演時為我保留前排座位，而且答應持續接見我，只不過一星期不會超過一次。我心裡又感激又折磨，每當在酒品店度過懶散的午後，我便向阿邦訴苦。想也知道他的回答會有多冷淡。你告訴我，多情小子，有一天他這麼說道，又恢復那個惜字如金的他。他的注意力有一半放在店裡一對十來歲的客人身上，他們活像兩隻負鼠偷偷溜向一條通道，看起來年齡和智商都在很低的雙位數。要是被將軍知道怎麼辦？我和他坐在櫃檯後面，等候將軍下午到來。我回答說，將軍怎麼會知道？不會有人告訴他，我和蘭娜沒有那麼感情用事，以為我們總有一天會結婚，就跟他實話實說。那你這麼拚命示愛又大膽挑戰絕望是怎麼回事？他引用我對於追求過程的描述問道。我說，示愛和大膽挑戰絕望最後就一定要結婚嗎？不能以戀愛收場嗎？結婚和戀愛有什麼關係？他嗤之以鼻。上帝造人就是讓我們結婚。戀愛和結婚大有關係。我心想他該不會又像「幻想曲」那天晚上一樣情緒失控吧，不過這天下午，討論戀愛、婚姻和死亡對他似乎沒有顯著的影響，或許是因為他專注地留意著掛在後方角落的凸鏡。從那面鏡子的單眼中可以看見那對青少年崇敬地凝視著冰啤酒，被反射在琥珀色玻璃瓶上的日光燈迷惑得出了神。我說道，婚姻是一種奴役，上帝創造我們人類的時候——如果真有上帝存在的話——並沒有打算讓我們變成彼此的奴隸。

你知道我們為什麼會是人嗎？在鏡中，較矮的那人往口袋裡偷藏了一瓶酒。阿邦無力地嘆了口氣，伸手去拿收銀機底下的棒球棍。我們之所以是人，那是因為我們是全地球唯一能自己搞死自己的生物。

也許重點能再說得精確一點，但他從來就不是個對精確感興趣的人。他比較感興趣的是以嚴重的肢體傷害恐嚇店內竊賊，直到他們跪下來、拿出藏在外套裡的商品並磕頭求饒。阿邦只是用我們受的教育來教育他們。我們的師長對於體罰有著堅定信仰，並認為美國人八成就是因為放棄體罰才無法再打勝仗。對我們而言，暴力從家庭開始，延續到學校，家長老師打孩子和學生就像打波斯地毯似地，要打掉身上自滿與愚蠢的灰塵，以便讓他們更美麗。我父親也不例外。他只是比大多數人高尚一點，會拿著尺，把學生的指節當木琴敲，直到我們可憐的關節瘀成紫色、藍色、黑色。有時候我們活該挨打，有時則不然，可是就算出現了我們清白的證據，父親也從不表達懊悔。既然我們全都有原罪，那麼給予錯誤的處罰在某方面也是合理的。

母親也有罪，但是她的罪太不具原創性了。我這個人比較在意的是原創性而不是犯罪。即使追求蘭娜時，我也猜想不管與她犯下任何罪都絕不足夠，因為那不是原（創的）罪。不過我認為能與她一起犯罪應該就夠了，因為如果不去試永遠也不會知道。說不定當我的靈魂與她的靈魂碰撞後產生的陣陣火花將她點燃時，我會瞥見無垠。說不定我終於能見識到永恆，而無須求助於這類問答：

問：背出宗徒信經。

答：我信全能的天主父，天地萬物的創造者⋯⋯

即便這兩個小偷也可能聽過這段禱告詞，基督教思想對美國人民太重要了，甚至在最珍貴的文書——一元紙鈔——上也占有一席之地。就連現在，他們皮夾內的鈔票上想必都還印著「主內互信」的字樣。阿邦用球棒輕敲竊賊的額頭，他們則哭喊著，求你原諒我們！至少這兩個笨蛋懂得懼怕，這是信仰的兩大動機之一。而球棒無法解答的問題是，他們知不知道另一個動機：愛？不知為何，這一點難教多了。

將軍按平日的時間到達，他一到我們立刻離開，由我開車，他坐在後座。他不像平時那麼多話，也沒有仔細翻閱公事包裡的文件，而是凝神望著窗外（通常他總覺得這麼做是浪費時間），唯一下達的指令就是關掉音樂。在接下來的沉默中，我聽見預感大提琴的微弱弦音，演奏著我敢肯定此時正盤踞在他心頭的主題曲：小山。小山在報上寫了關於傳聞中兄弟會與行動計畫的作業，這報導就像傷風感冒一樣，輕而易舉便傳遍了流亡社群，他如細菌般的陳述變成確鑿的事實，他的事實變成傳染性的謠言。等我聽到風聲時，傳聞的內容要不是說將軍因為盡力贊助行動計畫而破產，就是說他大賺不義之財。而這些錢要不是美國政府付的封口費，讓他在戰爭尾聲不要提他們援助失敗的事，就是各種不當獲利，來源除了連鎖餐廳之外還有販毒、經營賣淫以及勒索小商家。有人堅稱這項行動計畫根本只是騙局，在泰國的相關人員其實是一群卑鄙下三濫組成的烏合之眾，靠著越南圈子的捐款為生。也有人說他們其實是一支頂尖的突擊兵團，嗜血成性，瘋狂地想尋求報復。根據這些不斷擴增的謠言敘述，將軍有可能自己安坐在扶手椅上，派這些笨蛋去送死，也有可能像麥克阿瑟返回菲律賓一樣，親自回去指揮英勇的入侵行動。如果我都能聽到這種謠言，夫人肯定也聽說了，那麼將軍也一樣，我們全都調到嘈嘈雜雜、嘰嘰喳喳的ＡＭ八卦頻道。這當中也包括吃喝無度的少校，他坐在我旁邊，一身肥肉從桶型椅的邊緣滿溢出來。我不敢轉頭去看，但從眼角餘光可以看到他面向著我，那三隻眼睛肯定睜得大大的。不是我在他頭上鑽洞讓他多了一隻眼睛，卻是我想出的計謀導致他落得這般下場。如今他雖然死了，卻能利用這第三隻眼繼續看著我，不只透明還能透視。我等不及想看這個小故事的結局，他說。不過我已經知道結局會是什麼了。你不知道嗎？

你說了什麼嗎？將軍問道。

沒有，長官。

我聽到你好像說了什麼。

肯定是我在自言自語。

別再自言自語了。

是的，長官。

不能自言自語只有一個問題，那就是你絕對想像不出比自己更棒的談話對象。沒人會比你自己更有耐心聽你說話，雖然誰都比不上你了解自己，卻也誰都比不上你更會誤解自己。但如果在你的想像雞尾酒會上，自言自語是理想的談話方式，那個吃喝無度的少校就是個惹人厭的客人，不停地插話不說，還漠視主人下逐客令的暗示。計謀會失控的，對吧？他這麼說。這項計謀是你策畫出來的，現在也只有你能扼殺它。開車到鄉村俱樂部的這一路上，吃喝無度的少校就這樣不斷在我耳邊低聲叨絮，我閉口沉默得太久，想對他說的無數話語壓得我舌頭腫脹發疼。我對他最主要的希望也是我一度對父親的期盼：從此消失在我的生命中。

命中。在美國接到他寄來母親的死訊之後，我寫信跟阿敏說，如果真有上帝存在，活著的應該是我母親，不是我父親。我多希望他死了算了！事實上，我回去沒多久他就死了，但他的死並未帶給我預期的滿足。

這是鄉村俱樂部？我們抵達目的地後，將軍問道。我又確認一次地址，和議員邀請函上寫的一樣。邀請函上確實是說鄉村俱樂部，我也想像著我們會駛過車輛稀少的蜿蜒道路，爬上碎石車道，見到一名身穿黑色西裝、打蝴蝶領結的侍者，在這段柔和序曲過後，進入一間悄然無聲、地上鋪著黑熊皮的舒適密室。牆上的觀景窗之間會懸掛有角鹿頭，鹿眼在雪茄的煙霧繚繞中透射出尖刻睿智的目光。室外一大片綿延的高爾夫球場，水量需求比一個第三世界的城市還要多，這裡是四人一組的壯年銀行家運動的地方，而這項運動的揮桿技巧不只得具備將工會開膛剖肚所需的戰鬥蠻力，還要有逃漏稅時使出致命一擊的手腕。然而我們抵達之處並非這樣一個安撫人心的天堂，也沒有源源不絕提供酒窩點點的高爾夫球和沾沾自喜的歡樂氣氛，而是位在安那翰的一間牛排屋，充滿一種挨家挨戶賣吸塵器的推銷員魅力。這樣的裝潢似乎有點上不了檯面，因為今天這場私人宴會的主客不是別人，正是到此巡迴演講的理查．賀德。

這裡的停車場停的全是美製與德製的新型車款，我獨自將車停妥後，才隨將軍進入牛排屋。侍者領班言行舉止的姿態彷彿小國的外交官，小心融合了傲慢與勞役態度。聽到議員的名諱後，他才放軟身段微微低頭，帶我們穿過許多小小用餐空間組成的迷宮，可以看見陽剛味十足的美國人穿著菱形花紋羊毛背心和扣領牛津襯衫，正在恣意大啖丁骨牛排和烤羊排。

我們要去的是二樓的一間包廂，議員正在裡面對著幾個人高談闊論，他們圍坐一張大到可以讓一個男人躺上去的圓桌。在場的每個人手上都已端著酒杯，我這才想到我們的遲到是事先安排好的。議員起身時，我強壓下心窩裡的顫慄。現在與我同處在一個狹小空間裡的，是整個世界史上最危險的生物代表：穿西裝的白人。

議員開口說道，先生們，歡迎加入我們，請容我為各位做個介紹。除了賀德博士之外，還有另外六人，包括傑出的商人、民選的官員還有律師。議員與賀德博士是極重要人士，其他人，包括將軍在內，算是半重要人士（至於我，則是不重要人士）。賀德博士是我們晚宴的重頭戲，其次便是將軍。議員特地為將軍安排這場宴會，讓他有機會擴展潛在的擁護者、支持者與投資者人脈，同時附贈賀德博士這項大獎。議員對將軍說過，賀德博士說句好話就能替你打開許多門和錢包。那麼我與將軍分別坐在賀德博士兩邊的座位，便不是巧合了，我也立刻抓緊時機拿出我所擁有的他的著作，請他簽名。

這本書幾乎頁頁都有折角，因此膨脹得像泡過水。博士翻閱著書頁說，看來你讀得非常仔細。議員接口道，這個年輕人學生時代專門研究美國人性格，根據將軍告訴我的和我自己看到的，我想他恐怕比我們自己還了解我們。在座的男士們想到這點都輕笑了幾聲，我也一樣。賀德博士邊在書名頁簽名邊說，如果你是研究美國人性格的學生，為什麼會看這本書？它討論的比較偏重亞洲人而不是美國人。他將書還給我，我感受著書在手中的重量，說道，我覺得了解一個人對他人的想法，尤其是與他類似的人，也是了解一個人性格的方式。賀德博士的目光越過無框眼鏡的上緣，定定注視著我，這種眼神向來讓我不自在，更何況是來自寫了以下這段文字的人：

「一般越共戰士抗爭的對象不是真正的美國。他們抗爭的對象是最高統治者創造出來的紙老虎，因為他們只不過是抱持理想主義，卻被共產主義所騙的年輕人。假如他們了解美國的真正本性，就會明白美國是他們的朋友，不是敵人。（二一三頁）」

賀德博士說的不完全是我，因為我不是一般越共戰士，但就他分類討論的意義上而言，也可以說是在說我。這次聚會前，我又把他的書溫習一遍，發現他有兩個地方的分類正是針對像我這樣的人。關於反面的我：

「越南的激進派知識分子是我們的最大勁敵。他們可能讀過傑佛遜和蒙田、馬克思和托爾斯泰的著作，會理所當然地質問為什麼西方文明大力頌揚的人權，未能擴展到他們的人民身上。他們已經對我們麻木。他們一生奉獻給激進的主張，如今已無回頭路。（三〇一頁）」

賀德博士的這項評斷是正確的。我的主張是最糟的那種，注定失敗的主張。但後來又有一段，是關於正面的我：

「迷上美國的越南青年手中握著南越自由的關鍵之鑰。他們可說是嚐過了可口可樂，發現它是甜的。雖然知道我們美國的缺點，卻仍對我們懷抱希望，相信我們有改善那些缺失的誠意與善意。這些年輕人是我們必須拉攏的人。他們總有一天會取代那些畢竟是法國人訓練出來的獨裁將軍。（三八一頁）」

這些分類便如同書頁一樣存在，但大多數人都由好幾頁構成，而不只有一頁。然而，見賀德博士細細打量我，我仍懷疑他眼中的我不是一本書，而是一頁紙，容易讀、容易掌控。我要證明他錯了。

賀德博士將注意力轉回同桌其他人身上說道，男士們，我和各位打賭，這個年輕人是在座唯一把這整本書看完的人。眾人發出一陣毫不尷尬的笑聲，不知怎地，我覺得我才是這個玩笑的笑柄。整本書？議員說道，拜託，理查，要是有人看過封底和推薦以外的部分，我都很驚訝。又是一陣笑聲，但賀德博士似乎不以為忤，反而覺得有趣。他是這個場合的王，卻沒把頭上的紙王冠當回事。從他的書的熱賣、他出現在週日晨間脫口秀的頻率，以及貴為華盛頓某智庫的常駐學者看來，他無疑已經習慣接受頌揚。空軍將領們尤其喜歡他，不僅聘請他擔任策略顧問，還經常派他向總統與總統顧問針對轟炸的神奇效果做簡報。參議員與眾議員也都喜愛賀德，其中包括我們這位議員和其他像他一樣、所屬選區在製造這種轟炸機的民代。賀德說道，說到我的書，好像需要少一點誠實、多一點禮貌才能保住面子。

全桌只有坐我旁邊的中年男子沒有大笑或輕笑。他穿著中庸的藍色西裝，頸間繫著不具攻擊性的條紋領帶。他是人身傷害律師，是集體訴訟的大師。他撥弄著他的華爾道夫沙拉說道，你會說要保住面子還真是有趣，賀德博士。世事都變了，對吧？換在二、三十年前，不會有美國人一本正經地說要「保住面子」。

賀德博士說，我們今天說的很多話，都不是二、三十年前的美國人會一本正經說的話。

「保住面子」是個好用的片語，我是以在緬甸與日本人打過仗的身分說這句話。

議員接口道，他們很難纏，我父親是這麼告訴我的。尊敬敵人沒有錯，事實上，這是很高貴的行為。我們只是稍微幫個忙，你看看他們做了什麼。現在開車在街上，不可能看不到一輛日本車。

日本人也在我的國家做了很大的投資，將軍說道。他們賣摩托車和錄音機，我自己就有一臺三洋立體收音機。

議員又說，而且這還是他們占領你們之後短短二、三十年間的事。你們知不知道日本占據那幾年，越南死了上百萬人？這句話是問其他那幾個穿西裝的人，他們沒有大笑或輕笑。人身傷害律師回答說，不會吧。當你吃完沙拉，腹肉牛排和烤馬鈴薯即將上桌之際，忽然出現這樣一個數據，大概也只能說「不會吧」。一時間，每個人都瞇著眼注視自己的盤子或雞尾酒，認真得有如盯著視力檢查表看的病人。我呢，則是盤算著該如何補救議員無意中造成的傷害。我們本是負責製造愉快氣氛的陪客，卻因為他提起饑荒，一個美國人從未有過的體驗，而使情況變得複雜。這兩個字只會讓人聯想到充滿死人骸骨的冥界景象，我們並不想呈現這樣的幽靈影像，因為我們絕不應該要求別人想像他們也是我們其中一員。在心電感應下，在座的人大多顯得不安，他們若真有想到別人，也會寧可認為別人都跟他們一樣或是可以跟他們一樣。

那是很久以前的悲劇了，我開口道。老實告訴各位吧，我們在這裡的大多數同胞都不太去想過去的事，而是比較認真想變成美國人。

他們都怎麼做呢？賀德博士問道，他透過鏡片的注視讓我覺得好像有四隻眼睛在打量著我。他們，我是說我們，相信生命、自由和追求幸福，這個答案我對許多美國人說過。聽了之後，在座每個人都點頭認同，只有賀德博士例外，我忘了他是英國移民。他繼續用他的四倍視覺看著我，那雙重的眼睛、雙重的鏡片擾得人心慌。他問道，那麼你幸福嗎？這是個私密的問題，幾乎和問我的薪水一樣涉及隱私，在我們國家無所謂，在這裡不然。然而更糟的是，我想不出一個合適的答案。若說不幸福將有損我自己的名聲，因為美國人將不幸福視為一種道德淪喪與思想犯罪，但若說幸福又顯得庸俗或狂妄，好像在自我吹噓或洋洋得意。

就在這個時候，侍者們進來了，肩上撐著盛放主菜的大盤子，一臉嚴肅，活像正準備與法老一起活埋的埃及僕人。我要是以為肉塊上桌就能轉移賀德博士的注意力，那我就錯了。侍者離開後，他又重提那個問題，我回答說我不算不幸福。這個雙重否定的肥大氣球在空中懸浮了片刻，既曖昧又脆弱。賀德博士又說，我猜呢，你不算不幸福是因為你在追求幸福，但還沒有捕捉到。我們應該都是這樣，對吧，各位？眾人透過滿嘴的牛排和紅酒嘟噥著附和了一句。美國人一般並不信任知識分子，但會畏懼於力量、震懾於名氣。賀德博士不僅多少兩者兼備，還擁有英國口音，這對美國人的影響就如同狗哨對犬科動物的刺激一樣。我沒被英國人殖民過，對這種口音免疫，我也決定要在這場即席座談中堅守立場。

我問道，那麼你呢，賀德博士，你幸福嗎？

賀德博士對我的問題不驚不擾，先用刀子將青豆分隔成幾小團，然後選定一塊牛排，最後才說，你顯然也很清楚這個問題沒有好的答案。

說幸福不是好的答案嗎？助理檢察官說道。

不是，因為美國式的幸福是一種零和遊戲，助理檢察官。賀德博士說話時順著一條弧線緩緩轉頭，以確定看到室內的每一個人。一個人想要幸福，就必須根據另一個人的不幸來衡量自己的幸福，而這個過程大多數人必然會逆向操作。如果我說我幸福，肯定有另一個人不幸福，而且非常可能就是你們當中的一個。但如果我說我不幸福，也許能讓你們某些人幸福一點，但也會讓你們不安，因為在美國應該不會有人不幸福。我相信我們這位聰明的年輕人已經直覺到，所有美國人都渴望能做的只是追求幸福，但大多數人卻是保證不會幸福。

席間頓時被憂鬱籠罩。不能說的話被說出來了，倘若是我和將軍這樣的人在高雅的白人群間說出這種話，絕對只會讓我們為眾人所不容。我們這種難民絕不敢質疑大多數美國人所遵循的迪士尼樂園意識形態，亦即他們這裡是世上最幸福的樂土。但賀德博士無可非議，因為他是英國移民，他的存在本身便已確認了前殖民地的正統性，他的傳承與口音更觸發潛藏在多數美國人心裡的親英心態與自卑感。賀德博士顯然意識到自己的特權，看見自己造成美國主人的不自在感到十分有趣。將軍就在這樣的氛圍中插話了。他說，我相信我們敬愛的博士說得沒錯，但即使幸福無法保證，自由卻可以，各位，這點更加重要。

說得好，說得好呀，將軍，議員舉杯說道。這不正是移民一向的體會嗎？其餘賓客也舉起杯來，連賀德博士也不例外，見將軍轉移了話題方向，他臉上露出神祕的微笑。這是將軍一貫採取的方式。他深諳群眾心理，這是籌錢的重要技巧。誠如我透過巴黎堂姑向阿敏做的報告，他已籌募到一定程度的基金，來源包括克勞德介紹的少數幾個組織，以及他自己的美國人脈，都是曾經到我們國家造訪或服役的人。這些人和那些組織裡的董事一樣，都是有頭有臉、交遊廣闊，以他們的標準來看，他們捐贈給兄弟會的錢不多，根本不足以吸引稽查員或記者的注意。但美金一旦送到泰國，一種名叫匯率的超神奇戲法就會產生。一元美金在美國或許只能買一份火腿三明治，但在泰國難民營，那張微不足道的綠色鈔票會變成白花花的泰銖，足以讓一名戰士飽餐好幾天。再多一點泰銖，我們的戰士就能穿上最新的橄欖綠軍服。就這樣，這些以幫助難民為名的捐款，滿足了祕密軍隊的衣食需求，說到底，這支軍隊也是難民組成的。至於槍與彈藥則由泰國的保安部隊供應，他們再以此交換山姆大叔給的零用錢，這些交易完全透明也經過國會充分同意。

當然了，何時才適於提起我們來此的真正目的，還得等議員示意。喝過幾輪雞尾酒，開始吃起甜點熱烤阿拉斯加時，他終於有動靜了。議員說，各位，今天我們齊聚在此敘舊，有一個很重要的原因。將軍想來談談有關我們的舊盟友，南越軍人的困境，要是沒有他們，這個世界會比現在更慘不忍睹。印度支那確實落入共產黨手中，但看看我們拯救了多少人：泰國、臺灣、香港、新加坡、韓國和日本。這些國家是我們對抗共產浪潮的堡壘。

別忘了還有你們的菲律賓，或是印尼，賀德博士說道。

那可不，議員接著說，馬可仕和蘇哈托能有時間鎮壓住共產黨，就是因為有南越軍人當他們的防火牆。所以我認為我們欠這位軍人的不只是單純的感激之情，也因為如此我今天才會請你們來。現在有請印度支那有史以來最傑出的自由衛士為我們說幾句話。將軍？

將軍推開空酒杯，傾身向前將手肘拄在桌上，雙手交握。謝謝你，議員。能見到各位，我備感榮幸。正是你們這樣的人打造了全世界最偉大的武器，也就是民主軍工廠。如果沒有你們的小夥子和槍砲，我們絕不可能和那壓倒性的兵力對抗那麼久。各位，你們想必還記得，整軍對付我們的不只是我們那些誤入歧途的兄弟，而是整個共產世界。俄國、中國、北韓，他們都在，一如我們這邊也有許多與你們交好的亞洲國家。我怎麼可能忘得了與我們並肩作戰的南韓、菲律賓和泰國，還有澳洲與紐西蘭？各位，我們打的不是越戰，我們不是孤軍奮鬥，我們只是在自由與暴政之間的冷戰裡打了一場越南戰役……

東南亞仍有戰亂，這一點沒有人有異議，賀德博士說。至今我只見過總統膽敢打斷將軍說話，但即便他覺得受冒犯（這是肯定的）也絲毫不露聲色，只是淺淺一笑，對賀德博士貢獻的意見表達欣然之意。賀德博士接著說，但不管過去多麼紛亂，這個地區現在已經較為平靜了，除了柬埔寨之外。在此同時，還有其他迫在眉睫的問題令我們擔心。巴勒斯坦、義大利的紅色旅、蘇聯……威脅起了變化與移轉。恐怖突擊隊攻擊了德國、義大利和以色列。阿富汗成了新的越南。那才是我們應該擔心的，你說不是嗎，將軍？

將軍微微皺眉，展現他的憂慮與理解。身為非白人，將軍和我一樣，知道必須對白人有耐性，他們很容易受到非白人驚嚇。即便面對自由派的白人，你也只能走到這一步，要是換成一般白人，簡直就是寸步難行。將軍深深了解白人的本性、微妙變化與內在差異，只要是在這裡住上多年的非白人都有這個本事。我們吃他們的食物、看他們的電影、透過電視與日常接觸觀察他們的生活與心理、學習他們的語言、接收他們細膩的暗示、聽他們的笑話大笑，就算是自己被當成笑柄，也會謙卑地接受他們高高在上的態度，我們會在超市和牙科診所偷聽他們的對話，而且當著他們的面，我們不會說自己的母語，以便保護他們，不讓他們感到膽怯。我們是有史以來研究美國人民最偉大的人類學家，美國人始終都不知道，因為我們的實地考察紀錄是用自己的語言寫在信函與明信片寄回祖國，親友們則是以笑鬧、困惑與敬畏的心讀著我們的報告。雖然議員是開玩笑，但我們確實很可能比他們自己還了解他們，而白人則是肯定從未像我們了解他們那樣了解我們。有時候這會讓我們對自己產生懷疑，隨時處於一種自我猜疑的狀態，不停地照鏡子，納悶著鏡中影像是否就是真正的自己、是否就是白人眼中的自己。儘管我們自以為了解他們，卻還是知道有些事情，就算多年下來勉強並主動去親近他們，我們依然無法了解，例如製造蔓越莓醬的手藝、丟擲足球的正確方法，以及祕密社團的祕密習俗，就像大學裡的兄弟會，他們似乎只招募那些有資格加入希特勒青年團的人。至於今天這種場合，我們尤其一無所知，我是這麼對巴黎堂姑說的。在我們的同類當中，曾涉足這種密室的可說是少之又少，這點將軍和我一樣清楚，因此特別兢兢業業，小心翼翼地不去冒犯人。

將軍說，真有趣，你竟會提到蘇聯。賀德博士，誠如你書上寫的，史達林與蘇聯人民在性格上比較接近東方人，而不是西方人。你說冷戰不只是國家或意識形態之間的衝擊，而是文明的衝擊，這個主張對極了。冷戰其實是東西方的衝突，蘇聯人其實是始終學不會西方方式的亞洲人，和我們不同。當然，在準備這次聚會，或者是面試時，為將軍整理出賀德書中這些主張的人其實是我。此時，我密切留意賀德博士對我開的處方的反應，不料他面不改色。然而，我深信將軍這番話的確影響了他。聽到讀者以讚許的態度引述自己的想法和語句，沒有一個作者會無動於衷。凡是作家，無論是多麼氣勢洶洶或溫文爾雅，他們打心底都是懷著敏感自尊心、缺乏安全感的動物，體質脆弱得不輸電影明星，只是窮得多也黯淡得多。只要你挖得夠深，就會發現他們那個祕密自我的白色肉質塊莖，而最鋒利的挖掘工具往往都是他們自己的文字。我也為這份努力奉獻自己的心力，說道，賀德博士，我們應該要對抗蘇聯，這點無庸置疑，但原因和你倡導在我們國內對抗那些聽他們差遣的人，以及我們現在仍繼續對抗他們的原因是一樣的。

是什麼原因呢？始終效法蘇格拉底的賀德博士問道。

原因我來告訴你，議員接口道。而且這不是我說的，是約翰·昆西·亞當斯在提到我們偉大國家時的原話。「無論自由與獨立的標準曾經或即將在何處展現，她的心、她的祝福與她的祈禱也將隨同……她」——美國——「祝福所有人的自由與獨立。」

賀德博士又是微微一笑說道，非常好，議員，就算是英國人也無法與約翰·昆西·亞當斯爭辯。

我還是不懂我們怎麼會輸，助理檢察官說著，又請領班倒了一杯雞尾酒。人身傷害律師回應道，依我之見，也但願各位能夠理解，我們會輸是因為我們太謹慎。我們擔心會損害自己的聲譽，可是如果我們乾脆接受不管什麼樣的損害都不會持久，那麼就能施展壓倒性的武力，讓你們的人民看看哪邊才應該是贏家。

也許史達林和毛澤東的回應是對的，將軍說道，都已經死了幾百萬人，再死幾百萬人又怎樣？賀德博士，你不是寫過大概類似的東西嗎？

將軍，沒想到你看我的書看得這麼仔細。你無疑見識過最慘烈的戰爭，我也一樣，因此請原諒我說出美國人之所以輸掉越南的不中聽事實。賀德博士將眼鏡往鼻梁上推，直到鏡片終於對準雙眼。你們的美國將領打過二次世界大戰，知道你們那些日本戰略的價值，但他們無法放手一搏。東方人只了解並尊敬一種戰爭，就是消滅性的戰爭——請注意東京、廣島、長崎——但他們沒有發起這樣的戰爭，而是不得不，又或者是選擇打一場消耗戰。東方人將這種打法解釋為軟弱，十分有理。我說得對嗎，將軍？

將軍說，若要說東方有什麼取之不竭的資源，就是人民。

沒有錯，我還想告訴你一件事，將軍。得到這種結論我很難過，但我是親眼目睹，不只是在書上或檔案裡看到，而是在緬甸的戰場上。我非說不可。在東方，人命多的是，人命不值錢。就像東方哲學所表達的——賀德博士停頓了一下——生命不重要。也許這麼說太無情，不過東方人並不像西方人這麼重視生命。

我給巴黎堂姑的信中寫道，當時席間沉靜了片刻，我們在吸收這個想法，侍者們也端著雞尾酒回來了。議員攪動著酒說，將軍，你怎麼想？將軍啜了一口加蘇打水的白蘭地，微笑說道，賀德博士當然是對的，議員。真相往往會讓人覺得不舒服，你說呢，上尉？

所有人都轉向我，我端起盛滿馬丁尼的酒杯，還沒湊到嘴邊，略一遲疑後將酒杯放下。這種酒三杯下肚再加上兩杯紅酒之後，我覺得自己充滿深刻見解，真實的空氣讓我的心鼓脹起來，必須加以釋放。我於是說道，這個嘛，我恐怕無法認同賀德博士。其實生命對東方人而言是很寶貴的。將軍皺了皺眉，我隨即住口。其他人的表情都沒變，但我可以感覺到緊張的靜電在慢慢累積。所以你的意思是賀德博士錯了，議員說道，想當初納粹的門格勒醫師與志同道合的人在一起時，說話口氣想必也是這麼溫和。我連忙說，不，不是的。我開始冒汗，內衣都溼了。不過各位也知道，雖然生命對我們來說很有價值——我又停頓一下，聽眾也跟著向我靠近一、兩毫米——生命對西方人卻是無價的。

眾人的注意力隨即轉向賀德博士，他朝我舉杯說道，我自己也沒辦法說得更好了，年輕人。話畢，話題終於告罄，我們個個將酒杯湊在唇邊摩娑，那是只對小狗才會顯露的愛意。我與將軍四目交接，他讚許地點點頭。現在，主人們對這次的會晤感到滿意，我也可以問一個自己想問的問題。我說道，這麼問可能有點天真，不過不是說要在鄉村俱樂部碰面的嗎？

主人們哄然大笑，好像我說了一個天底下最好笑的笑話，就連賀德博士似乎也知道原由，邊喝著曼哈頓邊低聲輕笑。我和將軍咧著嘴傻笑，等候解釋。議員瞅了領班一眼，領班於是點頭說，各位先生，就趁現在帶大家到鄉村俱樂部去吧，請別忘了你們的雞尾酒。我們在領班的帶領下，端著雞尾酒魚貫走出包廂。到了走廊盡頭有另一扇門。領班開門後說，男士們到了。裡面的房間正如我所預期，鑲板裝飾的牆上掛著一顆鹿頭，樹枝狀鹿角的分岔夠多，足以讓所有人都掛上外套。室內煙霧瀰漫、燈光幽暗，更適於討好那些被安排坐在皮沙發上、穿著曲線畢露洋裝的年輕美女。

各位，議員說道，歡迎來到鄉村俱樂部。

我不懂，將軍小聲地說。

我也低聲回答，我待會再告訴你，長官。我乾了雞尾酒，將杯子交給領班，這時議員向兩名年輕女子招手示意。將軍，上尉，我來為你們介紹一下。我們的女伴隨即起身。踩上高跟鞋的她們，比我和將軍還高出兩、三吋。我的那位是個身型龐大、有如吹了氣的金髮女子，牙齒雖然光滑潔白，卻不似那雙北歐人的藍色眼珠一般堅硬閃亮。她一手拿著氣泡嗞嗞作響的香檳，另一手則是一柄長杆菸嘴，上面套著半截香菸。她是專職的，看過我這種人上千次了，而我也沒什麼好抱怨，因為我也看過她這種人不少次。議員為我們引介時，我雖然將臉頰與嘴脣拉出一個逼真的笑容，內心卻提不起平日的熱情。也許是看到她漫不經心地將菸灰彈到地毯上的緣故，不過我沒有被她的冷豔所吸引，反而注意到她下巴底下的一條細痕，一條介於她沒有上妝的頸部肌膚與臉部白色粉底之間的接縫。你叫什麼名字來著？她沒來由地笑著問道。我傾靠過去要告訴她，險些落入她的乳溝深井中，她的濃厚香水也如氯仿似地讓我瞬間暈眩。

我將身子往後拉說道，我喜歡妳的口音，想必是南方人吧。

喬治亞，親愛的，她說著又笑起來。以東方人來說，你英語說得很好。

我笑了，她笑了，當我看向將軍與他的紅髮女伴，他們也在笑。房裡的每個人都在笑，當侍者送來更多香檳，很明顯地我們全都會度過一段美妙無比的時光，包括賀德博士在內。

他遞了一杯給身材豐滿的女伴又遞一杯給我之後說，年輕人，我下一本書想引用你剛才那句令人難忘的話，希望你不會介意。我們的女伴興致缺缺地看著我，等著我回答。我再高興不過了，我說道，其實我相當不高興，只是當著這些人，原因無法明言。

16

那天晚上午夜剛過不久，我們的車停在將軍已熄燈的住家外面時，他對我說了一番話令我大吃一驚。我一直在考慮你回國的要求，他坐在後座說，我從後照鏡可以看到他的眼睛。我這裡需要你，但我敬重你的勇氣。只不過你和阿邦他們不同，你從未在戰場上試煉過。他將灰髮上尉與冷漠中尉形容為戰爭英雄，是他能在打仗時交付性命的人。可是你得證明他們能做的事你也做得到。你得去做該做的事。你能做到嗎？當然可以，長官。我遲疑了一下，隨後提出那個顯而易見的問題：但我要做什麼呢？將軍回答，你知道該做什麼。我的手分別握住方向盤十點與兩點的方位不動，暗暗希望是自己想錯了。我從後照鏡看著他說，長官，我只想確定自己不會做錯。究竟該做什麼呢？

將軍在後面窸窸窣窣，在口袋裡摸找著。我取出我的打火機。多謝了，上尉。在一短暫瞬間，火光照亮他的臉，彷彿一張被刮去原文又重新寫上的羊皮紙。緊接著明暗對比消失，也不再能解讀他的臉。我從來沒跟你說過我在共產黨的戰俘營裡關了兩年，對吧？其實也無須說得鉅細靡遺，只要說我們的人在奠邊府被敵人包圍就夠了。不只是法國人、摩洛哥人、阿爾及利亞人和德國人，還有我們的人也是，好幾千個。我主動請纓跳傘進入奠邊府，雖然明知自己也在劫難逃，但總不能眼睜睜看著同袍弟兄死去。奠邊府失陷後，我和其他人一起被俘。儘管在牢獄裡失去了兩年的人生，我從未後悔過。就因為當時跳傘又熬過戰俘營，才能成就今天的我。不過沒有人要求我自告奮勇，沒有人告訴我該做什麼，沒有人討論過後果。這些事大家都心知肚明。你明白嗎，上尉？

是的，長官，我說道。

那太好了，如果該做的事做了，你就可以回祖國去。你是個非常聰明的年輕人，上尉，一切細節你自己看著辦就好，不需要徵求我的意見。我會替你安排機票，等我聽說你完成任務後，你就會收到。將軍忽然停下動作，門半開著。鄉村俱樂部，是嗎？他輕笑一聲。我得好好記著。我目送他沿著小徑走向漆黑的房子，夫人可能正在床上看書一面等門，就像她在別墅時常做的事。她知道將軍的工作會延續到午夜過後，但她可知道有些工作是什麼樣的內容？她可知道我們也有鄉村俱樂部？有時候，送他回別墅後，我會穿著襪子站在走廊上，傾聽他們房裡有無任何悲痛的動靜。我從未聽見過，但憑她的聰明不可能不知道。

至於我知道的事情是：巴黎堂姑回信了，逐漸顯現的隱寫內容簡單明瞭。阿敏寫道，不要回來，我們需要你在美國，不是這裡。這是命令。我在垃圾桶裡燒了信，就跟燒其他的信一樣，直到那一刻之前，這麼做都只是為了滅證。可是在那一刻，我承認燒信也是想送它下地獄，又或者是向某位能保我和阿邦平安的神明（不是上帝）獻祭。我沒有把信的事告訴阿邦，卻跟他說了將軍的提議，希望他幫忙出個主意。他仍一如既往地直言不諱。他說，你是個笨蛋，不過我沒法阻止你。至於小山，你大可不必覺得過意不去。那個人是大嘴巴。他以他所知道為我提供慰藉的唯一方式，帶我上撞球間，請我喝酒、打幾局撞球。撞球間裡有種特殊的兄弟氣氛能撫慰心靈。孤伶伶的一圈燈光照在綠絨桌面上，有如一塊室內水耕區，這裡種植的是男性情緒的有刺植物，因為太敏感不能暴露於陽光與新鮮空氣中。上過咖啡館後，但還沒進夜總會或回家之前，最可能遇見南越男人的地方就是撞球間。在這裡他會發現撞球和做愛一樣，隨著酒精攝入量的增加，精密而確實的瞄準會愈來愈困難。因此，當夜色漸深，我們的賽局也逐漸愈拉愈長。然而阿邦值得稱許的是，他早在第一局就給了我提議，當時殘夜尚未消磨一空，我們也尚未在黎明破曉時分帶著一身麻木離開撞球間，走進空寂的街道，街上唯一展現生氣的就是在甜甜圈店櫥窗裡忙活、全身沾滿麵粉的麵包師傅。那時候看著我用三角框排球的阿邦說道，我來做，你跟將軍說是你做的，但我來替你收拾他。

對於他的提議我一點也不驚訝。即使向他道了謝，我也知道不能接受。我這是要冒險進入一片之前已有許多人探險過的蠻荒，要跨越一道殺過人與沒有殺過人的門檻。將軍說得沒錯，只有經歷過這種儀式的人才有資格回祖國。我需要的是一場聖禮，但為這種事舉行的聖禮並不存在。為什麼？上帝——如果祂真的存在——不會希望我們承認殺人是神聖的？這話想騙誰呢？我們再來回顧我父親的教義問答中另一個重要的問題：

問：何謂人類？

答：人類是由肉體與靈魂組成，按照上帝的形象與樣式造出的生物。

問：這個樣式是指肉體或靈魂？

答：這個樣式主要是指靈魂。

我無須照鏡子或是看著人類同胞的臉，就能得知上帝的樣式。我只需要看看他們的自身與我自己的內在就能明瞭，若非上帝本身會殺人，我們也不會殺人。

不過當然了，我說的不只是殺人還有隸屬於其下的謀殺。阿邦見我遲疑不決，聳聳肩，朝球桌俯身，球桿跨放在張開的手上。他說，你老是想學點什麼，說實在的，沒有什麼比殺人能讓你學到更多知識。他打了個下塞球，母球擊中目標球後慢慢往後滾，隨即與下一顆目標球成一直線。我問道，那麼愛和創造呢？結婚生子呢？你尤其應該相信那種知識。他把屁股靠在桌沿，兩手緊抓著扛在肩上的球桿。你在測試我，對吧？好。我們有各種各樣的方式來談生命和創造。可是當像我這樣的人去殺人，大家都很滿意，誰也不想談。如果每個星期天在教士開口以前，能讓一個戰士站起來告訴大家，他為他們殺了誰，這樣會更好。傾聽是他們起碼該做的。他聳聳肩。這種事永遠不會發生。所以我給你一點實際的建議。一般人喜歡裝死。你知不知道怎麼斷定一個人是不是真死？用手指去壓他的眼球。如果還活著，他會動，如果死了，就不會。

我可以想見自己射殺小山，這種情景在電影上看多了。但我無法想像用手指去戳他那滑溜得像魚丸的眼球。為什麼不乾脆射他兩槍就好？我問道。因為會有聲響啊，聰明小子。會砰一聲。而且有誰說過要開槍嗎？有時候我們殺越共是不用槍的。如果能讓你好過一點的話，這不是謀殺，甚至不是殺人，這是暗殺。問問你那個克勞德吧，要是你還沒問的話。他會忽然現身說，這是採買清單，去打包一點回來。然後我們就帶著採買清單趁夜進村子去。越共恐怖分子、越共同路人、越共同謀，可能是越共的人、八成是越共的人，這女人肚子裡有個越共，這個人想要當越共，這個人大家都認為他是越共，這個人的爸爸或媽媽是越共，所以他是培訓中的越共。人還沒全部抓到，時間就用光了。當初有機會就應該趕盡殺絕才對。別犯同樣的錯。把這個越共解決了吧，趁他還沒壯大以前，趁他把別人變成越共以前。就這麼簡單。沒什麼好過意不去的，沒什麼好哭的。

一切要真是這麼簡單就好了。要把越共全部殺光的問題在於他們殺不勝殺，永遠都會有越共充斥在我們的心牆內、在我們靈魂的地板底下粗聲呼吸、從我們的視覺中縱情複製。還有一個問題是小山不是越共，因為顛覆分子肯定不會是大嘴巴。但也許是我錯了。誘人犯罪的密探也是顛覆分子，他們的任務就是讓嘴巴像機關槍一樣連發不停，在激進化的旋轉循環中煽動人心。然而若是如此，這裡這個密探就不會是共產黨員，否則怎會驅策反共人士聯合起來對付他？他應該是反共人士，激勵志同道合者激勵得太過火，讓他們被意識形態的熱情沖昏頭，渾身散發出憤恨的酸臭味。照此看來，將軍最可能是這個密探，又或者是夫人。有何不可？阿敏信誓旦旦地對我說最高層級裡有我們的人。解放以後，你看到獲贈勳章的人會大吃一驚，他這麼說。我現在還會嗎？如果將軍和夫人也是共產黨的同路人，我可就成笑話了，等我們被當成人民英雄祝賀時可以同聲一笑的笑話。

阿邦的建議暫擱一旁後，我唯一能傾訴的另一人就是蘭娜，我便轉而找她取暖。隔一星期，我帶著一瓶葡萄酒來到她的公寓住處。在家穿著柏克萊運動衫與褪色牛仔褲，並上了淡妝的她，看起來像個大學生。她的廚藝也像大學生，但無所謂。我們在客廳裡邊吃飯邊看《傑佛遜一家》，這是一部關於湯瑪斯・傑佛遜（美國第三任總統兼獨立宣言起草人）不被承認的黑人子孫的喜劇影集。之後我們又喝了一瓶葡萄酒，幫助消化胃裡沉重的澱粉團塊。從她的窗子望出去，我指向遠方一座小山上美輪美奐的建築群，告訴她其中有一棟是名導的家，他那部作品就快上映了。我已經講述過我在菲律賓的不幸遭遇，以及我對名導企圖殺害我的懷疑（不管是不是妄想）。我告訴她，我承認我曾經幻想過一、兩次想殺死他。她聳聳肩將香菸捻熄，說道，每個人都幻想過殺人，那只是閃過腦海的一個念頭，像是：啊，要是開車輾過那個人就好了。不然也至少會幻想某人死了會怎樣，譬如說我媽媽。當然，不是真的希望，只是如果……對不對？你別讓我覺得自己像個瘋子。我抱著她的吉他，撥彈一個誇張的西班牙風和弦，然後說道，既然要坦白的話，我想過要殺死我父親。當然不是真的，只是如果……我有沒有跟妳說過他是神父？她睜大了眼睛。神父？天哪！

她真誠的驚愕讓我更加喜歡她。在夜總會的濃妝與人工的女伶假象底下，她仍是純真無邪，純潔到讓我只想將陷入狂喜的自我那柔軟的乳狀漿液抹上她的嫩白肌膚。我想與她複製最古老的辯證，即亞當的正題與夏娃的反題（最後得出我們這個合題），從遙不可及的上帝之樹上掉下來的人性爛蘋果。倒不是說我們真像第一對父母那麼純潔。假如亞當和夏娃有損無所不知的上帝的顏面，我們也同樣有損亞當與夏娃的顏面，因此我真正想要的其實是蒸騰、熾熱的叢林辯證：「我泰山、妳珍妮」。這兩對男女會比一個越南女孩和一個法國神父的組合好到哪去嗎？我告訴蘭娜，母親經常對我說這樣一對男女的愛的結晶，沒什麼見不得人。媽媽說，我們畢竟是龍與仙女結合誕生的民族，還有什麼比這個更奇怪？但是大家還是瞧不起我，而我則怪罪父親。成長過程中，我幻想著有一天他會站在教會信眾面前說，我要介紹我的兒子讓你們認識，我讓他站到前面來，好讓你們認得他，並且像我一樣愛他……諸如此類。只要他能來和我們一起吃頓飯，偷偷喊我一聲兒子，我就會滿足了。可是他從來沒有，所以我就幻想天打雷劈、發瘋的大象、致命的疾病，或是在他講道時，有個天使降臨在他背後，對著他的耳朵吹喇叭，將他召回造物主身邊。

那不算幻想殺死他。

喔，不過我真的想過，用槍。

那你原諒他了嗎？

有時候好像原諒了，有時候又好像沒有，尤其是想到我母親的時候。我想這就表示還沒有真正原諒吧。

這時，蘭娜湊上前來，把手放在我膝蓋上說，也許我們把原諒看得太重了。她的臉靠得前所未有的近，我只需要往前一靠就行了。就在此時，我做了這一生最荒謬反常的舉動。我拒絕了，或者應該說我往後斜靠，拉開我與那張美麗臉龐、與那微微張開的誘人雙唇間的距離。我該走了，我說道。

你該走了？從她臉上的表情可以清楚看出，她從未自男人口中聽過這句話。就算我要求她犯下所多瑪最可憎的惡行，她都不會這麼吃驚。我趁著自己尚未改變心意站起身來，把吉他交給她。有件事我得先去做，然後才能在這裡做該做的事。這回輪到她往後靠，一臉輿味，隨手掃了一個誇張的和弦。她說，聽起來很嚴肅，不過你知道嗎？我喜歡嚴肅的男人。

她都不知道我能有多嚴肅。從她家開車到小山家的一個小時當中，我的手始終握在方向盤十點與兩點的位置，一路規律地呼吸吐納，以消滅我離開蘭娜的懊悔與前去見他的緊張。用心呼吸是從克勞德那兒，還有佛教僧侶的修行方法中學來的。一切最終都歸結到專注地呼吸。慢慢吐氣、吸氣，便能清除生活中的白噪音，讓內心自由平靜，與觀想的客體合而為一。克勞德說，當主客體合一，你扣扳機時就不會發抖。當我把車停在小山的公寓轉角，我的心猶如翱翔在沙灘上的海鷗，靠的不是自己的意志或行動力，而是微風的力量。我脫去藍色polo衫，套上白色T恤，踢掉棕色樂福鞋、脫掉卡其褲，然後換上藍色牛仔褲和米色帆布鞋。最後穿上一件雙面防水夾克，格紋那面在外，再戴上費多拉氈帽。下車後，我帶了一只大手提袋，是訂閱《時代》雜誌免費送的，袋內裝了一個小背包、剛剛換下的衣服、一頂棒球帽、一頂金色假髮、一付有色眼鏡，和一把裝了滅音器的黑色華瑟P22手槍。將軍給阿邦一信封袋的現金，阿邦便去找賣給他點三八手槍的那群華人幫派分子，買了這把槍和滅音器。然後要我和他一再演練整個計畫，直到我記牢為止。

人行道上從車輛到公寓都乏味無趣得很。在街道上行走不是美國人的習慣，我觀察這個社區幾次之後更加確定了。我在他的公寓建物門口看了一下手表，九點剛過。這是一棟兩層樓的灰色工廠，製造出數百個陳舊的美國夢複製品，住在裡頭的人都想像自己作的夢獨一無二，殊不知那只是一個失傳的原版劣等複製品。我按下對講機。他用法語「喂」了一聲，我說出是我之後，他稍微停頓一下才說，我替你開門。我走樓梯以免碰見人。到了二樓，我往走廊窺探一眼，確定沒有人才去敲門，他立刻來開門。

公寓內有家的味道，煎魚的香氣、蒸煮白飯的氣味還有香菸味。我坐到沙發上後他說，我知道你為什麼來。我緊抓著手提袋，問道，我為什麼來？因為蘇菲亞，他回答，儘管腳上穿了一雙粉紅色絨毛拖鞋，神情卻和我一樣嚴肅。他身穿運動褲和灰色開襟羊毛衫，身後有一臺打字機蹲踞在餐桌上，滾筒外垂著一截紙，機器旁隨意放置的文件堆積如山。在餐桌的吊燈下方、菸灰缸上方，飄浮著一片緩緩散去的煙霧，那是小山活躍的大腦排出的廢氣。透過那道煙幕可以看見餐桌上方的牆上，掛著和將軍與夫人的餐廳裡一樣的時鐘，也設定在西貢時間。

他說道，關於她，我們始終沒有好好談一談該談的事。上一次的談話很不舒服，我向你道歉。我們要是夠大方，就應該寫信到菲律賓給你。他出乎意外又看似真誠地為我著想，讓我一時不知所措。是我的錯，我說道，我自己也從沒給她寫過信。我們對望了片刻，隨後他才面露微笑說，我真是個失職的主人，竟然沒給你倒杯喝的。來一杯如何？他不顧我的推辭，跳起身來便走向廚房，果然不出阿邦所料。我把手放在袋子裡的華瑟手槍上，卻無意照阿邦的建議，起身隨他進廚房，迅速地朝他耳後開一槍。阿邦說，這麼做才是對他仁慈。是這樣沒錯，可是我胃裡的澱粉團塊把我黏在沙發上。那沙發表面包覆著粗糙、抗汙的布料，就像情侶幽會的汽車旅館房間專用的那種。工業用地毯上有一落落的書像沙包似地堆在牆邊，古董電視機上面有一臺銀色收音機喃喃響著。扶手椅上方掛了一幅斑斑點點、手法不純熟的畫，彷彿出自發了瘋的莫內之手，這也點出一個有趣的原則：要讓一個場所更有魅力不一定需要美，醜陋至極的物品經過比較，也能讓醜陋的房間變得不那麼醜。想為世界增添一絲美好還有另一個可行的方式，不是去改變世界，而是改變人看世界的角度。這也是小山拎著一瓶三分之一滿的波本威士忌回來的目的之一。

他朝收音機點了點頭說，你聽到了嗎？我們倆將酒杯抱在腿上。柬埔寨一再攻打我們的邊界城鎮，我們就乾脆去襲擊柬埔寨。一般人會以為我們已經受夠了戰爭，不會想再打仗。我想到的是與赤棉的邊界衝突對將軍而言是天賜良機，正好能把每個人的注意力轉移到別處，不去看我們的寮國邊界。我說道，打勝仗的問題就是每個人都會非常躁動，準備再戰一場。他點著頭小啜一口威士忌。而打輸的好處則是能讓人不再打另一場仗，至少短時間內不會。不過這不適用於你們那位將軍。我正想反駁，他卻舉起手制止並說，抱歉，我又談到政治了。兄弟，我發誓今晚不談政治，你也知道這對一個相信一切都與政治有關的人是多麼困難的事。

波本也是嗎？我問道。他咧嘴笑了笑。好吧，也許波本與政治無關。除了政治，我不知道該說什麼。這是個弱點。大部分的人都受不了我這樣，可是蘇菲亞可以。我從來沒有跟誰說話像跟她說話一樣。那就是愛。

所以你愛上她了？

你沒有愛上她吧？她說你沒有。

既然她這麼說，應該就是沒有吧。

我了解。即使你不愛她，失去她還是會心痛，這是人性。你想把她搶回去，不想把她輸給像我這樣的人。但拜託你，站在我的立場看一看。這根本不在我們的計畫中，只是在婚禮上一聊起來就停不下來了。愛就是和某人談話時能輕鬆不費力、能毫無隱瞞，而且就算不說話也能十分自在。至少這是我想出來形容愛的方式。我以前從來沒愛過，因此有一種奇怪的需求，想找到適當的隱喻來描述墜入情網的感覺。就像我是風車，而她是風。很蠢吧？

不，一點也不，我喃喃地說，發覺我們談論到一個比政治更麻煩的問題。我低頭看著捧在手中、幾乎已空的酒杯，透過杯底的酒沫看見那道紅色疤痕。他又說，不是她的錯，是我在婚禮上把我的電話給她並向她要電話，因為我說，如果能寫一篇關於日本人如何看待我們越南人的文章不是很棒嗎？她糾正我，是日裔美國人，不是日本人，而且是越裔美國人，不是越南人。她還說，你必須去認領美國，美國不會主動奉上，如果你不認領美國，如果美國不在你心裡，美國就會把你丟進集中營或保留區或新開墾地區。再說，如果你沒有認領美國，你要上哪去？我說，我們可以去任何地方。她說，你會這麼想是因為你不在這裡出生，但我是，所以我沒有別處可去。要是我有小孩，他們也一樣沒有別處可去，他們會是公民，這裡是他們的國家。就在那一刻，在她說這些話的時候，我心裡忽然湧現一種從未有過的欲望。我想和她生一個孩子。我耶，我可從來沒想過要結婚！更無法想像自己會當父親！

我可以再來一杯嗎？

當然！他重新為我斟酒。阿邦的聲音在我腦中響起，你這個愚蠢的渾蛋，這樣只會讓事情更糟。趁早解決了吧。小山又繼續說，現在我發覺，關於生孩子和當父親，比較像是夢想，不太可能實現。蘇菲亞已經過了生孩子的年紀，不過還是能收養。我覺得除了自己以外，也該為別人著想一下了。以前我只想改變世界，現在還是想，但諷刺的是我從來不想改變自己。不過革命就是從這裡開始的！我們得不停地自省，看看別人是如何看待我們，只有這樣革命才可能繼續。我認識蘇菲亞就是這種情形，我透過她看我的方式來看自己。

說到這兒，他忽然沉默下來。我的決心太薄弱，無法抬起右手伸入袋中取槍。我說道，你聽著，我有件事要向你坦白。

看來你是真的愛蘇菲亞，對不起。他看起來真的很傷心。

我來這裡不是為了森女士。我們能不能還是只談政治？

那就依你吧。

以前我問過你是不是共產黨，你說你如果是也不會告訴我。但如果我告訴你我是共產黨呢？他微微一笑，搖搖頭說，我不相信假設。玩這種猜猜你可能是誰或可能是什麼樣的人的遊戲，有什麼意義？我說，這不是遊戲，我的確是共產黨，是你的盟友，我已經當了很多年反抗與革命的特務。你有什麼想法？

我有什麼想法？他猶豫著，不敢置信，隨後憤怒得整張臉漲得通紅。我壓根就不信，這就是我的想法。我看你是來這裡誆我的。你想讓我說出我也是共產黨，好殺死我或揭發我，對吧？

我回說，我是想幫你。

你倒是說說看想怎麼幫我。

這個問題我沒有答案。老實說我不知道自己是怎麼回事，怎會向他坦白？或者應該說我當時不知道，現在或許知道了。我已經戴了太久的面具，現在才有機會安全地取下。這是一次偶發之舉，出於本能、出於一種非我特有的感覺。這世上不可能只有我認為只要讓他人看見真正的自己，就能被理解，也許還能被愛。可是倘若當你取下面具，另一人看你的感覺不是愛，而是恐懼、嫌惡與憤怒怎麼辦？倘若你揭露的自我在他人眼中與戴上面具一樣不討喜，或甚至更糟怎麼辦？

是將軍叫你來的嗎？他說道，我都可以想見你們倆策畫個沒完。我要是沒了，肯定對他和對你都有好處。

你聽我說……

你是因為我得到蘇菲亞而心生忌妒，雖然你並不愛她。我知道你會生氣，但沒想到你會這麼卑鄙，跑來給我設圈套。你以為我有多笨啊？你覺得只要說你是共產黨，蘇菲亞就會忽然又被你吸引嗎？你不覺得她會嗅到你的絕望，當面嘲笑你嗎？我的天哪，我都不敢想像如果把這件事告訴她，她會怎麼說……

雖然從一米半外開槍看似不可能出差錯，其實可能性非常高，尤其又喝了太多葡萄酒，外加一、兩杯充滿過去的苦澀泥煤味的波本威士忌。子彈射穿收音機，聲音減弱了些但沒有完全靜音。他驚愕到極點地看著我，目光凝視著我手上的槍，槍身因為加裝滅音器增長了幾吋。我的呼吸停止，心跳也停止。槍抖動了一下，他高喊一聲，揮起的手上已穿出一個洞。他頓時醒悟到死亡迫在眉睫，立刻跳起來轉身就跑。第三顆子彈打中肩胛骨與脊椎之間，他踉蹌了一下但未停下腳步，我於是跳過茶几，在他抵達門口前追趕上去。現在我處於理想位置，至少阿邦是這麼說的，位於目標身後三十公分，他的盲點位置，真的不可能失手。喀、喀，槍連響兩聲，一顆子彈射中耳後，另一顆射入腦殼，小山臉朝下倒地，笨重地把鼻梁都壓斷了。

我站在他趴著的軀體旁，只見他臉頰貼在地毯上，頭上鑽出的洞湧出大量鮮血。我站在他後面，從這個角度看不到他的眼睛，卻能看見他往上翻的手、手心那個血淋淋的洞、以怪異的角度彎曲於身側的手臂。澱粉團塊消化掉了，但消化後的液體在我的胃裡洶湧翻騰，眼看就要溢出。我深深吸氣、緩緩吐氣。我想到森女士，她很可能正在家裡，腿上抱著貓，讀著激進的女性主義論文，一面等候小山的電話，一通永遠不會打來的電話，這通電話界定了我們與上帝之間的關係，因為孤獨的戀人總會呼喚祂。如今小山已跨越陰陽兩界的分水嶺，他的燈火從此熄滅，身後留下的只有冰冷、陰暗的幻影。他的羊毛衫背後滲出一片殷紅，頭部周圍有一個血色光環不斷擴散。一陣噁心與寒顫讓我全身發抖，我聽見母親說，你會比他們所有人都好，對吧，兒子？

我深深吸氣、緩緩吐氣，一次、兩次，再來一次，發抖的身子慢慢緩和成微顫。腦中阿邦告訴我，記住，你只是做了該做的事。還有其他事情需要做，那份清單重新浮現腦海。我脫下防水夾克和T恤，重新換上藍色 polo 衫。牛仔褲和帆布鞋改換成卡其褲和樂福鞋。我將防水夾克翻面，露出全白那一面，氈帽換成長及肩頸處的金色假髮，再戴上棒球帽。最後戴上有色眼鏡，再將手提袋與槍放進背包，變裝完畢。假髮、棒球帽和眼鏡是阿邦的主意。他讓我在浴室的鏡子前試戴，那鏡子已經被一年份的牙膏泡沫飛濺得霧濛濛。看到了嗎？他說，現在你是白人了。在我看來，我還是像我，以這種喬裝打扮去參加化妝舞會或萬聖節派對太普通了。不過重點就在這裡。對於原本不知道我長什麼樣子的人，我看起來不像喬裝打扮過。

我拿出手帕擦去杯子上的指紋，接著將手帕包住門把時，我似乎聽到小山在呻吟。我低頭望向他血肉模糊的後腦杓，但除了耳中脈搏輕敲的聲音，什麼也沒聽見。阿邦說，你知道你該做什麼。我蹲下來，把臉拉低，看著小山露在外面的一隻眼睛。晚餐化成的液體湧上我喉底，我連忙用手摀住嘴，用力往下嚥，嚐到汙穢的味道。小山的眼睛空洞、沒有光彩，肯定是死了，可是阿邦跟我說過，有時候死人不知道自己已經死了。於是我伸出食指，慢慢地，一步步靠近那隻動也不動的眼睛。我的手指懸在眼睛前面一吋處，然後移到幾毫米前。沒有動靜。接著我的手指碰觸到那顆柔軟、如橡膠般的眼珠，好像摸到一顆剝了殼的鵪鶉蛋，這時他眨了一下眼。我嚇得往後跳，因為他的身體微微一顫，只是微微地，我於是從三十公分外，朝他的太陽穴再開一槍。阿邦說，現在他死了。

我深深吸氣、緩緩吐氣，差點就吐出來。自從開了第一槍，約莫已過三分鐘多一點。我深深吸氣、緩緩吐氣，我的液體內容物達到一個危險的平衡。等到一切都穩定了，我打開小山家的門，帶著住戶的自信走出去，這是阿邦的建議。克勞德說，要呼吸。於是我一面呼吸一面跑下足音回響的樓梯，我最後吸一口氣走出樓梯間，進入樓下大廳，前門正好打開。

是個白人，像割草機一樣的中年人，把自己的頭髮推光了一大片。剪裁得不錯但看似廉價的西裝緊緊裹住他的龐大身軀，顯示他從事的是重視外表、賺取傭金的低薪行業。他的翼紋鞋面上閃爍著冷凍魚的光澤。我會知道這些是因為我看著他，這也是阿邦叫我不能做的事。別跟人對上眼，別讓人有理由再看你一眼。但是他連看也沒看我，兩眼直視前方，直接走過去，好像當我是空氣、是鬼，或者更可能只是另一個不起眼的白人。他身上散發出十分錢商店賣的硬漢系古龍水味，我穿過他那道人工費洛蒙的凝結尾，及時拉住即將關閉的大門。接著我來到街上，呼吸著南加州布滿煙霧微粒的空氣，而且發覺自己想上哪去就能上哪去，不禁感到飄飄然。我一直走到停車處。到了那裡，我往輪弧旁一跪便吐了起來，一直嘔到吐無可吐，把水溝都染成我腹中的茶葉顏色。

17

很正常，隔天早上阿邦這麼說。他利用將軍送的一瓶上等蘇格蘭威士忌，消除了我內心的血腫。這件事就是非做不可，而我們就是得忍受。現在你明白了。喝吧，我們把它喝光。你知道最佳良藥是什麼嗎？我本來以為最佳良藥是回到蘭娜身邊，離開小山住處後我也的確去了，但即使和她度過一個難忘的夜晚，也無助於讓我忘記我對小山做的事。我緩慢地搖搖頭，小心不讓瘀傷的大腦受到晃動。就是回戰場去。到了泰國你會覺得好過些。如果真是這樣，那麼幸好不必等太久。我們明天就要動身，時間如此安排是為了避免讓我牽扯到任何法律問題，也讓我迴避掉計畫中的明顯弱點：森女士。乍聽到小山的死訊，她一開始可能會心思紊亂，但接下來就會想到我這個被拋棄的情人。將軍信任我能依承諾如期完成此舉，前一個星期便將機票交給我了。當時我們在他的辦公室，桌上放著報紙，我張口欲言，他卻舉起手說道，不用多說了，上尉。我於是閉上嘴。檢視過機票後，當天晚上我立刻寫信給巴黎堂姑。我以暗號告訴阿敏，我願意為違背他的命令負起責任，但為了救阿邦一命，我還是要陪他回去。我沒有告訴阿敏我打算怎麼做，因為我也還不知道。不過是我把阿邦拖下水，可以的話，就得由我把他拉上岸。

於是，辦完事兩天後，在尚未有人發現小山失蹤之前（或許森女士除外），我們低調地離開了，只有將軍和夫人來到機場的登機門前送行。參與這趟不可思議之旅的共有四人（阿邦、我、灰髮上尉和冷漠中尉），即將搭上一班管狀的次音速波音客機飛射過太平洋。再見了，美國，起飛時灰髮上尉望著窗外景致說道，但我坐在靠走道的位子看不見。他又說，我已經受夠你了。坐在中間的冷漠中尉也有同感，他說，我們怎會說這是個美麗的國家呢？我沒有答案。我處於恍惚狀態，極度不舒服，因為我的位子上擠了三個人，一邊是吃喝無度的少校，另一邊是小山。我才第七次搭乘噴射客機，大學時往返美國兩趟，後來與阿邦從西貢飛往關島，再從關島飛到加州，接著是來回菲律賓，然後就是現在這趟。我再回美國的機會不大，想到所有會讓我懷念美國的事物不由得感到遺憾：冷凍即食餐，空調，規定完善、人民也確實遵守的交通系統，相當低比例的人死於槍砲之下（至少和我們的祖國相比是如此），最現代化的小說，言論自由（雖然不像美國人想的那麼絕對自由，但在程度上仍勝過我們祖國），性解放，還有可能是最重要的一樣，就是那無所不在的美式麻醉劑：樂觀主義，這麻藥滔滔不絕、源源不斷地注入美國人心裡，將下意識這個凶惡流氓每天夜裡亂畫的絕望、憤怒、仇恨與虛無主義等等塗鴉，盡數粉飾。其實關於美國，也有許多不那麼令我著迷的事情，但何必這麼負面呢？我要把反美的負面與悲觀心理留給阿邦，他從來沒有被同化，離開此地讓他鬆了一口氣。到了太平洋上空時他說，我好像一直躲在某個人家裡。他隔著走道坐在我旁邊。日本空姐正在送餐，是天婦羅和炸豬排，味道比將軍在登機口硬栽給我的最後一句話還要好。阿邦接著說，關在四堵牆當中，聽著別人生活，只有晚上才能出門，現在我能呼吸了，我們要回到一個每個人都和我們長得一樣的地方了。我說，是和你一樣，我長得可不像那裡的每個人。阿邦嘆氣道，別唧唧歪歪地抱怨了，邊說邊往我茶杯裡倒入將軍在登機門送他的威士忌。你的問題不是想太多，你的問題是你讓每個人都知道你在想什麼。我說，所以我就乾脆閉嘴好了。他說，對，就是閉嘴。我說，那好吧，我閉嘴。他說，真是夠了。

經過二十小時不眠不休的旅程，還在東京換機後，終於抵達曼谷。我累壞了，因為沒法睡，每當閉上眼，不是看到吃喝無度的少校就是小山的臉，看久了讓我受不了。難怪從行李輸送帶上提起背包時，感覺比記憶中來得重，因為現在裡面多裝了內疚、憂懼與不安。塞得滿滿的背包是我唯一一件行李，離開住處前，我們已經將鑰匙交給拉——蒙牧師，請他賣掉我們的東西，錢就捐給他的永恆先知教會。如今我的所有家當都裝在背包裡，那本《亞洲共產主義與東方破壞模式》則放在活動夾層裡，書已經翻得破破爛爛，龜裂的書脊幾乎就要一分為二。將軍說，其他所需物品到了泰國會提供給我們。一切有負責基地營的海軍上將和克勞德為我們打理，克勞德會以他熟悉的偽裝身分待在那裡，也就是為一個協助難民的非官方組織工作。他在國際線入境大門迎接我們，穿著夏威夷衫和亞麻長褲，和我最後一次在海默教授家看到的他沒兩樣，只是晒得黝黑。他同我與其他人握手說道，見到你們真是太好了，歡迎來到曼谷，你們來過嗎？應該沒有吧。我們有一個晚上的時間，就盡情狂歡一下，我請客。他一手摟住我的肩膀，帶著誠摯情感用力一捏，帶我穿越熙攘人潮走向出口。也許純粹是我的心境黏糊得有如粥一般，總覺得每個擦身而過的當地人都在看著我們兩人。我心想不知道其中有沒有阿敏的情報員。克勞德說，你看起來狀況不錯，準備好要做這個了嗎？

當然了，我回答道，所有憂懼不安都在我內臟後方某個腔室裡沸騰著。我有一種感覺彷彿站在未定計畫的懸崖邊，因為我將自己與阿邦帶到災難邊緣，卻不知道如何自救。不過一切計畫不都是這樣產生的嗎？直到為自己編出一頂降落傘之前，計畫者心裡都是沒有底的，編不出來便只能漸漸消融於空中。這個問題恐怕不能問克勞德，他總是一副主宰著自己命運的模樣，至少在西貢陷落前都是。他又捏捏我的肩膀。我很以你為傲啊，老弟，只是想讓你知道這一點。我們倆沉默地走著，讓這份傷感流通片刻，隨後他再次捏我的肩膀說，我要讓你體會到你這一生最美好的時光。我咧著嘴笑，他也咧著嘴笑，心照不宣這可能是我人生最後一段最美好的時光。他的熱情與關心令我感動，這是他說愛我的方式，也可能是他為我這個死刑犯供應最後一餐的方式。他帶我們走出航站，進入十二月底的應時氣候中，這是一年當中最適合造訪本地的時節。我們搭上一輛箱型車後，克勞德說，要適應時差不能回飯店睡覺，我要讓你們醒著待到晚上，然後明天就出發前往營區。

司機駛上一條塞滿箱型車、卡車和摩托車的道路，四面八方都是喇叭聲、鳴笛聲和吼叫聲，十足一個充塞著汽車金屬、人類血肉與不言可喻情緒的都會景象。克勞德問道，有沒有讓你們想起家鄉？這是你們多年來最接近的一次。灰髮上尉說，和西貢一樣一樣的。克勞德回說，一樣一樣卻也不同，沒有戰爭、沒有難民，這些全都在你們要去的邊境上。克勞德給每個人發了根菸，我們都將菸點燃。首先是寮國人跑過邊界，現在有一堆苗族人。一切都很慘，不過幫助難民確實能讓我們進入鄉村地區。冷漠的中尉搖著頭說，寮國，那裡有萬惡的共產黨。克勞德說，不然還有其他種類的共產黨嗎？不過寮國本身是印度支那最近似天堂的地方。戰爭期間我在那裡待過，很不可思議。我好愛那裡的人，他們是這世上最溫和、好客的民族，除了當他們想殺你的時候。他吐出一口煙，被安裝在儀表板上的小風扇往後吹向我們。克勞德和其他外國人曾經在某一刻，認為我們是這世上最溫和、好客的民族嗎？或者我們始終是個好戰、攻擊性強的民族？我猜是後者。

當司機駛離高速公路，克勞德用手肘撞我一下說，我聽說你做的事了。我做的事？我做了什麼？克勞德一語不發，只是定定看著我，我這才想起我所做的那件必須以沉默傳達的事情，於是喃喃回道，喔，是啊。克勞德說，不必覺得難受，據將軍告訴我，那傢伙是自找的。我說，我可以向你保證，他不是自找的。克勞德說，我不是那個意思，只是那種人我看多了，不滿現狀的專家、自以為是的受虐狂，他們對一切都那麼不滿，只有綁起來處死他們才會滿意。你知道他這種人面對槍決的時候會說什麼嗎？我就知道會這樣！你那個案例唯一不同的是，那個可憐的笨蛋沒時間思考。我說，既然你這麼說就是了，克勞德。他說，不是我這麼說，是書裡這麼寫，他是屬於罪惡感深重的性格。

我可以看到克勞德說的那本書的內頁，就是我們在他的課上仔細研讀的審訊手冊，一本名為「庫巴克」的書。書中將審訊者可能遭遇的人定義出幾種性格類型，關於罪惡感深重性格的那一段自動跳了出來，在我眼前波動：

「這類人有一種強烈、殘酷、不切實際的良知。他一生似乎都不斷沉浸在罪惡感當中。

有時候好像決心要贖罪，有時候又堅稱無論哪裡出錯都是別人的錯。不管哪一種情形，他都在持續尋找某個證據或外在跡象，以證明別人的罪過比他大。他往往會孤注一擲地努力證明自己受到不公待遇。事實上，他可能會故意引發不公待遇，以便藉由懲罰來寬慰自己的良心。懷有強烈罪惡感的人若受到某種懲罰，有可能因為懲罰所帶來的滿足感而停止反抗，轉而變得合作。」

也許小山的確如此，但我永遠也無法肯定，因為我再也沒有機會訊問他。

到了，克勞德說。我們的目的地是一條小巷弄，上方懸掛著一道人工七彩霓虹燈，人行道上有各個年齡層、各種身材、臉色蒼白的靈長類摩肩擦踵，有些剪了個小平頭，有些留著嬉皮族的長髮，所有人要不是喝醉了就是即將喝醉，還有許多人激動萬分地長嗥吶喊。整條巷子兩側酒吧與夜總會林立，站在店門口的女孩四肢裸露，臉上化著精致濃妝。箱型車來到一間店外停下，門口上方直豎著一面亮黃色巨大招牌，上面寫著「金雞」。有兩個女孩拉著門讓它敞開，年紀看起來約莫二十歲，也就表示很可能介於十五到十八歲之間。她們踩著六吋高跟鞋，身上穿的說好聽點可以稱為衣服——袒肩露背的肚兜和比基尼褲的實質存在感，甚至比不上她們的親切微笑，那美麗溫柔的笑容簡直不輸幼稚園教師。哇，灰髮上尉讚嘆一聲，嘴角裂開到我都能看見他的臼齒蛀牙了。連冷漠中尉也說，好呀，不過他沒有笑。克勞德說，你們喜歡就好，全是為你們準備的。冷漠中尉和灰髮上尉進入後，阿邦才說，不了，我去走走。克勞德說，什麼？去走走？要不要找個私人的伴？你會滿意的，相信我。這些女孩都是身經百戰，她們知道怎麼照顧害羞的人。阿邦還是搖頭，眼神幾乎是帶著恐懼。我於是說，沒關係，我陪你去走走。克勞德卻抓住阿邦的手肘說，那可不行！我懂，不是每個男人都喜歡這種事。可是去散步，你就害你的哥兒們錯失他人生中最重要的一夜。所以你就進來坐下喝幾杯，不必去碰她們，甚至不想看也可以不要看，乖乖閉上眼睛坐著就好。你這麼做是為了你兄弟，不是為你自己。怎麼樣？我一手搭在克勞德手臂上說，算了，別勉強他。克勞德說，不會連你也是吧。

對，我也是。阿邦的道德感顯然感染了我，這有可能是致命疾病。克勞德放棄了，不再試圖說服我們，他進去後，我遞了根菸給阿邦，我們一起站在那裡抽，不去理會不停拉扯我們袖子的黃牛，卻無法忽視成群經過、對我們又推又擠的遊客。我後面有個人說，天哪，你有沒看到她拿那顆乒乓球幹嘛，老兄？另一人說，清－沖－乒－乓，隆－鳥－得－咚。媽的，我的皮夾好像被那個婊子扒走了。阿邦把菸一丟說道，我們走吧，趁我還沒殺人。我聳聳肩。要去哪？他指向我肩膀後方，我轉過頭，看見了吸引他目光的那張電影海報。

我們去看了《小村莊》，戲院裡全是當地人，他們還沒領會到電影是一種神聖的藝術形態，放映期間不能沒用手帕直接擤鼻子，不能帶自己的零食、飲料或野餐點心，不能打小孩也不能唱催眠曲哄嬰兒睡覺，不能熱情呼喊隔了好幾排的朋友，不能和隔壁同伴討論之前、現在或之後的情節重點，也不能大剌剌地癱坐在位子上，從頭到尾大腿都靠在隔壁觀眾身上。但誰能說他們不對呢？如果觀眾沒有反應，怎麼判定一部電影拍得好或壞呢？這些觀眾似乎看得非常盡興，又是歡呼又是鼓掌，而且上帝為證，我自己也同樣沉浸在故事與驚險場面中。觀眾反應最激烈的是那場高潮戰役，連我自己因時差而疲累的心也加速跳動。原因也許是那充滿威脅、帶有貝多芬風格的配樂，凶狠重複的音符在魔鬼的深沉聲調中達到飽和，dum-dum-DA-dum-Da-dum-DA-DA-DAAA；也許是直升機槳葉的尖嘯聲，處理成慢動作的聲音；也許是貝勒米與薛姆斯乘著空中駿馬時的凝視，與越共女孩透過高射砲十字線瞄準時的凝視，交互剪接的畫面；也許是在空中爆裂的炸彈；也許是看到殘暴的越共遭到大屠殺洗了一場血浴，這是他們唯一可能的沐浴方式；也許是這一切讓我希望手裡有把槍，以便也能加入這場舊約式的殺戮，殺死看起來和我就算不是十分相像，也有八分相像的越共。其他觀眾肯定和越共長得完全相像，但在看到各式各樣美製武器將這些距離不算太遠的鄰居汽化、粉碎、撕裂、濺得一身血汙時，他們卻高興得又叫又笑。我在座位上扭來扭去，睡意全消。我想閉上眼睛卻辦不到，自從前一場戲之後就頂多只能很快地眨幾下眼睛，那是讓全場觀眾鴉雀無聲的唯一一場戲。

也是我沒實際看到拍攝的唯一一場。名導沒有加入音樂，痛苦情緒只隨著阿梅的尖叫與反抗展開，並藉由那越共四人組的大笑、咒罵與揶揄加以強化。少了音樂，反而更能聽清楚觀眾的瞬間靜默，原本看到肚破腸流、射擊、砍殺與斬首畫面時都懶得將孩子的臉轉開的母親們，此時紛紛用手掩住小寶貝的眼睛。從幽暗的洞穴角落拍的遠景，呈現出一隻人形章魚在洞穴中央不停扭動，那是赤裸的阿梅在半裸的強暴者的背部與四肢底下掙扎著。雖然偶爾會瞥見她的裸體，但大部分都靠越共的腿、手臂與臀部的技術性借位遮住了，肌肉的膚色、腥紅的血色與他們破爛的黑褐色衣服，化成一片文藝復興繪畫的濃淡色彩，讓我隱隱回想起一堂藝術史的課。與這些遠景交替出現的是阿梅被打到不成形的臉部大特寫，哭嚎的嘴巴、鮮血直流的鼻子、一隻眼睛腫到完全睜不開。片中最長的鏡頭就是拍攝這張填滿整個螢幕的臉，她睜著的眼睛在眼窩裡轉動，尖叫時嘴唇上血沫四濺。

媽媽媽媽媽媽媽媽媽媽媽媽媽！

我感到畏縮，好不容易鏡頭終於反轉過來，我們就像透過阿梅的雙眼看見這些紅身惡魔，臉因為喝了自製米酒而漲得緋紅，齜露的牙齒覆著一層厚厚的苔蘚，一雙小眼睛在狂喜之餘緊緊閉起，看了以後心窩裡只會有一種燒灼的感覺，希望他們徹底死絕。這正是名導接下來在最後一幕的徒手肉搏戰中所呈現的，倒也可以兼作醫學院的解剖訓練影片。

全片最後一個鏡頭，一架休伊直升機緩緩升上蔚藍天空，天真的丹尼男孩坐在敞開的門邊，哭泣凝視著被戰爭蹂躪、殘破不堪的家園，同時準備前往一個女人的乳房不只能分泌乳汁還能製造奶昔的國家——美國大兵是這麼說的。我不得不承認名導的才華，就像欣賞槍砲大師的技術才能一樣。他錘鍊出一件美麗與恐怖兼具的成品，有人看得興高采烈，有人覺得枯燥乏味，是一部以破壞為目的的創作。片尾字幕開始跑了以後，我對自己曾為這部黑暗作品貢獻過心力感到羞愧，但也為我臨演們的貢獻感到驕傲。面對粗鄙的角色，他們盡了最大努力表現得優雅。除了那四名扮演「越共強暴者#1」、「越共強暴者#2」、「越共強暴者#3」與「越共強暴者#4」的退伍軍人之外，還有人以「絕望的村民」、「死去的女孩」、「跛腳男孩」、「收賄警察」、「漂亮護士」、「盲眼乞丐」、「傷心的難民」、「憤怒的職員」、「哭泣的寡婦」、「懷抱理想主義的學生」、「溫柔的妓女」與「妓院裡的瘋子」等角色初登大螢幕。但我就是不以自己的角色為榮。另外還有許多同仁在幕後努力付出，像是毛利。這個藝術家注重布景細節已到了狂熱地步，肯定能提名奧斯卡，儘管出了一點小意外（起因於他花錢請一個當地人疏通，從附近的墓園挖來真實屍體拍最後一幕戲），仍無損他的寶貴表現。警察來逮捕他時，他真心悔過地說，長官，我沒有想到這是違法的。後來一切都擺平了，不僅迅速地讓屍體重回墓穴，名導還捐了一大筆錢給警員聯誼會，也就是當地的妓院。看到薇歐莉掛的是執行製作的頭銜，我苦笑了一下，但仍承認在工作人員位階上，她有權排得比我高。想起後勤人員從不間斷的伙食供應、醫護團隊盡心盡力的照顧，以及幾位司機每天很有效率的接送，心裡充滿暖意，不過老實說，我的工作比他們任何人都來得專業。當然我不否認，我的雙文化、雙語技能不比那些馴獸師特別，他們有人負責訓練那隻被綠扁帽領養的可愛土狗（片尾出現的名字叫「小狗史密弟」），教牠各種雜技和口令，有人負責管理熱帶動物，不但包租了一架DC-3飛機運來一頭關在籠子裡的凶暴孟加拉虎（莉莉），還要確保兩頭大象（亞伯和卡斯提洛）溫順聽話。儘管我很欣賞衣物洗燙人員（黛莉亞、瑪莉貝兒、珂拉桑）工作時樂在其中又動作迅速，但她們真的有資格排在我前面嗎？洗燙人員的名字繼續不斷往上跑，直到感謝市長、市議員、觀光局長、菲律賓國軍、第一夫人伊美黛·馬可仕與總統費迪南·馬可仕時，我才發覺自己的名字根本沒出現。

等到配樂與底片材料跑完後，我對名導的勉強認同已煙消雲散，取而代之的是沸騰的殺人怒氣。真實生活中無法除掉我，他卻在虛構創作中成功謀殺了我，用一種我愈來愈熟悉的方式讓我徹底消聲匿跡。離開戲院時我仍滿腔怒火，情緒比溫暖的夜還要熾熱。我問阿邦，你覺得怎麼樣？看完電影後的他還是沉默一如平時。他抽著菸，揮手攔計程車。你覺得怎麼樣嘛？他終於正眼看我，眼神中交雜著同情與失望地說，你去是為了讓我們能被好好呈現出來，結果我們連人都不是。一輛匡啷作響的計程車停到路邊。我說道，你現在成影評了？他邊爬上車邊說，這只是我的想法，大學生。我哪懂呢？我用力關上車門說，要不是我，我們的人根本一個角色也沒有，只會變成箭靶。他嘆口氣搖下車窗說道，你只是給了他們一個藉口，現在白人可以說，你們看，片子裡有黃種人呀，我們不恨他們，我們愛他們。他說著往窗外啐了一口。你是試著在玩他們的遊戲，好嗎？但是他們在主導，你一點主導權也沒有，也就是說你什麼也改變不了，本質改變不了。當你什麼也沒有，就只能改變事情的外表。

接下來整趟路我們沒再多說什麼，到達飯店後，他幾乎一沾枕就睡著了。我躺在陰暗的房裡，胸前擺著菸灰缸，一面抽菸一面沉思，破壞這部電影與它象徵的意義（亦即醜化我們）是阿敏與將軍兩人都能認同的任務，我是怎麼搞砸的？我試著想睡但睡不著，不只是被震天價響的喇叭吵的，看到小山和吃喝無度的少校躺在我上方的天花板、一副向來都是這樣消磨時間的樣子，也令人心驚膽跳。隔壁房間的彈簧床單調的吱嘎響聲讓情況更糟，那聲響持續許久，久得荒謬，想到那個可憐、沉默的女人所要承受的一切，我不禁心生同情。當男伴發出衝鋒陷陣的吶喊，我以為一切終於結束而鬆了口氣，沒想到還有後續，在那聲吶喊終了，換他的同伴發出深沉、拖長又感激的男性交配叫聲。令人驚訝的事還真是一樁接一樁，打從將軍和夫人一個穿人字紋西裝、一個穿淡紫色奧黛來機場送行之後就沒間斷過。將軍送給我們四名英雄一人一瓶威士忌、和我們合照並一一握手，隨後我們通過驗票門，我走在最後面。然而到我的時候，他拉住我說，借一步說話，上尉。

我於是退到一旁讓其他乘客登機。什麼事，長官？將軍說道，你知道我和夫人都把你當成義子。這我並不知道，長官。他與夫人的臉色都很陰沉，但我父親也經常對我擺這種臉色。夫人說，那你怎麼能這樣呢？我已習慣掩飾，便裝出吃驚的表情。我怎麼能怎樣？將軍回答，企圖引誘我們的女兒呀。夫人接續道，每個人都在說。我說，每個人？將軍說，是謠言，你在婚禮上跟她說話，我就應該看得出來，但我沒有，因為我作夢也想不到你會支持我女兒去穿那種夜總會服裝。夫人又補充道，不只如此，你們兩個還在夜總會出盡洋相，大家都看到了。將軍嘆了口氣說，我實在無法相信你會企圖染指她，想想你都住過我家，還把她當成小孩和妹妹看待。是妹妹，夫人特別強調。將軍又說，我對你失望透頂，我其實很希望你留在我身邊，要不是為了這個，我絕不會讓你走。

長官……

你應該沒那麼笨的，上尉。你是個軍人。每樣事物和每個人都有屬於自己的位子。你怎會以為我們會讓女兒和你這樣的人在一起？

我這樣的人？我不解地問，什麼叫我這樣的人？

上尉啊，將軍說道，你是個好青年，但提醒你一聲，免得你沒發現，你也是個雜種。他們等著我開口，但將軍已經把唯一能讓我說不出話的那個字眼塞進我嘴裡。見我不出聲，他們帶著氣憤、哀傷與反責地搖搖頭，留下我抱著威士忌酒瓶站在登機門邊。我真想當場當下就開來喝，威士忌或許能幫我將那個字眼一吐為快。它哽在我喉頭，有種沾滿我們故鄉肥沃土壤的毛襪味道，我已經遺忘的那種餐食是只有最低賤的窮人才吃的。

我們起床時太陽尚未昇起，天還黑著。吃早餐時也沒人說話，頂多嘟噥一聲。用餐過後，由克勞德開車從曼谷前往營區，經過一整天的車程，最後來到寮國邊界附近。當他忽然轉上一條沒有鋪築的岔道，進入一片白千層樹林，沿路閃躲著彈坑與凹洞之際，太陽正從我們背後慢慢下山。駛進黃昏樹林一公里後，來到一處軍隊檢查哨，那裡停了一輛吉普車，車上有兩名身穿橄欖綠作戰服的年輕士兵，兩人脖子上都戴著佛像護身符，腿上放一把M16步槍。我聞到濃濃的大麻臭味，錯不了。那兩個士兵既沒有從車內起身，也沒有睜開半閉的眼睛，就揮手讓我們通過。我們繼續行駛於留有深深車轍的道路上，繼續深入林中，高大樹木的細枝宛如一隻隻骷髏手陰森地朝我們逼近，最後終於來到一塊林間空地，空地上蓋了幾間小而方正的高腳茅屋，多虧有電燈照亮窗口，景致才不至於太過原始粗野。小屋以假髮似的棕櫚葉葺頂，還有木板從架高的門口一路鋪設到地面。狗的吠叫聲引得門口出現幾道黑影，等我們爬下車，那群黑影也逐漸靠近。克勞德說，就是他們了，越南共和國最後屹立不倒的軍人。

或許我在將軍辦公室看到的照片，是他們在狀況較好的時候拍的，但那些嚴肅的自由鬥士怎麼看也不像這群神形枯槁的非正規軍。照片中那些人，鬍子刮得乾乾淨淨，頸間繫著紅巾，身穿叢林迷彩服、戰鬥靴，頭戴貝雷扁帽，立正站在樹林間篩落的陽光底下。然而，眼前這些人穿的不是靴子與迷彩服，而是橡膠涼鞋搭配黑色衣褲；繫的不是遊騎兵傳奇象徵的紅巾，而是農民的格子領巾；戴的不是貝雷扁帽，而是寬邊的墾荒帽；臉頰不是乾乾淨淨，而是長滿鬍子，頭髮也參差不齊亂糟糟。一度目光熾熱明亮的眼睛，現在則黯淡得像木炭。他們個個端著一把有著獨特香蕉形彈匣的AK-47步槍，這個圖像的出現再結合其他所有特點，造成一種很不尋常的視覺效果。

灰髮上尉問道，他們怎麼看起來像越共？

當他們一行十來人帶我們來到司令官的小屋，我們發現不只是游擊隊員長得像昔日敵人。這間小屋淺淺的門廊上，有個細瘦男子在一盞裸燈泡照明下背光站立。那不是……阿邦及時住口，沒問出荒謬的話來。克勞德回應道，每個人都這麼說。海軍上將舉手招呼，露出叔伯般的親切微笑。他的臉稜角分明、瘦削，幾乎堪稱英俊，是典型的學者或達官貴人的高貴面相。頭髮轉灰，但還沒有白，頂上有些稀疏，理得很短。那撇山羊鬍是他最獨樹一格的特徵，是修剪得整整齊齊的中年男子樣式，而不是年輕人那種稀疏凌亂的鬍子或老年人那種飄逸長鬚。歡迎，各位，上將開口說道，即使聲調溫和，我仍然聽到了胡志明錄製在新聞影片中那優雅平靜的聲音的回音。你們遠道而來，想必都累了，請進我屋裡來吧。

和胡志明一樣，海軍上將也自稱伯父。和胡志明一樣，他也穿著樸素，黑色衣褲與手下隊員的裝束相同。和胡志明一樣，他將住處布置得簡約、帶學者氣。大夥打赤腳坐在小屋單一房間裡的蘆葦草席上，我們幾個新來的面對如此詭異的相似度不免坐立不安。這位幽靈人物想必是睡在木地板上，因為四下不見床的蹤跡。一面牆邊排放著竹書架，另一面牆邊有一組簡單的竹桌椅。用餐時，我們喝著將軍的威士忌，上將詢問我們在美國這幾年的生活，我們也詢問他怎麼會擱淺在這座森林裡。他微微一笑，將菸灰彈進一個以椰子殼剖半做成的菸灰缸。戰爭最後一天，我負責指揮一艘運輸船，船上載滿了在碼頭上獲救的海軍與陸軍官兵、警察與老百姓。我原本可以像許多上尉同僚一樣，讓船行駛到第七艦隊，可是美國人已經背叛過我們，如果逃到他們那邊去，是沒有希望再次作戰了。美國人已經完了，既然他們白種人失敗，就會把亞洲留給黃種人。所以我就朝泰國而來。我有泰國朋友，我知道泰國人會給予我們庇護。他們和美國人不同，他們無處可去。泰國人會對抗共產主義，因為它已步步逼近泰柬邊境。寮國也很快就會失陷。你們要知道，我對於被救不感興趣，這點和大多數國人不同。說到這裡他停下來，又淡淡一笑，在座誰也不需要他提醒，我們便是那群國人的一部分。上將繼續說道，上帝已經救了我，我不需要美國人拯救。我在我的船上當著屬下的面發誓，只要有需要，我們都會繼續作戰，不管是幾個月、幾年或甚至幾十年。如果從上帝眼中看我們的奮鬥，這點時間根本不算什麼。

阿邦開口問道，這麼說，你認為我們真的有機會囉，伯伯？上將撚了幾下山羊鬍才回答，邊說仍邊撚著鬍子，孩子，別忘了耶穌，也別忘了基督教一開始只有他、他的使徒、他們的信仰和神的話語。我們就像那些真正的信徒。這個營區有兩百名使徒，有一個無線電臺對著我們受奴役的祖國廣播自由話語，還有槍。我們不僅有耶穌與他的使徒從未有過的東西，我們也有他們的信仰，尤其最重要的是上帝站在我們這邊。

阿邦又點了根菸，說道，耶穌死了，使徒也都死了。

冷漠的中尉說，所以我們也會死。雖然說了這樣的話，又或許正因為說這句話，他的態度與口氣依然不帶感情。他又說，這也不見得是壞事。

上將說，我不是說你們會死於這次的任務，只是最終難免一死。但假如這次出任務真的死了，請記住你們拯救的人會感激你們的，正如同使徒們拯救的人都很感激他們。

伯伯，阿邦說道，有很多他們去救的人並不想被救，所以他們最後才會死。

這回上將斂起笑容說，孩子，聽起來你不是信徒。

你指的如果是宗教或反共主義或自由或諸如此類的嚴肅字眼，沒錯，我不是。我以前相信，現在不信了。我才不在乎救什麼人，包括我自己在內。我只是想殺共產黨，所以我是你想要的人。

這我勉強可以接受，上將說。

18

我們花了兩星期適應氣候與新夥伴，其中有三個我想都沒想過會再見到的人。這三個海兵中尉比起那天晚上，我和阿邦、阿敏在西貢巷道裡遇見、正唱著「美麗的西貢！西貢啊！西貢啊！」的他們，多留了鬍子，頭髮也長了，但依然看得出蠢笨模樣。西貢淪陷當天，他們好不容易到達碼頭，並在那裡跳上這位上將的船。從那時候起我們就一直待在泰國，三人中領頭的那人說。他與同伴一輩子都浸在湄公河三角洲，他們烙下的全是太陽底下的人生，只是陽光色調不同。他膚色黝黑，但另一個更黑，第三人則是最黑，像紅茶一樣黑。他們、阿邦和我不情願地握了手。那個黝黑海兵說，我們要和你們一起越過邊界，所以最好別互相討厭。他就是我拔槍以對的那名海兵，但既然他選擇不提，我便也不提。

我們這支勘查隊總共十來人，某天傍晚剛過不久，就在一個寮國農民和一個苗族偵察兵帶領下出發了。那名寮國農夫是逼不得已。他在稍早一次勘查任務中遭上將的人綁架，由於熟知我們要穿越的這片土地，便用來當嚮導。他不會說越南話，但苗族偵察兵會，也順便替他翻譯。即使從遠處也能看出那名偵察兵的眼睛全毀了，幽暗破碎得有如廢棄宮殿的窗戶。他一身黑衣，和我們都一樣，唯一不同的是他戴了一頂褪色的綠色貝雷帽，因為太大，帽簷掉蓋在他的耳朵和眉毛上。緊跟在他後面的是海兵當中的兩人，膚色黝黑那個拿著AK-47，更黑的那個拿著我們的M79獵象槍，它那粗短的榴彈很像短短的人造金屬陽具。跟在他二人後面的是冷漠中尉和灰髮上尉，他們無法克服心理障礙去用敵人的AK-47，因此背著M16。他們的後面是瘦巴巴的通訊兵，手裡拿著M3黃油槍，背上背著PRC-25無線電。接下來是具有哲學家精神的醫護兵，一側肩上垂掛著M3急救箱，另一側背著M14步槍，這支勘查隊裡沒有人能不佩帶武器。在這個充滿茉莉花與大麻氣味的夜裡，我們倆一開始就很處得來。他問我，除了悲傷和哀愁，還有什麼是既沉重卻又輕如鴻毛？見我被難倒了，他才說，是虛無，事實上虛無主義也是他的人生哲學。再接下來是身型魁梧、兩手端著M60的機槍手。跟在他後面的是拿著AK-47的我和拿著M16的阿邦，膚色最黑的那名海兵殿後，他的武器是B-40火箭筒。

在防衛方面，我們每個人分發到的不是防彈背心和頭盔，而是一張薄片狀、皮夾大小的聖母像，可以佩戴在心口上。我們從營區臨出發前，海軍上將送給我們這些禮物，讓我們多數人都感到安心。這幾天我們一直在討論策略、準備食糧，並研究我們要穿過寮國南端的路線圖。這片地域是前一次出任務時，那幾名海兵已探勘過的地區，也是寮國農夫的家鄉。他說，不時都有走私販越過邊境。我們會定時收聽自由越南電臺，電臺的人員就在上將小屋旁的一間簡陋竹屋工作。他們在那裡廣播上將的演說、朗誦報紙翻譯的文章、播放具有反動情感的流行歌，那段時期以詹姆士・泰勒和唐娜・桑默最受歡迎。上將說，共產黨討厭情歌，他們不相信愛情或浪漫或娛樂。他們認為人民只應該愛革命與國家，可是人民愛聽情歌，我們就讓他們聽情歌。電波承載著那些充滿感情的情歌，越過寮國進入我們祖國。在我的口袋裡有一臺附耳機的電晶體收音機，讓我可以聽廣播，我把它看得比武器和聖母像還重要。不相信聖母或任何神祇的克勞德，在我們離開時，以擊掌的形式給予我們世俗的祝福。他說，祝你們好運，就只是進出一下，迅速安靜。說得簡單，我心裡暗想，沒說出口，但恐怕我們十來個人多半都有同樣想法。克勞德捏我肩膀時，直覺到我的憂心。兄弟，好好照顧自己，要是有人開始射擊，你只要低著頭就好，打仗交給專家去做。他對我能力的評估很感人，也極可能是正確的。這個人（連同阿敏）教會了我所有關於情報工作、關於如何以祕密身分生活的知識，他希望我平安。他說，我們會等著你們回來。回頭見，我只簡單回了這麼一句。

我們在一彎細細的弦月下出發，內心樂觀而振奮，這是剛開始劇烈運動時偶爾會有的感覺，肺裡面好像充填了一種氦氣托著我們前進。經過一小時後，我們（或至少是我）的步伐變得沉重，我的氦氣用盡了，由疲累的初期徵兆取而代之，隨著水滴慢慢滲入毛巾，疲憊感也滲入體內。走了幾個小時後，我們來到一個水池邊，灰髮上尉下達休息指令。坐在月光灑落的水池邊上，讓痠痛的大腿靠著休息時，我只能隱約看出手表那兩根脫離表體的螢光指針指在凌晨一點。我的手好像也和手表指針一樣脫離了我的身體，此時它們只想從胸前口袋拿出一根菸握著、輕撫著，這股衝動電擊著我的神經系統。看起來似乎沒有同樣渴求的阿邦到我身邊坐下，默默吃著飯糰。水池裡散發出一股泥巴的惡臭與植物的腐臭味，水面上有一具約莫雀鳥大小的鳥屍隨波跳動漂浮，四周被脫落的羽毛圍成一個光環。是彈坑，阿邦喃喃說道。彈坑是美國人的足跡，代表我們已進入寮國。繼續往東行又遇見更多這類彈坑，有時是單一個，有時是數個群集，還有一長條一長條被連根拔起的白千層殘株四下散落，我們不得不小心慎行。剛靠近一座村莊，就看見附近的彈坑邊緣有漁網掛在柱子上，隨時準備被拋入農民用來養魚的這些池子。

天將亮時，來到一個據寮國農夫說很偏僻，連邊境居民也罕至的地方，灰髮上尉下令停止行進。休息的地點在一座小山頂上，我們在漠然的白千層樹下攤開雨披，再將我們用棕櫚複葉編成的網狀帶帽斗篷蓋在身上。我躺下後將背包當成枕頭，背包裡除了食糧，還有《亞洲共產主義與東方破壞模式》藏在活動夾層內，以防可能有機會再次派上用場。我們兩、三人一組輪流睡覺，很不幸地我被分配到中間的班次。我將帽簷壓低蓋住臉，似乎好不容易才剛剛入睡，壯碩的機槍手就搖動我的肩膀，衝著我的臉吹出滿是細菌的可怕氣體，告訴我該站崗了。當時太陽高掛空中，我覺得喉嚨乾渴。用望遠鏡可以看到遠方的湄公河，一條褐帶分割了大地的綠色軀幹；可以看到從農舍與磚廠冒出的柴煙形成一個個問號與驚嘆號；可以看到稻田裡的水牛，牛蹄深陷在泥水中，身後有光著小腿的農夫跟著跋涉；可以看到鄉間的大小道路，從遠處望去，行駛其上的車輛速度慢吞吞，活像得了關節炎的烏龜；可以看到一座傾圮的砂岩古廟廢墟，那是許久前某個已沒落的部族所興建，某個遭遺忘的暴君頭頂著王冠從上俯視，由於帝國的衰退使他空洞的雙眼變得盲目；可以看到整片土地的地形，赤裸裸的軀體暴露在陽光下，與夜間的神祕生物迥然不同。這時一股巨大的渴望驀然襲來，使得土地失焦並微微顫動，我也半驚半恐地領悟到，儘管帶了所有必需品，卻沒有人帶一滴烈酒。

□

第二天晚上不像前一天行進得那麼順利。我迷迷糊糊，也不知道自己是在走路，或只是趴在一頭跳躍起伏的野獸身上。一波膽汁在我的喉嚨裡上下湧動，耳朵從頭的兩側腫脹突出，還渾身打哆嗦像在冬天似地。我抬起頭，從枝葉間瞥見天上的星，宛如被困在水晶球中的飛旋雪花。小山和吃喝無度的少校從水晶球外看著我，一面用巨大的手搖晃水晶球一面輕笑。唯一將我與實質世界聯繫在一起的實體，就是我手中的步槍，因為我的腳感覺不到地面。我緊緊抓著AK-47，那天晚上離開小山住處後，我也是這樣抓著蘭娜的手臂。她開門時並未顯得訝異，因為她始終知道我會回去。我沒有告訴將軍我和蘭娜做了什麼，其實我應該說的。有一件事他永遠不能做，而我卻做了，因為對於剛殺了人的我來說，沒有任何禁忌，即便是屬於他或來自於他的東西也不例外。此刻就連森林的氣味也成了她的氣味，當我在竹林裡扭動身子脫下背包，坐在阿邦與冷漠的中尉之間，那溼潤的土地也讓我想起她。在我們頭頂上，無數螢火蟲點亮了枝頭，我彷彿感覺到樹林的嘴鼻與眼睛正對準我們。有些動物能在黑暗中視物，但只有人類會刻意尋找每一條可行的途徑，進入自己陰暗的內心。身為人類，我們從未遇見過任何一種洞穴、門戶或入口而不想進入，我們從不滿足於只有一個入口，總會試盡各種可能性，就算是最黑暗、最險惡的通道也不放過，至少與蘭娜在一起的那一夜我想到了這些。我得去尿個尿，冷漠的中尉說著又再度起身。他消失在樹林的幽微處，但他頭上的螢火蟲仍整齊地一明一滅。在激情過後，蘭娜問道，你知道我為什麼喜歡你嗎？你的一切都是我媽媽討厭的。我沒有生氣。已經被強餵了太多恨意，再多一點，對我的肥肝幾乎沒有影響。如果哪天敵人切下我的肝吃掉（據說柬埔寨人會這麼做），應該會滿意地咂嘴，一旦嚐過填塞恨意的肥肝，就再也找不到更好的滋味了。我聽到中尉去的方向傳來樹枝喀喇一響。你還好嗎？阿邦問道。我點點頭，仍專注看著螢火蟲，牠們發出的集體訊號妝點出竹子的輪廓，彷彿在野地裡過聖誕。草叢沙沙作響，竹林隨之冒出中尉的模糊身影。

嘿，他開口道，我……

一陣閃現的光與聲音讓我變得又瞎又聾。泥土與砂石猛烈打在身上，我畏縮了一下。當我縮成一團趴在地上、雙臂護著頭時，有人的尖叫聲震得我耳鳴。有人在尖叫，不是我。有人在大聲咒罵，不是我。我甩掉落在臉上的土，只見頭上的樹變黑了。螢火蟲不再閃爍，而且有人在尖叫。那是冷漠的中尉，他在羊齒植物當中扭動翻滾。哲學家醫護兵衝向中尉時撞到了我。灰髮上尉也從黑暗中出現，說道，快就防守位置啊，搞什麼。我身旁的阿邦背轉向那一片狼藉，拉了一下槍機拉柄，卡－卡兩聲，然後朝黑暗瞄準。我聽見四周上膛的卡－卡聲此起彼落，便也跟著照做。有人打開了手電筒，儘管是在背後，我也能看見它發出的冷光。哲學家醫護兵說，腿沒了。中尉仍繼續尖叫。幫我拿著手電筒，我替他包紮止血。黝黑的海兵說，整個山谷裡的人都聽到了。灰髮上尉問，他挺得住嗎？醫護兵回答，如果能把他送到醫院，也許可以。把他壓住。黝黑的海兵說，我們得讓他閉嘴。灰髮上尉說，肯定是地雷，不是攻擊。黝黑的海兵又說，要不是你來就是我來。有人用手蒙住中尉的嘴，讓他的叫喊聲減弱。我轉過頭去，看見黝黑海兵拿著手電筒照明，哲學家醫護兵則是徒勞地為中尉的殘肢纏上止血帶，只見他膝蓋上方被炸斷處突出一截像臼齒似的骨頭。灰髮上尉一手摀住中尉的嘴，另一手則緊捏住鼻孔。中尉重重喘息，兩手用力抓住醫護兵與上尉的袖子，黝黑海兵關掉手電筒。慢慢地，掙扎撞擊與窒息的聲響停息了，他終於靜止不動，死了。但假如他真的走了，怎麼還會聽見他的叫喊？

黝黑海兵說，我們得移動了，現在不會有人來，可是天亮以後就會有了。灰髮上尉未置一詞。你聽到了嗎？灰髮上尉說聽到了。黝黑海兵說，那就做點什麼啊，天亮以前必須要盡可能遠離這裡。灰髮上尉說要埋葬他。黝黑海兵說這樣太花時間，灰髮上尉便下令抬著遺體走。我們將中尉的彈藥平分，把他的背包交給寮國農夫，他的M16步槍則由黝黑海兵背負。壯碩的機槍手將自己的M60交給黝黑海兵後，扛起中尉的屍首。正要出發時，機槍手說，他的腿呢？黝黑海兵便打開手電筒。那條腿就躺在那裡，底下鋪著細碎的蕨類，彷彿一道端上桌的菜，肉已碎爛，上頭還掛著一條條黑布，血肉模糊的白骨從撕扯得參差不齊的肌肉往外插出。黝黑海兵問道，腳呢？哲學家醫護兵說，應該直接就炸飛了。粉紅色肉屑與皮屑與組織碎屑掛在蕨類植物上，已經爬滿螞蟻。黝黑海兵抓起那條腿，抬頭第一個就看到我。都給你了，他說著直接把腿堵到我面前。我想拒絕，但就得有另一個人要拿。記住了，你不是什麼的一半，你是一切的兩倍！如果得有另一個人來做，那我也能做。這只不過是一大塊帶骨的肉，肉上面有黏黏的血，還嵌了粗粗的沙土。我接過手後撥去螞蟻，發現這條腿雖然是從個子略矮的人身上剝離，卻比我的AK-47還要重一點。灰髮上尉下令出發，我跟在壯碩的機槍手後面，中尉的屍體就扛在他肩上。中尉背上的襯衫往上縮，露出的厚實肌肉在月光下是藍色的。

我一手拿著他的腿，另一手搭著掛在肩上的AK-47的槍背帶，感覺上拎一條人腿的負擔遠比扛屍體更沉重。我盡可能把他的腿拿得遠遠的，腿的重量與時俱增，就好像以前父親罰我拿的聖經一樣，當時若是做了錯事，父親會罰我到教室前面，聖經放在手心上將手臂伸直。我腦海裡依然留著那個記憶，也還留著父親躺在棺材裡的記憶，遺體白得有如冷漠中尉那外突的白骨。教堂裡信眾的吟唱聲在我耳裡嗡嗡回響。父親的死訊是他的副主祭打電話到警察總局通知我的。我問他，你怎麼會知道這個號碼？因為寫在父親桌上的文件裡。我看著自己桌上的文件檔案，是關於去年一九六八年一樁未引起注意事件的機密調查，有一支美軍小隊平定了廣義省附近一座幾乎荒廢的村莊。在處決了水牛、豬隻和狗，並輪暴了四名女孩後，美軍士兵將她們以及十五名老弱婦孺集合到村中廣場，開槍射到他們全部斷氣為止，這是一個懊悔的列兵提供的證詞。小隊長的報告卻信誓旦旦地說他的屬下殺死了十九名越共，不過沒發現武器，只找到一些鐵鍬、一些斧頭、一把十字弓和一管毛瑟槍。我對副主祭說，我沒時間。他說，你一定要去，這很重要。我問道，為什麼很重要？副主祭停頓許久才回答，你對他很重要，他對你也很重要。這時我才知道，根本無須言語，副主祭便已知道我父親是誰了。

兩小時後我們結束強行軍，和我父親葬禮彌撒的時間一樣長。停歇的地方是一處溪水潺潺的小溪谷，我在這裡被九重葛藤蔓劃傷了臉。三名海兵開始挖掘淺墳時，我擱下那條腿，由於手上沾了血黏黏的，便跪在溪邊把手放進冷水中洗淨。等海兵們挖好，我的手乾了，天邊已出現一道淡淡的粉紅光。灰髮上尉打開冷漠中尉的棕櫚葉斗篷，壯碩機槍手將他的屍體放置其上。直到此時我才發覺自己還得再弄髒一次手。我於是將腿拾起，放到它原來的位置。在粉紅光線中，我看見他睜著的眼睛和鬆弛微張的嘴，耳邊依然能聽見他的尖叫。灰髮上尉闔上他的眼睛和嘴巴，用斗篷裹起他的身體，可是當他和壯碩機槍手抬起屍身，斷腿卻從斗篷滑落出來。我已經在褲子上擦拭著黏膩的手，但除了再次將腿拾起別無選擇。他的屍體放入墳穴後，我探下身子將他的腿塞進斗篷底下，與膝蓋相接。當我幫忙鏟土回填墓穴時，土裡已經有白花花的蟲子蠕動爬出。依墳穴的深度看來，在野獸刨出屍體吃掉以前，我們的蹤跡只能掩藏一、兩天。我跪在墳邊，小山就蹲在我身邊說，我想知道的是中尉在這一帶遊蕩的時候會有一條腿還是兩條腿，或者會不會有蟲子從他的眼睛跑出來。吃喝無度的少校也從墳裡探出頭來對我說，鬼會是什麼樣子，這是個謎。為什麼我除了頭上這個洞之外，全身好端端的，而不是一團噁心的骨頭和肉？能不能請你告訴我呢，上尉？你無所不知，不是嗎？如果能夠我會回答，但實在很難做到，因為我也覺得自己頭上有個洞。

一天過去，我們沒有被發現，入了深夜，行軍一小段路之後，來到湄公河畔，河水在月光下波光粼粼。而司令您，還有那個無臉人，也就是政委，正在對岸某處等著我。雖然當時我仍懵然不知，可是當我們用力拔除那些像不好的回憶緊緊吸附在身上的水蛭，不可能沒有感覺到一點凶險。我們一直帶著水蛭同行卻不自知，直到寮國農夫從腳踝扯下一根會動的黑手指。當我用力掰下正在我腿上吸血的小惡魔時，竟忍不住希望如此死黏著我的是蘭娜。瘦巴巴的通訊兵以無線電聯絡基地營，趁著灰髮上尉向上將報告之際，那三名海兵用藤蔓將竹子綁在一起，造了一艘竹筏，也再次證明自己有點用處。每次可以有四個人利用竹子充當船槳渡河，第一組人還要拖一條繩子過去，由較黑的海兵負責攜繩。繩子兩端各繫在兩岸的一棵樹上，較黑的海兵可以順著繩子乘筏返回。運送所有人需要往返四趟，第一組人在午夜前出發，包括較黑的海兵、苗族偵察兵、壯碩機槍手和黝黑海兵。其餘的人散布在毫無遮蔽的河岸邊，縮著身子躲在樹葉斗篷底下，背對河水，舉槍瞄準蹲伏的遼闊樹林。

半小時後，較黑的海兵划著竹筏回來。又有三人跟著他走：寮國農夫、最黑的海兵和哲學家醫護兵，醫護兵臨走前還在冷漠中尉的墳前說了一句類似祝禱的話：我們活下來的人都會死，唯一不會死的就是死人。黝黑海兵說，這他媽的是什麼意思？我明白這是什麼意思。我母親不會死，因為她已經死了。我父親也不會死，因為他死了。但是在這道河堤上的我卻要面臨死亡，因為我還沒死。小山和吃喝無度的少校便問，那我們呢？會死還是死了？我打了個冷顫，兩眼凝視著幽暗的樹林，順著槍身望去，我看見陰魂不散的樹林間有其他鬼魂的形體。人類鬼魂與野獸鬼魂，植物鬼魂與昆蟲鬼魂，死去的老虎與蝙蝠與蘇鐵與小妖精的幽靈，植物界與動物界也都紛紛爭搶來生的權利。整座林子閃爍著生與死的滑稽演出，死亡負責戲弄，生命負責被戲弄，是永遠分不開的喜劇二人組。活著，縈繞不去的是自己避免不了的崩壞，而死後，縈繞不去的則是生前的回憶。

喂，灰髮上尉噓喊道，輪到你了。想必已又過了半小時。竹筏再次由較黑的海兵拉著繩索刮擦上岸。我和阿邦一塊起身，小山和吃喝無度的少校也站起來，準備隨我渡河。我記得河水的白噪音、我膝蓋的疼痛，以及懷中武器的重量。我記得我心中的不平，因為不管我呼喊母親多少次，死後的她從未來找我，不像小山和吃喝無度的少校將會跟隨我一輩子。我記得在河岸邊的我們每一個看起來都不像人，身上披著樹葉斗篷、臉塗得黑黑的，緊握的武器則是從礦物世界萃取而來。我記得灰髮上尉把槳塞給我，才說完「槳拿去」，我就聽見耳邊咻的一聲，灰髮上尉的頭應聲爆裂，腦漿噴射而出。有一滴溼溼軟軟的東西落在我臉頰上，接著兩岸同時喧鬧起來。遠處漾著槍火的漣漪，手榴彈的轟隆聲響徹天際。較黑的海兵剛剛踏下竹筏，便有一枚火箭推進榴彈從我旁邊呼嘯而過，被擊中的竹筏化為一團火焰與火花，海兵也被拋入拍打著河岸的淺水中，他躺在水裡尖叫著，還不算死了。

趴下，笨蛋！阿邦把我往地上拉。瘦巴巴的通訊兵已經對著我們這邊的樹林開槍反擊，他手上衝鋒槍的聲響重重敲打著我的耳膜。我可以感覺到槍的聲量與子彈從頭上飛射過的速度。我的心有如灌注了恐懼的氣球，我緊緊將臉頰貼在地面。由於位在堤岸的下坡面，林中復仇幽靈的視線所不能及，使我們得以倖免於遭受襲擊。開槍啊，你搞什麼，阿邦說道。數十隻瘋狂殘暴的螢火蟲在林子裡明滅不定，只不過那是槍火。要開槍我就得抬頭瞄準，可是槍聲太響，我也能感覺到子彈打在地上。開槍啊，你聽到沒！我舉起槍，往林中瞄準，扣下扳機時，槍朝我的肩膀反衝。在黑暗中槍火格外明亮，此時每一個想殺我們的人都知道我的確切位置了，但我也只能不斷地扣扳機。我的肩膀被槍的後座力打得很疼，當我停下來換彈匣，可以感覺到耳朵也在痛，因為承受著我們在河這邊槍戰，無知的兩隊人馬在河另一邊起衝突的立體音效。我無時無刻不擔心阿邦會忽然站起來，命令我和他一起衝向敵人的槍火，我知道自己做不到。我懼怕死亡，我熱愛生命，我渴望多活一會兒，讓我能再抽根菸、再喝杯酒、再體驗七秒鐘至高無上的猥褻幸福，那麼我或許就可以死了，但也很可能還是不行。

忽然間，他們不再向我們開槍，只剩我和阿邦的槍在黑暗中砰砰響。這時我才發覺瘦巴巴的通訊兵已不再加入我們。我再一次停止射擊，在月光下看見他對著無聲的槍垂下頭。現在只剩阿邦還在開槍，等到射光最後一個彈匣，他也住手了。對岸的槍戰已經停息，那一邊有幾個人用外語大聲叫嚷。接著，從我們這邊的幽林深處，有人用我們的母語高喊，投降吧！不要做無謂的犧牲！他帶有北方口音。

河岸上鴉雀無聲，只聽見河水的沙啞呢喃。沒有人在喊著找媽媽，我這才意識到較黑的海兵也死了。我轉向阿邦，在月亮的光線下我看見他注視著我，看見他的眼白，看見他眼中閃著淚光。阿邦說，你這個愚蠢的渾蛋，要不是為了你，我就死在這裡。他哭了，這是我認識他以來，僅僅第三次見到他哭，不是像妻兒死去時那種世界末日般的憤怒，也不是像他與蘭娜分享的那種哀傷情緒，而是一種平靜的挫敗。任務結束了，他還活著，無論過程是多麼笨拙或偶然，我的計畫還是奏效了。我成功地救了他，但結果只是讓他免於死亡。

19

只是免於死亡？司令的手指擱在我自白書的最後幾個字，表情看起來真的很受傷。他另一手拿著一枝藍色鉛筆，選擇這個顏色是因為史達林也用藍色鉛筆，總之他是這麼告訴我的。司令和史達林一樣，是個勤奮的編輯，隨時準備好記下我許多寫錯與離題之處，並隨時督促我刪除、刪減、改寫或補充。暗示我這營區裡的生活比死糟，有點太誇張了，你不覺得嗎？坐在竹椅上的司令看起來非常明理，有一度坐在竹椅上的我也覺得他非常明理。但我隨即想起短短一小時前，我還待在一間沒有窗戶的紅磚隔離牢房，而且自從去年遭襲擊後就一直待在那裡，不斷反覆寫我的自白，最後一次寫的就是司令現在手上那份。司令同志，也許您的觀點和我不同，我開口說道，同時試著習慣自己的聲音，我已經一星期沒和任何人說過話。我繼續說道，我是囚犯，而您是負責管理的人，您可能很難和我有共鳴，反之亦然。

司令嘆了口氣，將我自白書最後一頁放到之前那三百一十五頁的最上面，那些紙頁都放在他椅子旁邊的桌上。要我跟你說多少次？你不是囚犯！那些人才是囚犯，他指向窗外那些營房說道。那裡關了上千人，包括我倖存的夥伴：寮國農夫、苗族偵察兵、哲學家醫護兵、最黑的海兵、黝黑海兵和阿邦。他點起香菸又說，你是特例，你是我和政委的客人。

司令同志，客人是可以離開的。我就此打住，觀察他的反應。我想跟他討根菸，若是激怒了他就討不到了。然而，今天的他有罕見的好心情，眉頭都沒皺一下。他擁有歌劇演唱家的高顴骨與細緻五官，儘管在寮國的洞穴裡打了十年的仗，絲毫未損他的古典俊美。偶爾會減損他魅力的是那股陰鬱，那是一種持續不斷的溼悶煩苦，這個營區裡每個人都有，包括我在內。這是思鄉士兵與囚犯會感受到的哀傷，汗水源源不絕地冒出來，被吸入永遠潮溼不會乾的衣服，就像此時坐在竹椅上的我也不是乾的。司令至少能吹吹電風扇，這是營區裡僅有的兩臺之一。據我的娃娃臉警衛說，另一臺放在政委那邊。

也許說「病人」比「客人」好一點，司令再次校正。你遊歷了異鄉，接觸到一些危險的觀念。把具有傳染性的想法帶進一個不熟悉這些想法的國家，這可不行。你替人民想想，他們已經和外國觀念隔離這麼久了，一旦讓還沒做好心理準備的人接觸到，後果可能不堪設想。如果你能從我們的角度看事情，就會發現你有必要接受隔離，直到治癒為止，雖然看到像你這樣的革命分子遭受這種待遇我們也很心痛。

儘管略有困難，但我能明白他的立場。像我這種一生都在遭受懷疑的人，的確值得懷疑。但話說回來，我在隔離牢房待了一年，每天只能眨著眼、臉色蒼白地放風一小時，實在很難不覺得沒有保障，而每當一星期與司令見面一次，他批判我的自白，然後換我批判自己的時候，我都會將這種感覺告訴他。我提醒他的這些話他想必都放在心上，因為當我正要再度開口，他立刻說，我知道你要說什麼。我不是一再告訴你了，等我們讀完你的自白，也等我向政委報告完這些自我檢討的過程，覺得你的自白已經達到令人滿意的狀態，你就可以晉升到再教育的下一個階段，但願也是最後一個階段。總而言之，政委相信你已經做好治癒的準備。

真的嗎？我都還沒會見過這個無臉人，只知道他是政委。沒有哪個囚犯會見過他。每個星期，所有囚犯會被召集到禮堂聽一次政治演說，而他就坐在講臺上一張桌子後面發表演說，這是大家唯一看到他的機會。我卻連這個機會也沒有，因為據司令說，這些演講只是小學程度的教育，專門為純反動分子、為那些經過數十年的觀念滲透而被洗腦的傀儡所設計。無臉人決定免除我上這些簡單課程，而且賦予我特權，除了書寫與反省之外，完全沒有其他負擔。我只瞥見過政委幾眼，都是振筆疾書之際抬起頭時，難得一次看見他站在他的竹舍陽臺上，那間營舍就位在俯臨營區那兩座山當中較高那座的山頂。兩座山腳下集結了廚房、餐廳、軍械庫、廁所、警衛的儲藏室，以及像我這種特殊囚犯的單人房。警衛的內營區與監禁囚犯的外營區之間有鐵絲網隔離，那些逐漸凋零的囚犯包括有昔日戰敗政權的軍人、保安警察與官僚。在這道圍籬靠內營區側的一道門旁邊，就是家屬會見室。為求生存，這些囚犯已都變成具有情感的仙人掌，不過他們的妻兒看見自己的丈夫與父親總免不了哭泣，因為一年頂多能見上兩、三次面，即使從最近的城市來，還是得搭火車、巴士加摩托車，費盡千辛萬苦。會見室另一邊的外營區本身，又有一道圍籬隔開四周的貧瘠荒原，沿著圍籬每隔一段距離便有一座瞭望臺，戴著軟木頭盔、配備望遠鏡的守衛站在臺上可以觀察女性訪客，據囚犯所說，還可以自娛。從司令的陽臺高度，不只能看到這些偷窺狂，也可以看到營區周圍坑坑疤疤的原野與光禿樹木，那片牙籤林子常有疾風般的烏鴉與激流般的蝙蝠，排成不祥的黑色隊形盤桓其上。進入他的營舍前，我總會在陽臺上駐足片刻，欣賞隔離牢房無法得見的景色，關在那裡，即使還沒有被治癒，也肯定被熱帶太陽烤焦了。

司令對我說，你時常抱怨你待在此地的時間太久，可是你的自白是治療的必要前奏。你花了一年寫這份自白並不是我的錯，而且依我之見，甚至寫得不是很好。除了你以外，每個人都承認自己是受擺布的軍人、是帝國主義的走狗、是被洗腦的傀儡、是殖民買辦，或是通敵的爪牙。不管你認為我的智能如何，我知道他們只是說我想聽的話。但看看你，卻不願意對我說我想聽的話。這樣的你是非常聰明還是非常愚蠢呢？

我仍然有些恍惚，竹椅下方的竹地板搖搖晃晃。從狹小陰暗的囚室出來後，我至少得花上一個小時才能重新適應光線與空間。我努力將神智的破爛外衣湊合起來，說道，其實我認為未受檢視的人生不值得一活，所以謝謝您，司令同志，讓我有機會檢視我的人生。他點頭贊同。我又說，沒有人能像我享有這種奢侈，只需要寫字，過著心靈生活就好。我的聲音在囚室裡自行脫離了我，從結了蜘蛛網的角落對我說話，此時這個失怙的聲音回來了。我在某些方面聰明，某些方面愚笨。譬如說，我夠聰明，能認真聽取您的批評與校正建議，但我也太笨，不明白我已寫了那麼多遍的自白，為何達不到您的高標。

司令透過那對將他眼睛放大兩倍的鏡片注視著我，他視力很差，這是在陰暗洞穴生活十年的後果。他說道，只要你的自白還算差強人意，政委就會讓你進行所謂的口試。但是關於他讓你做的所謂的筆試，在我看來，幾乎不像真正的自白。

司令，我不是坦白了很多事情嗎？

就內容而言，也許是，但形式上沒有。紅衛兵讓我們知道了，自白的形式和內容同樣重要。我們要求的只是某種特定方式的文字表達。要來根菸嗎？

我隱藏內心的欣慰，只是漫不經心地點點頭。司令將一根菸放入我龜裂的脣間，然後用我的打火機（已被他占為己有）替我點菸。我吸入氧氣煙，當它滲入我肺臟的皺摺中，也鎮定了我顫抖的雙手。就連最後訂正的這份自白，你也只引述了胡伯伯一次。這只不過是你自白中的許多症狀之一，你喜愛外國知識分子與文化勝過我們的本土傳統。為什麼呢？

我受到西方汙染了？

沒錯。這沒有那麼難承認吧？那就奇怪了，你怎麼就不能寫出來呢？當然，我能理解你為什麼沒有引述《鋼鐵是怎麼煉成的》或《林海雪原》，雖然我這一代的北方人都讀過，你卻沒有這個管道。可是不提我們最偉大的革命詩人素友？反而援引范維的黃色音樂和披頭四？政委確實也收藏了一些黃色音樂，但那是為了他所謂的研究之用。他曾經提議我聽一聽，但不必了，謝謝。我怎麼會想要被那種靡靡之音汙染呢？把你討論的那些歌曲拿來和素友寫的〈自彼時起〉比較一下。這首詩是我高中時讀到的，他談到「真理的太陽照耀我心」，我覺得這正是革命對我的影響。我前往中國接受步兵訓練時，帶了一本他的書，它是支撐我的力量。我希望真理的太陽也能照耀著你。不過我還想到他的另一首詩，是關於一個有錢的孩子和一個當僕人的孩子。司令閉上眼睛，背誦起其中一段：

有個孩子過著富足生活

擁有許多西方製造的玩具
而另一個孩子則是旁觀者
默默地從遠方觀看

他打開眼睛。值得一提，不是嗎？

我回答，如果您給我那本書，我會讀。這一年來除了自己寫的東西，我沒有閱讀任何文字。司令搖搖頭。下一個階段，你完全沒有時間閱讀。但你這樣說似乎表示你只需要一本書就能寫得更好，這恐怕不是好的辯解。沒有引述胡伯伯或革命詩人是一回事，可是連一句俗諺或格言都沒有？或許你是南方人……

長官，我在北方出生，還在那兒生活了九年。

你選擇的是南方。無論如何，你和我這個北方人有共同的文化，而你卻不引述那個文化的語句，甚至沒有這首詩：

父親善行偉如泰山
母親美德沛如湧泉
全心全意崇母敬父
兒女之道方始周全

你在學校難道沒有學到這種基本知識嗎？

我回答道，這首詩我母親的確教過我。不過我的自白中也很明白地表達我對母親的崇敬，和我不敬愛父親的原因。

你父母的關係確實很不幸。你可能會覺得我鐵石心腸，但我不是。看到你的處境，你受到的詛咒，我非常同情。如果一個孩子的源頭受到汙染，他如何能周全？但我忍不住覺得我們自身的文化，不是西方文化，可以稍微解釋你的困境。「才字命字巧是相厭」。你不認為阮攸的詞句適用在你身上嗎？你的命是生為雜種，而你的才，誠如你所說，是能從雙方面看事情。如果你只從一方面來看會好一點。身為雜種只有一個補救方法，就是選邊站。

您說得對，司令同志，我如此回應，而他說的或許真的沒錯。我又接著說，但唯一比知道該做什麼更難的就是身體力行。

這我同意。我不解的是你本人非常明事理，可是書面上卻冥頑不靈。司令給自己倒了一杯裝在回收汽水瓶裡的未過濾米酒。犯癮了嗎？我搖搖頭，其實想來一杯的雄性欲望已衝撞我的喉底。我用沙啞的聲音說，請給我茶。司令於是倒一杯帶色的溫茶水給我。看著你最初幾個星期的模樣，很讓人感傷，就像個歇斯底里的瘋子。隔離對你有好處，現在你得到淨化了，至少肉體淨化了。

如果烈酒對我這麼不好，您為什麼還喝呢，司令？

我並沒有酗酒，不像你。我在戰爭期間很節制。你再想想一輩子住在洞穴裡的情形，甚至包括怎麼處理排泄物。有想過這個嗎？

偶爾。

好像有點諷刺意味。還是不滿意營區的設備和你的房間？和我在寮國的經歷相比，這根本沒什麼。所以看到我們有些客人那麼不快樂，我也感到困惑。你會以為我是裝的，其實不是，我是真的訝異。我們沒有把他們塞在地下的箱子裡，沒有讓他們銬腳鐐銬到兩腿漸漸瘦弱，沒有在他們頭上灑石灰，把他們打得鮮血淋漓。反而讓他們種植自己的食物、建造自己的房子、呼吸新鮮空氣、看到陽光，並努力工作來改造這片鄉野。你比較一下，看看他們的美國盟友怎麼毒害這個地方。沒有樹，什麼都長不出來，未爆的地雷和炸彈害得無辜者喪命、殘廢。這裡原本是美麗的鄉村，現在只剩一片荒地。我試著和我們的客人討論這些對比，我看得出來儘管他們嘴上同意我的說法，眼裡仍帶有疑慮。你至少肯跟我說實話，不過老實說，這也許不是最健全的策略。

司令，我為了革命過著不見天日的生活，革命最少應該賦予我回到地面上生活的權利，並百分之百誠實面對我做過的一切，至少在您將我重新打回地下之前應該這麼做。

你又來了，無緣無故地挑釁。你不知道我們活在一個敏感的時期嗎？靠革命重建國家需要數十年的時間，在這個時機點，百分之百的誠實不一定能受到青睞。這也是我為何留著這個的原因。他手指向竹櫃上一只覆蓋麻布的寬口罐。他已經不只一次讓我看那只罐子，其實一次就已經太夠了。然而，他還是探過身子將布拉下，我別無他法只得轉頭注視，這世上若還有一點公理，這項展示品就應該陳列在羅浮宮與其他致力於展現西方成就的偉大博物館內。漂浮在福馬林中的是一個綠綠的畸形怪物，看似來自外太空或是最深最詭異的海底深處。這個赤裸的醃漬嬰兒是美國科學怪人發明的一種化學落葉劑造成的結果，它只有一個身體卻有兩個頭，有四隻閉合的眼睛，卻有兩張彷彿得了蒙古症、始終呆呆開著的嘴。兩張臉面朝反方向，兩隻手蜷縮靠在胸前，兩條腿打開來，露出宛如煮熟花生似的男性性器。

司令用食指敲敲玻璃罐說，想一想母親的感受，或是父親的，想一想那些驚叫。這是什麼東西？他搖搖頭，喝下他的米酒，酒色好像稀稀的牛奶。我舔舔嘴唇，雖然乾燥的舌頭刮過脆弱嘴唇的聲音聽在我耳裡十分響亮，司令卻未察覺。他說，我們大可把這些囚犯全部射殺，像是你的朋友阿邦。鳳凰計畫的殺人犯就該槍斃，像你這樣保護他、替他脫罪，就說明你的個性和判斷力有問題。不過政委宅心仁厚，相信任何人都可能重新做人，哪怕他和他的美國主人任意殺過人。相較於美國人和他們的傀儡，我們的革命展現了寬大情懷，讓他們有機會藉由勞動來贖罪。這些所謂的領導人，大多沒有在農地上做過一天工。如果對農民生活毫無概念，你怎麼領導一個農業社會邁向未來？他又給自己倒一杯酒，玻璃罐也乾脆不再蓋上布。有些囚犯認為自己吃得不好，只能說他們缺乏同理心。我當然知道他們痛苦，可是我們誰不痛苦呢？我們全都得繼續痛苦。國家正在康復中，這比戰爭本身更費時。偏偏這些囚犯只專注在自己的痛苦，而忽視我們這一方經歷了什麼。我無法讓他們明白，他們在戰爭期間每天攝取的熱量比革命戰士還多，比被迫逃進難民營的農民還多。他們認為自己在這裡是受苦，不是接受改造。這份頑強證明了他們仍大大需要再教育。儘管你也很固執，卻比他們好多了。關於你的改造狀況，我也同意政委的看法，前幾天我才跟他談起你。他對你可說是無比容忍，甚至不反對被叫做無臉人。不，我明白，你不是嘲笑他，只是描述事實，但他對於他的……狀態很敏感。你不會嗎？今天晚上他想見你，這是莫大的光榮。至今還沒有一個囚犯和他面對面過，當然我不是說你是囚犯。他想和你澄清幾個問題。

什麼問題？我問道。我們倆同時看向我的手稿，那疊紙整整齊齊堆在他的竹桌上，用一塊小石頭壓住，全部三百一十六頁都是靠著漂浮在油上一枚燈心發出的亮光寫成的。司令伸出斷了一截指尖的中指敲敲我那疊紙張說，什麼問題？要從何說起呢？啊，用餐了。一名警衛端著竹盤站在門口，他還是個孩子，皮膚有點病態黃。在這個營區裡，不管警衛或囚犯，大多數人要不是這種黃膚色，就是一種病態、腐敗的綠色，再不然就是病態、如死人般的灰色，總之都是熱帶疾病與災難性飲食造成的色調。吃什麼？司令問道。斑尾林鴿、木薯湯、炒捲心菜配飯，長官。火烤的鴿臀和鴿胸讓我口水直流，因為我平常吃的只有蒸木薯。即使飢腸轆轆，也要很勉強才能嚥下木薯，通過食道後它便自行黏在胃壁上，嘲笑企圖消化它的我。餐餐吃木薯不僅菜色單調令人生厭，對於腸胃消化方面也不是鬧著玩的，結果要不是結成磚塊似的硬便令人痛苦萬分，就是化成高度爆炸性的液體。因此之故，我們的肛門總像隻發火的食人魚不斷咬著屁股。我使盡全力想調整腸子的蠕動，因為知道有個警衛會在上午八點拿來一個當糞桶用的彈藥箱，誰知腹中那些糾結的水管想噴發就噴發，而且常常就在警衛送回空箱的下一秒。然後液體與固體一齊發酵了大半個日夜，變成一種鏽色的汙穢混合物滲出彈藥箱。可是我無權抱怨，娃娃臉警衛這麼告訴我，他從鐵門上的小孔看著我說，可沒有人每天替我清大便，你卻是被照顧得無微不至，只差沒人替你擦屁股。你還有什麼好說的？

謝謝你，長官。我不能叫警衛「同志」，司令要求我對自己的經歷保密，以免消息外洩。司令告訴我，這是政委為了保護你下的命令，這些囚犯若是知道你的祕密，會殺了你。知道我祕密的人只有司令和政委，我也對他二人發展出一種類似貓的情感，既依賴又憤恨。是他用藍筆一劃再劃，逼我重寫自白。可是我要坦白什麼？我根本沒做錯事，除了西化之外。然而，司令說得對，我是固執，因為我既然不想待在這裡，其實可以寫他希望我寫的東西，就能早點離開了。黨國萬歲、效法胡志明的榮耀楷模、讓我們建立一個美麗完善的社會！我相信這些口號，但就是寫不出來。我可以說我受到西方毒害，卻無法書寫在紙上。白紙黑字寫下陳腔濫調的罪行，似乎和殺人不相上下，而殺人這項行為我只是承認不算認罪，因為在司令眼中，殺死小山和吃喝無度的少校不算犯罪。但不管怎麼說，承認犯下某些人眼中的罪行之後，我實在無法再透過敘述來加重這些罪行。

我如此抗拒適當的自白書形式激怒了司令，用餐時他再度告訴我，你們南方人好日子過得太久了，把吃牛排視為理所當然，我們北方人卻得挨餓度日。我們已經清除肥胖與資產階級的傾向，可是你呢，無論重寫多少次自白，都無法根除那些傾向。你的自白充滿道德弱點、自私自利與基督徒的迷信。你沒有展現出集體感，沒有展現對歷史科學的信心，也沒有展現為了拯救國家服務人民，有犧牲自我的必要。素友的另一段詩句用在這裡倒很適切：

我是數萬家庭之子
是數萬凋零生命之弟
是數萬幼童之兄

他們無家可歸食不果腹

和素友相比，你只是名義上的共產黨員，實際上卻是資產階級知識分子。我不是責怪你，要逃離自己的階級與出身本來就困難，你偏偏兩方面都墮落。你必須要自我改造，就像胡伯伯和毛主席說資產階級知識分子應該做的事。好消息是你表現出了些許的集體革命意識。壞消息是你的語言背叛了你，它不清楚、不簡潔、不直接、不簡單，那是菁英階級的語言。你必須為人民而寫！

我說道，長官，您說得實在。鴿肉與木薯湯在我胃裡開始消化，養分活絡了我的大腦。司令同志，我只是好奇關於馬克思您怎麼說。《資本論》不完全是為人民所寫的。

馬克思不是為人民書寫？驀然間，我從司令放大的虹膜中看見他那洞穴般的黑暗。不會吧！看看你是多道地的資產階級！一個革命分子面對馬克思會很謙卑，只有資產階級才會拿自己和馬克思相比。不過你放心，他會治好你的精英心態和西化傾向。他打造了一間最先進的考驗室，他會親自在那裡監督你再教育的最後階段，看著你從美國人變回越南人。

我說，我不是美國人，長官。如果我的自白披露了點什麼，不就是我的反美心理嗎？我八成說了什麼幽默至極的話，他真的笑了。他說，反美就已經把美國涵蓋在內了，你難道不明白美國人需要反美人士？雖然被愛比被恨好，但被恨也比被忽視好得多。反美只會讓你變成反動分子。就我們的立場，打敗美國以後，我們便不再定義自己是反美人士，我們只是純正的越南人。你也得試著做到。

長官，我要鄭重地說，我們大多數國人並不認為我是他們的一分子。

那你更應該再加把勁，證明你是我們的一分子。你顯然自認為是我們當中的一員，至少有時候是，所以才會慢慢進步。看來你吃完了。你覺得斑尾林鴿的滋味如何？我承認十分美味。如果我告訴你「斑尾林鴿」只是婉轉的說法呢？我重新看著盤子上那堆筋肉都啃得一乾二淨的小骨頭，他則仔細地觀察著我。不管那是什麼，我還是很想再來一份。他說，有人叫牠老鼠，但我比較喜歡「田鼠」這個名稱，不過也沒多大關係，對吧？肉就是肉，得吃的還是要吃。你知道嗎？我看過一隻狗在吃我們營隊軍醫的大腦。真是噁心。我不怪那條狗，牠會吃腦是因為腸子已經被另一隻狗夥伴吃掉了。在戰場上就會看到這種事。但是失去那麼多人是值得的。那些空中海盜往我們丟擲的炸彈，都不是丟在我們的祖國，更何況我們還解放了寮國人。這就是革命志士做的事情，犧牲自己解救他人。

是的，司令同志。

嚴肅的話題就說到這兒吧。他把麻布一拋，重新蓋住醃漬嬰兒。我只是想親自向你道賀，終於完成了再教育的書寫階段，雖然在我看來很勉強。儘管你應該為你自白書中有那麼顯著的缺點自我批判，但是能走到這一步，還是值得高興。像你這麼優秀的學生，遲早會變成辯證唯物論者，這是革命需要你變成的人。好了，我們現在去見政委吧。司令看看手表，那剛好也曾經是我的表。他在等我們了。

我們步下司令的營舍，走過警衛營房，前往隔開那兩座山的一大片平地。我的隔離牢房就在這裡，是十來座磚爐之一，我們在裡頭像烤肉一樣淋著自己的汁液炙烤，此外囚犯們還會用馬口鐵杯敲擊牆面傳遞訊息。他們研發出一種簡單的溝通暗號，沒多久就教給了我。他們傳達的訊息有一部分是表達對我的尊敬。我的英雄美名主要是拜阿邦之賜，他經常透過我的隔壁囚友問候我。他和他們都以為我之所以個別長期隔離，是因為我熱烈支持共和政體又有政治保安處的工作經歷。他們把我的遭遇怪罪到政委頭上，因為他才是營區真正的負責人，這點所有人都知道，包括司令在內。我隔壁的囚友曾在每週的政治演說時就近看過政委，那面容可怕到極點。有人詛咒他，對他的痛苦幸災樂禍。可是也有人因他的毀容對他肅然起敬，那是他犧牲奉獻的記號，儘管是為了一個令囚犯們不屑的原因。警衛也是一樣，談起無臉的政委，語氣中總是混雜著反感、畏懼與敬意，但從不嘲弄。即使同儕之間，也絕對不能嘲弄政委，因為誰也不知道有哪個同儕會去舉發類似的反革命思想。

我可以理解將我暫時拘禁，提供我最低限度生活條件的必要性，因為革命必須提高警覺，但我無法理解、也希望政委解釋的是，為何警衛們懼怕他？更廣泛地來說，為何革命分子會互相懼怕？我們不都是同志嗎？早期某次會面時，我問過司令。他說，沒錯，但不是所有同志都有相同程度的思想意識。雖然我不太高興某些事情非得徵求政委同意，但我也承認他對馬列理論與胡志明思想的了解，我永遠無法企及。我不是學者，而他是。像他這樣的人正帶領我們走向無階級社會。但是我們尚未根除一切反革命思想的元素，我們也絕不能原諒反革命的錯誤。我們必須提高警覺，即便是對彼此，但主要還是對自己。我在洞穴的那段日子學到一件事，終極的生死搏鬥是和我們自己的搏鬥。外來侵略者或許能殺死我的軀體，只有我自己能殺死我的心。這是你要謹記在心的教訓，所以我們才會給你這麼多時間去達成。

上山前往政委的營舍時，我感覺學習那個教訓已經花了太多時間。我們在通往他陽臺的階梯前停下，娃娃臉警衛與另外三名警衛正在此等候。司令皺著眉，從頭到腳打量著我說，現在你就由政委負責了，我不諱言，我不像他在你身上看到那麼多潛力。你沉迷於喝酒、嫖妓和聽黃色音樂等等社會惡習，你用一種令人無法接受的反革命態度書寫，你要為布魯族同志和Watchman的死負責，你甚至沒能暗中破壞那部扭曲羞辱我們的電影。若是我能做主，就讓你到農地裡去進行最後治療。假如政委沒能成功，我還是可以這麼做的，你記住了。

我會的，我說道。因為知道自己尚未脫離他的權力範圍，便又說道，司令同志，謝謝您為我做的一切。我知道我的自白書讓您覺得我像個反動分子，可是請相信我在您的教誨與批判下學到很多，這是我的真心話。（這畢竟也是事實。）

司令被我的感激之情軟化了，他說，聽我一點建議吧。囚犯們會跟我說他們認為我想聽的話，但他們不明白，我想聽的是誠心誠意。教育不就這麼回事嗎？不就是讓學生誠心誠意說出老師想聽的話嗎？記住這一點。話畢，司令便轉身走下山去，姿態挺拔令人讚嘆。

娃娃臉警衛說，走吧，政委還等著呢。

我打起剩餘的精神來。現在的我只剩過去的四分之三，這是用司令的秤（美國製造，從一間南部醫院占用而來）量出的結果。司令對自己的體重斤斤計較，對於那個秤的精準數據迷戀不已。他從警衛與囚犯（包括我）中抽樣，針對排便做了精密而長期的研究，計算出營區集體的大腸每天大約排出六百公斤廢物。囚犯們便收集這些排泄物，用手提到農地裡做肥料。因此要以科學方式管理農業生產，糞便量的精確度是必要的。即便此刻，走在警衛前面爬上階梯敲政委的門時，我仍感覺到我的內臟工廠正在將斑尾林鴿製成一塊硬磚，明天就會用來協助建設革命。

進來，政委應道。這個聲音……

他的營舍只是一個方方正正的單間，和司令的住處一樣簡單樸實，竹牆、竹地板、竹家具，以及撐起茅草屋頂的竹椽。我已進入到客廳區，這裡擺了幾張低矮的竹椅、一張竹茶几，和一張安置著胡志明金漆半身像的供桌。人像頭上掛了一幅紅布條，印著那句金玉良言「再沒有什麼比獨立與自由更可貴」。舍房中央有一張長桌，桌上堆滿書和文件，四周擺放了椅子。其中一張椅子上斜靠著一把吉他，那優美的臀部曲線十分眼熟，而長桌的一端有一臺電唱機，很像我留在將軍別墅那臺……房間另一頭有一張平板床，被一片濛濛的蚊帳罩著，裡面有人影晃動。踩在赤腳下的竹地板十分涼爽，從敞開窗戶吹進來的呢喃微風輕輕吹動了蚊帳。有一隻表皮灼傷發紅的手掀開帳子，他從床的深處冒出來，是一張不對稱的可怕面孔。我掉過頭去。別這樣，政委說，我真的恐怖到連你都認不得我了嗎，朋友？我又回過頭，看見了嘴脣燒毀後露出的完美牙齒、眼珠從萎縮的眼窩外凸、鼻孔變成沒有鼻子的洞，沒有頭髮、沒有耳朵的頭顱上一道大大的蟹足腫疤痕，讓那顆頭活像被一個興高采烈的人頭獵人砍下來，掛在繩子上已經乾掉的戰利品。他咳了幾聲，喉嚨裡彷彿有顆彈珠滾動。

我不是叫你別回來嗎？阿敏說。

20

他是政委？我還來不及說話或甚至出聲，就被警衛抓起來、塞住嘴巴、蒙上眼睛。你？我想尖叫，想對著黑暗大喊，可是在他們把我拖出去又拖下山的路上，我只能發出嘟嘟噥噥和呻吟聲，蒙眼的布又粗又刺，兩手被綁住不能動，最後被帶到距離不到一百步的地方。娃娃臉警衛喊道，開門。鉸鏈咿呀一聲，我隨即從戶外被推進一個狹窄、有回音的空間。娃娃臉警衛說，手舉起來。我便舉起雙手。有人為我解開襯衫衣釦並脫下襯衫。有雙手解開我褲子的吊帶，褲子隨即掉落到腳踝處。另一名警衛欽佩地吹口哨說，你們看看，這雜種還真大。第三名警衛說，沒有我的大。第四名警衛說，那就讓我們瞧瞧啊。等我操你老媽的時候你就會看到了。

也許他們還說了更多，只是有人用粗糙的手指將海綿耳塞塞進我的耳裡，又有另一人在外面套上類似耳罩的東西，之後就什麼也聽不見了。又聾、又啞、又瞎的我，被推倒在一塊床墊上。床墊！過去一整年我可都睡木板。警衛用繩子綑住我的胸部、大腿、手腕和腳踝，到最後我被綁成大字型的身體也只能扭來扭去。我的手腳被一種海綿材質的東西包住，頭上套了一個絲質頭罩，那幾乎是我所碰觸過最柔軟的布料，僅次於蘭娜的內衣。我不再扭動，讓自己平靜下來，以便能專注地透過頭罩呼吸。隨後傳來腳步踩在粗糙水泥地上的震動，接著門很輕很輕地卡喇一聲關上，然後再無動靜。

只剩我一人嗎？還有人在看著我？由於熱氣、憤怒與恐懼不斷累積，我開始冒汗，背部下面的汗水積聚得太快，床墊來不及吸收。手腳也是悶熱溼黏。忽然間，一股溺水的驚恐竄遍全身。我猛扯我的束縛物，試圖放聲尖叫，但我的身體幾乎動彈不得，只能發出鼻息的聲音。為什麼這麼對我？阿敏想要我怎樣？他一定不會讓我死在這裡吧？不會的！這是我的最後考驗。我必須冷靜。這只是考試而已。考試我最拿手了。系主任不只一次說過，這個東方人是個完美的學生。而且照海默教授所說，我學習的是西方文明中思想與話語的精華，我傳承了它的薪火。克勞德更向我保證，我是我們國家最傑出的代表，是玩情報遊戲的天生好手。母親說過，你不是什麼的一半，你是一切的兩倍！對，不管是什麼樣的測試，我都可以通過。這項測試是政委在研究了我（和阿邦）一年以後設計出來的，儘管他和司令不同，早已知道我自白裡的大部分內容，但他還是一直在讀。他大可以放我們走，讓我們自由，他大可以告訴我他就是政委，為什麼卻將我隔離監禁了一年？我又失去冷靜，差點被塞在嘴裡的東西嗆著。冷靜下來！慢慢呼吸！好不容易再次控制住自己的情緒。那再來呢？我要怎麼度過這段時間？被蒙住眼睛到現在，至少過一小時了吧？我好想舔舔嘴脣，但是嘴裡塞了東西，我幾乎要吐了。那會要了我的命。他什麼時候會來接我？他要把我留在這裡多久？他的臉是怎麼回事？警衛肯定會餵我吃東西吧。一個個思緒綿延不斷，上千隻的時間蟑螂爬過我身上，直到我痛苦又厭惡地微微打顫。

這時我為自己哭了起來，蒙巾底下的淚水意外洗清了我心眼的塵土，讓我了解到自己並沒有瞎。我的心眼還看得見，而我看見的是吃喝無度的少校和小山，正繞著躺在床墊上的我打轉。少校說，你怎麼會落到這步田地？監看著你死的還是你最好的朋友兼結拜兄弟呢。你不覺得如果沒殺我，你的人生可能會不一樣嗎？小山說，我的就更不用說了。你知道蘇菲亞還在為我哭泣嗎？我試著想去找她，讓她心情平和一點，可是她看不見我，偏偏我一點都不想見的你，卻隨時都能看到我。但我不得不說，看你這個樣子我的確有點開心，這世上畢竟還是有天理的！我想回應這些指控，想叫他們等著聽我的政委朋友解釋一切，但即使是腦中的我也發不出聲音。我只能呻吟著抗議，這樣只會惹他們發笑。少校用腳蹭蹭我的大腿說，你的陰謀讓你落到什麼下場，看到了沒？他又蹭得更用力，我抖動身體抗議。他仍繼續用那隻腳蹭我，我也繼續發抖，最後才發覺那不是吃喝無度的少校，而是有個我看不見的人用腳後跟在推我的腿。我感覺到門又卡喇一聲關上。有人在我不知道的情況下進來，也或許是有人一直待在這裡，剛剛才離開。過多久了？我不確定。我睡著了嗎？如果是，那想必已過了幾個小時，也可能是一整天。所以我才覺得餓吧。終於，能聽到我身體的一部分，我的胃，發出呻吟。全世界最響亮的聲音就是受折磨的胃發出的聲音。即使如此，比起它可能變成的憤怒猛獸，這個聲音還算平靜。我不是飢餓難耐，還沒有，我只是餓了，我的身體已經完全消化掉那隻其實是老鼠的斑尾林鴿。他們不打算讓我吃東西嗎？為什麼要對我做這種事？我對他做了什麼？

我記得這種飢餓感。小時候經常體驗到，就算母親把餐點的四分之三給我，自己只留四分之一也一樣。等我夠大了，看得出她是自我克制，便說，媽媽，我也不餓。我們先是兩人都乾瞪著分量少得可憐的食物，接著開始推來推去，到最後每次總是她對我的愛戰勝了我對她的愛。吃著她的那份時，我嚥下的不只有食物，還有愛與憤怒的鹽巴胡椒，這些調味料比同情的糖味更濃烈刺激。我們為什麼挨餓？我的胃吶喊著。早在那個時候我就了解到，如果富人給所有飢餓的人一碗飯（一碗飯就好），他們的錢會少一點，但不會餓死。假如解決方法如此簡單，怎麼還會有人挨餓？難道只因缺乏同情心？不是的，阿敏這麼說。誠如他在讀書小組教我的，聖經與《資本論》都提供了答案。光靠同情心絕對說服不了富人欣然分享財富，也說服不了掌權者主動放棄權力。是革命讓這些不可能的事情發生。革命會解放我們所有人，無論貧富……不過阿敏指的是階級與集體的自由，不一定表示個人也能獲得自由。沒錯，許多革命分子都死在牢裡，而且我愈來愈覺得這也會是我的下場。儘管感覺在劫難逃，還感覺到汗水、飢餓、愛與憤怒，終究仍難敵睡意。正當意識逐漸消退時，那隻腳又來蹭我了，這次蹭的是肋骨。我搖頭試圖側翻過去，可是被束縛住了沒辦法。那隻腳又蹭我一下。那隻腳啊！魔鬼就是不肯讓我休息。到後來我是多麼痛恨他長了角的腳趾猛刮我的皮膚，猛蹭我的大腿、臀部、肩膀、額頭。每當我即將入睡，那隻腳都知道，便會抓準時間回來，一點也不肯讓我淺嘗我最最需要的東西。單調的黑暗具挑戰性，飢餓令人痛苦，但持續的清醒更可怕。我醒著多久了？這裡想必就是考驗室，我在這裡多久了？他何時才要來向我解釋這一切？我不知道。讓我能感覺到時間推移的干擾只有那隻腳和偶爾一雙手的觸碰，掀起頭罩、拉鬆塞在我嘴裡的東西、往我的喉嚨裡噴水。每次總是連一、兩句話都來不及說，嘴便又被緊緊塞住，頭罩也再次拉低到脖子。讓我睡一會吧！眼看就要碰到那池黑暗潭水……那隻該死的腳又馬上來蹭我了。

那隻腳會讓我醒著直到死去。那隻腳正慢慢地、非常慢地取我性命。那隻腳是判官、是守衛，也是劊子手。唉，腳啊，可憐可憐我吧。腳啊，你一輩子不是被壓在最底下，就是被迫走在骯髒土地上，完全受上身的忽視，你應該是最能體會我感受的活物了。腳啊，倘若沒有你，我們人類會是何光景？你將我們從非洲送至世界各地，卻幾乎少有人提起過你。相較於，比方說手吧，你顯然受到極不公平的待遇。只要你讓我活著，我會為你發聲，讓讀者明白你的重要性。唉，腳啊，求求你，別再蹭我了。別再用你的硬繭摩擦我的皮膚，別用你又尖又長的趾甲刮我。當然，硬繭和趾甲也不是你的錯，而是你那粗心主人的錯。我承認我也同樣疏於照顧我的腳、你的同類，但我答應你，只要你讓我睡一覺，我會重新做人，好好對待我的腳，對待所有的腳！我會敬拜你的，腳啊，一如耶穌基督為罪人洗腳並親吻腳時那般虔敬。

腳啊，象徵革命的應該是你，不是握著鎚子與鐮刀的手，但我們卻把你藏在桌子下面，或是穿在鞋子裡面。我們會虐待你，就像中國人那樣把你纏起來。我們有可能如此殘害手嗎？別再踢我了，拜託，我懇求你。我承認人類沒能好好地為你代言，只會花大把大把的錢打扮你，因為你當然無法代表自己。腳啊，我以前怎麼從來沒有，或幾乎沒有想到過你？手很自由，想做什麼就做什麼，甚至會寫字！難怪關於手的文字比關於腳的多。腳啊，我們有一個共通點，我們都是世上的受欺壓者。但願你別再讓我清醒著，但願……

這回是手來推我。有人拉扯我的頭罩，將它鬆開後拉高到我耳朵上方，但仍然套在頭上。接著那隻手拉開耳罩拽出耳塞，我聽見涼鞋的拖行聲，椅子或凳子刮過水泥地的聲音。有個聲音說，你這個笨蛋！我仍處於黑暗中，手腳仍被綁著、包著，身體赤裸汗溼。水注入我乾渴的喉嚨，直到我被嗆著。我不是叫你不要來嗎？那是從我頭上很遠的地方，天花板某處傳來的，他的聲音，儘管處於痛苦萬分的狀態，我還是能肯定。但我怎麼能不回來？我哇哇哭訴著，媽媽說鳥兒總會歸巢，我不就是那隻鳥？這裡難道不是我的巢？不是我的原籍、我的出生地、我的國家？不是我的家？這些人難道不是我的同胞？你難道不是我的朋友、我的結拜兄弟、我真正的同志？告訴我，你為什麼這麼對我？就算是不共戴天的敵人，我也不會這麼做。

那聲音嘆了口氣。千萬別低估你會對不共戴天的敵人做什麼。不過老實說，你爸爸他們那些神父老是怎麼說來著？己所欲，施於人。聽起來不錯，只可惜事情從來沒這麼簡單。你要知道，問題就在於怎麼知道己所欲為何。

我說，我聽不懂你在說什麼。你為什麼要給我用刑？

你以為是我想這麼對你的嗎？我已經盡力不讓你受更大的苦了。因為我想聽你的自白，就已經讓司令認為我的教育方法太溫和。他是那種認為要治療牙痛就把所有牙齒通通拔光的牙醫。你就是不聽我的話，才讓自己陷入這種境地。現在你如果還希望整口牙完好無缺地離開這個營區，我們就得扮演好各自的角色，直到司令滿意為止。

請不要生我的氣，我啜泣道。如果連你也生我的氣，我會受不了！他又嘆一口氣。你記不記得你寫過說你忘了什麼，卻想不起來到底是什麼？我告訴他我不記得。他說，當然了，人類的記性很短，時間卻很長。你之所以在這間考驗室，就是要記起你忘了什麼，或至少記起你忘了寫什麼。朋友，我是在幫你看清你無法自行看清的東西。他的腳蹭蹭我的頭顱底端。在這裡，在你的後腦杓。

可是這和不讓我睡覺有什麼關係？我問道。他笑了起來，不是小學生看丁丁漫畫那種開心的笑，而是發自有點瘋狂的人的笑聲。他說道，你和我一樣清楚，我為什麼不能讓你睡著。我們必須打開藏著你最後祕密的保險箱，讓你醒著愈久，撬開保險箱的機會就愈大。

但是我已經坦承一切了。

那聲音說，不，你沒有。我不是指控你刻意隱瞞，不過我給了你很多次機會寫自白，好讓司令滿意。你可以說是咎由自取，怨不得別人。

可是你要我坦白什麼呢？

要是我告訴你該說什麼，就算不上自白了，那聲音說。但是你可以安心，你的狀況不像你想的那麼糟。你還記得以前考試的時候，你總是拿滿分，我卻會錯個幾題嗎？即使和你一樣用功背書，你總是能贏過我。我怎麼也無法讓答案從腦子裡浮現，但它們就在那裡。心永遠不會忘記。當我再翻開課本，心裡就想，*可不是嘛*！我一直都知道的。事實上，要結束這次再教育必須回答出一個問題，而我知道你是知道答案的。我甚至可以現在就問你，答對了，我就替你鬆綁。準備好了嗎？

問吧，我滿懷信心地說。一直以來我需要的只是一個能證明自己的測試。我聽到紙張的窸窣聲，他似乎在翻書，也可能在翻我的自白。有什麼比獨立與自由更可貴？陷阱題？答案很明顯啊。他想幹什麼？我的心被一樣溼溼軟軟的東西包覆著，透過它可以感覺到堅硬、紮實的答案，但我不知道那是什麼。也許明擺著的確實就是答案。最後我對他說出他想聽的答案：沒有什麼比獨立與自由更可貴。

那聲音嘆了氣。差一點點，可是不完全。差一點點，可是不對。答案明明就在那裡卻想不出來，不是很令人喪氣嗎？

我大喊道，你為什麼這樣對我？你是我的朋友、我的兄弟、我的同志啊！

接著一陣長長的靜默，只聽見沙沙的紙聲和他粗啞艱難的呼吸聲。哪怕只是為了讓少量空氣通過，他也要很用力吸氣。隨後他才說，是的，我是你的朋友、兄弟、同志，到死都是。身為你的朋友、兄弟、同志，我警告過你，不是嗎？我說得再清楚不過了。你的訊息不只有我在看，我背後始終有人看著，我也沒辦法偷送訊息給你。在這裡，每個人背後都有某個人看著。結果你還是堅持要回來，你這個傻瓜。

阿邦是來送死的，我得回來保護他。

那聲音說，所以連你自己也來送死，這是哪門子計畫？如果沒有我在這裡，你們倆會怎樣？我們是三劍客，不是嗎？還是現在可能變成三傻了。這個營區沒有人自願要來，可是當我發現你要回來，就要求擔任政委，並且把你們倆送到這裡來。你知道這個營裡關的都是什麼人嗎？就是那些選擇做最後抵抗、繼續打游擊戰，將來也不會以真正的懺悔心情改變或自白的人。阿邦已經兩度要求被槍決，要不是我，司令會一口答應。至於你，如果沒有我的保護，恐怕難有存活的機會。

你說這叫保護？

要不是我，你可能已經死了。我是政委，但在我上面還有更多政委在讀你的訊息，在追蹤你的進展。是他們下令讓你接受再教育。我只能擔任負責人，並說服司令相信我的方法有效。司令本來要把你分派到除雷小隊，那你就完了。但我替你爭取到在隔離牢房寫一年字的奢侈享受。其他囚犯不惜殺人也想要有你這樣的特權，我說的是真的殺人，不是比喻。我讓司令把你關起來，可是幫了你一個大忙。在他眼中，你是最危險的顛覆分子，但我說服他治好你比殺了你對革命更有用。

我？我不是已經證明自己是道地的革命分子了？我不是為了解放祖國，犧牲了幾十年的人生？別人不了解，你還不了解嗎？

你要說服的人不是我！是司令。你書寫的方式完全不是他那種人能理解的。你自稱是革命分子，你的故事卻背叛了你，或者應該說是你背叛了自己。你這頭倔驢子，為什麼非得這麼寫不可，你明知道像你這種人威脅著全世界的司令官……那隻腳把我蹭醒。有那麼甜美的一刻，我睡著了，感覺彷彿在沙漠爬行之際嚐到一滴淚水。那聲音說，別睡，你想活命就靠這個。

你不讓我睡，我才真的會死，我說。

我要讓你醒著直到你明白為止，那聲音說。

我什麼都不明白！

那你就差不多什麼都明白了，那聲音說著格格一笑，聽起來幾乎就像我的老同學。我們像這樣在此重聚，很奇怪吧，朋友？你來救阿邦的命，我來救你們倆的命。但願我的計畫會比你的順利。不過說實在的，我請求來這裡當政委，不純粹出於友情。你也看到我的臉了，不，應該說我沒有臉。你能想像我的老婆孩子看到我這樣嗎？那聲音沙啞了。你能想像他們的驚恐嗎？你能想像我每次照鏡子時的驚恐嗎？但老實說，我已經好多年沒照鏡子了。

想到他被放逐遠離他們，我哭了。他的妻子也是革命分子，就讀我們的姐妹校，非常正直清高，具有樸素美，若不是他搶先一步，我也會愛上她。他的兒子女兒現在應該至少有七歲、八歲了，這對小天使唯一的缺點就是偶爾會打架。看到你的……你的狀況，他們絕不會害怕的，我說道。你只是以你眼中的自己來想像他們所看見的。

你知道什麼！他大吼。沉默再次降臨，只間續被他粗啞的呼吸聲打斷。我可以想像他唇上的疤痕、他喉嚨的疤痕，但現在的我只想睡覺……他用腳蹭我，接著用柔和的聲音說，我為我的情緒失控道歉。朋友，你無法知道我的感受，你只是以為你能。但是每當孩子看見你就哭，每當妻子被你一碰就畏縮，連朋友也不認得你，你能知道那是什麼感覺嗎？過去這一年，阿邦見過我，卻不認得我。的確，他坐在會堂後面，只是遠遠看到我。我沒有把他叫來，讓他知道我是誰，因為知道了對他肯定沒好處，說不定還會大大傷害他。儘管如此……儘管如此，我仍情不自禁夢想著他會認出我來，哪怕認出我之後，他只會想要殺死我。你能想像我失去他的友誼有多痛苦嗎？也許你能。但你真的知道燒夷彈在臉和身上燃燒的痛苦嗎？你怎麼可能知道？

那就告訴我啊，我大喊道。我想知道你出了什麼事？

接著又是沉默，過了多久我不知道，直到那隻腳又來蹭我，我才發覺自己漏聽了他的第一段故事。那聲音說，當時我還穿著制服，我們單位裡瀰漫著濃濃的死亡預感，軍官和下屬的眼中都流露出驚惶。再過幾個小時就要解放了，我掩藏住欣喜興奮之情，卻難掩對家人的擔憂，儘管他們應該安全無虞。我老婆陪孩子待在家裡，有一個密使就在附近可以確保他們安全。當解放軍坦克接近我們的橋，我的司令官命令我們堅守崗位時，我也為自己擔心。我可不希望在戰爭最後一天，被我們的解放者射殺，因此我暗自盤算著如何避免這樣的命運，這時候忽然有人說，空軍終於來了。我方的一架飛機從頭上飛過，飛得很高以避開防空砲火，但也飛得太高無法進行轟炸。有人大喊，飛低一點，飛那麼高能打中什麼？那聲音說到這裡輕笑一聲，就是說啊！當飛行員丟下炸彈，其他軍官同仁心中充斥的恐懼感染了我，因為看得出來那些炸彈不是往坦克，而是往我們掉落，像慢動作一樣。其實炸彈掉落的速度比我們的視覺感應還要快，雖然拔腿奔跑，卻沒能跑多遠。一片燒夷彈雲籠罩著我們，我想我算是幸運了。我比其他人都跑得快，只是被燒夷彈舔了一下。好痛。那有多痛呀！但除了說被火燒的感覺就像被火燒一樣，我還能怎麼告訴你呢？除了說那是我從未體會過的可怕劇痛，我還能怎麼向你描述那種痛呢？朋友，唯一能讓你感受那有多痛的方法，就是放火燒你，但我永遠不會這麼做。

在西貢機場跑道上，以及後來在拍片現場，我也有過瀕死經驗，可是都與被火焚身不同。那頂多只是輕微灼傷。我試著想像乘以萬倍的痛楚，燒夷彈帶來的痛楚——根據我在克勞德的課堂上所學，燒夷彈是哈佛發明的，也正是西方文明之光。然而我無法想像。我自身已然消散，只留下逐漸融化的心，此時的我只能感覺到睡意。但即便處於這種奶油似的狀態，我心裡仍明白現在不是談論我的時候。於是我說，我無法想像，完全無法想像。

我能活下來是個奇蹟。我是個活生生的奇蹟！一個徹底翻轉的人。要不是我老婆看我沒回家出來找我，我應該活不成。她在一間軍醫院找到奄奄一息的我，優先擱置的病患。她去通知掌權者之後，他們便派了還留在西貢最優秀的外科醫師替我動手術。我得救了！但有什麼用？被火燒的痛苦幾乎就和沒有皮膚沒有臉的痛苦一樣。幾個月來，我每天都有如火燒身。藥效逐漸退去後，我仍然灼痛。應該說是痛徹心扉，但這也還是不足以表達那種感覺。

我大概知道痛徹心扉是什麼感覺。

你只是知道一點皮毛而已。

你不必這樣做啊！

那你到現在還是不會了解。有些事情只能透過痛徹心扉的感覺才學得會。我要你知道我以前知道、現在也仍然知道的事。如果你沒回來，我會放過你。可是你回來了，司令又在看著。光靠你一人應付他，你是活不下來的。你讓他害怕。你只不過是站在他洞口的一道陰影，能看到事情兩面的某種奇怪生物。像你這種人必須肅清，因為你受到的汙染可能破壞革命的純淨。我的任務就是證明你不需要被肅清，可以釋放。我打造這間考驗室正是為了這個目的。

你不需要這麼做，我喃喃地說。

我當然需要！這樣做是為你好。司令會用他知道的唯一方法，也就是利用你的身體擊垮你。而唯一能救你的辦法就是向司令承諾，我要測試不會留下任何痕跡的新式考驗法。所以我們一次也沒有毆打你。

我應該感謝你囉？

對，你應該。不過現在該做最後修正了。要是比原來還少，司令是不會接受的。你必須給他更多。

我已經沒有什麼好坦白的了！

一定有點什麼。這是認罪的本質。我們永遠無法停止認罪，因為我們並不完美。就連我和司令也得互相批判，這是黨的意思。軍事司令與政治委員活生生體現了辯證唯物主義。我們是正題與反題，進而產生出更有力量的合題，也就是真正革命性的意識。

如果你已經知道我忘了坦白什麼，就告訴我！

那聲音又格格一笑。我聽到翻頁聲。那聲音說，我引述你手稿裡的一句話，「那個共產黨特務將她從事間諜活動的證據塞進嘴裡，口水紙上我們那些帶著酸味的名字確確實實已經到她嘴邊。」你在自白中又提到她四次。我們得知你從她嘴裡掏出這張名單，以及她用不共戴天的仇恨眼神看你，但我們不知道她的命運。你必須告訴我們你對她做了什麼。我們必須要知道！

我又看見她的臉，她那鄉下人的黝黑皮膚與寬闊的塌鼻子，和戲院裡圍在她周邊那些醫師的寬闊塌鼻是那麼相像。我回答，可是我根本沒對她怎麼樣。

沒怎麼樣！你以為她的命運就是你已經忘記自己忘記的事嗎？她的悲劇怎麼可能忘得了？她的命運太清楚了。她還可能有什麼不同的命運呢？只要看過你自白書中描述的她，任誰都會如此想像。

可是我根本沒對她做什麼！

對極了！你還不明白嗎？凡是需要認罪的都是已知的事。你的確什麼也沒做。這正是你必須承認、你必須坦白的罪。你同意嗎？

也許吧。我聲音很微弱。他的腳又蹭我一下。如果我說同意，他會讓我睡覺嗎？

我該休息了，朋友。我又開始覺得痛了，疼痛的感覺始終都在，你知道我是怎麼忍受的嗎？嗎啡。那聲音低聲笑了笑。只可惜那樣神奇藥物只能麻痺身體和大腦。我的心怎麼辦？我後來發現，駕馭痛苦的唯一法門就是想像別人更大的痛苦，來減輕你自己的痛苦。所以，你記得我們中學時唸過潘佩珠說的話嗎？「一個人最大的苦痛來自於失去自己的國家。」當這個人失去他的臉、他的皮膚和他的家人，這個人就想像著你，我的朋友。你失去了你的國家，而放逐你的人是我。我對你深深感到同情，那份偌大的失落感只能在你的加密訊息中有所暗示。但如今你回來了，我再也無法想像你的痛苦大過於我。

我說，我現在很痛苦，拜託你，就讓我睡一覺吧。

我們是革命分子，朋友。痛苦造就了我們，為人民痛苦是我們的選擇，因為對於他們的痛苦，我們是那麼感同身受。

這些我都知道，我說。

那就好好聽我說。椅子刮過地面，他原本高高在上的聲音又升得更高了。請你理解，我這麼對你是因為我是你的朋友兼兄弟。只有剝奪你的舒適睡眠，你才會完全了解歷史的可怕。我是以過來人的身分告訴你這點，因為自從出事以後我就睡得極少。相信我，我懂你的感覺，而這也是非做不可的事。

我本來就已經害怕，他開給我的治療處方更加深我的恐懼。肯定有某個人得受點教訓！那某個人就是我嗎？不！不可能，至少我想這麼告訴他，但舌頭不聽使喚。我只是被誤認為是那某個人，因為我誰都不是，我這麼告訴他，又或許是自以為說了。我是個謊言、是個看守者、是本書。不！我是蒼蠅、我是爬蟲、我是東方佬。不！我是……我是……我是……

椅子再次刮過地面，我聞到娃娃臉警衛那清晰、微臭的體味。有隻腳蹭我一下，我打了個寒顫。然後說，拜託，同志，就讓我睡一下吧。娃娃臉警衛哼了一聲，又用粗硬的腳踢我，並說，我不是你的同志。

21

這名囚犯長大後的人生都在緊追著歷史跑，從來不知道自己也需要暫停下來喘口氣。他的朋友阿敏在讀書小組上向他引介了歷史科學，他們選讀的書都用紅字書寫。如果能了解歷史法則，就能控制歷史的年表，將它拽離已然專心致力於壟斷時間的資本主義。阿敏說，我們遵從地主、東家、銀行家、政治家與老師的指示起床、工作、吃飯、睡覺，我們認同我們的時間屬於他們，事實上我們的時間屬於我們。醒來吧，農民們、勞工們、被殖民的人們！醒來吧，隱形的人們！從你們的隱性不穩定區起來吧，從帝國主義、殖民主義與資本主義的紙老虎、走狗與肥貓手上偷取時間金表吧！如果你們知道如何偷取，時間就站在你們這邊，數字也一樣。你們有數百萬人，而他們，那些說服大地上的受苦者相信資本主義歷史無可避免的殖民者、買辦與資本家只有數千人。我們這支先鋒隊必須說服生活黯淡的人民與地下階級，共產主義歷史才是無可避免的！被剝削者精疲力竭之後必然會反抗，但是我們先鋒隊加速了暴動的時程、重新設定歷史的時鐘並讓革命的鬧鐘響起。滴答——滴答——滴答——

被綁在床墊上的囚犯，不，應該說是學生，他了解到這是讀書小組的最後一次聚會。要想當革命主體就得是記得一切的歷史主體，但只有徹底保持清醒（即使這樣最終會要了他的命）才可能記得一切。偏偏只有讓他睡覺，他才能了解得更清楚！求睡不成的他掙扎、扭動、與自己搏鬥著，這過程可能持續了幾個小時，或是幾分鐘，又或是幾秒鐘，突然間，他的頭罩被取下，接著是塞在嘴裡的東西，讓他能大口喘息、大口吸氣。囚禁他的人用粗糙雙手摘除他的耳罩與耳塞，最後解開擦痛他皮膚的蒙眼布條。有光！他能看見了，但幾乎立刻又閉上眼睛。高懸在他頭上的數十顆，不，是數百顆嵌入天花板的燈泡，集體齊發的瓦數刺得他睜不開眼，那眩目的亮光甚至射透他眼皮的紅色濾網。有一隻腳推推他的太陽穴，隨即聽見娃娃臉警衛說，你，不許睡覺。他睜開眼，看見一大片排列得整整齊齊、耀眼熾熱的燈泡，那強烈光線照亮了一間牆壁與天花板都漆成白色的考驗室。地板是漆成白色的水泥地，就連鐵門也漆成白色，整個房間約莫三乘五米大小。穿著黃色制服的娃娃臉警衛立正站在角落，房裡的另外三人則站在他的床墊周邊，兩人分站左右，一人在他腳邊。他們身穿白色實驗袍與海綠色手術衣，雙手後背。三人的臉被口罩和不鏽鋼護目鏡遮住了，六隻眼鏡片全都對準著他，此刻的他不只是囚犯、學生，也是病患。

問：你是誰？

他左手邊的人問道。現在他們還不知道他是誰？他是有計畫的人、是有目的的間諜、是躲在洞裡的臥底，但他的舌頭腫到填滿了嘴巴。他想說，拜託，讓我閉上眼睛，然後我就會告訴你們我是誰，答案已經到我嘴邊了——我是累得快昏倒的東方佬。你們說我只是半個東方佬？告訴你們，檳椥省戰役後有個金髮少校負責清點共產黨死亡人數，因為有具屍體只剩頭、胸和手臂，也遭遇算術上的問題，但套句他的話：半個東方佬也是東方佬。而既然只有死去的東方佬才是好的東方佬（美國士兵常這麼說），這名病患肯定是個壞東方佬。

問：你是做什麼的？

這是司令的聲音，從他的右方傳來。一聽到這個聲音，病患猛力扯動繩索直到肌肉感到燒灼，這個問題為沉默的怒火點燃一道紅焰。我知道你在想什麼！你覺得我是叛徒！是反革命分子！是不屬於任何地方、不值得任何人信任的雜種！怒氣來得快去得也快，他瞬間變得沮喪，開始哭泣。難道他的犧牲永遠得不到敬重？難道永遠沒有人能理解他？難道他永遠都會是孤單一人？為什麼非得是他被如此對待？

問：你叫什麼名字？

這次是站在床尾的人，是政委的聲音。簡單的問題，至少他這麼覺得。他張嘴想回答，但舌頭動不了，讓他驚恐畏縮。他忘記自己叫什麼了？不，不可能！美國名字是他自己取的。至於他的本名，是他母親，唯一了解他的人，為他取的，他父親一點忙也沒幫上，而且從來沒喊過他兒子或喊他的名字，甚至上課時也只是叫他「你」。不，他絕不可能忘記自己的名字，好不容易終於想起來了，他將舌頭從黏答答的床上釋放，大聲說了出來。

政委說，他連名字都沒能說對。醫師，我想他需要注射血清。站在病患左邊的男子聽了便說，那好吧。醫師將背在背後的手挪到前面，兩手都戴著長及手肘的白色橡膠手套，一手拿著步槍彈匣大小的安瓿，另一手拿著針筒，接著順勢以針頭抽取安瓿內的清澈液體後，蹲到病患身邊。見他發抖抽搐，醫師說，不管怎麼樣我都會替你注射，你要是動來動去只會更難受。病患於是停止猛烈的動作，肘彎被刺了一下幾乎像是如釋重負，令人感激，這是另一種感覺，不同於引發幻覺的睡眠衝動。近似，但不完全相同。他說，拜託，把燈關掉。

政委說，我們不能這麼做，你難道不明白你必須要看清？司令哼了一聲說，他永遠看不清，就算集中全世界的光線也一樣，他在地下待太久了，基本上已經瞎了！好了，好了，醫師說著拍拍病患的手臂。科學人士絕不能放棄希望，尤其是在進行心智手術的時候。因為我們既看不見也摸不到病人的心智，只能讓他保持清醒，直到他能把自己當成另一個人來觀察，藉此幫助他看清自己的心。這是極艱難的考驗，因為我們既是最能了解自己的人，也是最無法了解自己的人。就好像把鼻子貼在書頁上，字就近在眼前卻看不清楚。正如同閱讀需要距離，我們也只有把自己一分為二，與自己保持些許距離，才能比其他人更看清自己。這是我們這項實驗的本質，做這個實驗還需要一樣器具。醫師指向地板上一只棕色的方形皮革肩背包，病患原本沒有留意，此時卻一眼就認出來了，是一具野戰電話機，看到這個他又再次發抖。醫師又說，蘇聯人提供的血清會迫使我們的病患說實話，而這另一項組成要件是美國製的。看到病患的眼神了嗎？他想起了他在審訊室裡看過的情景。不過我們不會把連接電話發電機電池兩極的電線，接到他的乳頭和陰囊，而是——醫師手伸入皮革包內，拉出一條黑色電線——要把這個夾在腳趾上。至於手搖發電機電力太強了，我們不希望有痛苦，這不是在施酷刑，我們要的只是足以讓他保持清醒的刺激。因此我調整了輸出電力，並將電話線接到這個東西上。醫師舉起一只腕表。每當秒針通過十二點，就會有短暫的電流火花通到病患的腳趾。

醫師解開以軟物填充、包住病患腳的麻布袋，雖然病患伸長脖子想看醫師設計的裝置，但高度總是不夠，看不見細節。只能看見黑色電線連接著腳趾和皮革包，而包內的東西已被醫師換成手表。各位，六十秒，醫師說道。滴答……病患全身顫抖，等候召喚。病患曾見過接到類似召喚的受刑者，是如何以尖叫與胡亂揮踢來回應。被召喚十次或二十次後，受刑者的眼睛會像博物館生態造景中的動物標本一樣，露出一種呆滯眼神，活著卻像死了一樣，也或許是相反，然後就這樣等著下一次通電。克勞德曾經帶學生去旁觀這種審訊過程，當時他說，你們這些傢伙要是有人敢笑或是底下那玩意變硬，我就拉你上場。這是很嚴肅的事。病患記得當克勞德沒有叫他去搖手柄，他還鬆了一口氣。眼看著受刑者抽搐，他畏縮並納悶那種召喚是什麼感覺。現在換他了，冒汗顫抖地等著時間一秒一秒過去，最後一陣靜電襲來讓他嚇一跳，不是痛而是吃驚。醫師說，看到了吧？完全無害。只是要不斷把電線接到不同腳趾，免得他被電線夾灼傷。

謝謝你，醫師，政委說道。好了，如果你們不介意的話，我想和我們的病人獨處一下。

你慢慢來，多久都沒關係，司令邊說邊往門口走去。這個病人的心受到汙染，需要徹底洗一洗。等司令、醫師和娃娃臉警衛都出去後（但小山和吃喝無度的少校沒走，他們極有耐心地站在角落觀察著病患），政委坐到一張木椅上，除了病患的床墊，這是房間裡唯一的家具。病患說，求求你，就讓我休息吧。政委沒有作聲，直到病患受第二波靜電衝擊後，他才往前傾身，讓病患看一本之前一直藏著的薄書。我們在將軍別墅裡，你住的地方找到這個。

問：書名叫什麼？
答：《「庫巴克」反情報審訊》，一九六三年。
問：什麼是庫巴克？
答：CIA的匿名。
問：什麼是CIA？
答：USA中情局。
問：什麼是USA？
答：美國。

你看，我什麼都沒有瞞你，政委往椅背一靠說道。我讀了你的眉批，特別留意你畫線的段落。你所經歷的一切都是從這本書來的。換句話說，你這是開書考試，沒什麼意外驚喜。

睡覺……

不行。我現在在觀察你，看血清有沒有起作用。這是蘇聯KGB送的禮物，不過我們都知道強權國家送禮的目的。他們就是拿我們這個小國來測試他們的技術、他們的武器和他們的想法。在他們（一本正經地）稱為冷戰的實驗中，我們是受試者。真是笑話，戰爭對我們來說是何等熾烈！好笑卻又沒那麼好笑，因為你和我都是這個玩笑的笑柄。（小山說，我覺得我們才是笑柄。吃喝無度的少校噓一聲說，我想聽這個，應該會很好玩！）政委繼續說道，一如往常地，我們盜用了他們的技術與科技。這些燈泡？美國製，供電的發電機也是，不過石油是從蘇聯進口。

病患說，求求你，把燈關掉。那一排排燈泡散發的熱氣已經讓他冒汗。沒聽見回應，他又重複一次，還是沒聽到聲音，他才發覺政委已經離開。他閉上眼睛，一度以為自己睡著了，腳趾又被電流刺了一下。克勞德曾經對課堂上的學生說，我自己在勞改營裡也體驗過這些技術。就算你知道會發生什麼事，還是有用。他說的是如今落入政委手中那本油印的「庫巴克」手冊裡提到的技術，那本冊子是審訊課必讀。在這名病患成為病患之前，在他還只是學生的時候，讀過好幾次。他已記下手冊中的構思、性格與裝置，也明白隔離、感覺剝奪、聯合審訊與突破手段的重要性。他精通於「伊凡是笨蛋」、「披羊皮的狼」、「愛麗絲夢遊仙境」、「全視之眼」、「沒有人愛你」等技巧。總而言之，這本手冊他倒背如流，包括書中強調的一種不可預期的例行程序。因此當娃娃臉警衛進來，將電線改接到他的手指，也沒什麼好驚訝。娃娃臉警衛替他重新包覆腳的時候，病患嘟噥了幾句連他自己都聽不懂的話，警衛聽了一語不發。這名娃娃臉警衛讓病患看過他用藍墨水刻寫在二頭肌上的刺青：「生在北方死在南方」。他隸屬於最後一支朝西貢推進的師隊，然而等他到達要解放西貢時，戰爭已經結束。不過他這刺青的預言還是滿靈驗的。他的確差點就死了，因為有個囚犯的妻子來探視時，以她僅有的資源賄賂他，結果讓他染上梅毒。拜託，把燈關掉，病患說。但此時照料他的已不是娃娃臉警衛，而是一個少年警衛替他送吃的來。不是才吃過嗎？他不餓，但少年警衛用金屬湯匙將米粥強灌進他的喉嚨。他基本需求的時程必須打亂，餵食的時間必須變得不規則、無法預期，完全根據手冊來執行。這就像研究某種致命疾病的醫師忽然感染此病，雖然對於已經發生和即將發生在自己身上的狀況瞭如指掌，卻毫無差別。他試圖將這些話告訴少年警衛，不料警衛叫他閉嘴又踢他肋骨之後就走了。電線再次刺痛他，只不過這回不是夾在手指，而是耳朵。他猛搖頭，但仍然甩不掉電線的鉗夾，它緊緊咬住要他保持清醒。他的心已經龜裂得皮開肉綻，母親餵他吃奶後的乳頭想必也是這樣。好餓的寶寶啊，她如此喊他。你才出生幾個小時，眼睛都還沒張開，就已經知道要上哪找我的奶了。而且一吸住就不放呢！你每到整點就要喝。那初次嚐到的少許母奶想必美味至極，可惜他不記得是什麼味道了。他只知道那不是什麼味道，不是恐懼，不是九伏特電池摩擦在舌頭上那淡淡的刺激金屬味。

問：你覺得怎麼樣？

政委又回來了，穿著白色實驗袍、戴著手術口罩和不鏽鋼護目鏡，聳立在病患身邊俯視著，他戴著白色橡膠手套的手上拿著一本拍紙簿和一枝筆。

問：我說，你現在覺得怎麼樣？
答：我感覺不到我的身體。
問：但你能感覺到你的心嗎？
答：我的心什麼都感覺到了。
問：現在你想起來了嗎？
答：什麼？
問：你想起你忘記什麼了嗎？

病患忽然想到他確實記起自己忘了什麼，只要他能說出來，鼻尖的電線會移除，嘴裡的電池味會消失，燈會關掉，他也就終於可以睡覺了。他哭泣著，淚水掉入遺忘的寬闊水域，他失憶的液體結構起這麼一點點鹽分變化後，便促使黑曜石般的過去浮現。一座方尖碑慢慢從他的遺忘海洋中升起，那些自從被埋入海中，他甚至不知道已經死去的東西，如今重生了。方尖碑上刻著象形文字——訊息暗號包括三隻老鼠、一系列方格、起伏的曲線、凌亂散布的漢字……和一架電影放映機，因為他現在想起來了，他忘記的事發生在一間被稱為戲院的房間裡。

問：是誰把它叫做戲院？

答：警察。

問：為什麼叫戲院？

答：外國人來訪時，那裡就是戲院。

問：外國人沒來的時候呢？

答：……

問：外國人沒來的時候呢？

答：在這裡做審訊。

問：怎麼做？

答：有很多方法。

問：舉個例子。

一個例子？選擇太多了。打電話，這是肯定有的，還有搭飛機、水鼓，以及一種利用大頭針、紙和電扇，不會留疤的獨創方法，還有按摩、蜥蜴、局部燒灼、鰻魚等等。這些方法手冊上都沒寫，連克勞德也不知道來源，只知道早在他進入這個團體組織前便施行很久了。

（時間實在拖得太長，他已經受夠了，吃喝無度的少校說。不，小山回答，他現在是真的在冒汗，快要有點結果了！）

問：戲院裡面有誰？

答：三個警察。少校。克勞德。

問：還有誰？

答：我。

問：還有誰？

答：……

問：還有……

答：那個共產黨特務。

問：她怎麼樣了？

他怎麼會忘記那個把口水紙證據吞進嘴裡的特務呢？她被抓時企圖吞下的警察名單上，也寫著他自己的名字。在戲院裡看著她，他很確定她並不知道他的真實身分，雖然名單是他交給阿敏的。不過這名特務既然是阿敏的密使，自然知道阿敏是誰。在大大的房間裡，她赤身躺在蓋著黑色橡膠布的桌上，手腳各綁在桌子的四隻腳。戲院裡只靠頭上的日光燈照亮，拉攏的遮光布簾有一道道縐褶。灰色金屬折疊椅被胡亂推靠在牆邊，室內後側架著一臺Sony放映機。對面牆上的電影螢幕正好做為審訊特務的背景，在放映機旁邊的克勞德就從背景上觀看。吃喝無度的少校負責審訊，卻將他的角色讓給戲院裡那三名警察，自己則坐在折疊椅上旁觀，悶悶不樂的臉上冒著汗。

問：你在哪裡？
答：和克勞德在一起。
問：你在做什麼？
答：在看。
問：看到什麼？

稍後，在光明未來的某一刻，政委會將病患回答的錄音放給他聽，雖然他不記得現場有錄音機。許多人聽見自己的錄音都覺得不像自己的聲音，因而感到不安，他也不例外。他聽到這個陌生的聲音說，我什麼都看到了。克勞德說這會讓人很不舒服，但我得看。我說，真的有必要嗎？克勞德說，去跟少校談，他是負責人，我只是顧問。所以我去找少校，他說，我也沒辦法，一點辦法都沒有！將軍想知道她是怎麼拿到名單的，而且是馬上要知道。我說，可是這樣不對。你還不明白嗎？不需要這麼做。少校坐在那裡一聲不吭，而站在放映機旁的克勞德也沒出聲。我於是對那三名警察說，給我一點時間讓我單獨問她。雖然美國人喊我們的警察白老鼠（因為他們穿白制服、戴白帽），這三人卻沒有一個像老鼠。他們就像國內一般的成年男子，乾乾瘦瘦，因為經常搭吉普車、騎摩托車，皮膚晒得很黑。他們不是從頭到腳一身白，而是穿著白衫配淺藍長褲的野戰制服，淺藍色扁帽脫掉了沒戴。我說，只要給我一兩個小時就好。最年輕的警察哼一聲說，他只是想先上。我又羞又怒地漲紅了臉，年紀最大的警察說，美國人不在乎這個，你也應該不在乎。來，喝點可口可樂。角落裡有個放滿汽水的冰箱，年紀最大那個警察手裡已經有一瓶打開的，便把它塞給我，然後帶我走到少校旁邊的椅子。我坐下後，握著冰涼瓶子的手開始發麻。

求求你們了！女特務大喊。我是清白的！我發誓！最年輕的警察說，那妳怎麼解釋妳為什麼會有一張寫著全部警察名字的名單？妳只是忽然發現它掉在什麼地方，因為太餓了，就想把它吃下去？不是的、不是的，特務啜泣道。她需要一個好理由來為自己掩護，但不知怎地想不出來，儘管任何說詞都不可能轉移那些警察的注意力。好啦，中間年紀的警察說著便解開腰帶，拉下褲子拉鍊。他已經勃起了，他的第十一根手指從四角褲裡伸出來。特務發出呻吟，並將視線轉向桌子另一邊，結果發現年紀最輕的那個站在那裡，已經脫下褲子，猛打手槍。站在他後面的我，只看見他凹陷無肉的光屁股，還有特務眼中的驚恐。她明白了這不是審訊，而是判決，是警察用他們手裡的工具寫下的判決。年紀最大那個想必已經當父親了，他正撫弄著一截又粗又短的玩意，那是大多數成年男子身上最醜陋的部分。接下來我更是看得一清二楚，因為最年輕那個側轉身子，把自己那話兒湊近特務的臉。來呀，看一眼嘛，他喜歡妳！他說道。這三個雄風勃發的人長度各有不同，一個往上翹、一個往下垂、一個歪向旁邊。拜託不要這樣！特務閉著眼睛，邊搖頭邊哭喊，求求你們！年紀最大那個笑著說，你們看她那塌鼻子和黑皮膚，她有柬埔寨血統，也可能是占族血統。他們都很熱情。

我們先慢慢來，中間年紀那個說完，就以笨拙的姿勢爬上桌到她兩腿之間。妳叫什麼名字？她沒應聲，可是當他再問一遍，她體內的一股原始力量頓時甦醒，這時她睜開雙眼看著警察說，我姓越名南。三名警察一度無言以對，接著放聲大笑。這個賤人是自找的，最年輕那人說。中間年紀那個笑聲還沒停，就重重往特務身上壓，她只是尖叫再尖叫。眼看著那個警察一邊呻吟一邊猛力衝撞，而另外兩人褲子褪到腳踝處、露出醜陋的膝蓋，繞著桌子緩緩走來走去，我忽然覺得他們終究還是一群圍在一塊乾酪旁的老鼠。我的同胞從來不懂排隊的概念，沒有人想排在最後一個，因此這三隻老鼠互相推擠的同時也阻擋了我的視線，我能看見的只有他們的下體部位和特務猛烈掙扎的雙腿。她已經不叫了，因為叫不出來，被最年輕那個警察摀住了嘴。他催促道，快點，搞什麼搞這麼久？中間年紀那人說，我想要多久就多久，反正你也玩得挺樂的，不是嗎？（別再說這個了！吃喝無度的少校用手蒙住眼睛喊道，我看不下去！）但我們無計可施，只能看著中間年紀的警察最後終於全身一陣劇烈抽搐。這種程度的歡愉應該都是私密的，除非每個人都參與其中，譬如嘉年華會或狂歡酒會。在這裡，對只能旁觀的人而言，歡愉是可憎的。換我了，最年輕那個說，手也從特務身上移開，她又能開始尖叫，直到最年長那個取代最年輕那個的位置，摀住她的嘴。髒死了，最年輕那個說著把襯衫拉高，然後不顧髒汙還是爬上桌子就定位，中間年紀的警察才剛拉起褲子拉鍊，遮住自己那洩了氣後被一簇捲毛蓋住的部位，最年輕這個已經開始重複前人的動作，短短幾分鐘便已達到同樣猥褻的結果。接下來換最年長那人，當他爬上桌子，我便能毫無阻礙地看到特務的臉。雖然現在可以尖叫了，她也沒叫，或許已經無力再叫。她直瞪著我，但痛苦的螺絲緊緊旋住她的下巴和眼睛，而且不斷地愈旋愈緊，我感覺到她根本沒看見我。

等最年長那人完事後，房間裡變得安靜，只有特務的啜泣聲和另外兩名警察抽菸發出的嘶嘶聲。最年長那個把襯衫塞進褲頭時，發現我在看他，聳了聳肩說，反正也會有別人做，那幹嘛不我們做？最年輕那個說，別跟他浪費時間了，反正他也沒辦法硬起來替她做治療。你看，他汽水連碰都沒碰。真的，我都忘了手上的瓶子了。現在甚至已經不涼。中間年紀的那人說，你要是不喝就給我。我沒動，那警察氣急敗壞地朝我走了三步，抓過瓶子，喝下一口後做了個苦臉。我最討厭溫溫的汽水，他恨恨地說完又把瓶子還給我，但我的心和剛才的手指一樣麻痺了，只能茫然看著汽水瓶。最年長那人說，等一下，不必逼他喝熱汽水，這邊這個需要好好清洗一下。他拍拍特務的膝蓋，被他這麼一碰，又聽到這些話，她再次活了過來，昂揚起頭怒瞪著我們所有人，眼中的濃烈恨意應該足以把房間裡每個男人都化成灰與煙。但什麼事也沒有。我們仍然保持血肉之軀，她也是。中間年紀的警察笑著用拇指按住瓶口，用力搖晃瓶子，並說，好主意，不過會很黏！

是啊，記憶是黏的。我肯定踩到一些汽水了，雖然事後那些警察往特務和桌子潑了好幾桶水，又拖了地板。（吃喝無度的少校說，是我命令他們做的，我可以告訴你，收拾自己的爛攤子，他們可不高興了。）至於特務，仍然赤裸地躺在桌上，已經不再尖叫或甚至啜泣，而是安靜得像死了一樣，眼睛也再度閉上，頭往後仰，背部弓起。這些警察從她體內抽離後，竟把空瓶子留在裡面，瓶子沒入直到瓶頸處。中間年紀那個彎下身，像個婦科醫師從瓶底往內看，說道，我可以看到她裡面。最年輕那個用肩膀擠開他說，讓我看。隨後抱怨道，什麼也沒看到啊。那是玩笑話，你這個白痴！最年長那人喊道。玩笑話！對，很低劣的玩笑，無論說哪種語言的人都看得懂的戲謔鬧劇，正如克勞德也看懂了。當警察用臨時替代的鴨嘴器扮演醫師，他走過來對我說，只是告訴你一聲，我沒有教他們做那個，我是說瓶子。

那是他們自己想出來的。

他們是好學生，跟我一樣。他們學得很快，我也是，所以如果你能好心地把燈關掉，如果你能好心地把電話切掉，如果你可以不要再叫喚我，如果你還記得我們倆曾經是、也許現在還是最好的朋友，如果你能看出我再也沒有什麼好坦白，如果歷史的船改變了航向，如果我成了會計師，如果我愛上對的女人，如果我是個更有品德的情人，如果我母親少一點母愛，如果我父親去阿爾及利亞拯救靈魂而不是來這裡，如果司令不需要改造我，如果我自己的同胞不懷疑我，如果他們把我當成一分子，如果我忘記我們的憤恨，如果我們忘記復仇，如果我們承認自己都是其他人戲劇中的傀儡，如果我們沒有打一場互相敵對的仗，如果我們當中某些人沒有自稱為民族主義者或共產主義者或資本主義者或現實主義者，如果我們的和尚沒有自焚，如果美國人沒有來從我們自己手中拯救我們，如果我們沒有買他們賣的東西，如果蘇聯人從未稱呼我們同志，如果毛澤東沒有試圖做同樣的事，如果日本人沒有教我們黃種人的優越感，如果法國人從未企圖讓我們變文明，如果胡志明不善辯證而馬克思不善分析，如果市場那隻無形的手沒有抓住我們的頸背，如果英國人打敗了新世界的反抗者，如果原住民一看到白人就直接說：門都沒有，如果我們的皇帝和官員之間沒有衝突，如果中國人從未統治我們上千年，如果他們不只把火藥當煙火用，如果這世上從未有佛陀，如果從未寫出聖經而耶穌也從未犧牲，如果亞當和夏娃依然還在伊甸園嬉戲，如果龍王與仙后沒有生出我們，如果他們倆沒有分道揚鑣，如果他們的五十個孩子沒有跟隨仙女母親上山，如果另外五十個孩子沒有跟隨龍王父親歸海，如果傳說的鳳凰真的浴火重生而不是在我們的鄉村墜落焚毀，如果沒有光也沒有話語，如果天與地從未分開，如果歷史從未發生、鬧劇或悲劇也從未發生，如果我沒有被語言之蛇所咬，如果我從未出生，如果我母親從未被奪走，如果你已經不需要再校正、我也不再看到這些幻影，拜託，你能不能好心點，就讓我睡一覺？

22

你當然不能睡。革命分子是失眠的人，因為太害怕歷史的噩夢睡不著，因為太憂慮世界的災難而不敢稍有一刻不清醒，這是司令說的。他說話時我躺在床墊上，仿如顯微鏡底下的玻片標本，聽到快門流暢的喀嚓聲，我發覺醫師的實驗成功了。我分裂為二，受苦的肉體在下方，平靜的意識高高飄浮在上，比亮晃晃的天花板還要高，藉由一種無形的陀螺儀機制緩衝我的痛苦。從這個高度看去，在我身上進行的活體解剖其實非常有趣，只見我那搖搖晃晃的肉體蛋黃在我黏稠的心靈蛋白底下閃爍不定。像這樣同時被征服又被提升的我，就連小山與吃喝無度的少校也無法理解，他們仍待在我長時間無眠的階段，正越過醫師、司令與政委的肩頭注視著我，而這三人則圍站在我身邊，已不再穿戴實驗袍、手術衣與不鏽鋼護目鏡，而是改穿配有紅色階級標識的黃色制服，腰間配戴手槍。那底下有人有鬼，我卻是超自然聖靈，具有神視與神聽之力。我便以這種超然姿態，看見司令蹲跪下來，將手伸向像人又不像人的我，慢慢伸出食指輕壓我睜著的眼球，這一碰，我可憐的身體抖縮了一下。

我

拜託，讓我睡覺。

司令

等你的自白讓我滿意了，你就能睡覺。

我

可是我什麼也沒做啊！

司令

就是這句話。

我

燈太亮了。你能不能……

司令

全世界都睜著眼睛看我們國家發生的事情，大多數也是什麼都沒做。不只如此，他們看得高興得很。你也不例外。

我

我說話了，不是嗎？但沒有人要聽，這是我的錯嗎？

司令

別找藉口！我們沒有哼哼唧唧，我們全都願意當烈士，醫師、政委和我能活下來，完全是運氣好。你根本就是不願意犧牲自己去救那個特務，她卻願意犧牲性命來救政委。

我

不是的，我……

司令和政委和醫師（異口同聲）

承認吧！

我看見自己當下認罪。我聽見自己承認我不是因為做了什麼，而是因為沒採取行動才遭受處罰或再教育。我感到羞愧而毫不羞恥地流淚哭泣。我受到這些對待就是因為我什麼也沒做！我不僅流淚哭泣，我還嚎啕大哭，這股感情颶風吹得我靈魂之窗震晃破裂。看著聽著如此淒慘的我，大家都惶惶不安，隨即轉移目光不再看把自己搞得慘不忍睹的我，只有三人例外：司令、政委和我。

政委

滿意了嗎？

司令

好，他承認自己什麼都沒做。那麼那位布魯族同志和 Watchman 呢？

政委

不管他做什麼，都不可能救得了布魯族同志和 Watchman。至於那位女特務，她沒死。

司令

我們解放她的時候，她連路都不能走。

政委

也許她的身體受傷了，但精神沒有。

醫師

那些警察後來怎麼樣了？

政委

我找到他們了

司令

他們付出了代價，他難道不必？

政委

沒錯，可是他應該也要為他取走的性命獲得嘉獎。

司令

小山和少校？他們的賤命和特務受的傷害根本不能比。

政委

那他父親的命能比嗎？

我父親？什麼意思？儘管小山和少校對於自己的生死受到尖刻評論大驚失色，卻也暫停躁動豎耳傾聽。

司令
他對他父親做了什麼？
政委
你自己問他。
司令
你！看著我！你對你父親做了什麼？
我
我沒對我父親做什麼！
司令和政委和醫師（異口同聲）
承認吧！

低頭看著不停哭泣、好像分離出來的蛋黃般的自己，我不知道該笑或該一掬同情之淚。我不是記得我給阿敏的信上是怎麼寫父親的嗎？我多希望他死了算了。

我
可是我不是真心的！
政委
誠實地面對自己吧。

我

我不是想要你這麼做！

政委

你當然想了！你以為你在寫信給誰？

我在寫給一個革命分子，他不但隸屬於一個強大的委員會，甚至當時就知道自己應該遲早會當上政委；我在寫給一位政治幹部，他已經學會改造人的靈魂與心靈的造形藝術；我在寫給一個朋友，他對我有求必應；我在寫給一個作家，他很重視一個句子的力量與字詞的重量；我在寫給一個兄弟，他比我更知道我想要什麼。

司令和政委和醫師（異口同聲）

你做了什麼？

我

我想要他死！

司令搓著下巴，一臉懷疑地看著醫師，醫師則是聳聳肩，他只負責剖開身與心，至於發現什麼，不關他的事。

醫師

他父親是怎麼死的？

政委

據凶手供稱，頭上吃了一顆子彈。

司令

我認為這有可能是你為了救他捏造的說詞。

政委

去問我的特務，父親的死是她安排的。

司令定定俯視著我。如果我能因為什麼都沒做而被判有罪，不也能因為希望做點什麼而受到獎賞嗎？比方說希望讓我父親死。在無神論的司令心中，這個父親是殖民者、是販賣群眾鴉片的人、是上帝的代言人，為了這個上帝，已經有數百萬黑皮膚的民眾被犧牲，據說這是為了他們自身的救贖，以一座燃燒的十字架照亮他們上天堂的艱苦道路。他的死不是謀殺，而是應得的刑罰，我一直以來想寫的也就是這個。

司令

我會考慮考慮。

司令轉身離去，醫師也順從地尾隨，留下小山和吃喝無度的少校看著政委慢慢坐到椅子上，臉上露出苦相。

政委

我們還真是好搭檔。

我

把燈關掉。我看不見。

政委

有什麼比獨立和自由更可貴？

我

幸福嗎？

政委

有什麼比獨立和自由更可貴？

我

愛？

政委

有什麼比獨立和自由更可貴？

我

我不知道！

政委

有什麼比獨立和自由更可貴？

我

我真想死了算了！

好啦，我說出來了，哭號著說出來了。現在，我終於知道我希望自己如何，那麼多人又希望我如何。小山和吃喝無度的少校拍手贊成，政委則掏出手槍。終於！死只會痛那麼一下，想想活著有多痛又要痛多久，死倒也不錯。子彈上膛的聲音和父親教堂的鐘聲一樣響亮，以前每個星期天早上，我和母親在我們的破屋都聽得到那鐘聲。俯視著我自己，我依然能看見大人體內住著一個小孩，小孩體內住個一個大人。我始終都是分裂的，儘管並不完全是我的錯。雖然是我自己選擇過雙重生活並成為有雙重心思的人，但別人老是喊我雜種，我不這麼選也很難。我們國家本身也受到詛咒，也分裂為南北變成雜種，如果說我們是自己選擇分裂、選擇死在這場不文明的戰爭中，也只算說對了一部分。我們並未選擇讓法國人貶低我們，讓他們把我們分裂成北中南這不神聖的三位一體，也未選擇被轉手給資本主義與共產主義兩大強權，進一步分裂為二，然後又在一盤冷戰棋賽中被分配到戰鬥部隊的角色（這是穿西裝打領帶的白人在有空調的室內下的一盤棋）。沒錯，正如我受凌辱的同輩人出生前便已分裂，我也在出生時分裂了，因為出生後的世界幾乎沒有人接受真正的我，只是不斷脅迫我選邊站。這不只是很難做到，不，其實是不可能做到，我怎能選擇自己對抗自己？如今我的朋友要讓我從這個小世界和這些氣度狹小的人解脫了，這些暴民將一個雙心雙面人當成怪物，因為他們希望每個問題都只有一個答案。

可是等一下……他在做什麼？他把槍放到地上，在我身邊蹲跪下來，解開包覆我右手的粗布袋，接著解開綁縛的繩子。我看見自己將手舉到眼前，手心那道代表兄弟情誼的紅色疤痕仍在。透過那雙幾乎不像人的眼睛以及我從上方的超自然凝視，我看見朋友把手槍放到我手中，是一把托卡列夫。這是蘇聯人根據美國的柯爾特手槍所設計的，雖然重量並不陌生，我卻無法自行把槍握正，逼得朋友不得不幫我彎曲手指握住槍柄。

政委

只有你能為我做這件事，你願意嗎？

說到這裡，他身子往前傾，將槍口抵在自己的眉心，用兩手穩住我的手。

我

你為什麼要這麼做？

我邊說邊哭，他也在掉淚，淚水滾落一張已不存在的可怕的臉，這張臉我已多年未曾如此近看。我年輕時的兄弟到哪去了？除了在我的記憶中，到處都找不到了嗎？對了，只有在那裡，他依然保有誠摯的面容，嚴肅又充滿理想，高聳顯著的顴骨、窄薄的嘴脣、帶有貴氣的細長鼻子，以及暗示他聰明過人的寬闊額頭，那智慧的引潮力已經將髮際線往後推了不少。如今還能認得出來的只剩那雙靠著淚水存活的眼睛，還有他聲音的音色。

政委

我哭是因為我實在難以承受看著你受這種苦，可是要想救你就只能讓你受苦，不然是過不了司令那關的。

我聽了這話笑了，雖然床墊上的身體只是微微顫抖。

我

這樣要怎麼救我？

他噙著淚水微微一笑。我也認出了這副笑容，在同胞之中我從未見過如此潔白的牙齒，不負他身為牙醫之子。改變了的不是笑容而是臉，或者應該說是沒了的臉，結果讓這一口微笑白牙飄蕩在虛空中，宛如柴郡貓的可怕獰笑。

政委

我們現在的情況很棘手。你只有做了彌補，司令才會放你走。但是阿邦呢？就算他能離開，你們兩個以後要怎麼辦？

我

如果阿邦走不了……我也不能走。

政委

那麼你會死在這裡。

他把抵在自己頭上的槍管又壓得更緊。

政委

先射死我吧。不是因為我的臉，我不會因為它去死。我只會把自己放逐到這裡，讓我的家人永遠不必再看到這個東西，但我會活著。

我已不再是我的肉身或我自己，我只是那把槍，他的話透過鋼鐵槍身傳來震動，預示著火車頭很快就要抵達，將我們倆都壓扁。

政委

我是政委，但我督導的是什麼樣的學校？是你，這麼多人偏偏是你，在裡頭接受再教育的學校。你不是因為什麼都沒做才會在這裡。你是因為受太多教育才會被再教育。可是你學到什麼了？

我

我只是袖手旁觀！

政委

我告訴你在任何書中都找不到的東西。在每個小鎮、村莊和囚房，幹部們說的話都一樣。他們一再向那些未受再教育的公民保證我們是出於善意，其實委員會和政委們對於改造這些人並不關心。這點人人都知道，但沒有人會大聲說出來。幹部們侃侃而談的那些術語都只隱藏著一個可怕的事實……

我

我想要我父親死！

政委

現在我們有力量了，不需要法國人或美國人來搞死我們，我們自己就能搞死自己。

我身體上方的強光十分刺眼。我已不確定自己是看見了一切或什麼也看不見，而在燈光的熱度下，我的手心變得汗溼滑溜，難以把槍拿穩，但槍管仍被政委的手穩穩固定住。

政委

如果除了你還有人知道我說了不該說的話，我就會被再教育。不過我害怕的不是再教育，是我接受的教育令我驚恐。一個老師怎麼能活著教授他不相信的東西？我怎麼能活著看你這副模樣？我沒辦法。好了，扣扳機吧。

我好像說了我寧可先射自己，但我沒聽見自己的聲音，當我試著把槍從他頭上移開轉向自己，卻沒力氣。那雙冷酷的眼睛往下瞪視著我，眼裡乾巴巴的，這時從他體內深處發出轟隆隆的聲響，隨後爆發出來，他笑了。什麼事這麼好笑？這齣黑色喜劇嗎？不，那太沉重了。這個燈光耀眼的房間只能上演輕喜劇，一齣能讓人笑死的白色喜劇，不過他倒也沒笑那麼久。他笑聲停止的同時放開我的手，我的手臂垂落在身側，手槍卡嗒一聲掉在水泥地上。政委身後，小山和吃喝無度的少校熱切地盯著那把托卡列夫，要是可以，他們倆都會欣然拾起槍來射我，只可惜他們已不再擁有軀體。至於我和政委卻是空有軀體，開不了槍，也許正因為如此政委才會大笑。他那張虛空的臉依然從上方逼視我，他的歡笑瞬間即逝，我忽然不確定自己有沒有聽錯。我覺得我在那片虛空中看見悲傷，但又不太確定。情緒只能靠眼睛和牙齒表達，而他已不再哭泣或微笑。

政委

我道歉。是我太自私軟弱了。我要是死了，你就會死，然後就是阿邦。司令早就迫不及待要把他給槍斃了。即使救不了我，至少你現在可以救你自己和我們的朋友。這樣的話我還能忍受。

我

拜託，能不能讓我睡一下再來說這個？

政委

先回答我的問題。

我

到底為什麼？

政委把槍收進槍套，然後重新綁好我的手以後站起身來。他從很高的地方低頭凝視著我，也許是角度縮減的緣故，我在他不存在的臉上看到除了慘狀之外還有一點什麼……像是瘋狂投下的淺淡陰影，不過這或許只是他頭部後方的強光造成的視覺效果。

政委

朋友，司令也許會因為你希望你父親死就放你走，但你得能回答我的問題，我才會放你走。千萬記住，兄弟，我這麼做是為你好。

他舉手向我揮別，代表我們誓約的那道殷紅疤痕在他手心裡閃耀著。一揮完手他就走了。小山往空出來的椅子坐下後說，這種話最危險了。吃喝無度的少校也加入，把他往旁邊擠，騰出一點空間來坐。他說，「為你好」只可能代表不好的事。這時彷彿接到暗示似的，高掛在上方四個角落的喇叭忽然喀喇喀喇、嗡嗡作響，那些喇叭是政委播放我自己陌生的聲音時我才發現的。他們要對我做什麼？有一個人開始尖叫，也等於回答了這個問題，小山和少校可以用手掩住耳朵，我卻不能。但即使耳朵受到保護，小山和少校也無法忍受這尖叫聲超過一分鐘，這宛如受虐嬰兒發出的淒厲慘叫聲。才一眨眼他們也消失了。

不知在哪裡有個嬰兒在尖叫，他的痛苦分送給了已不需要的我。我看見自己緊閉著眼睛，好像這樣也能把耳朵關住。在考驗室裡聽著這尖叫聲實在無法思考，這麼長時間以來，我第一次想要一樣東西勝過於睡覺。我想要安靜。求求你——我聽見自己大聲哭喊著——別叫了！接著卡嗒一聲，尖叫停止。是錄音帶！我聽的是錄音。沒有嬰兒在附近哪個房間裡受虐，他的嚎叫聲透過管路與我的叫聲融為一體。那只是錄音，我暫時只需要擔心持續不斷的燈光與熱氣，還有像橡皮筋一樣不停彈著我小腳趾的電線。但沒多久又聽到卡嗒一聲，我在預期心理下全身緊繃起來。又有人開始尖叫了。那人扯開了嗓門大叫，讓我不但忘了自己，也忘了時間。時間不再如軌道般直行，時間不再繞著盤面旋轉，時間不再在我背上爬行，時間循環不息，一如卡帶永無止境地重複播放，時間在我耳邊長嘯，尖叫嘲笑我們竟以為能用手表、鬧鐘、革命、歷史來控制它。我們，所有的人，都快沒時間了，除了那個幸災樂禍的嬰兒以外。那個尖叫的嬰兒多的是時間，諷刺的是他根本不知道。

拜託——我又聽見自己的聲音——別叫了！你要我做什麼我都做！世上最脆弱的生物何

以也能是最強大的呢？我曾經像這樣對母親大叫嗎？如果有，請原諒我，媽媽！如果我尖聲吼叫，不是因為你。我是一個人，但我也是兩個人，透過卵子與精子結合而成，如果我尖叫，一定是因為從父親那兒得來的憂鬱基因。現在我看見了自己源起的那一刻，時間像中國雜耍一樣不可思議地往後彎身，讓我得以看見父親那支愚鈍的陽剛大軍入侵母親的子宮，一群戴著頭盔的遊牧族不顧一切往前衝，企圖衝破母親卵子的銅牆鐵壁。經過這次侵略，我從空無一物變成一個人。*有人在尖叫，不是那個嬰兒。*我的細胞分裂、分裂、再分裂，直到變成上百萬個細胞甚至更多，直到變成無可計數，變成我自己的國家、自己的民族、自身群眾的帝王與獨裁者，強求母親心無旁騖地關注。*有人在尖叫，是那個特務。*我被緊緊包在母親的水族槽裡，對獨立與自由一無所知，以所有的感官（除了視覺之外）見證人世間最神祕詭異的經驗：置身於另一人體內。我是個玩偶內的玩偶，被節拍器無比規律的滴答聲催眠著，那是我母親強有力又穩定的心跳聲。*有人在尖叫，是我母親。*當我頭先出來，第一個聽到的就是她的聲音，當時有個印象不深的陪產婦用一雙關節粗大變形的手抓著我，將我拉入一個與子宮同樣溼熱的房間。多年後她告訴我，她是怎麼用尖銳的拇指指甲為我劃開緊縮的舌繫帶，好讓我吸奶和說話都能容易些。這個女人還興沖沖地告訴我，母親因為太用力，不只把我推出來，連腸子裡的穢物也一起排出，我就這樣隨著母體大量的血與排泄物被沖進一個陌生的新世界。*有人在尖叫，不知道是誰。*束縛我的帶子被切斷，赤裸、髒汙、全身發紫的我被轉向明晃晃的燈光，眼前出現一個充滿黑影的世界，那些模糊的身形說著我的母語，一種外語。*有人在尖叫，我知道是誰了。*是我，我在尖叫著兩個字，那是自從問題第一次被提出後就懸在我眼前的兩個字——沒有——是我直到現在才看見與聽見的答案——沒有！——是我一而再、再而三吶喊的答案——沒有！——因為我，終於，開竅了。

23

就憑著那兩個字，我完成了再教育。剩下要說的就是我如何將自己重新拼湊起來，又如何走到現在準備循水路離開祖國的這一刻。一如我生命中其他重要經歷，這次要做的事也不簡單。尤其離別並非我想做的事，而是不得不。我，或者是其他再教育的結業生，人生中還剩下什麼？在這個革命社會中沒有我們的容身之處，即便是自認為革命分子的人也一樣。在這裡沒有人能代表我們，認知到這一點比接受任何考驗更令我痛苦。痛苦有盡頭，認知卻沒有，至少直到心凋零之前沒有——我這個雙心人又該等到何年何月呢？

至少，痛苦的盡頭在我說出那兩個字時展開了。事後回想起來，答案顯而易見。我為何花那麼長時間才明白？為什麼我得接受這麼多年的教育與再教育，讓美國納稅人與越南社會都耗費那麼大的成本，更遑論我本身所受的莫大傷害，結果只是為了看清一開始就在那裡的兩個字？這答案實在太荒謬，以至於數個月後，暫時安全地待在帶路人家中的現在，當我回顧自己開竅的那一幕甚至都會發笑，當時的我是從尖叫退化——又或者是進化？——到大笑。當然，政委進來關掉燈和聲音時我還在尖叫。他解開我的束縛擁抱我時，我也還在尖叫，他便將我的頭抱在懷裡直到我的叫聲漸歇。好了，好了，他在黑暗的考驗室中安撫道，此時室內終於安靜下來，只剩我的啜泣聲。現在你知道我的感覺了吧？我依然啜泣著說，對，我懂了，我懂了！

我懂了什麼？那個玩笑。「沒有」就是它的哏，即使一半的我被哽得很痛苦——沒錯，正是「沒有」哽住！——另一半的我卻覺得好笑至極。這也是為什麼當我在黑暗考驗室中搖晃發抖時，哭號與啜泣會轉變成狂笑。我笑得太瘋狂，最後連娃娃臉警衛和司令都跑來查看這喧鬧聲是怎麼回事。司令問，有什麼事這麼好笑？沒有！我大喊道。我終於崩潰，我終於說話了。我高喊道，你還不懂嗎？答案就是沒有！沒有，沒有，沒有！

只有政委知道我在說什麼。司令見我舉止異常，驚慌地說，看看你做了什麼好事，他瘋了。與其說他關心我，倒不如說是關心營區的健康狀況，因為一個只會說「沒有」的瘋子對士氣有不良影響。我是氣瘋了，竟然這麼長時間都不知道自己明白「沒有」，不過事後一想，我不知道也是難免。不知道自己明白沒有的不可能是好學生，只有班上的小丑、被誤解的笨蛋、犯錯的傻瓜和永遠的丑角才會這樣。然而，了解這一點仍無法稍減我忽略了明擺事實的痛苦，我痛苦到推開政委，捶打自己的腦門。

別打了！司令喝道，並轉身對娃娃臉警衛說，讓他住手！

娃娃臉警衛與我搏鬥了一番，因為我不僅捶打腦門，還拿頭去撞牆。最後，政委和司令也不得不加入幫忙，重新把我綁起來。只有政委明白我必須毆打自己。我太笨了！怎會忘記每個真相都至少意味著兩件事？怎會忘記口號是披在觀念屍體外的空外套？這些外套端看我們怎麼穿，而現在這件已經破舊了。我是氣瘋了，但沒發瘋，不過我不打算糾正司令。他只看到「沒有」的一面——它的負面，代表缺乏，例如什麼都沒有。他未能了解它正面的意義，也就是「沒有其實就是有」的矛盾事實。我們司令這個人沒聽懂這個笑話，聽不懂這笑話的人其實很危險。他們說的話沒有一句真心實意，他們會讓每個人死得沒有意義，他們沒有任何崇敬的心。這種人無法忍受誰沒有來由地大笑。滿意了嗎？他問政委。他們倆一齊低頭看著又哭又掉淚又大笑的我。現在又得請醫師來了。

政委說，那就請他來，困難的部分已經完成了。

醫師將我轉回原來的隔離牢房，不過現在房門沒鎖，我也沒上鐐銬。我想走隨時可以走，但我遲遲不肯，有時候娃娃臉警衛還得連哄帶騙才能讓我離開角落。即使難得一次主動外出，也絕不是在大白天，而是只在夜裡，因為罹患結膜炎讓我的眼睛對於日光曝晒的世界很敏感。醫師開的處方是營養的伙食、陽光和運動，但我一心只想睡覺，不睡的時候就安安靜靜、像在夢遊，只有司令來的時候例外。每回他順道經過都會問，他還是什麼都不說嗎？這時我會說，沒有，沒有，沒有，人則縮在角落裡像傻瓜一樣咧著嘴笑。醫師說，可憐的傢伙，經歷那些考驗以後他有點，怎麼說呢，錯亂了。

那就做點什麼啊！司令大吼。

我會盡力，但全看他自己的心智了，醫師指著我瘀青的額頭說。醫師只說對一半。一切的確全看我的心，但是哪一邊的心呢？不過，醫師終究找到有效療法讓我慢慢走上康復之路，路的盡頭便是我與自己重新整合。有一天，我又縮在角落裡，抱著手，頭枕在手臂上，他坐在我旁邊的椅子上說，也許熟悉的活動會對你有幫助。我用一眼覷著他看。你的考驗開始以前，每天都只忙著寫自白，以你目前的心智狀況，應該什麼也寫不了，但光是做這些動作或許能有幫助。我改用兩眼注視他。他從公事包拿出一疊厚厚的紙。這看起來熟悉嗎？我小心地放開手臂，接過那疊紙。我看著第一頁，接著第二頁、第三頁，慢慢地將編號到三百一十六的整疊紙，一頁一頁翻完。醫師問，你覺得這是什麼？我喃喃回答，我的自白。對了，親愛的朋友！非常好！非常好！現在我要你抄寫這份自白。他隨即從公事包拿出另一疊紙，還有一把筆。一字不漏照抄。你能為我做這件事嗎？

我緩緩點頭。他留下我和那兩疊紙獨處，好長好長一段時間——想必有好幾個小時——我呆呆看著空白的第一頁，拿筆的手微微顫抖。然後，我將舌頭抵在脣間，開始動筆。一開始，一小時只能抄幾個字，接著一小時一頁，然後一小時幾頁。抄寫自白花了我幾個月，這段時間我看著自己的人生在紙頁間展開，上面還布滿我的口水。漸漸地，我瘀青的額頭痊癒了，並能吸收自己抄寫的內容後，我愈來愈同情這些紙頁裡的那個人，那個智商有點靠不住的地下情報人員。他是笨蛋還是聰明過了頭？他是選擇了歷史對的那邊還是錯的那邊？這些不都是所有人該自問的問題嗎？或者只有我和我自己應該這麼關心？

在抄完自白後，我的理智也回復得差不多了，足以讓我了解在這些紙頁間找不到答案。當醫師再次回來為我檢查，我請他幫一個忙。什麼忙，親愛的朋友？再給我紙，醫師，再給我紙！我解釋說我想寫出我自白以後，在接受考驗那段永無止境的時間裡發生的事。於是他拿了更多紙給我，我也在新的紙張上寫下我在考驗室裡的遭遇。我為那個雙心人感到非常難過，這倒是意料中事。他沒有認清一件事，像他這種人最好就留在低成本電影、好萊塢電影，或是描述搞得一塌糊塗的軍事科學實驗的日本片裡頭。一個雙心人竟敢自以為能代表自己，更遑論代表其他任何人了——包括他那些頑固的同胞在內。不管他們的代表說了什麼，他們終究還是無法被代表。但隨著紙張慢慢堆高，我產生了另一種令我驚訝的感覺：我竟同情起對我做那些事的那個人。身為朋友的他，對我做出這種事，不也是備感煎熬嗎？我寫完的時候，當最後寫到我對著明亮閃耀的燈光，尖聲喊出那可怕的兩個字時，我確定他是。確定之後只剩一件事要做，就是要求醫師讓我再見政委一面。

這主意好極了，醫師拍拍我的手稿，滿意地點著頭說。你差不多成功了，孩子，你差不多成功了。

考驗結束後我便沒有見過政委。他讓我平靜地開始復健，我只能認為這是因為他對自己做的事也很糾結，儘管這些事非做不可，因為我得自己找到答案。沒有人能告訴我他謎題的解答，連他也做不到。他只能透過令人遺憾的痛苦手段，加速我的再教育。用了這種手段後，他理當預期我會懷恨在心，因此遲疑著不肯再見我。在他的營舍再一次也是最後一次見到他時，我看得出他的不安，無論是替我倒茶、用手指敲打著膝蓋，或是端詳我新寫的內容。酷刑高潮過後，施刑者與受刑者該對彼此說些什麼呢？我不知道，可是當我坐在竹椅上看著他，不僅是我仍然二分為自我與他者，我發覺他，他那片曾是面容所在的可怕虛空，也有類似的分裂情形。他既是政委卻也是阿敏，他既是我的審訊者卻也是我唯一可以吐露祕密的人，他既是虐待我的惡魔卻也是我的朋友。或許有人會說那是我的幻覺，但真正的視覺幻象是看到他人與自己合為一體，就好像聚焦比失焦更真實似的。我們以為鏡中影像是真實的自己，殊不知我們看見的自己和別人看見的我們往往是不一樣的。同樣地，我們經常自欺欺人，以為自己最能看清自己。那麼聽到朋友說話時，我怎麼知道我不是在欺騙自己呢？我不知道。我只能試著去釐清，當他跳過那些輕鬆話題，沒有詢問身心都有問題的我的健康狀況，而是宣布我和阿邦將要離開營區出國，這是不是在愚弄我？我本以為我會死在這裡，他的定論讓我大吃一驚。離開？我說，怎麼離開？

有輛卡車在大門口等你和阿邦。當我聽說你已經準備好要見我，我就不想再浪費時間。你們要去西貢。阿邦有個表親在那裡，我確定他會和他聯絡。這個人已經兩度企圖逃出國，兩次都被抓。這第三次，有你和阿邦一起，他會成功的。

他的計畫讓我一時感到茫然。過了好一會才說，你怎麼知道？

我怎麼知道？他的虛空沒有表情，但聲音帶著一絲興味，可能還有一絲苦澀。因為是我買通人讓你們逃跑的。我送錢給對的官員，他們會確保到時候會有對的警察視而不見。你知道這錢哪來的嗎？不知道。絕望的女人為了見營區裡的丈夫，會不計一切代價。警衛拿走自己的一份，剩下的就留給我和司令。我寄了一點回家給老婆，拿十分之一孝敬長官，剩下的就用來安排你們的逃亡。在共產國家，錢還是能買到任何你想買的東西，很不可思議吧？

不會不可思議，很有趣，我喃喃說道。

是嗎？我不能說我是笑著收取這些可憐女人的錢和黃金。但你要知道，你有革命背景，或許寫寫自白就可能獲釋，可是要釋放阿邦只能用錢。司令終究還是得賄賂，考慮到阿邦的罪行，這也需要一大筆錢。如果要確保你們倆都能離開我們國家——你們非走不可——也只能用很多錢來解決。朋友，這就是我出於對你們的友情，對這些女人做的事。我還是你認識又摯愛的那個朋友嗎？

他是那個為了我好、為了「沒有」而凌虐我的無臉人，但我依然認得他，因為除了雙心人，還有誰能理解一個沒有臉的人呢？我當下擁抱他並哭泣，我知道他雖然放我自由，他自己卻永不得自由，除非是死，否則他不能夠也可能是不願意離開這個營區，但死亡至少能讓他解脫生不如死的現狀。他這樣的狀況只有一個好處，就是能看見他人所看不見的，或是他們看見了卻不願承認的，因為當他照鏡子看到那片虛空，他能夠了解「沒有」的意義。

可是它有什麼意義呢？我最後直覺到了什麼呢？那就是：沒有什麼比獨立和自由更可貴，然而這「沒有什麼」也比獨立和自由更可貴！這兩句口號幾乎一樣，又不全然一樣。第一句發人深省的口號是胡志明的空外套，他已經不穿了。怎麼穿呢？他都死了。第二句口號更微妙，是句玩笑話。它把胡伯伯空外套的裡子往外翻，也只有雙心人或無臉人才膽敢將衣服如此反穿。這件怪異的外套很適合我，因為剪裁新潮先進。反穿這件外套時，衣服縫線不成體統地露在外面，我也終於了解我們的革命如何從改革政治的先鋒變成聚積權力的後衛。有這樣的變化，我們並非特例。法國人與美國人不也一樣？一度曾是革命分子的他們，後來成了帝國主義者，殖民並占據我們這個反抗不從的小國，以拯救我們為名奪走我們的自由。我們革命的時間比他們長得多，也血腥得多，但我們補救了失去的時間。說到學習惡習，不管是學我們的法國主人或是取代他們的美國人，我們都很快就證明自己是最傑出的。我們同樣也能濫用偉大理想！以獨立與自由（這兩個字眼說得我好累！）之名解放自己之後，我們隨即也剝奪了戰敗兄弟的獨立與自由。

除了無臉人之外，只有雙心人懂得這個玩笑，懂得一場為獨立與自由而戰的革命，怎麼能讓那兩者沒有一點價值。我就是那個雙心人，我和我自己。我和我自己經歷過風風雨雨，每個遇見我們的人都想拆散我們，都想叫我們選擇一邊，只有政委例外。他向我們伸手攤牌，我們也向他伸手攤牌，手上依然是年輕時留下不可抹滅的紅疤。儘管經歷了許多波折，這仍是我們身上唯一的記號。我們緊握彼此的手，他說，你們走之前，我有樣東西要給你們。他從桌子底下拿出我們那只破舊背包和我們那本《亞洲共產主義與東方破壞模式》。我們最後一次看到書的時候，它幾乎就快分崩離析，書脊出現深深的摺痕。裝訂終於解體了，分成兩半的書被一條橡皮筋纏著。我們試圖拒絕，但他動作俐落地把書放進背包，然後整個塞給我們。他說，以防你可能需要送訊息給我，或是相反情形。我的書也還在。

我們遲疑地收下背包。親愛的朋友……

還有一件事。他拿起我們的手稿（包括我們的自白和後來的一切），示意我們打開背包。在考驗室裡發生的事是我們之間的祕密，所以這個也帶上吧。

我們只想讓你知道……

走吧！阿邦還在等呢。

於是我們將背包背到肩上便離開了，最後一次下課。不再有鉛筆、不再有書、不再有老師惡狠狠的眼神。傻瓜兒歌和幼稚的俏皮話，但假如當初想到更嚴肅的東西，我們可能會被懷疑的重量、被自己徹底放鬆的重量給壓垮。

娃娃臉警衛護送我們到營區大門，司令和阿邦已經站在一輛怠速的莫洛托瓦卡車旁。我們已有一年又好幾個月沒見到阿邦，他說的第一句話竟是，你怎麼這副鬼樣子？我們？那他呢？我們游離的心笑了，但游離的自我沒笑。怎麼笑得出來？我們可憐的朋友穿得一身補丁，在我們眼前搖晃顛仆，宛如酒鬼手中的傀儡，頭髮漸禿，皮膚則蒙上有如腐爛叢林植物的病態色澤。他的一隻眼睛戴著黑色眼罩，我們還不至於笨到問他發生了什麼事。幾公尺外的鐵絲網那邊，有另外三個神形枯槁、衣著雜亂的人在看著。過了片刻我們才認出同伴來：苗族偵察兵、哲學家醫護兵和黝黑的海兵。苗族偵察兵說，你這不是鬼樣子，你比鬼樣子更慘。哲學家醫護兵勉強咧嘴笑了笑，有一半牙齒不見了。他說，別聽他的，他只是忌妒。黝黑的海兵則說，我就知道你們這些雜種會先出去，算你們好運。

我們什麼都說不出口，只能淡淡一笑揮手告別，然後和阿邦爬上卡車。娃娃臉警衛將後門板抬起鎖上。司令仰頭看著我們說，怎麼？你還是沒有什麼要說的？其實我們有很多話要說，只是不想激怒司令導致他取消我們的釋放令，因此只是搖搖頭。隨便你吧。反正你已經坦承錯誤，也沒什麼好再說的了，對吧？

的確沒有！沒有什麼是真的說不出口。卡車駛離後揚起一片紅色塵土，嗆得娃娃臉警衛咳了幾聲，我們看著司令走開，苗族偵察兵、哲學家醫護兵和黝黑的海兵則是蒙住眼睛。接著我們轉了彎，營區消失在視線外。我們向阿邦問起其他同伴，他說寮國農夫企圖逃跑，在河裡失蹤了，最黑的海兵被地雷炸斷兩條腿後失血過多死了。乍聽到這個消息，我們一語不發。他們是為了什麼而死？在這場統一國家、解放自我的大戰中，還死了數百萬人，而且往往不是出於自己的選擇，這又是為了什麼？我們和他們一樣犧牲了一切，但至少我們仍保有幽默感。如果認真地想想，只要稍微退開一步，甚至帶著一絲絲諷刺感來想，就會覺得我們（也就是心甘情願犧牲自己與他人的人）被開的這個玩笑很好笑。於是我們笑了又笑，笑了又笑，阿邦像看瘋子一樣看著我們，問我們有什麼事嗎，我們揩去淚水說，沒有。

令人麻木的兩天路程下來，經過許多隘口與崩壞的公路，最後莫洛托瓦卡車來到西貢郊區讓我們下車。我們從那裡拖著腳步行經骯髒的街道前往帶路人的家，路上滿是臉色陰沉的民眾，由於阿邦腳跛了，我們走得更慢。城裡的喧鬧聲被抑制，沉靜得詭異，也許是因為國家又再次陷入戰亂，卡車司機是這麼跟我們說的。因為受夠了赤棉不斷攻打西方邊界，我們便入侵並攻占柬埔寨。中國為了懲罰我們，也在同年稍早，約莫當我接受考驗那段時間，突襲我們的北界。和平是無望了。更讓我們苦惱的是直到抵達帶路人，也就是阿邦表親的住處，連一首浪漫歌曲或一段流行音樂都沒聽到。以前路邊咖啡館和電晶體收音機總會播放這種樂曲，但吃晚餐時（菜色只比司令吃的好那麼一點點），帶路人證實了司令之前的暗示。黃色音樂如今已遭禁，只能聽紅色革命音樂。

在黃種人的土地上不能聽黃色音樂？我們有志一同，都忍不住笑了。帶路人奇怪地看著我們說，我見過更糟的情形，接受雙倍再教育的我，見過更糟得多的情形。他曾因為試圖搭船逃亡出國，被判接受再教育。前幾次企圖逃亡時，他沒有帶著家人一起，希望能獨自對抗危險，等到達國外後，再寄錢回家幫助家人活下去，或是一旦確認路線安全便幫他們逃離。但是他很確定，若是第三次被抓就會被送到北方的再教育營，至今還沒有人從那裡回來過。因此這次他帶了妻子、三個兒子與其家人、兩個女兒與其家人，以及三名姻親的家人，整個家族就在公海上同生共死。

機會有多大？阿邦問帶路人，他是舊政權時期經驗豐富的船員，阿邦很信任他的專業。帶路人說，一半一半，逃出去的人只有一半有消息，所以假設另一半逃亡失敗應該沒錯。阿邦聳聳肩說，聽起來夠好的了，你覺得呢？這話是對我們說的。我們望向天花板，小山和吃喝無度的少校躺在那裡嚇壁虎。他們異口同聲地說（現在他們已習慣這麼說話），這樣的機率很好了，因為一個人最後死掉的機會是百分之百。聽完此話，我們安心地回過頭看著阿邦和帶路人，點頭同意，這次不再笑了。他們將此解讀為進步的徵兆。

接下來兩個月間，我們一面等候出發一面繼續撰寫手稿。儘管幾乎每項物品都是長期短缺，但就是不缺紙，因為社區裡的每個人都要定期寫自白。即便是已經如此大範圍自白過的我們也得寫，然後呈交給地方幹部。這無異於創作練習，因為自從回到西貢，我們什麼也沒做，卻仍得找事情供述。小事情也可以，譬如在自我批評的會議上未能展現足夠的熱忱。不過肯定沒什麼大事，而且每次結尾一定會寫：再沒有什麼比獨立與自由更可貴。

現在是我們出發前一天晚上。政委在我背包的活動夾層裡藏了金子，我們就用這些金子買阿邦和我們自己的船票。夾層裡原本放黃金的位置如今改放我們與政委共用的暗號索引，繼手稿之後，這本索引是我們要背負的最重的東西。而這份手稿即使稱不上遺囑也可說是遺書，我們沒能給任何人留下什麼，只有這些文字是我們盡最大努力代表自己寫出來，以對抗那些企圖代表我們的人。明天，我們將加入數以萬計已逃向大海的民眾，一群逃離革命的難民。根據帶路人的計畫，明天下午出發時，每一家人會從西貢各地出發，像要出門一日遊似地。我們先搭巴士到往南三小時車程的村莊，那裡會有一個頭戴圓錐帽遮住五官的渡船夫等在河邊。你能送我們去給伯父奔喪嗎？這個暗號問題的暗號回答是：你伯父是個偉大的人。我們，以及帶路人、他的妻子和阿邦爬上小船，我們的背包裡裝著用橡皮筋綑綁的暗號索引，和這份沒有綑綁、但用防水塑膠布包起來的手稿。我們輕巧地滑過河面來到一座小村莊，帶路人的其他親屬會在這裡與我們會合。主船在較下游處等候，是一艘可載運一百五十人的拖網漁船，幾乎全部的人都會躲在船艙內。帶路人警告道，會很熱，也很臭。當船員封住艙口後，我們會感到呼吸困難，一百五十個軀體鎖在一個僅能容納三分之一人數的空間，又沒有通風口能紓解壓力。然而，比稀薄空氣更令人沉重的是，我們知道就連太空人的存活機率都比我們高。

我們會把裝著暗號索引與手稿的背包綁在肩膀與胸前，無論生或死，那些文字的重量都會壓在我們身上。現在只需藉著油燈再多寫一點就好。在回答了政委的問題以後，我們發覺要面對的問題更多了，關係到所有人、超越時空的問題始終源源不絕。那些拚命對抗權力的人攫取到權力後是怎麼做的？革命勝利後，革命分子是怎麼做的？為什麼呼求獨立與自由的人要奪取他人的獨立與自由？我們周圍似乎有無數人相信什麼都沒有的「空無」，像他們這樣是正常或不正常呢？我們只能為自己回答這些問題。我們從生死中學到了，置身於受排擠的群體中一定要同情這些受排擠的人。像這樣受到經驗磁化後，我們的羅盤便持續指向受苦的人，即使到現在我們也依然想著那個受苦的朋友、立血盟的兄弟、政委、無臉人，他說了不該說的話，作著他的嗎啡夢，夢見長眠不醒，也或許夢見了空無。至於我們，是瞪著空無看了多久才終於看見一點什麼！這會不會就是我們母親的感覺？當她看著自己體內，原本什麼都沒有的地方現在忽然有了東西（也就是我們），會不會感到驚異無比？她是從哪一個時間轉折點開始想要我們，而不是不要我們——一個不該當父親的父親所播下的種？她是從什麼時候開始不再想著自己，而是開始想著我們？

明天，我們將置身於陌生人當中，一群非自願的船員，關於這些人我們可以試著列出一張清單。我們當中將會有幼兒與兒童，以及成人與家長，但不會有年長者，因為誰也不敢挑戰這趟旅程。我們當中將會有男有女，也會有瘦子和更瘦的人，但不會有胖子，因為全國正在實施強制性減肥。我們當中將會有淺膚色、深膚色，以及介於兩者之間各種深淺膚色的人，有人口音優雅，有人粗俗。會有許多因為身為華人而受迫害的華人，還會有其他許多接受過各種程度再教育的人。我們會被統稱為「船民」，當晚稍早我們偷偷用帶路人的收音機聽「美國之聲」的時候，聽過這個名稱一次。如今我們即將被當成這些船民看待，不由得對這個名稱感到不安。它帶有些許人類學上的優越感的味道，讓人聯想到人類族群中被遺忘的某個分支，也像某種已消失的兩棲類頭上披戴著海草，從海霧中冒出。可是我們不是原始人，我們不需要同情。如果可能，等我們安全抵達港口後，就算輪到我們一一背棄那些不受歡迎的人，也不值得大驚小怪，因為據我們所悉這就是人性。不過我們並不憤世嫉俗。無論如何——是的，無論如何，哪怕面對的是什麼都沒有的「空無」——我們仍自認為是革命分子。我們依舊是那最充滿希望的生物，一個追尋革命的革命分子，倘若被說是受幻覺所騙的夢想家，我們也不會反駁。很快地，我們就會看到東方永遠泛紅的天際升起深紅的太陽，但現在從窗戶看出去，只有一條陰暗巷弄，路面單調、窗簾密閉。儘管只有我們這一盞燈亮著，當然不可能只有我們還醒著。不，不可能只有我們！必定還有數千人正和我們一樣凝視著黑暗，心中充滿駭人聽聞的想法、不切實際的希望與禁忌的謀畫。我們潛伏著等待適當時機與正當理由，而此刻的理由就只是想活下去。甚至在寫下這最後一個句子，不會被校正的句子時，我們承認我們能肯定的只有一件事——我們也誓死履行這唯一的承諾：

我們會活下去！

致謝

這部小說中的許多事件都確實發生過，但我承認我稍嫌冒昧地更改了細節與時間順序。關於西貢的淪陷與越南共和國滅亡前那段時日，我參考了大衛・巴特勒（David Butler）的《西貢淪陷》（*The Fall of Saigon*）、賴瑞・英格曼（Larry Engelmann）的《下雨前的眼淚》（*Tears Before the Rain*）、詹姆斯・芬頓（James Fenton）的〈西貢的淪陷〉（The Fall of Saigon）、德克・郝斯泰（Dirck Halstead）的〈白色聖誕〉（White Christmas）、查爾斯・韓德森（Charles Henderson）的《晚安西貢》（*Goodnight Saigon*），與帝奇亞諾・坦尚尼（Tiziano Terzani）的《解放吧！西貢的淪陷與解放》（*Giai Phong! The Fall and Liberation of Saigon*）。我尤其感謝弗蘭克・斯奈普（Frank Snepp）的重要著作《倉皇的日子》（*Decent Interval*），本書中克勞德飛離西貢以及Watchman那段情節的靈感正是來自於此。關於南越監獄與警察以及越共的活動，我借助於道格拉斯・瓦倫坦（Douglas Valentine）的《鳳凰計畫》（*The Phoenix Program*）、尚皮耶・德布里（Jean-Pierre Debris）與安德雷・孟拉（André Menras）的小冊子《我們要控訴》（*We Accuse*）、張如藏（Truong Nhu Tang）的《越共回憶錄》（*A Vietcong Memoir*），與一九六八年元月號《生活》雜誌（*Life*）中的一篇文章。亞弗瑞．麥考伊（Alfred W. McCoy）的《酷刑問題》（*A Question of Torture*）大大幫助我了解美國訊問技巧的發展，從一九五〇年代歷經越戰，直到伊拉克與阿富汗戰爭。關於再教育營，我參考了黃倩通（Huynh Sanh Thong）的《進行改造》（*To Be Made Over*）、黃玉光（Jade Ngoc Quang Huynh）的《南風轉向》（*South Wind Changing*）與陳智武（Tran Tri Vu）的《失去的歲月》（*Lost Years*）。至於企圖入侵越南的越南反抗軍，在寮國人民軍歷史博物館有個小小展區，展示了他們劫獲的文物與武器。

　　雖然那些鬥士大多已被遺忘，也或許從來就默默無聞，他們為那部電影帶來的靈感卻絕非祕密。艾琳諾．柯波拉（Eleanor Coppola）的紀錄片《黑暗之心》（*Hearts of Darkness*）與《現代啟示錄拍攝筆記》（*Notes: The Making of Apocalypse Now*），以及《現代啟示錄》DVD中法蘭西斯．福特．柯波拉（Francis Ford Coppola）的評述，都提供了許多深入觀察。以下的著作也助我良多：羅納德．柏根（Ronald Bergan）的《柯波拉特寫》（*Francis Ford Coppola: Close Up*）、尚保羅．沙耶（Jean-Paul Chaillet）與伊莉莎白．文生（Eizabeth Vincent）的《法蘭西斯．福特．柯波拉》（*Francis Ford Coppola*）、傑佛瑞．丘恩（Jeffrey Chown）的《風格獨具的好萊塢導演柯波拉》（*Hollywood Auteur: Francis Coppola*）、彼得．考伊（Peter Cowie）的《現代啟示錄攝影全紀錄》（*The Apocalypse Now Book*）與《柯波拉其人其夢》（*Coppola: A Biography*）、麥可．古德溫（Michael Goodwin）與娜歐蜜．懷茲（Naomi Wise）的《危險邊緣：柯波拉的一生》（*On the Edge: The Life and Times of Francis Coppola*）、吉恩．菲利普斯（Gene D. Phillips）與羅德尼．希爾（Rodney Hill）的《柯波拉

訪談錄》（*Francis Ford Coppola: Interviews*），以及麥可・舒馬克（Michael Schumacher）的《柯波拉：一個電影導演的一生》（*Francis Ford Coppola: A Filmmaker's Life*）。我還參照了德克・郝斯泰的〈終見啟示錄〉（Apocalypse Finally）、克莉絲塔・拉伍德（Christa Larwood）的〈重溫現代啟示錄〉（Return to *Apocalypse Now*）、蒂爾卓・馬凱（Deirdre Mckay）與帕瑪帕妮・培瑞茲（Padmapani L. Perez）的〈啟示錄已逝！伊富高臨演與現代啟示錄的拍攝〉（Apocalypse Yesterday Already! Ifugao Extras and the Making of *Apocalypse Now*）、東尼・雷奈爾（Tony Rennell）的〈史上最瘋狂的電影〉（The Maddest Movie Ever），與羅伯・賽勒斯（Robert Sellers）的〈現代啟示錄強渡關山的拍攝過程〉（The Strained Making of *Apocalypse Now*）。

有時候引述其他人的話也同樣重要，尤其是素友（To Huu），他的詩作刊登在《越南新聞報》一篇名為〈素友：人民的詩人〉（To Huu: The People's Poet）的文章中；阮文琪（Nguyên Van Ky）翻譯的俗諺「父親善行偉如泰山」，出現在《揭密越南》（*Viêt Nam Exposé*）中；一九七五年福多爾（Fodor's）出版的《東南亞》；還有威廉・魏摩蘭將軍（William Westmoreland）在彼得・戴維斯（Peter Davis）拍攝的紀錄片《心靈與智慧》（*Hearts and Minds*）中，表達了他對東方人的人生觀與人生價值觀的看法。這些想法在本書中歸諸於理查・賀德。

最後，我要感謝幾個組織與團體，若沒有他們，這本小說不會是如今的樣貌。亞洲文化協會、布雷德洛夫作家創作營（Bread Loaf Writers Conference）、文化創新中心、傑拉西藝術村（Djerassi Resident Artists Program）、美術工作中心（Fine Arts Work Center）與南加州大學，為我提供補助金、住所與方便我為寫作進行研究的休假。我的經紀人 Nat Sobel 與 Julie Stevenson 以及編輯 Peter Blackstock，給予我耐心的鼓勵與明智的編輯。Morgan Entrekin 與 Judy Hottensen 是熱心的支持者，而 Deb Seager、John Mark Boling 與 Grove Atlantic 的全體員工都為這本書付出許多心力。好友 Chiori Miyagawa 從一開始就對這本小說很有信心，並孜孜不倦地閱讀初稿。但我虧欠最多的莫過於父親 Joseph Thanh Nguyen 與母親 Linda Kim Nguyen，他們在戰時與戰後不屈不撓的毅力與犧牲，才讓我與兄長 Tung Thanh Nguyen 能有現在的生活。兄長與他了不起的伴侶 Huyen Le Cao，還有他們的孩子 Minh、Luc 與 Linh 始終都是支持我的力量。

至於本書最後的一句話，就留給我生命中最重要的兩個人：字字句句都不放過的 Lan Duong，還有我們出生得正是時候的兒子 Ellison。

解說

困惑與重思：越戰，多陣線的認爭

阮荷安（越南胡志明市師範大學文學語言研究系教師）

阮越清（Viet Thanh Nguyen）寫《同情者》（The Sympathizer, Cảm tình viên）的目的是為美國文壇填寫一個空白：越南人的越戰。乍聽之下，這個空白會讓讀者覺得很困惑。因為，越戰的文學題材，不管是在美國文學還是在越南文壇，作品數量可說是層出不窮，何有空白可言？但其實，每個民族都傾向於以自己為中心，所以在美國文壇上，似乎只有美國人的越戰，而看不到越南人，電影和其他藝術也是如此。而在越南文壇，也只有北越共產黨勝利者的越戰，沒有南越失敗者的越戰，更沒有美國敗退者的越戰。可以說，越戰結束至今已經四十多年了，但還是沒有一個越戰的真面目，而是「一場越戰，各自解讀」的情況。阮越清看清了這個空白區，所以《同情者》小說不僅呈現越南人的越戰，而且還是以立場和現實不斷衝突的南越跟北越間諜來呈現一個甚至參與者本身也難以釐清其真面目的越戰。多種視角、多種衝突不斷地推移小說人物的認知，也同時讓讀者落入困惑的狀態：美國讀者徬徨認識到一個不是屬於美國人的越戰、在美國越僑驚覺越戰不是失敗者和勝利者那麼簡單、越南讀者驚訝得知本來以為一向忠於北越的那些間諜在內心思考和實際行動上竟然多次傾向於南越偽政權。不管對參加越戰的各方讀者還是其他圍觀的讀者，阮越清的《同情者》皆成功地推他們進入困惑狀態，進而逼讀者重新思考：什麼才是越戰的真面目？

首先，阮越清為《同情者》設計了許多讓人困惑的層面。小說的開頭就讓人對主角的難以定位感到困惑：「我是間諜，是臥底，是特務，是雙面人。我也是雙心人，這或許並不令人意外。……我只是能夠看到任何一個問題的兩面。」這種雙重視角讓讀者無法辨別清楚越戰的失敗者和勝利者。主角「我」是臥底在南越的北越間諜，北越戰勝，他應當是個勝利者，但是他的朋友、隊友、親友、上司等，都在他面前倉皇逃跑，甚至喪命，一點也不像勝利者對失敗者的態度。到最後，他還為了「失敗者」朋友從美國回到越南邊境準備復國，因而落入越共的手裡，成了北越的囚徒，成了「失敗者」。這種勝利者和失敗者身分的變化無法分辨清楚，的確讓熟悉單一聲音、單一立場的越戰文學讀者或電影觀眾感到十分困惑，到底誰才是真正的勝利者？

阮越清想要探討越戰的真面目，但他選擇虛構小說的形式來追尋這個真面目。目的和手法似乎互相矛盾，這原本不是屬於歷史研究者的工作嗎？閱讀《同情者》，讀者可以把它視為一部間諜小說來欣賞，其節奏輕快像是動作片，可以滿足娛樂的需求。閱讀《同情者》，讀者若是跟越戰有任何深淺關係，閱讀的過程也正是跟小說人物和作者的對話，有的地方跟讀者的認知是一樣的，有的地方跟讀者的認知是相反的，不斷地互相對話正是讀者在建構自己所認知的越戰。閱讀《同情者》，讀者也可以跳脫越戰的具體細節，而對一些人類共同議題來跟作者進行對話：如何是真正的戰爭、英雄、道德、忠誠、祖國、民族、友情、誓約？如何是人？作者從小說第一句話就挑戰了這些議題：我是一個雙面人，書中也是不斷地解構這些議題，到了最後也沒給出一個具體的答案，而這些答案就是讀者在閱讀－對話的過程中自己探討出來了。虛構小說和歷史書寫的越戰，那一個比較接近真實呢？

《同情者》本質上是一部虛構小說，但許多事件、時間、地點、人物等都真實發生在越戰期間，連小說主角的北越間諜身分也可以追溯到潘春隱這位傳說的間諜，或在一到四章南越政權敗退到美國的流亡路程細節大多都緊抓著歷史紀錄來虛構。這樣真真假假的細節和人物讓讀者雖明知在讀一本間諜小說，但不得不將小說回溯到越戰本身的種種歷史事件：同樣的事件，但作者的解讀好像跟自己不一樣。阮越清在處理真實事件和虛構細節上可以說是達到魔術般的程度，大量的歷史回溯似乎掩蓋了虛構的人物和情節，讓讀者在看《同情者》的同時卻不得不對真實的越戰沉思著。小說的結構也模仿了戰後北越對南越軍兵進行思想改造的典型形式：自白書、自供書、自省書、自首書。整部小說近四百頁都是一篇自首書，是主角「我」的自供書，沒有任何對話或行動高潮。間諜行動小說採用這樣的寫法對任何作家而言都是一大挑戰，但阮越清魔術般的妙筆加上適當的幽默感，使得自傳式的間諜行動小說沒有缺少它的行動感和冒險感。這本小說到底是自傳還是虛構間諜行動故事？小說裡的越戰是虛構的越戰還是真實的越戰？弄假成真、弄真成假，作者的筆法在真假之間自由擺盪，吸引讀者跟著小說來追溯真實的越戰。其實，任何戰爭都不是只有史學家所記錄的數據，而是每一個身在其中的人、甚至他們的後裔，在身心靈上的創傷、死亡、療癒、恢復的漫長過程。

那麼，你所認知的越戰是什麼呢？

《同情者》基本上建立在一個「桃園結義」友誼關係的張力。「我」跟阿邦和阿敏三人從小一起長大，在十四歲就結拜為兄弟。但不幸的是，他們三人無法像《三國演義》裡生死與共的三兄弟，他們的志向不僅不一樣，而且還相互對立。這個現代版「桃園結義」充滿諷刺意味。阿邦是反共的南越軍人，曾是專門暗殺越共的殺手，因父親被越共殺死所以從軍報仇，但其實沒有什麼理想。相反地，阿敏是南越共產黨員，行蹤神祕、對革命絕對忠心，是「我」的直屬組長。而主角「我」是在南越臥底的北越間諜，非常非典型的戰爭小說主角。「我」不但身分橫跨南越－北越、國家主義－共產主義的界線，「我」本身的身分也模糊，母親因為被一名法籍神父強姦而生出他。小時候吃滿一個不被承認的孩子的苦頭，長大因聰明而去美國留學，回國為南越－北越雙方服務，成為南越國家警察總長將軍的隨扈，同時將南越的軍事祕密向南越共產組織匯報。《同情者》裡沒有英雄，只有一個既正義又非義、既國家主義又共產主義，黑白難分、正邪混雜、雙面雙思的「我」。在南越政權敗逃的時候，「我」也跟著到美國繼續臥底，監督將軍集團的復國動靜。然而為了謀生，「我」答應為一部美國製作的越戰電影前去菲律賓協助拍攝，越共角色則由在菲律賓難民營的南越難民和南越軍人飾演。跟難民接觸的這段時間，「我」不斷對自己的革命理想反覆懷疑。事後返回美國，得知將軍開始派第一批人經由泰國回越南邊境的基地，其中有結拜兄弟阿邦。說服阿邦留下不成，「我」為了信守保護阿邦的誓言，決定請求將軍讓自己跟他一起回去。在一次伏擊中，「我」和阿邦被抓，「我」被自己的「同志們」禁見、刑求、不斷重複書寫自白書。

最後，因阿敏的影響（阿敏是監獄的政委）和幫助賄賂司令，「我」和阿邦以及「我」的自白書被放出來，帶到一個地方等待上船偷渡。在這個「桃園結義」友情裡，如何是友誼、如何是仇人，也難以區分。在這三個友人裡，誰是好人、誰是壞人，也無法篤定。而在這場戰爭裡，如何是正義、如何是非議，也跟「我」的身分定位一樣難以闡明。這種非英雄、非正非邪的主角人物嚴重衝撞了一般讀者對英雄的定義。更進一步，如何是獨立自由，也難以界定，有如「我」在被自己的「共產同志們」刑求時才恍然大悟：「以獨立與自由之名解放自己之後，我們隨即也剝奪了戰敗兄弟的獨立與自由。」

「我」跟阿邦和阿敏是小說的三個主要人物，但也不僅是他們三個而已。「我」沒有具體的名字，阿邦（Bon）和阿敏（Man）作者故意不加越南語符號，可以是Bôn, Bốn, Bổn和Mẫn, Mân，也可以是任何人。這種人物非準定的命名方式模糊了歷史事件性，同時也擴大這三個人物可以代表的身分和故事，使得他們可以是任何人、任何身分、任何立場來共同探討這些人生的議題。

可以說，從頭到尾，《同情者》已經成功地令讀者落入重重困惑，逼迫讀者自己對越戰，甚至對友誼、對正義、對英雄、對獨立和自由、對革命的認知，不得不重新進行對話和審思。《同情者》首先是跟美國人在越戰議題上對話，推翻了這半個世紀美國一直認為「越戰是美國人的」的中心思維，讓美國人必須正視越戰這個議題。對在美國的越僑而言，《同情者》讓他們必須離開南越國家主義立場，以每一個參戰的個人身分來重新檢視越戰。對越南國內的讀者而言，《同情者》更推翻了他們被越共不斷教育有關所謂的正義、所謂的解放、所謂的兄弟相殘、所謂的獨立自主等，而必須有所思考。對越戰以外的讀者而言，《同情者》超越了其歷史背景，來照耀一個更普遍的議題：東方和西方的誤解，道德的進退兩難逼迫人要在不是對和錯而是兩個都對的信念下做出選擇，看清戰爭的真面目，為英雄下正確的定義等。因此，這不僅是越戰的故事，也是任何一場戰爭的本質：「一場為獨立自由而戰的革命，為何又造出價值為零以下的東西？」

《同情者》以越戰為小說場景，也製造了非常多激烈的場面和情節，真和假、歷史和虛構不斷地變化交替，一切都是為了引領讀者進入這個思考的功課。每一位讀者需要找到自己的答案，「同情者」這個書名不再只是模仿共產黨在吸收新黨員時的用詞，而是真正的人與人之間、沒有任何分別對待的同情：沒有戰爭的一方，才是勝利者。小說的結語不斷強調唯一一個承諾：「我們會活下去！」活下去就是勝利！因為，活下去就是希望！這些議題，《同情者》到最後也沒有給予具體的答案，但每一位讀者卻都會有其自己的答案。那你的答案是什麼呢？

小說讀到最後，回溯到書名「同情者」，到底誰是同情者呢？

這些人物裡，誰同情誰？與什麼同情？同情者是多數還是少數？是與他的行為同情？還是與他的內心情感同情？是與勝利者同情？還是與敗退者同情？是作者的同情？還是讀者的同情？這個答案只能等讀者自己來詮釋，但有一點阮越清很傳神地抓到越南人的核心價值之一：「情」。做個「有情之人」，是越南傳統文化中最受重視的價值觀。那麼，身為讀者的你會為誰同情呢？還是你就是同情者？

【Echo】MO0057

同情者

The Sympathizer

作　　者❖阮越清（Viet Thanh Nguyen）
譯　　者❖顏湘如
美術設計❖莊謹銘
內頁排版❖卡那拉
總　編　輯❖郭寶秀
責任編輯❖許鈺祥
協力編輯❖李雅玲
行銷業務❖李怡萱

發　行　人❖凃玉雲
出　　版❖馬可孛羅文化
10483臺北市中山區民生東路二段141號5樓
電話：(886)2-25007696
發　　行❖英屬蓋曼群島商家庭傳媒股份有限公司城邦分公司
10483臺北市中山區民生東路二段141號11樓
客服服務專線：(886)2-25007718；25007719
24小時傳真專線：(886)2-25001990；25001991
服務時間：週一至週五9:00～12:00；13:00～17:00
劃撥帳號：19863813　戶名：書虫股份有限公司
讀者服務信箱：service@readingclub.com.tw
香港發行所❖城邦（香港）出版集團有限公司
香港灣仔駱克道193號東超商業中心1樓
電話：(852)25086231　傳真：(852)25789337
E-mail：hkcite@biznetvigator.com
馬新發行所❖城邦（馬新）出版集團
Cite (M) Sdn. Bhd.(458372U)
41, Jalan Radin Anum, Bandar Baru Seri Petaling,
57000 Kuala Lumpur, Malaysia
電話：(603)90578822　傳真：(603)90576622
E-mail：services@cite.com.my
輸出印刷❖前進彩藝有限公司
初版一刷❖2018年1月
初版八刷❖2024年4月
定　　價❖420元

國家圖書館出版品預行編目資料

同情者／阮越清（Viet Thanh Nguyen）著；顏湘如譯. -- 初版. -- 臺北市：馬可孛羅文化出版：家庭傳媒城邦分公司發行, 2018.01
面；　公分. --（Echo；57）
譯自：The sympathizer
ISBN 978-986-95515-6-4（平裝）
874.57　　106022117

ISBN：978-986-95515-6-4（平裝）

城邦讀書花園
www.cite.com.tw